SOUVENIRS D'UN BAS-BRETON

PAR

ÉMILE SOUVESTRE

A

M. ADRIEN BENOIST

AVOCAT A LA COUR ROYALE DE PARIS

PRÉFACE

La physionomie d'une époque ne se révèle pas seulement par les grands événements qui l'ont illustrée ou flétrie ; derrière ceux-ci il y en a toujours d'autres non moins importants, qui sont comme la vie privée des nations.

Cette vérité si simple n'a pourtant point été toujours comprise. Avant les publications de notre admirable Augustin Thierry et les beaux travaux de Michelet, l'histoire ne s'était occupée, chez nous, que de généralités banales : c'était une sorte de procès-verbal où les faits étaient racontés, abstraction faite de l'homme, et où l'on trouvait tout, sauf la vie, sans laquelle il n'y a rien.

Cette vie, c'est dans l'appréciation des détails que les deux historiens nommés plus haut l'ont cherchée ! Sans négliger l'existence officielle des peuples, ils ont curieusement étudié leurs coutumes, leurs adorations, leurs tendances. Après les chartes, ils ont interrogé les chroniques ; après les chroniques, les légendes ; après les légendes, les chants populaires ; rien de ce qui révélait l'homme ne leur a paru à dédaigner, et ils semblent avoir pris pour devise la sentence du poëte latin : *Homo sum, nihil humani a me alienum puto.*

Or, si l'histoire continue à être écrite ainsi (et nous l'espérons pour la gloire de la France !) tout récit partiel des faits contemporains, toute esquisse sincère de mœurs ou de caractères deviendra, pour l'avenir, un précieux élément d'informations.

Par malheur, ces détails sont livrés le plus souvent à la tradition orale ; on les répète sans les recueillir, et, au bout de peu de temps, on les oublie. Que de précieux renseignements ont été perdus ainsi depuis vingt ans ! que de choses entendues au coin du foyer, lorsque nous étions enfants, et dont nous n'avons gardé qu'une réminiscence confuse ! La plupart de nos jugements sur la fin du dernier siècle et sur le commencement de celui-ci sont, à notre insu, le résultat de ces récits oubliés, mais dont l'impression nous est restée. Nos pères étaient semblables aux antiques rapsodes, qui chantaient Homère par fragments ; chacun d'eux connaissait quelque partie différente du terrible poëme de 93, et, pour l'avoir complet, il eût suffi de réunir les souvenirs de tous.

C'est là ce que nous avons essayé de faire, au moins pour une province. Le livre que nous publions a été écrit tout entier d'après des notes inédites ou des causeries de vieillard [1]. Nous avons essayé de réunir des renseignements épars, de révéler des faits inconnus, d'en rappeler quelques-uns auxquels on ne songeait déjà plus. Seulement, comme il fallait un lien commun qui rattachât entre eux ces faits divers, nous leur avons donné à tous un même spectateur qui les raconte et les commente.

Cette forme de *Mémoires* nous permettait à la fois plus d'analyse et plus de mouvement ; elle rendait surtout moins apparentes les lacunes de notre récit, et l'on devine d'avance combien celles-ci doivent être fréquentes. L'histoire est, en effet, pour les contemporains, comme un livre déchiré dont chacun possède une page ; mais combien la brûlent ou l'égarent ! Si, à toutes les époques, les gens qui *voient* sont peu nombreux, les gens qui *se rappellent* sont encore bien plus rares ; car le souvenir suppose l'intérêt aux choses et le discernement, deux facultés qui font difficilement bon ménage.

La première partie des *Souvenirs d'un bas-Breton* est consacrée à la peinture de la Bretagne avant la Révolution. Il nous a semblé curieux de montrer quelles étaient alors les préocupations et les habitudes de chaque condition, comment la famille était constituée, et dans quel état la crise qui se préparait allait trouver cette société, où l'esprit de résistance avait autant de ténacité que l'esprit d'innovation pouvait avoir d'ardeur.

La même lutte se produisit partout sans doute, mais dans la Bretagne et la Vendée elle prit un caractère particulier de violence. Ce fut le seul terrain sur lequel les deux principes se combattirent à armes égales et avec des chances balancées. En courage comme en cruauté, en intelligence comme en folie, tout y dépassa les limites du probable, et presque du possible. On exagéra l'exagération même. Ailleurs, la Révolution ne se fit connaître que par échantillon ; là elle se montra dans son effroyable splendeur, et la République fut forcée, pour rester victorieuse, de faire disparaître une population entière sous la terre et les eaux.

On ne s'étonnera point si notre récit renferme parfois d'étranges choses. Nous avons à parler d'un temps où rien d'ordinaire ne se faisait, et où l'épopée courait les grands chemins. Faut-il même l'avouer ? plus d'une fois nous avons craint qu'une narration fidèle ne fût prise pour une invention bizarre, et, impuissant à rendre le vrai *vraisemblable*, nous nous sommes abstenu. Que l'on ne nous accuse donc point légèrement d'avoir plus consulté la fantaisie que la vérité : sauf la fable que nous avons dû adopter pour donner une sorte d'unité à notre travail et lui faire justifier son titre, tout y est sincère et réel. Nous n'avons point voulu écrire un roman, mais des études sur le mouvement révolutionnaire en Bretagne.

Nous ajouterons que si ces *Mémoires* renferment des erreurs (et qui peut s'en garantir !), on aurait tort, du moins, de s'en prendre à la précipitation, car nous nous occupons du livre qui paraît aujourd'hui depuis bientôt six années ; les fragments insérés dans la *Revue des Deux Mondes* peuvent le prouver au besoin.

C'est la seconde fois que la Bretagne nous fournit les éléments d'un travail sérieux, et cependant nous n'oserions dire que ce sera la dernière. Tant de merveilleuses découvertes restent encore à faire dans cette mine de poésie, que nous y retournerons peut-être comme malgré nous. Là, d'ailleurs, les routes nous sont connues, les horizons familiers ; les hommes et les choses y parlent la langue de notre enfance, et nous sommes plus sûr de les comprendre.

Puis, pourquoi nier ce charme secret qui nous rattire sans cesse, et presque à notre insu, vers la vieille patrie ? Pourquoi ne point avouer que nous touchons à son passé, avec l'espèce d'attendrissement mélancolique que l'on aurait à retrouver les gages d'un premier amour ? Que la France ait gravé ses armes sur l'écusson effacé de nos vieux ducs, nous nous en réjouissons ; mais il n'en restera pas moins toujours pour nous une Bretagne que rien ne peut nous enlever ; c'est la Bretagne aux vallons ombreux et aux grandes bruyères, où les souvenirs de nos jeunes années sont ensevelis !

[1] Ajoutons que pour vérifier les renseignements qui nous étaient ainsi donnés, nous avons eu fréquemment recours à l'*Histoire de Nantes*, par le docteur Guépin, aux *Archives curieuses*, de M. Verger, et surtout à l'important ouvrage de M. Duchatellier, sur le *Mouvement révolutionnaire dans les departements de l'ancienne Bretagne*. Nous devons aussi à notre ami, M. Ducrest de Villeneuve, de Rennes, homme de style et d'études serieuses, des notes pleines d'intérêt, dont nous avons tiré profit.

I

NAISSANCE — MON ENFANCE CHEZ UNE NOURRICE
UNE FAMILLE AVANT 1789

Ce fut le 30 mai 1768 que l'on vint annoncer à mon père la naissance d'un enfant, au moment où il partait pour la forêt *du jour et de la nuit* [1], avec son chef d'atelier; il fit signe qu'il n'avait pas le temps de descendre de cheval pour me voir; on me baptisa sans bruit, je quittai Guingamp le lendemain avec ma nourrice, et il ne fut plus question de moi.

Je demeurai cinq ans à la campagne, plus aimé que soigné par la bonne paysanne qui s'était chargée de me tenir lieu de mère à raison de cinq livres par mois, outre la chandelle et le savon. Elle me préférait pourtant à ses propres enfants, que j'avais le droit de battre, en ma qualité de fils de bourgeois. Mes caprices faisaient loi à la ferme, et tous me cédaient par indulgence ou par respect.

La moralité chez l'enfant n'est que l'expérience, et dès que vous lui ôtez le sentiment vrai des choses, il se corrompt. Au lieu de me forcer à chercher ma place dans le monde, on avait essayé de me soumettre celui-ci; je crus être le but et le pivot de tout. Mes fantaisies ne trouvant point d'obstacles, se prirent elles-mêmes pour des droits. Mon cœur, dont la sensibilité n'était point entretenue par le sacrifice, s'endurcit; je devins dominateur, égoïste et cruel.

Ma nourrice vantait mes vices comme s'ils eussent été l'indice d'une race plus noble. A voir sa timide admiration devant mes mauvais instincts, on eût dit une poule toute fière d'avoir nourri, dans sa couvée, un oiseau de proie.

Les seuls enseignements raisonnables que je reçus à la ferme me venaient des animaux; eux seuls savaient se défendre de ma tyrannie. Il y avait surtout un chat fauve, qui, dès mes premières attaques, manqua de m'arracher un œil, et me tint, depuis ce temps, à distance. Je me rappelle encore l'espèce d'audace défiante avec laquelle il fixait sur moi ses yeux verts lorsqu'il me rencontrait, et la crainte mêlée d'estime que j'éprouvais en le laissant passer. C'était le premier être qui m'eût appris ce que peut le courage contre l'oppression, et son souvenir m'a plus d'une fois servi d'exemple depuis, dans les difficultés de la vie.

Ma mère et mes frères venaient me voir tous les ans à la ferme; c'était une fête pour tout le monde, excepté pour moi, car ce jour-là il fallait se laisser décrasser et porter des culottes!

Ma mère, qui tenait en outre à dépenser toute la tendresse qu'elle avait économisée pendant douze mois d'absence, me retenait près d'elle et m'accablait de caresses qui me semblaient des attentats à ma liberté; elle me recommandait d'être sage et de me moucher, deux préceptes dont je n'avais jamais reconnu la nécessité, et finissait toujours par des doléances mêlées de quelques bourrades sur mon peu d'amour filial.

Quoique élevés à la campagne comme moi, mes frères s'étaient, en effet, montrés d'humeur plus facile; les gâteaux avaient toujours fait parler chez eux la *voix du sang*, tandis que moi, aucune friandise ne pouvait m'apprivoiser. Amoureux avant tout de ma brutale indépendance, je ne pouvais me résoudre à feindre, dans l'intérêt de ma gourmandise, une affection que je ne ressentais pas; il me manquait un vice pour que l'on me pardonnât ceux que j'avais.

J'appuie sur cette circonstance parce qu'elle décida de ma vie entière; lorsque je retournai dans ma famille, j'y trouvai tous les esprits prévenus contre moi; on y avait décidé que j'étais incapable d'aimer mes parents, et, à force de me le répéter, on finit par se le persuader.

Je dois dire pourtant que mon père resta en dehors de tous ces jugements et de toutes ces influences. Je ne l'avais vu que deux fois pendant les cinq ans passés chez ma nourrice, et, aux deux fois, il s'était contenté de me relever la tête pour savoir si je n'étais point borgne, et de me faire marcher devant lui afin de s'assurer que je ne boitais pas. Mon père était un homme froid et laborieux, qui avait eu des enfants par distraction; il n'y voyait qu'une dépense de ménage. Uniquement occupé des tanneries qu'il dirigeait, et ne cherchant parmi nous ni joie ni tristesse, il demeurait étranger à tous ces événements d'intérieur que le cœur ou l'habitude rendent importants. La famille se réduisait pour lui au compte de dépense qu'il réglait chaque soir avec ma mère. Il agissait dans la maison comme ces grandes roues de moulin, qui font tout aller, mais du dehors et sans paraître tenir à rien.

A mon arrivée à Guingamp, j'eus beaucoup à souffrir de la part de mes frères, qui, plus grands et mieux établis dans la maison, voulurent faire de moi leur esclave; mais je me rappelais l'exemple du chat fauve et je sus l'imiter. Quand ils virent que je mettais sans cesse mes droits sous la sauvegarde de mes ongles, ils renoncèrent à une domination qui leur donnait plus de mal que de profit.

J'évitai d'ailleurs toutes les occasions de débats, je

[1] *Coët an e coët an noz*, dans le département des Côtes-du-Nord.

renonçai moi-même à partager leurs jeux, et ils s'accoutumèrent à me voir user à part de ma liberté.

Outre mes trois frères, j'avais deux sœurs destinées dès lors au couvent. Ennoblis par l'échevinage, mes ancêtres avaient vécu autrefois comme de vrais gentilshommes, c'est-à-dire dans l'oisiveté. Plus tard, la nécessité força notre famille à reprendre notre industrie roturière; mais les traditions aristocratiques y étaient restées vivantes. L'aîné héritait seul, et les cadets n'avaient d'autre perspective que le voile ou le rabat.

Habituées à cette idée, mes sœurs se préparaient déjà à leur sort, en jouant au couvent comme on joue au *petit ménage*. La maison était pleine de poupées habillées en nonnes. Mes frères s'étaient faits les aumôniers de cette communauté de carton, et avaient transformé le bûcher en une chapelle dans laquelle ils disaient la messe tous les dimanches, à la grande édification de leur troupeau.

Quant à moi, je m'occupais peu des projets de mes parents pour mon avenir. Je n'étais point heureux, car, pour l'enfance surtout, le bonheur n'est que l'amour; mais je menais une existence sauvage, insoucieuse et libre; je m'accoutumais à tirer parti de moi-même; j'étais perpétuellement en action pour résister ou conquérir; je vivais enfin!

Ceux qui voient aujourd'hui l'intérieur des familles ne peuvent deviner ce qu'elles étaient autrefois. La Révolution a eu ce grand résultat de resserrer tous les liens domestiques en essayant de les briser. Nous avons vécu pendant dix ans au milieu de nos sœurs, de nos femmes, de nos enfants, comme des naufragés attendant la vague qui va les emporter. La longueur de l'angoisse nous a fait prendre l'habitude de nous tenir cœur contre cœur. Et comment, en effet, ces grandes crises ne réveilleraient-elles point toutes les tendresses? Le dégoût ou l'effroi de la vie publique n'amènent-ils pas une réaction naturelle vers la vie privée? Après les révolutions inutiles, les programmes menteurs, les vaines agitations au *forum*, le moyen de ne pas rentrer au foyer? Une fois la croyance morte, à quoi se rattacher, sinon aux affections? Et quand tous les partis vous ont trompé, comment ne pas envelopper sa femme et ses enfants dans ses bras, en disant: Tout est là!

Soit que cette leçon eût manqué aux générations qui précédèrent 89, soit que les habitudes immorales de l'aristocratie eussent corrompu la bourgeoisie elle-même, on ne trouvait alors, dans la famille, ni cette égalité, ni cette caressante intimité que nous y voyons maintenant. Le mari, maître unique et sans contrôle, réglait les moindres dépenses; la femme ne pouvait acheter une chaussure sans lui en demander le prix; elle rendait compte de l'argent qui lui était confié, comme le fait aujourd'hui une servante, et, le plus souvent, avec aussi peu de fidélité.

Quant aux enfants, confiés, dès leur retour de nourrice, à des domestiques qu'ils ne quittaient plus, ils mangeaient à la cuisine et couchaient aux mansardes. On ne leur permettait guère avant quinze ans d'entrer au salon ni de prendre place à la table commune, qu'ils quittaient, en tous cas, avant le dessert.

Dans la petite bourgeoisie, les hommes seuls dînaient ensemble; la mère et les filles les servaient debout.

Je fus élevé ainsi jusqu'à douze ans, âge où mon père, fatigué de ma paresse et de ma turbulence, m'envoya au curé de Coëtmieu[1] pour qu'il prît soin de mon instruction. Je savais à peine lire, et l'on n'avait pu encore m'apprendre à compter.

II

SÉJOUR AU PRESBYTÈRE — LE CURÉ ET LE VICAIRE

Coëtmieu est situé entre Lamballe et Saint-Brieuc. Nous nous y rendîmes à pied de cette dernière ville.

Le paysan qui me servait de guide, après m'avoir fait traverser le bourg, composé d'une vingtaine de maisons, puis le cimetière, dans lequel je remarquai deux pruniers chargés de fruits, dont je pris note, me conduisit au presbytère, dont la porte n'était fermée qu'avec une ficelle nouée à un clou. Nous entrâmes en appelant, mais il n'y avait personne. Cependant je tombais de fatigue et de besoin; je le dis à mon guide.

— Qu'à cela ne tienne, me répondit-il, nous sommes chez un chrétien.

En parlant ainsi, il leva le panier qui recouvrait le pain de seigle posé sur la *mée*[2], poussa la coulisse de celle-ci et en tira une jatte de lait, que nous partageâmes.

Nous achevions de manger quand le recteur parut sur le seuil; il ne montra aucun étonnement à notre aspect.

— Bon appétit, mes gars! s'écria-t-il d'une voix joyeuse.

Le paysan se leva.

[1] *Bois de Saint-Mieu*, nom d'une paroisse du département des Côtes-du-Nord.

[2] Espèce de pétrin fermé par une couverture à coulisse, et dans lequel on ramasse le lait et le beurre.

— La porte était ouverte et l'enfant avait faim, dit-il simplement.

— Ce qu'on trouve ici appartient à tout le monde, répondit le prêtre du même ton.

Et s'approchant de moi avec un air riant, il passa la main sur mes cheveux. Mon guide me nomma alors et remit la lettre de mon père.

Après l'avoir lue, le bon curé m'embrassa et me fit beaucoup de questions sur ma mère, dont il était un peu parent, puis sur mes frères, qu'il n'avait point vus depuis leur baptême et qu'il croyait encore tout petits. La vieille servante arriva sur ces entrefaites; il me présenta à elle. Catherine gronda beaucoup de ce qu'on ne l'eût point appelée. Elle avait servi autrefois à Guingamp, et me demanda des nouvelles de vingt personnes mortes depuis dix ans et que je n'avais jamais connues. Elle trouva que je ressemblais à mon père, s'extasia de me voir si fort, et me força à recommencer une seconde jatte de lait, en m'assurant qu'à mon âge on avait toujours faim.

Elle me conduisit ensuite elle-même, avec le recteur, dans une petite chambre que je devais occuper. Elle ressemblait à toutes celles du presbytère : on y voyait une petite table de chêne, deux chaises de paille, un lit à rideaux de serge et un bénitier de faïence suspendu au chevet; mais j'avais vécu jusqu'alors en communauté avec mes frères, dans une mansarde où nous étions quatre à nous disputer un escabeau; avoir une chambre, une table, une chaise, devait donc me sembler une inappréciable richesse; c'était devenir quelque chose : au lieu d'être, comme naguère, une sorte de fraction sans valeur dans la famille, je me trouvais une personne; j'avais mon coin, et par conséquent mes droits!

Après m'avoir montré ma chambre, le recteur m'interrogea sur mes études, et reconnut bientôt que je ne savais rien. Il n'en montra ni surprise ni mauvaise humeur. C'était un homme simple, qui estimait la science à sa juste valeur. Il me dit, toutefois, qu'il faudrait réparer le temps perdu, régla, pour l'avenir, la distribution de mes heures, et me donna congé pour trois jours.

Je descendis ensuite avec lui au jardin du presbytère, qui ressemblait à tous les *courtils* de Bretagne à cette époque. On y voyait des légumes communs, quelques sillons de lin, de vieux pommiers, au pied desquels bourdonnaient deux ou trois ruches, des poiriers et des pruniers sauvages, à demi étouffés par les sureaux. Çà et là fleurissaient des violiers simples, des pavots et des églantines; le tout était enclos d'une haie d'aubépines, dans laquelle on entendait le merle siffler. Près de la maison se trouvait un puits entouré de vignes; un peu plus loin, une cabane enfouie dans les noisetiers et de laquelle s'exhalait une douce odeur d'étable. Le bon recteur me montra tout en détail.

Du jardin nous passâmes dans le cimetière, du cimetière dans la vallée. La campagne était fleurissante, et les oiseaux commençaient à faire leurs nids; tous les buissons chantaient.

Je m'étais vite accoutumé à la soutane de mon guide. Je lui répondis bientôt sans embarras; puis, passant de la crainte à l'extrême confiance, selon l'habitude des enfants, je me mis à lui faire part de toutes mes pensées et lui raconter jusqu'à mes espiègleries. Le bon recteur semblait prendre plaisir à mes confidences; il m'y encourageait même par ses rires et ses questions, lorsqu'il s'arrêta subitement. Je levai les yeux; un autre prêtre venait de se montrer au bout du sentier et s'avançait vers nous.

— Tais-toi, me dit le vieux curé d'une voix contrainte; c'est mon vicaire. Ne dis rien devant lui... il n'aime point les bavardages d'enfant.

Dans ce moment le jeune prêtre nous rejoignit. C'était un homme d'environ trente ans, dont le teint était pâle, les yeux caves et les lèvres très-minces. Il salua le recteur avec humilité; celui-ci me présenta en me nommant. Le vicaire tourna sur moi un regard si aigu, qu'il me fit mal.

— A-t-il fait sa première communion? demanda-t-il.

— Je ne m'en suis point encore informé, répondit le vieux curé, en rougissant un peu.

Je déclarai que je ne l'avais pas faite.

— Et quel âge avez-vous?

— Douze ans.

— Il n'a sans doute reçu aucune instruction religieuse, continua le jeune prêtre en se tournant vers le recteur.

— Je le crois un peu en retard, répondit celui-ci.

Le vicaire haussa les épaules, et après un moment de silence :

— Je me chargerai de préparer l'enfant à la sainte table, dit-il, si vous le permettez.

Et le recteur ayant répondu par un signe affirmatif :

— Nous commencerons demain, ajouta-t-il, en se retournant vers moi.

Je regardai le vieux curé pour lui rappeler les trois jours de congé qu'il m'avait promis; mais il ne comprit point ou ne voulut point comprendre mon regard.

Je ne tardai pas de m'expliquer la gêne que M. Durand avait laissé voir à l'apparition de son vicaire.

Abandonné dès sa naissance par des parents qu'il ne connut jamais, Bernard avait été élevé par le vieux prêtre, qui espérait trouver dans cette adoption quelques-unes des douceurs défendues de la paternité. Mais le sort avait mal servi ses désirs : loin de se montrer reconnaissant, le jeune homme sembla lui en vouloir d'être son obligé. C'était un de ces superbes que le bienfait ne touche point, parce qu'il les humilie; race de Satan, qui ne peut vous pardonner d'avoir été fort, fût-ce pour la secourir !

Bernard, d'ailleurs, n'était point un être de la même nature que le curé. Il y avait un abîme entre l'intelligence naïve de celui-ci et la finesse tortueuse de l'autre. Durand n'avait jamais franchi, même dans ses aspirations de jeunesse, les bornes du probable et du facile. Un peu d'habitude, assez de foi et beaucoup de bonté, lui avaient donné le cœur d'un prêtre; mais il avait accepté le dogme plutôt qu'il ne l'avait étudié. Chez lui, et à son insu même, le sens pratique mitigeait la croyance et l'appropriait à la vie réelle. Bernard, au contraire, avait sondé les moindres replis de la doctrine catholique; il avait aiguisé son esprit à toutes les arguties du séminaire, et s'était enfermé dans les principes de l'Église comme dans une cuirasse d'acier. Sa foi n'avait rien d'ardent; mais c'était quelque chose d'immuable. Les syllogismes de l'école coulaient dans ses veines au lieu de sang; il n'y avait point de cœur chez lui, mais un dogme.

Et cependant, ce fanatique à froid était miné par une passion invincible ! au plus profond de son âme double, se cachait une ambition sans frein, parce qu'elle était sans espérances probables ! Il y avait du Sixte-Quint dans ce bâtard villageois qui marchait aussi les regards baissés, cherchant à terre les clefs de la puissance et de la richesse.

Devenu vicaire de son bienfaiteur depuis quelques années, il n'avait point tardé à prendre seul toute l'autorité. Cela s'était fait sans querelle et par une sorte de fatalité mystérieuse. A partir du jour où il avait paru au presbytère, le vieux curé avait senti près de lui une supériorité malveillante qui l'observait, et, réduit à l'impuissance par cette obsession invisible, il avait forcément accepté la domination du vicaire.

Une fois ce premier pas gagné, Bernard étendit son action au dehors. Bientôt rien ne se fit dans la paroisse sans qu'il y eût part; mais il sut conserver à cette participation l'apparence de la charité, en se faisant demander comme service ce qu'il désirait le plus lui-même. Retranché dans une pieuse impassibilité, il saisissait toutes les occasions d'être utile, sans vouloir accepter aucune expression de reconnaissance. Il avait observé sans doute que les remercîments reçus amenaient, pour le pauvre l'oubli, pour le riche la familiarité; il voulait les maintenir ses obligés, afin de les avoir dans sa dépendance.

Il ne tarda pas ainsi à dominer sans opposition. En subissant sa volonté on ne croyait pas lui obéir, mais seulement se montrer reconnaissant. On avait un prétexte de se laisser conduire, et c'était assez pour que toutes les paresses et toutes les lâchetés humaines concourussent à cette usurpation du pouvoir. Il est rare, en effet, que l'homme ne se trouve point heureux d'avoir un maître qui pense pour lui. Son indépendance est moins souvent de la dignité que de l'orgueil, et la plupart des esclaves ne se révoltent que parce qu'on voit leurs chaînes.

Dès le lendemain de mon arrivée, j'eus à supporter la tyrannie commune. Le vicaire s'empara de moi, sous prétexte de me préparer à ma première communion; il m'enveloppa de sa surveillance continue et silencieuse; je devins son prisonnier.

Il y eut d'abord en moi quelques velléités de révolte; mais elles tombèrent aussitôt devant la patience glacée du jeune prêtre. Rien n'avait prise sur lui : cette âme ressemblait à l'acier poli; son égalité même constatait sa dureté. Trouvant moins de fatigue à obéir qu'à résister, je me résignai à la soumission.

Cependant, comme on ne peut dépenser dans l'enfance qu'une certaine somme d'attention et d'activité, je me dédommageais de mon zèle avec le jeune vicaire par ma négligence avec le vieux curé. Les écoliers ressemblent aux hommes; le maître le plus indulgent est toujours le plus mal servi.

Malgré toute sa bonté, M. Durand finit par s'irriter de ma paresse, et par le laisser voir; le jeune prêtre attendait ce moment : il proposa de lui éviter tout ennui en se chargeant seul de mon instruction. Le curé refusa d'abord; mais Bernard renouvela sa demande; il rappela au recteur son âge, ses habitudes, son asthme; les amis communs s'entremirent. A chaque indisposition de M. Durand, à chaque impatience causée par ma paresse, les prières se renouvelaient; il n'y avait qu'une opinion sur l'obstination du curé et sur le dévouement du vicaire.

Enfin, de guerre lasse, M. Durand céda. Il me dit un jour, les larmes aux yeux :

— C'est décidé, Baptiste, je suis trop vieux pour être encore bon à quelque chose; Bernard vous donnera désormais vos leçons.

Cette nouvelle me saisit, non à cause du curé, dont je ne comprenais point la douleur, mais à cause de moi. Je pensais avec effroi à la discipline sévère que le jeune prêtre allait m'infliger.

Je fus singulièrement surpris en le trouvant plus sérieux que difficile à satisfaire. Il se contenta d'exiger moins d'irrégularité dans mon travail et plus de calme pendant mes leçons; fermant du reste les yeux sur les négligences ou l'incapacité. Je compris plus tard qu'il ne m'avait retiré à M. Durand que pour se créer des relations avec ma famille, qui avait alors quelque importance, et s'assurer au besoin sa protection. Les véritables ambitieux savent qu'un grain de sable peut causer la chute ou la prévenir, et ils ne méprisent rien qu'après le succès.

Les deux premières années passèrent sans amener aucun événement qui m'ait laissé de souvenir.

Je ne menais point une vie malheureuse, mais triste. Bien que le vicaire se montrât plus traitable que je ne l'avais craint d'abord, ses leçons étaient pénibles à recevoir. Il y avait dans son enseignement quelque chose d'écrasant; on se sentait comme dans une machine pneumatique : l'air ne vous arrivait que selon sa volonté et à doses mesurées; son savoir n'avait ni chaleur, ni lumière : il chargeait l'intelligence sans l'éclairer. On eût dit une de ces aurores d'hiver, couvertes de brumes étouffantes et auxquelles manque le soleil. Avec lui jamais une connaissance n'était une production naturelle de votre intelligence, il vous l'imposait durement comme un joug. La science entre ses mains se réduisait à un catéchisme dont il fallait apprendre les réponses; chaque règle était un symbole de Nicée.

Nul doute qu'une telle éducation n'eût engourdi tous les ressorts d'un esprit déjà paresseux et complété mon abrutissement, si le hasard n'avait amené une utile diversion.

III

PROMENADE — JOSEPH LE MAITRE D'ÉCOLE

La paroisse de Coëtmieu est arrosée par deux ruisseaux : le Gouessan, qui la sépare d'Andel, et l'Évran, qui la sépare d'Hillion. J'aimais surtout celui-ci, à cause de ses rives vertes, de ses haies touffues, et je passais toutes les heures dont je pouvais disposer dans les prairies qui entourent le moulin de la Perche.

Je trouvais là, en abondance, tout ce qui fait un enfant riche et heureux : des nids, des papillons, des fleurs; c'était ma terre promise ! J'en revenais le soir chargé de corbeilles de joncs tressés, de couronnes de marguerites et de baguettes de noisetiers à écorce sculptée.

J'emportais d'habitude, pour ces excursions, un gros livre qui me servait à dessécher des papillons et des fleurettes. C'était un Plutarque dont M. Durand, qui n'avait pourtant jamais lu Molière, s'était longtemps servi *pour mettre ses rabats.* Un soir, pressé par l'heure, je laissai le volume sur l'herbe, et je ne m'aperçus de mon oubli qu'à mon arrivé au presbytère. Il était trop tard pour retourner le chercher; mais, le lendemain, je me levai avec le soleil et je courus à la vallée.

En arrivant près du massif de bouleaux où je l'avais oublié, j'aperçus un homme assis et tenant à la main un livre qu'il lisait avec attention ; c'était mon Plutarque ! Je m'avançai, un peu inquiet. Le lecteur leva la tête; mes regards, fixés sur le volume qu'il tenait, lui indiquèrent, sans doute, le motif de mon arrivée.

— Vous cherchez ce livre? me demanda-t-il; je l'ai aperçu là en passant, et, comme j'avais le temps, je me suis mis à le parcourir. Cela est bien beau, mon jeune maître, et vous êtes heureux d'avoir de pareilles histoires à lire.

En parlant ainsi, il se leva et me tendit le volume avec une sorte de regret. Je fis alors attention à son costume, que je n'avais point remarqué auparavant. C'était, à peu de chose près, celui des paysans d'Yffiniac; mais la cravate blanche, les cheveux ras sur le devant à la manière des *cloarecs*, la longue écritoire de basane sortant de la poche entr'ouverte, et les trois volumes qu'il tenait sous le bras, réunis par une courroie, ne laissaient aucun doute sur sa profession. Je reconnus un de ces maîtres d'école nomades qui allaient, alors, de ferme en ferme apprendre aux enfants le catéchisme, les prières latines et la croix de Dieu.

Joseph (c'était son nom), venait des Ponts-Neufs et se rendait à une métairie de Coëtmieu. C'était mon chemin pour revenir au presbytère; nous fîmes route ensemble, en causant.

Ce qu'il venait de lire, dans mon Plutarque, l'avait singulièrement frappé; il ne me parla point d'autre chose. C'était, autant qu'il m'en souvient, *la vie de Thésée.* Il me raconta longuement comment le fils d'Etra avait tué des monstres et puni des brigands à l'exemple de Pol de Guignolé et d'Ifflam, d'heureuse mémoire. Je n'oserai même affirmer qu'il ne fit point du héros grec un saint breton. Quant à moi, j'en demeurai persuadé. Plaçant, par un jeu d'imagination que tout le monde a éprouvé, la scène extraordinaire qu'il me racontait dans les lieux qui m'étaient connus, je me mis à chercher Crommyon, Mégare, Hermione, entre Andel et l'Evran. L'espoir de connaître d'autres histoires aussi belles, sans avoir la fatigue de les lire, me fit proposer à Joseph de lui prêter mon gros livre. Je prévenais son plus cher désir; il brûlait de me le demander et n'avait osé. Nous convînmes de nous retrouver le surlendemain au moulin de la Perche. Joseph devait me rapporter le livre et me raconter ce qu'il y aurait lu.

En arrivant, deux jours après, au rendez-vous, je trouvai le maître d'école qui m'avait précédé. Il n'avait pu achever le volume, car il lisait avec amour (ainsi que tous ceux qui lisent avec ignorance), et par conséquent lentement : il me pria de le lui laisser encore et me raconta, pour que je prisse patience, les histoires de Romulus, de Lycurgue et de Numa.

Sa lecture avait été si attentive, si passionnée, qu'il me fit ces récits avec les pensées et presque avec les mots de Plutarque. Sa voix s'élevait, son accent prenait une sorte de noblesse solennelle ; on eût dit un rapsode racontant la vie de quelque héros aimé, et mêlant aux vulgarités de l'improvisateur les subites et passagères inspirations du génie.

Je lui laissai mon volume et nous convînmes d'un nouveau rendez-vous.

Ceux-ci se multiplièrent au point que je ne passai bientôt plus un seul jour sans voir Joseph. Après Plutarque, je lui avais prêté le *Petit Carême* de Massillon, et après le *Petit Carême*, *Robinson Crusoé*. La bibliothèque entière de M. Durand, composée d'une quarantaine de volumes dépareillés, passa ainsi successivement entre ses mains, et lorsqu'elle fut épuisée il la recommença.

Je continuais du reste à lui demander compte de ses lectures, et je trouvais un plaisir indicible à l'entendre me les redire ; en passant par lui, la pensée de l'auteur perdait ses développements scientifiques ou trop élevés, il l'appropriait à mon intelligence. La nourriture intellectuelle m'arrivait ainsi, après avoir subi une première préparation, comme la nourriture corporelle à l'enfant qui n'a point encore quitté le sein de sa mère.

L'esprit de Joseph était crédule, on pouvait même le croire simple, au premier aspect ; mais, en l'observant davantage, on reconnaissait facilement qu'il n'était qu'ingénu. S'il ignorait beaucoup de choses vulgaires, il était, en revanche, capable de comprendre les plus sublimes. Sa naïveté même lui tenait lieu de profondeur. Il y avait dans cette nature une force d'homme et une probité d'enfant. Joseph ne reculait devant aucune conséquence des principes qu'il avait admis ; il croyait à la logique comme à une religion, et un paradoxe lui semblait un sacrilége. Quant à l'imagination, il l'avait mobile et féconde, il entrelaçait avec un admirable instinct ses sensations à ses souvenirs, et donnait à tous ses récits une sorte de personnalité remuante.

Comme la plupart de ses pareils, il avait d'abord voulu devenir prêtre ; mais ses parents étaient morts, les ressources lui avaient manqué, et il s'était vu forcé d'interrompre ses études à peine commencées. La perte de cette espérance, coupée en sa fleur, avait jeté une sorte de tendre affliction sur sa jeunesse ; aussi sa parole ne manquait-elle point parfois d'attendrissement. Je m'arrête sur ces détails, parce qu'ils se rattachent pour moi à des réminiscences d'une inexprimable douceur, et que je compte au nombre des heures les plus heureuses de ma vie celles que je passai alors avec le jeune maître d'école.

Nous nous donnions chaque jour rendez-vous au pied d'un calvaire de carrefour, ou au croissant de quelque clairière, et une fois réunis, celui qui avait le plus de temps conduisait l'autre, en causant, par les sentiers détournés. Souvent, quand rien ne nous pressait, nous nous couchions sous les sureaux, au bord de quelque prairie, et là, au murmure de l'eau parmi les cressons, et au gazouillement des oiseaux dans les feuilles, Joseph me racontait ses pensées et ses projets ; il me chantait les derniers sônes qu'il avait composés, ou me répétait les vieilles légendes du pays ; car Joseph était un conteur renommé dans les fileries[1]. Il n'y avait point, dans tout le canton, un lieu auquel il ne pût rattacher une tradition antique, pas une *croix de meurtre* sur le bord du chemin, pas un *menhir* debout dans la lande déserte, sur lesquels il ne pût raconter une histoire touchante ou terrible.

Un soir que nous revenions ensemble de *l'Aile des haies*, je m'arrêtai, fatigué, au versant de la colline, et je m'assis aux pieds d'un *Peulvan*, qui semblait indiquer les limites de la terre labourable, et séparait brusquement la bruyère des épis. Mon compagnon vint prendre place à mes côtés.

— Il y a cent ans, dit-il, que personne n'eût osé s'asseoir comme nous, adossé à cette pierre.

— C'est un chandelier de Cornicanets[2]? demandai-je.

— C'est une pierre bornale ; mais vous connaissez certainement son histoire, tout le monde la sait dans le canton.

Je répondis que je n'en avais jamais entendu parler ; il consentit à me la raconter.

[1] Nom donné aux veillées qui ont lieu les soirs d'hiver, dans les étables où les femmes se réunissent pour filer au fuseau.

[2] Pour l'explication de tous ces mots : *croix de meurtre*, *menhir*, *peulvan*, *chandelier de Cornicanets*, voyez *les Derniers Bretons*.

« Il y a de cela plusieurs siècles, me dit-il ; on voyait encore souvent des miracles, et l'on ne parlait point ici la langue du haut pays. Cette pierre n'était point au bord de la lande, comme vous la voyez maintenant, mais plus bas dans la terre labourable, qu'elle séparait en deux parties inégales. La plus petite appartenait à un homme appelé Ivon, dont la cabane se trouvait ici près sur la bruyère; l'autre, comprenant presque tout le coteau, était cultivée par Claude Perrin, de la paroisse de Trégénest. Si le pauvre eût envié le riche, les chrétiens auraient soupiré, en disant : — C'est la misère qui le fait pécher. Toutefois, ils l'eussent compris; mais ce fut le riche qui envia le pauvre. Voyez la folie humaine !

Claude récoltait une gerbe, quand son voisin cueillait un épi; ses greniers étaient combles, lorsque la femme d'Ivon remplissait son tablier ; et cependant il jeta un regard de jalousie sur ce coin de terre où Dieu avait mis le pain du pauvre. Il le haïssait d'être son voisin, comme s'il ne fallait pas toujours en avoir un, puisqu'il n'y a que Dieu qui ait tout !

Perrin chercha longtemps les moyens de prendre pour lui seul le coteau entier. Il eût bien voulu trouver un tort à Ivon ; malheureusement celui-ci était un homme de paix, priant soir et matin, travaillant sans se plaindre, et soignant sa femme, qui avait été belle, et qui maintenant se mourait. Le courage lui tenait lieu de richesse, la patience de bonheur ! Claude l'entendait chaque jour conduire son maigre attelage dans les sillons, en chantant des noëls; tandis que lui, qui était riche et sans malades au foyer, il ne pouvait chanter, tant il est vrai que la joie ne vient qu'aux bons cœurs !

L'envie du fermier de Trégénest s'en augmentait de plus en plus ; son avarice, d'ailleurs, allait croissant avec l'âge : il ne pensait qu'au champ du voisin ; il y rêvait : toute son âme était attachée à ce morceau de terre, qui ne pouvait être à lui.

Il avait bien consulté des avocats, et leur avait fait lire ses titres, pour savoir si la loi ne lui donnerait pas les moyens de voler Ivon ; mais les avocats lui avaient dit : — Il faut y renoncer, bonhomme.

Alors la rage le prit.

— Puisque les gens de robe n'y peuvent rien, dit-il, il n'y a plus que le démon pour m'aider.

Il y avait alors à Landelieu un carrefour hanté ; Claude Perrin se décida à y aller, au coup de minuit.

En arrivant, il trouva sous le vieux chêne un homme vêtu d'un manteau rouge et qui avait une plume noire. Cet homme lui dit :

— Claude, je sais ce qui t'amène.

— Qu'est-ce donc ? demanda l'avare.

— Tu viens demander les moyens de prendre le champ d'Ivon pour l'ajouter au tien.

Claude commença à trembler, car il comprit qu'il était devant le roi du mal.

— Je ferai selon tes désirs, continua l'homme rouge, mais à une condition.

— Laquelle ?

— C'est que tu ne pourras défaire ce que tu auras fait.

Claude accepta.

— Eh bien, reprit le démon, va demain, pendant la nuit, arracher la pierre bornale qui sépare tes sillons de ceux de ton voisin, et plante-la sur la lisière de la lande : les bruyères sont longues et les épis mûrs, on ne s'apercevra de rien; seulement, quand le jour de la moisson sera venu et qu'Ivon arrivera avec sa faucille, renvoie-le, en disant que tout le blé t'appartient. Les gens de justice chercheront la pierre bornale, pour savoir la vérité ; et comme on la trouvera en dehors des terres labourables, ils décideront que celles-ci sont à toi et les bruyères à ton voisin.

A ces mots, le démon disparut. Claude Perrin retourna chez lui, et, dès la nuit suivante, comme il lui avait été recommandé, il déplaça la pierre bornale sans être vu de personne. Quelques jours après, lorsque Ivon voulut moissonner, il s'y opposa, en prétendant que la moisson lui appartenait. Les gens du roi furent appelés pour décider. Ils trouvèrent la pierre bornale sur la limite des terres labourables, et déclarèrent en conséquence que celles-ci appartenaient tout entières à Claude Perrin.

Ivon, dépouillé de ce que son père lui avait laissé, ne montra ni colère ni désespoir. Il enterra sa femme, que l'arrêt des juges avait fait mourir; remercia Dieu de ne point lui avoir donné d'enfants pour partager sa misère; coupa dans les landes un bâton de genêt, et disparut sur la route déserte.

Cependant, les remords ne tardèrent pas à saisir le richard de Trégénest. Depuis qu'il était maître de tout le coteau, il ne pouvait goûter une heure de repos. Ce champ d'Ivon, qui l'avait tant tourmenté lorsqu'il ne lui appartenait pas, le tourmentait encore davantage depuis qu'il le possédait. Il trouvait un goût de mort au pain récolté dans ces sillons volés ; il lui semblait, quand il passait contre, que la pierre bornale allait parler pour l'accuser.

Il vécut ainsi sous le poids de son repentir et dans la terreur du jugement de Dieu, jusqu'à ce qu'il mourût un jour, subitement, sans confession.

Or, Claude avait un fils aussi généreux et aussi charitable de cœur qu'il était, lui, avare et dur. Olivier passait sa vie à assister les mourants, à soulager les pauvres, et à parler de Dieu aux petits enfants. Soupçonnant son père d'avoir fait le mal, il tâchait de racheter son âme par le bien qu'il accomplissait en son intention.

Un jour qu'il revenait de quelque bonne œuvre, la nuit le prit dans les chemins abandonnés. Aucune étoile ne brillait au firmament; le vent soufflait à travers les vieux chênes, et les ruisseaux débordés jetaient des murmures tristes dans la vallée. Le cheval d'Olivier suivait un chemin creux, où l'eau coulait comme dans le lit d'une rivière. Ils arrivèrent ainsi jusqu'à la croix de Saint-Gleu.

Là, Olivier aperçut un homme étendu sur les marches du calvaire; il était immobile et faisait entendre un râle d'agonie. Le fils de Claude descendit de cheval et s'approcha.

— Que faites-vous là, pauvre homme? demanda-t-il.

Le mendiant ne répondit rien. Olivier prit ses mains, elles étaient froides; il toucha son front, il le trouva brûlant. Tirant aussitôt une gourde de pèlerin qu'il portait toujours, il l'approcha des lèvres de l'inconnu, il lui fit boire un peu de *vin de feu*, qui le ranima. Il ouvrit alors les yeux, aperçut Olivier et voulut parler; mais deux mots seulement purent sortir de sa bouche :

— J'ai froid! j'ai faim!

Le jeune homme se sentit remué jusqu'au fond des entrailles.

— Est-ce vrai, dit-il, que dans un pays chrétien une créature de Dieu puisse mourir faute d'un toit et d'un morceau de pain?

Et en parlant ainsi, il sentait les larmes qui lui montaient du cœur sous les paupières.

— Pauvre homme, reprit-il, un peu de courage, et bientôt vous n'aurez plus ni faim, ni froid!

En même temps il le souleva dans ses bras, le posa sur le cou de son cheval, puis il monta derrière lui, et continua sa route.

Il y avait déjà longtemps qu'ils marchaient. Ils venaient de dépasser les bruyères du coteau; ils allaient atteindre la terre labourable, lorsque le cheval s'arrêta tout à coup avec un hennissement d'effroi. Olivier leva les yeux...

Un fantôme, vêtu seulement de son linceul, était debout près de la pierre bornale, qu'il cherchait à arracher avec des gémissements; mais à ces gémissements répondait un rire terrible, venant on ne sait d'où, car on ne voyait personne!

— Laisse-moi la remettre à sa place, disait le spectre en pleurant.

— Non, répondait l'invisible; tu as promis de ne point défaire ce que tu aurais fait.

— Mais je brûlerai tant que la terre usurpée n'aura point été rendue au pauvre!

— Et tu ne peux pas la lui rendre, observa la voix ironique, car tu es mort!...

— Quand donc alors serai-je sauvé?

— Jamais!

Le fantôme se tordit les mains.

— Ivon! Ivon!... s'écria-t-il, viens reprendre ton bien.

A cet appel, le mendiant se dressa sur le cheval.

— Me voici, Claude Perrin, dit-il; restitue-moi ce que tu m'as dérobé, et je prie Dieu qu'il te fasse miséricorde.

A ces mots, deux grands cris retentirent dans la nuit; le spectre se retourna, et Olivier reconnut son père!

Le lendemain, le notaire de Trégénest rédigeait un acte par lequel le mendiant Ivon était déclaré légataire de tous les biens d'Olivier Perrin, qui entrait en religion.»

J'ai voulu conserver ici cette tradition de la Pierre Bornale, parce qu'elle donne une idée de la manière dont racontait Joseph, et des opinions qui lui étaient familières.

IV

LE MAITRE D'ÉCOLE — DÉPART DE JOSEPH

On conçoit combien de tels récits devaient impressionner une imagination jeune et déjà ardente. Joseph me révélait tout le côté poétique de la vie et contre-balançait, par ses épanchements, les arides leçons du vicaire. Avec lui j'étudiais vraiment la morale, dont Bernard ne m'apprenait que le cérémonial; c'était la science vivante rectifiant la science morte, l'homme succédant au programme.

Je n'ai pas besoin de dire combien le maître d'école m'était cher. Je me trouvais à l'âge où l'on aime de reconnaissance tous ceux qui veulent bien se courber à votre taille. L'affection de Joseph me grandissait; j'étais fier et étonné de le comprendre, de l'intéresser; je me sentais homme en causant avec lui.

Son amitié n'était pas moins sincère. Il me racontait tous ses ennuis et toutes ses inquiétudes.

Le *magister* de notre époque, logé et payé aux frais de la commune, secrétaire de la mairie, propriétaire le plus souvent, et officier dans la garde rurale, ne peut donner qu'une idée bien inexacte de ce qu'était, en Bretagne, un maître d'école avant la Révolution. Les leçons de celui-ci ne se donnaient point dans un local commun; le professeur allait chercher ses élèves de cabane en cabane. Il les trouvait tantôt à l'étable, pilant les repousses d'ajonc; tantôt dans le pré, coupant l'herbe nouvelle; tantôt aux champs, gardant les troupeaux. Tous deux s'asseyaient où ils s'étaient rencontrés, sur l'auge de pierre ou sur le fossé verdoyant; les livres étaient ouverts, et les leçons se donnaient. Si l'heure du repas venait à sonner, le *magister* prenait place à table avec les hommes; tandis que le tailleur, son naturel ennemi, ne mangeait que plus tard, à la table des femmes.

Tout le jour était employé ainsi à courir les fermes isolées, et le dernier dimanche de chaque mois, le maître d'école recevait cinq sous de chaque famille... c'était le prix invariable pour tout le pays!... Il y avait seulement, en outre, des cadeaux d'usage. A la tuerie des porcs et des génisses, le maître d'école emportait un quartier de viande salée et une aune de boudin; à la récolte des ruches, il recevait un rayon de miel; aux rouïs de lin, trois poignées de filasse; et à la moisson du blé, une mesure d'orge ou de seigle. Les fermiers riches ajoutaient, chaque année, une paire de sabots et quelques aunes de berlinge, lorsque la pièce revenait de chez le tisserand; mais c'étaient des générosités rares et sur lesquelles on ne pouvait compter.

Les maîtres d'école menaient d'habitude vingt ou trente ans cette vie pauvre et laborieuse; puis, les infirmités venant, ils prenaient le bissac de toile grise, le bâton blanc, et allaient mendier de porte en porte, jusqu'à ce que le seigneur ou le curé eût pitié d'eux et leur obtînt une place à l'hospice le plus voisin!

Joseph savait que tel était le sort qui l'attendait, s'il ne changeait point de position. Aussi n'avait-il point renoncé à ses premiers projets; et, sans confier à personne ses espérances, il avait tout préparé pour leur accomplissement. Depuis bientôt dix ans qu'il était maître d'école, il avait épargné tous ses gains, vivant le plus souvent de pain noir et de cresson, qu'il cueillait le long des ruisseaux. Expliquer par quel miracle d'économie il avait pu ramasser ainsi la somme dont il avait besoin, c'est ce que nous laisserons à de plus habiles; toujours est-il qu'au bout de dix ans il se trouva riche d'environ quinze louis. Il avait calculé qu'il ne lui en fallait point davantage. Il m'annonça un soir qu'il partait le lendemain pour Saint-Brieuc, où une affaire l'appelait. Il fut cinq jours absent; lorsqu'il revint, la joie éclatait sur son visage.

— Tout est arrangé, me dit-il; à la fin de la semaine je repars et je reprends mes études pour devenir prêtre.

— Est-ce possible! m'écriai-je en reculant; vous êtes-vous décidé si vite?

— Je n'ai jamais cessé d'y penser, me répondit-il. J'ai gagné, comme maître d'école, de quoi vivre de pain d'orge, là-bas, pendant trois ans; c'est le temps qu'il me faut pour achever mes classes et recevoir les ordres. Félicitez-moi, Baptiste, je ne vivrai plus comme un vagabond qui mange où il se trouve, et n'a à lui ni un foyer, ni un escabeau; je ne serai plus en butte aux méchancetés des tailleurs, qui vont me calomnier de métairie en métairie; ni aux mépris du bedeau, qui croit savoir le latin parce qu'il chante les Vêpres. Ils auront du respect pour la soutane que je porterai, et je ne serai pas obligé de leur en vouloir, moi qui ne demande qu'à aimer tout le monde. Puis j'aurai mes heures à moi, du moins!.. Je pourrai passer ma vie à lire, à prier Dieu et à penser aux choses saintes!... N'est-ce pas assez pour attendre patiemment sa dernière délivrance!...

Je ne savais que répondre, suspendu entre le désir de le voir heureux et le regret de son départ. J'aurais voulu trouver de bonnes raisons contre son projet, et je n'en voyais aucune.

— Êtes-vous sûr, lui dis-je au hasard, d'apprendre en trois ans tout ce qu'il faut pour être ordonné prêtre?

— Sûr, me répondit-il. J'étudie seul depuis longtemps; je me suis fait examiner par un prêtre de Saint-Brieuc qui connaissait mon père, et je l'ai adjuré, au nom du défunt, de me dire la vérité; il m'a affirmé que dans trois ans, sauf les empêchements venant de Dieu, j'aurais la tonsure.

— Et quand vous serez prêtre, êtes-vous certain qu'on vous trouve une paroisse? le fils d'Abgral en Coëtmieu porte la soutane depuis deux ans, et il est encore à la charge de son père; M. Durand dit qu'il faut des protections à l'évêché pour être même vicaire.

— Aussi n'ai-je point l'espoir de le devenir; mais tant d'autres vivent de leurs messes à douze sous et des cinq sous donnés pour assistance aux services usuels de la paroisse. J'apprendrai des sermons que j'irai prêcher, pendant le carême, dans les grandes paroisses, et je ferai, après, une quête selon l'usage; en Plouagat-Guéran et en Louargat, elle peut produire ainsi jusqu'à quarante écus; le Gorrec de Ploujean, que j'ai vu à Saint-Brieuc, n'a point d'autres ressources, et il vit richement, car il a acheté une montre d'argent, un parapluie et la soutane de cadis pour les dimanches.

Qui sait d'ailleurs, ajoutait Joseph, que la joie rendait ambitieux; qui sait si un heureux hasard ne me rendra point titulaire d'une altaristie ou d'une chapelle? il y en a dont le revenu va jusqu'à sept cents livres! Que de bien l'on peut faire avec cette somme!... Alors, Baptiste, je pourrai vous recevoir chez moi! comprenez-vous quel bonheur! J'aurai une maison planchéiée, une vieille servante qui me filera une toile chaque année, et, de temps en temps, une barrique de vin de vingt-cinq écus pour boire avec les pauvres et les vrais amis! Qu'une telle bénédiction m'arrive seulement pour mes derniers jours, Baptiste, et je croirai que Dieu a autant fait pour moi que pour le curé de Bothoa, dont la paroisse vaut un évêché.

Le maître d'école m'entretint encore longtemps de ses espérances : je n'avais rien à y opposer; mais j'étais irrité qu'elles me parussent raisonnables. La douleur prend souvent l'expression de la colère.

Je reçus le surlendemain les adieux expansifs de Joseph avec une sorte de mécontentement maussade; j'eus l'air de l'embrasser à contre-cœur et de le voir partir avec indifférence; mais, dès qu'il eut disparu, je fondis en larmes.

Son départ était, en effet, le plus grand malheur qui pût m'arriver. Avec lui je perdais l'intérêt de ma vie; c'était la lumière qui disparaissait de mon horizon.

Par une bizarrerie que peut expliquer la logique de l'enfance, je pris en haine la carrière nouvelle que Joseph allait parcourir, uniquement parce qu'elle avait nécessité son départ, et contrarié, ainsi, mes affections. Liée au souvenir du premier chagrin de cœur que j'eusse ressenti, la prêtrise me devint odieuse. J'ignorais encore combien cette aversion contrarierait d'espérances et me causerait de soucis.

L'absence de Joseph me livra à toutes les folles inspirations de la solitude. L'âme triste est comme un corps malade; ses goûts se dépravent, et le caprice la gouverne tyranniquement. N'ayant plus près de moi la nature qui me convenait et dont les sympathies sollicitaient ma confiance, je rompis brusquement avec tout ce qui m'entourait et je me jetai dans une sorte de révolte morale. Le vicaire lui-même cessa d'obtenir l'obéissance muette à laquelle je l'avais accoutumé.

Je m'échappais dès le matin du presbytère pour courir dans les bois et gagner la mer, à travers les landes. J'éprouvais un besoin d'indépendance sauvage qui me semblait étrange à moi-même. Mille sensations nouvelles m'agitaient confusément. J'avais quinze ans, et bien que j'eusse vécu jusqu'alors dans une chaste ignorance, de vagues inspirations commençaient à s'éveiller en moi.

Tant que Joseph avait été là, il avait retardé cet éveil en occupant mon intelligence; la curiosité de l'esprit avait absorbé pour ainsi dire celle des sens; mais, une fois seul, je me mis à interroger plus attentivement mes émotions; je les écoutai mieux et plus longtemps. Souvent, dans mes courses folles à travers les ravins, les dunes et les rochers, j'étais pris d'abattements subits, de tristesses ineffables qui me forçaient à m'étendre sur la mousse. D'autres fois je m'arrêtais en entendant la voix d'une jeune paysanne chantant au seuil de la ferme; je prêtais l'oreille, saisi d'une inexplicable langueur, et je me sentais près de pleurer malgré moi.

Mais que de fois, surtout en revenant le soir le long des champs, je m'arrêtai derrière les noisetiers pour regarder les jeunes filles suivre le chemin creux! Quels battements de cœur, quand je les voyais pieds et bras nus, avec leurs jupons courts et les seins couverts d'une toile que leur marche entr'ouvrait, passer en riant, la faucille à la main et la tête chargée d'herbe fleurie!... Quelles étranges images traversaient alors ma pensée! j'en avais honte, et cependant elles revenaient. Il y avait plus; ces inexprimables angoisses, ces rêves sans nom, toute cette folie bizarre dont je me sentais possédé avait une sorte de charme mystérieux pour moi. Je ne pouvais la comprendre et je sentais l'impossibilité de demander à aucun autre qu'il me l'expliquât; mais je l'aimais sans savoir pourquoi.

Du reste, la discipline établie au presbytère par Bernard m'était devenue plus odieuse que jamais. Les pratiques religieuses elles-mêmes, auxquelles je m'étais soumis jusqu'alors volontairement, me semblaient insupportables depuis qu'elles m'étaient rigoureusement imposées.

J'avais fait trois communions avec croyance et recueillement. Cette fois, Pâques venu, Bernard me refusa l'absolution. J'en éprouvai plus de dépit que de douleur, et loin qu'il en résultât chez moi un ferme propos d'amélioration, je m'enfonçai plus résolûment dans ma révolte. Le vicaire m'avait habitué à répondre la basse messe qu'il disait tous les jours, je devins si inattentif et si inexact, qu'il se vit forcé de prendre un autre acolyte. Ce premier point gagné, j'osai davantage. Les offices du dimanche me fatiguaient par leur longueur; j'y manquai le plus souvent. Les douces réprimandes du bon recteur me faisaient repentir parfois de ces désordres et me ramenaient pour quelques jours; mais, à la première punition du vicaire, je m'insurgeais de nouveau.

Joseph fit à cette époque un voyage à Coëtmieu, et je le revis. Il me parla longuement de ses études, de ses espérances qui allaient toujours croissant, il se réjouissait plus que jamais de la détermination qu'il avait prise.

— Mais quand vous serez prêtre, lui dis-je, vous ne pourrez aimer une femme ni l'épouser?

Le nouveau cloarec me regarda avec étonnement; il

ne s'attendait pas sans doute à une telle objection de ma part ; il comprit que les instincts de l'homme s'éveillaient déjà chez l'enfant. Nous avions rougi tous deux : lui de souvenir, peut-être, moi d'ignorance.

— Je ne pourrai épouser une femme, il est vrai, me répondit-il ; mais en restant maître d'école je ne le pouvais davantage ; la misère n'est pas un moindre empêchement que la prêtrise. L'amour, qui rend les riches heureux, est aux pauvres gens une source nouvelle d'affliction. Pour nous, le moyen de moins souffrir est de vivre le moins possible, et quand nos bras ne peuvent pas faire le nid assez doux pour une femme, il vaut mieux joindre les mains et regarder le ciel.

Cette résignation de Joseph me fit réfléchir; mais mon esprit était prévenu, et j'en tirai la conclusion que la prêtrise était le refuge des seuls misérables; un fléau que l'on pouvait préférer à l'indigence, mais que l'on acceptait toujours par une dure nécessité.

V

ON VEUT ME FAIRE PRÊTRE — LUTTE CONTRE LE VICAIRE

L'été s'écoula sans amener aucun changement dans ma situation. Enfin, vers le commencement de l'automne, mon père arriva inopinément à Coëtmieu. J'étais absent lorsqu'il se présenta au presbytère; mais en rentrant, le soir, je me trouvai face à face avec lui.

Je fus si frappé que je ne pensai point à l'embrasser; il n'y prit point garde.

— Nous parlions de vous, me dit-il froidement en me montrant le curé et le vicaire qui étaient présents. Ces messieurs se plaignent de votre travail et de votre conduite.

— Baptiste est un bon enfant, s'empressa d'observer M. Durand; il a seulement besoin de se calmer.

— D'autant, ajouta Bernard, qu'il lui faudra plus d'instruction et de gravité qu'à un autre.

— Vos deux sœurs ont prononcé leurs vœux, reprit mon père; votre frère aîné héritera de mes tanneries; François vient d'être placé dans la ferme générale ; il ne reste donc plus que vous à pourvoir. Je suis venu ici pour que nous puissions nous entendre à cet égard.

Je me sentis saisi d'un étonnement mêlé d'appréhension. Jusqu'alors la pensée d'une profession ne m'était jamais venue sérieusement; je les avais désirées toutes successivement, mais comme on désire dans l'enfance, pour leurs priviléges bien plus que pour elles-mêmes; l'annonce de mon père me prit donc au dépourvu.

Le vieux recteur s'aperçut de mon inquiétude.

— Voyons, Baptiste, dit-il, n'aie pas peur, mon garçon ; ton père veut ton bonheur en te choisissant un état ; tâche seulement d'écouter ses raisons et de te montrer sage. As-tu un goût prononcé pour quelque chose ?

Je gardai le silence. Je sentais des répugnances, mais point de goûts arrêtés.

— J'avais songé à vous placer dans la marine, reprit mon père, mais j'ai pris des informations ; il serait trop difficile de vous faire recevoir parmi les gardes de pavillons; ces places sont réservées aux cadets qui ont des protections; les mêmes raisons m'ont empêché de songer à l'état militaire, où vous n'obtiendriez jamais un grade convenable ; reste donc la finance ou la magistrature. Mais, dans les deux cas, il faut dépenser beaucoup, soit pour donner un cautionnement, soit pour acheter une charge ; or, je me suis imposé de grands sacrifices pour vos sœurs et pour vos frères. Vous êtes le cadet, il n'est point juste que je fasse pour vous autant que pour les autres. Je veux donc que votre établissement me coûte peu, et pour cela il faut que vous choisissiez l'état ecclésiastique.

A ces mots, je sentis un frisson me parcourir, et je ne pus retenir une exclamation douloureuse ; mon père feignit de n'y point prendre garde.

— Comme je désire ne point contrarier vos inclinations, ajouta-t-il tranquillement, je vous laisse le choix de l'habit que vous devez porter. Soyez prêtre ou moine, à votre fantaisie. Je vous engage pourtant à préférer le clergé séculier. Nous avons des parents aux évêchés de Dol et de Tréguier ; vous serez vicaire dès que vous aurez l'âge, et si plus tard vous ne pouvez obtenir une paroisse au concours, vous obtiendrez une cure de pleine collection. J'ai pris des renseignements, et je sais que peu de professions vous offriraient encore autant d'avantages. Il y a, en Tréguier, dix cures rapportant de quatre mille livres à cent louis ; c'est ce qu'on appelle les *paroisses d'abbé*, et vous pouvez espérer d'en avoir une, car votre oncle a été autrefois recteur de Pommerit-Jaudy. En supposant même que vous n'y pussiez arriver, il y a encore, en Saint-Brieuc, six ou sept cures montant à mille écus. Vous voyez que je suis au courant de tout, et que je ne vous jette pas dans une carrière sans avenir.

Pendant tout le temps que mon père avait parlé, j'étais resté immobile et muet. On eût dit que j'écoutais attentivement ses calculs, mais une seule pensée me dominait, un seul mot résonnait à mon oreille : — Il faut prendre l'état ecclésiastique !

Toutes les répugnances que cet état m'avait inspirées jusqu'alors se réveillèrent à la fois, et il me sembla que c'était la mort que l'on m'annonçait. Ma tête se troubla ; la peur m'ôta toute honte ; je tendis les mains vers mon père en criant grâce et fondant en larmes.

— Que signifient ces folies? dit-il d'une voix sévère.

— Ne me forcez point à devenir prêtre, m'écriai-je, mon père; je ne le puis, je ne le puis.

— Hélas ! je m'en doutais, murmura M. Durand avec un geste désolé.

Je m'étais jeté à genoux et je sanglotais. Le vieux recteur voulut étendre la main pour me relever, mais Bernard le retint; Bernard et mon père étaient restés impassibles.

— Relevez-vous, monsieur, me dit celui-ci, et n'espérez pas que je cède à un ridicule caprice; vous êtes bon comédien, pour votre âge; malheureusement je ne croit point aux larmes.

Je me levai indigné.

— A partir de demain, continua mon père, vous prendrez l'habit de cloarec.

— Je ne le porterai pas ! m'écriai-je.

Mon père leva la tête, étonné; c'était la première fois qu'un de ses fils osait lui résister ouvertement. Il me montra la porte : je sortis avec des sanglots de douleur et de rage et j'allai me réfugier au fond du jardin.

Mais je réfléchis tout à coup que mon sort se décidait pendant que je me désolais ainsi. Désireux de savoir ce que je pouvais avoir à craindre ou à espérer, je revins sur mes pas jusqu'à la porte du parloir, contre laquelle j'appuyai l'oreille, afin d'entendre ce qui se disait.

Mon père discutait avec Bernard les moyens de me faire céder, tandis que le vieux recteur présentait timidement, de loin en loin, quelques objections en ma faveur. Après un assez long entretien, il fut décidé que le vicaire se chargerait de me dompter, et mon père lui donna carte blanche à cet égard.

— J'ai arrangé mes affaires pour qu'il soit prêtre, dit-il en terminant, faites qu'il le devienne; je n'en demande pas davantage.

Il annonça ensuite qu'il allait repartir; le curé voulut me faire appeler.

— C'est inutile, dit mon père; il pleurerait encore, et il faudrait le gronder; je préfère ne point le voir.

J'avais bien prévu, d'après l'engagement pris par Bernard vis-à-vis de mon père, qu'une lutte difficile allait s'établir entre le vicaire et moi; elle commença quelques jours après.

Après m'avoir taillé les cheveux à la manière des *cloarecs*, on voulut me faire prendre la demi-soutane qu'ils avaient l'habitude de porter, je m'y refusai ; mais le lendemain, en me réveillant, je ne trouvai point d'autre habit; il fallut donc revêtir, malgré moi, cette triste livrée.

Je ne saurais dire combien je m'en sentis malheureux et humilié. Lorsque je voulus sortir, les enfants du bourg, étonnés de cette métamorphose, s'arrêtèrent à ma vue; les femmes elles-mêmes vinrent sur les seuils pour me regarder; j'entendais dire de toutes parts :

— Venez voir Baptiste; Baptiste est habillé en cloarec; Baptiste veut devenir prêtre !

Ces mots retentissaient à mon oreille comme une malédiction ironique. Je courus me cacher dans le bois, et là, pris d'une crise de désespoir, je me roulai sur l'herbe en déchirant mes vêtements.

Mais, hélas ! que pouvaient ces colères d'enfant contre la volonté de deux hommes inflexibles? Le vicaire punit mon peu de respect pour la demi-soutane de trois jours de captivité.

Ces punitions se renouvelèrent fréquemment et furent suivies d'autres plus humiliantes ou plus cruelles : une guerre incessante s'établit entre Bernard et moi. Ce fut à qui se montrerait le plus ingénieux en désobéissances ou en répressions.

Je finis pourtant par lasser la froide patience du vicaire, et il résolut de briser ma résistance. Ma chambre fut transformée en cachot; on grilla la fenêtre; on garnit la porte de verrous; une cruche d'eau et un pain de seigle furent déposés dans un coin ; je ne vis plus la campagne; je n'entendis plus de voix humaines, et Bernard me déclara que cet isolement durerait jusqu'à que je demandasse moi-même à reprendre mes études.

Je résistai d'abord à l'ennui de toutes les forces de mon orgueil. Je fis la revue de mes souvenirs; je bâtis des mondes d'espérances ; je dépensai enfin toutes les ressources de mon imagination à égayer ma prison ; mais, malgré mes efforts, je succombai bientôt à l'atmosphère écrasante de la solitude !

J'essayerais en vain de dire ce que je souffris pendant ces trente-trois jours de captivité ! je finis moi-même par n'avoir plus une conscience exacte de ce qui se passait dans mon âme. C'était comme un chaos douloureux, une sorte de roulis de désespoir et d'indignation auquel succédaient des défaillances morales encore plus horribles peut-être.

VI

MORT DE M. DURAND

J'étais dans un de ces abattements, lorsqu'un soir la porte de mon cachot s'ouvrit ; le vieux recteur parut. Il entra avec précaution, comme s'il eût craint d'être aperçu, et s'avança vers le coin où j'étais accroupi ; mais à peine m'eut-il envisagé qu'il laissa échapper une exclamation de surprise.

— Tu es malade, Baptiste? me demanda-t-il.

J'étais si écrasé, que je n'eus point le courage de répondre ; je voyais et j'entendais tout, mais comme dans un rêve et sans force pour agir.

M. Durand me prit les mains ; mes regards rencontrèrent les siens, et une larme, la dernière peut-être qui restait dans mes yeux épuisés, coula le long de mes joues : le vieux recteur fut touché.

— Pauvre enfant, dit-il, tu t'ennuies bien, n'est-ce pas? mais pourquoi aussi résister?

Je tournai les yeux vers lui :

— Il faut donc mentir? lui dis-je.

Il haussa les épaules avec un soupir, et relevant ma tête d'un geste affectueux :

— Comme il est pâle... murmura-t-il ; cela devait être... ni soleil, ni liberté... et du pain seulement, comme un voleur... Je n'aurais pas dû permettre... Viens, Baptiste, viens avec moi...

Il m'avait pris par la main et m'entraînait vers la porte ; mais je résistai.

— Oh ! j'ai peur de sortir, monsieur Durand ! m'écriai-je.

Il s'arrêta stupéfait. Cette expression de crainte venant de moi le toucha plus que tout le reste ; il comprit combien il m'avait fallu souffrir, pour que ma fierté descendît si bas ; ses yeux se mouillèrent.

— Ne crains rien, dit-il, mon cher garçon, je prends tout sur moi ; je ne serais pas un chrétien, si je te laissais mourir ici ; viens, te dis-je.

Je me décidai à le suivre, et nous allions sortir, lorsque le vicaire se présenta. Il fit un geste d'étonnement à l'aspect du curé ; mais celui-ci ne lui laissa pas le temps de parler ; comme tous les gens gens faibles, il sentait le besoin de retrancher sa timidité derrière une apparence d'audace.

— Il y a assez longtemps qu'il est ici, dit-il d'un ton délibéré et en me prenant par la main.

— Je le pense comme vous, monsieur le recteur, répondit Bernard froidement.

— Il a besoin de soleil et d'exercice.

— Sans aucun doute.

— Descends, Baptiste, ajouta le vieux recteur, qui s'était préparé à combattre l'opposition du vicaire et que cette tranquillité déconcertait.

J'hésitai ; Bernard le remarqua.

— Pourquoi ne point obéir à M. le curé, dit-il ; je suis heureux de voir qu'il ait mieux réussi que moi à vous dompter ; car je ne doute pas que vous n'ayez rempli, vis-à-vis de lui, la condition à laquelle votre liberté était attachée?

Et se tournant vers le curé :

— Il vous a demandé à reprendre ses études ?

M. Durand parut embarrassé.

— Il va le faire, répondit-il.

Mais la vue de Bernard m'avait rendu toutes mes rancunes ; je ne pus me résoudre à lui adresser la demande qu'il attendait.

— Vous le voyez, dit-il après un moment de silence ; son endurcissement est toujours le même ; vous ne voudriez pas encourager une révolte aussi évidente.

— Promets de suivre désormais ses leçons, me dit le recteur avec hésitation.

Je baissai la tête d'un air sombre.

— Vous chercherez en vain à le toucher, monsieur le curé, reprit Bernard ; abandonnez-le à ses méchantes tentations.

Je serrai la main du vieillard, près de faiblir ; cette étreinte le fit rougir.

— Non, dit-il avec effort, cela ne peut continuer ainsi ; l'enfant y succomberait ; voyez comme il est souffrant.

— C'est la volonté de son père, observa le vicaire.

— Son père ne peut vouloir qu'on le tue.

— Son père a dit qu'il fallait en faire un prêtre, à tout prix ; vous étiez là, monsieur le recteur.

— Eh bien, qu'on ne le torture pas sous mes yeux, alors ! s'écria le vieillard.

— J'avais tâché de l'éloigner de vous, observa Bernard avec le même calme.

M. Durand parut incertain un instant ; mais ses regards s'arrêtèrent sur moi et la pitié l'emporta.

— C'est impossible, reprit-il, je ne puis permettre que l'on fasse mourir cet enfant ; je ne le veux pas.

— C'est à moi qu'il a été confié, observa sèchement Bernard.

Le curé tressaillit le jeune prêtre venait, sans y songer, de toucher une plaie mal guérie.

— En effet, répliqua-t-il d'une voix émue, vous avez réussi à me l'arracher. Il en a été de cet enfant comme de tout le reste; vous vous êtes mis à ma place... car vous héritez de moi d'avance.

Le vicaire fit un geste d'impatience.

— Monsieur le curé, interrompit-il, songez que nous ne sommes point seuls...

Mais le cœur du vieillard, longtemps trop plein, venait de déborder, et l'amertume en sortait à flots.

— Qu'importe qu'on m'entende, continua-t-il; il y a trop longtemps que je souffre sans le dire, il faut que je me soulage à la fin! Depuis huit ans que vous êtes ici, vous avez profité de chacune de mes infirmités pour usurper successivement tous mes droits. Maintenant, vous êtes le véritable recteur de Coëtmieu, et je n'en suis plus que le vicaire. C'est vous qui prêchez les grands jours, vous qui confessez les gentilshommes et qui baptisez leurs enfants; vous m'avez ôté jusqu'au plaisir de soulager les pauvres en vous chargeant de distribuer les aumônes. Je vous ai tout cédé par affection d'abord, puis, par amour de la paix, et vous avez réussi à faire prendre mon indulgence pour de l'incapacité. Grâce à vous, je ne suis plus aux yeux de tous qu'un vieillard en enfance dont la vie embarrasse; on m'attend mourir!

—Je n'ai pas mérité ces reproches, monsieur le curé, dit Bernard toujours impassible; mais quelque douloureux qu'ils soient, je ne manquerai point au respect que je vous dois en y répondant; je les accepte comme une épreuve que Dieu m'envoie et je n'y vois qu'un emportement excusé par l'âge.

Le recteur sourit amèrement.

— Oui, oui, dit-il avec une colère mêlée de tristesse; affecte de l'humilité dans tes paroles... tu as toujours été ainsi, Bernard; aux gens que tu as frappés, tu ne manques jamais de dire que tu leur pardonnes! Mais il y a trop longtemps que je te connais pour être trompé par ces beaux semblants; parce que j'ai gardé le silence, tu crois que je n'ai pas pris garde à tes manœuvres depuis que tu es ici.

— Je n'ai rien fait qui ne fût pour l'avantage de la religion, observa le vicaire.

M. Durand fit un geste d'indignation.

— Ainsi, dit-il d'une voix qui s'animait de plus en plus, c'est pour l'avantage de la religion que vous avez persécuté tout ce que je protégeais, privé des derniers sacrements ceux auxquels je les avais promis? c'est pour l'avantage de la religion que vous avez dénoncé ma tolérance à l'évêché?

—Moi! s'écria Bernard.

— J'en ai la preuve.

Bernard baissa la tête avec confusion.

— Et l'homme que vous avez persécuté ainsi, continua M. Durand, l'homme que vous vous êtes efforcé de faire passer pour un imbécile ou un mauvais prêtre, est le même qui vous a pris dans la fosse où votre mère vous avait abandonné, qui vous a nourri de son pain, habillé de ses épargnes, qui vous a donné cette influence dont vous abusez maintenant contre lui!

Le vieux recteur était tout tremblant d'émotion et de colère; Bernard, encore plus pâle que d'habitude et la tête basse, avait un air d'embarras haineux difficile à peindre; il essaya pourtant quelques excuses que M. Durand interrompit aussitôt:

— Ne cherchez pas à vous disculper, dit-il; j'ai vu clair dans vos intentions. Vous avez voulu me remplacer de mon vivant dans ma cure, afin de vous la mieux assurer après ma mort; peut-être même avez-vous espéré hâter celle-ci à force d'ennuis! Ce n'était pas assez de m'ôter la confiance de mes paroissiens, de me rendre inutile; vous avez envié jusqu'à mon bien-être intérieur, jusqu'à mes habitudes. Tout a été insensiblement changé par vous au presbytère : les meubles, l'heure du sommeil et des repas. Vous avez arraché les fleurs du jardin et les gravures de la muraille; il n'y a pas jusqu'à cette bonne Marguerite, qui me servait depuis vingt ans, que vous n'ayez forcée à partir.

—Il eût été à désirer qu'elle partît plus tôt, monsieur le curé, dit Bernard avec une intention pénétrante.

Le vieillard tressaillit... Je le vis rougir, puis devenir pâle... ses mains se fermèrent comme par un mouvement de douleur et de colère.

— Malheureux! balbutia-t-il, malheureux... un secret de confession! Ah! tu es un lâche et un ingrat, Bernard; nos Bretons ont raison de dire que l'enfant né dans le crime s'en ressent toujours : tu as le cœur d'un bâtard!...

Ce mot fit sur le vicaire l'effet d'un coup qui l'eût blessé; il se redressa subitement, tous les muscles de son visage frémirent et ses yeux lancèrent des éclairs; mais cette expression terrible ne fit pour ainsi dire que passer sur ses traits et s'éteignit aussitôt : on eût dit un de ces rayons de lumière qui fendent un instant le nuage.

Quant au vieux recteur, l'emportement auquel il s'était abandonné, contre son habitude, l'avait bouleversé. Il s'assit suffoqué et essaya d'entr'ouvrir sa soutane d'une main convulsive; mais la force lui manqua : il voulut parler, ses paroles étaient inintelligibles. Nous nous empressâmes de l'emporter dans sa chambre, et je courus moi-même chercher un médecin; mais lorsque je revins au presbytère avec celui-ci, M. Durand était déjà à l'agonie. L'officier de santé nous déclara que la goutte avait remonté vers l'estomac et qu'il n'y avait plus aucun espoir.

Je passai toute la nuit près du vieux recteur, dans des angoisses poignantes. Dès qu'il connut l'arrêt du médecin, Bernard fit tranquillement tout préparer pour le moment suprême. Vers le matin, des cierges furent apportés autour du lit; on laissa entrer tout le monde, et le vicaire commença la prière des agonisants.

Je ne sais si M. Durand pouvait voir et comprendre ce qui se passait autour de lui; quant à moi, ma douleur était inexprimable. Deux ou trois fois des sanglots m'échappèrent, ce qui m'attira une sévère réprimande de la part du vicaire, dont je troublais les litanies.

Enfin, vers neuf heures, le vieux recteur mourut; les ensevelisseurs, qui attendaient en bas, entrèrent presque aussitôt, et on m'obligea à me retirer.

Je passai une partie du jour dans un véritable désespoir. Je m'accusais d'avoir été la cause du débat qui avait tué le vieux curé et je me trouvais, en quelque sorte, responsable de sa mort. Les souvenirs de sa bonté me revenaient, entourés de cet attendrissement et de ce charme qu'une perte récente répand sur toutes choses. Je m'exaltais dans ma douleur, comme si ma loyauté y eût été intéressée.

Mais si la réflexion faisait grandir mes regrets, elle augmentait encore plus ma haine contre Bernard, cause première et volontaire de tout ce qui était arrivé. Regardant la révolte comme une sorte d'hommage dû à la mémoire de M. Durand, je me promis à moi-même de ne jamais me soumettre à l'autorité odieuse du vicaire; et, quoi qu'il dût arriver, de ne cacher ni mon mépris ni mon aversion pour lui.

Bernard devina sans doute mes intentions, car, de retour de Dol, où il était allé solliciter la cure de Coëtmieu, qui lui fut accordée, il écrivit à ma famille de me venir reprendre, prétextant l'impossibilité de me soumettre à des études régulières.

Je n'avais point été averti de cette démarche, et mon père arriva au moment où je m'y attendais le moins. Il me communiqua la lettre de Bernard, en m'annonçant que j'allais repartir pour Guingamp et qu'il se chargerait désormais lui-même de me morigéner.

J'étais trop las de ma lutte contre le vicaire de Coëtmieu pour ne pas désirer du repos : je regardai donc mon départ comme un hasard heureux qui me relevait de mon vœu de révolte et me permettait de finir la bataille, sans avoir l'air d'être vaincu.

Je répondis à mon père que la dureté du jeune prêtre avait seule causé mon obstination et que je ne refuserais point d'étudier sous un autre maître. Voulant ensuite faire ma retraite avec tous les honneurs de la guerre, je refusai de dire adieu à Bernard, et je quittai le presbytère le front haut et le sourire sur les lèvres, comme un triomphateur.

Cette victoire pourtant n'était que fiction; je cédais, en réalité, bien plus qu'on ne m'accordait. Le changement de maître ne changeait rien à mon avenir; promettre d'étudier comme on le désirait, c'était consentir aux projets de mon père et accepter l'habit que je haïssais tant!

Rien de cela ne m'échappait; mais que faire? J'avais tenté la résistance, et mon courage s'y était brisé! Les souffrances que j'avais endurées depuis quelque temps avaient d'ailleurs altéré la probité de mon caractère; je commençais à douter de la ligne droite et à croire que le meilleur moyen d'échapper aux tyrannies était de les accepter en apparence. Il y avait enfin pour moi, dans ce retour au milieu de ma famille, la joie que donne tout changement dans les jeunes années. J'allais faire des connaissances nouvelles, recevoir des impressions différentes, vivre dans un monde que je ne connaissais pas. N'était-ce point assez pour me distraire de mes craintes?

En arrivant à Guingamp, je trouvai de grands changements. Il n'y avait plus à la maison que mon frère aîné Laurent. Mon père l'avait intéressé dans sa fabrique, ce qui lui donnait une grande importance à ses propres yeux. Favorisé par droit de naissance et sans qu'il eût jamais eu besoin de mériter la préférence qui lui était accordée, il s'était accoutumé à se faire le centre de toutes choses et à croire que le monde avait été créé pour lui. Comme il n'avait point les passions de son âge, on prenait ses vices précoces pour des vertus.

Lorsque j'arrivai, il regarda ma demi-soutane en ricanant, et me demanda ironiquement pourquoi je portais ce *sac à charbon*.

— Pour que l'on puisse vous acheter des habits de soie et des souliers à boucles, lui répondis-je.

Il parut déconcerté et ne me plaisanta plus sur mon costume; mais je sentis dès lors, dans la maison, son influence malveillante. Il épiait toutes mes fautes pour les faire remarquer; c'était pis qu'un ennemi, c'était un envieux!

Et cependant il était tout dans la famille; tout était à lui; tandis que moi, j'avais l'air d'un enfant étranger. De quoi donc pouvait-il m'en vouloir? de mon indépendance sans doute : il m'eût désiré à genoux et j'avais l'audace de lui parler debout!

———

VII

ÉTUDES — INTÉRIEUR DE LA FAMILLE

J'avais repris mes études latines, les seules qui fussent alors nécessaires pour devenir prêtre; mais ces études mêmes étaient peu propres à faire naître chez moi une vocation ecclésiastique.

Ovide, Horace, Virgile, ne m'entretenaient que des splendeurs du monde visible et des choses du présent; leur poésie n'était qu'un hymne perpétuel à la gloire de la vie, une déification des instincts terrestres, aussi caressaient-ils tous mes penchants.

La première jeunesse des hommes est païenne, comme la première jeunesse des nations : l'adoration se tourne vers ce qui est visible et saisissable, avant de monter plus haut; tant que la réalité garde des mystères, c'est à ces mystères que l'on aspire, et il faut avoir reconnu la vanité de la vie apparente pour en admettre une autre ou pour l'inventer.

Mais moi qui connaissais à peine de nom les plaisirs de cette vie, moi, si neuf à toute sensation, qu'une bouffée de parfum m'enivrait, qu'une voix de femme me faisait rougir, qu'un sourire me donnait des ailes; moi, orgue vivant qui résonnait au moindre souffle et au moindre toucher, que m'importait ce qu'on pouvait trouver derrière le monde où je vivais? ce monde était si grand et si beau!... grand et beau comme tout ce qu'on ne connaît point! J'enfermais dans son horizon plus de délices que je n'en pouvais compter. J'avais là pour mille ans d'espérance à voir éclore; mes bras n'étaient point assez longs pour embrasser toutes ses joies, comment en aurais-je désiré d'autres?

Or, la foi n'est que le désir. N'aspirant point au ciel, je n'y croyais pas.

Cependant mon incrédulité était naïve et sans faste. Les arides semences de religion, jetées en moi par l'habitude, n'avaient jamais poussé que de pauvres rejetons, qui s'étaient bientôt flétris d'eux-mêmes, mais aucun germe funeste n'en avait pris la place. Mon cœur était stérile par hasard, non par impuissance; il n'avait point choisi l'athéisme, il attendait Dieu!

Rien dans ma vie, du reste, n'était propre à ouvrir la source vive de la foi, tout y avait une monotonie torpéfiante. Les jours tombaient sur les jours, comme dans la clepsydre le sable tombe sur le sable. Le milieu qui m'entourait était pareil à ces eaux dangereuses qui pétrifient tout ce qu'elles touchent.

J'ai déjà parlé du caractère de mon père et de Laurent; quant à ma mère, elle n'avait jamais compté pour beaucoup dans la famille. Pauvre femme que l'autorité maritale avait brisée, elle vivait sans bruit, tricotant des bas dans la cuisine, près d'un rayon de soleil.

Je l'aimais d'une affection tristement tendre; mais elle répondait à cet amour comme à tout le reste, avec discrétion. Je me demande encore maintenant si ce cœur soumis souffrait dans l'ombre où s'il s'était rapetissé sans trop de peine à son étroit bonheur.

Du reste, ma mère prenait en apparence peu de part à la vie, soit qu'elle s'en fût retirée par prudence, soit qu'elle n'y trouvât point d'intérêt suffisant. Uniquement occupée de compter ses *points* et de comparer à son modèle le bas qu'elle tricotait, elle parlait rarement et ne riait jamais.

Laurent et mon père restaient aux ateliers tout le jour. Je ne les voyais qu'au dîner de midi et au souper de huit heures. Les repas se faisaient en silence, dans la cuisine, lorsqu'il faisait froid, afin d'avoir un seul feu et une seule lumière; ma mère servait elle-même, pendant que la domestique filait.

Quelquefois, le soir, mon père échangeait deux ou trois phrases avec Laurent au sujet des tanneries, c'étaient mêmes questions, mêmes réponses; un mot et un chiffre! le chiffre seul changeait parfois.

L'uniformité de cette vie était pourtant brisée, le dimanche, par une *variante* également uniforme pendant l'année entière. On se réunissait, l'après-midi, pour jouer aux cartes avec quelques voisins.

C'était d'abord M. Morvan, huissier retiré, qui, à force de crier *silence*, s'était persuadé, sans doute, que la parole était un délit, et y avait renoncé. Il montrait ses cartes sans mot dire, jouait sans accuser ses points, et, le coup fini, marquait en silence. Il était grand, maigre, et aussi sobre de mouvements que de paroles. Je n'ai jamais rencontré d'homme qui économisât autant les signes d'existence.

Venait ensuite la veuve Clérou, qui, lorsque nous étions enfants, nous donnait à chacun, pour étrennes un bâton de réglisse noire. Elle racontait régulièrement, tous les dimanches, l'histoire de son mariage avec le défunt et ses discussions avec la famille pour la constitution de son douaire.

Il y avait de plus un horloger dont j'ai oublié le nom, qui réglait toutes les montres de la société; un notaire et sa femme, toujours en querelle; enfin un apothicaire lilliputien qui portait des semelles de liége pour se grandir.

Outre ces habitués qui ne m'ont guère laissé que le souvenir de leur ridicule, nous recevions parfois un médecin nommé Launay, fort en réputation dans le pays pour sa franchise et sa science. Sa science consistait principalement à nier l'efficacité de la médecine, nouveauté qui avait fait répéter à tout le monde qu'il n'était pas charlatan ; sa franchise, à vous dire des injures d'un ton amical.

Je crus longtemps que c'était une de ces intelligences maladroites qui ne touchent jamais à l'amour-propre des autres sans y faire quelque brèche ; mais, depuis, j'ai reconnu que Launay était simplement un envieux de bonne foi. Il était poussé à vous reprocher une faute ou à vous rappeler un souvenir pénible, comme une coquette à trouver une tache à la beauté d'une rivale. C'était sans calcul, sans détour, avec l'ingénuité d'une jalousie s'ignorant elle-même, qu'il vous rappelait un défaut; il avait *besoin* de constater votre imperfection, de vous montrer que vous étiez lâche, que vous perdiez vos dents, ou que votre habit avait passé au soleil.

Cette nature eût dû le faire détester de tous, mais il était riche, prêtait facilement, et c'était le seul médecin de Guingamp auquel on pût s'adresser. On se résignait donc à avoir avec lui un bon caractère, dans la crainte d'un besoin d'argent ou d'une maladie.

Puis je ne sais si chacun ne lui pardonnait pas les meurtrissures qu'il recevait en faveur de celles qu'il faisait aux autres. On se console d'être humilié quand de plus hauts le sont davantage. En vous disant une dure vérité, Launay racontait celles qu'il avait dites au gentilhomme votre voisin, et vous en ressentiez une joie maligne qui soulageait votre mal : il flattait ainsi votre orgueil d'un côté en le froissant d'un autre.

Ceci me rappelle, du reste, une scène fort réjouissante dont je fus témoin quelques mois après mon arrivée.

C'était, autant qu'il m'en souvient, le dimanche de Pâques ; la réunion était complète ; Launay venait d'arriver. On parlait d'*intersignes*. Tout le monde avait, à cette époque, en Bretagne, la fatuité d'avoir eu des avertissements surnaturels ; c'était une sorte de mode comme aujourd'hui de s'être suicidé au moins une fois. Chacun avait donc raconté son histoire d'apparition, et l'on raisonnait à perte de vue sur la possibilité de ces communications mystérieuses, lorsque quelqu'un s'avisa de demander à madame Clérou, qui avait jusqu'alors gardé le silence, ce qu'elle en pensait.

La veuve fit des épaules un geste profond, posa ses cartes sur la table, et déployant son mouchoir de Cholet.

— Je n'aime point à parler de *ce qui est au-dessus de moi*, dit-elle gravement.

— Vous avez donc eu des apparitions, mère Clérou? demanda Launay.

— Pourquoi pas? ne suis-je pas une chrétienne comme les autres?

— Alors vous croyez aux revenants?

— Si j'y crois!... j'ai mes raisons pour cela, peut-être!...

— Madame Clérou a revu son défunt, je parie, s'écria le médecin.

— Vous croyez rire, coupeur de chair?

— Vous l'avez revu... vraiment?

— Bien malgré moi!... il y a des maris et des femmes qui se jurent que le premier mort apparaîtra à l'autre, pour l'avertir comment on est là-bas... mais moi j'ai toujours pensé qu'il fallait laisser chacun à sa place. Aussi je disais souvent à Clérou : — Si j'ai le malheur de te perdre, rappelle-toi surtout que je ne veux pas que tu m'apparaisses. Il me l'avait promis. Quand je le vis près de mourir, je lui demandai s'il avait quelque chose à me recommander ; je fis venir le curé et le notaire, enfin j'eus bien soin qu'il n'eût aucun prétexte pour revenir. Aussi j'étais bien tranquille, lorsqu'une nuit j'entends qu'on ouvre les rideaux de mon lit. Je crois d'abord que c'est un effet de la digestion, et je cherche à me rendormir ; mais, un instant après, je sens qu'on tire mes couvertures. Je me détourne... qu'est-ce que je vois? le défunt qui était dans la ruelle. — Ah ! pas de bêtise, monsieur Clérou, que je m'écriai ; vous m'aviez promis qu'une fois mort ce serait fini ; j'ai fait dire vos messes, ainsi allez vous promener. Il paraît que ça lui fit quelque chose, car il referma les rideaux et disparut.

— Et vous êtes sûre que c'était le défunt? demanda Launay.

— Par exemple!... je l'ai vu comme je vous vois...

— Le fait est qu'il était reconnaissable..... au nez surtout...

La veuve prit un air digne.

— Je sais bien que M. Clérou n'était pas un Adonis, observa-t-elle ; mais c'était un homme honnête... et qui avait l'air comme il faut...

— Excepté avec ses culottes de panne rouge, son habit vert et ses pantoufles jaunes... car je ne sais pas pourquoi il avait adopté ce singulier costume quelques années avant sa mort... Cependant je lui répétais toutes les fois que je le rencontrais : — Pour Dieu, papa Clérou, changez de culotte... vous avez l'air comme ça d'un perroquet échappé...

Le notaire et sa femme éclatèrent de rire; madame Clérou leur lança un regard furieux.

— Riez, dit-elle... c'est beau de tourner en ridicule un mort!

— Vous avez raison, reprit Launay ; pardon, mère Clérou... Allons, maître Rivel, nous avons tort... il ne faut pas plaisanter les absents, d'autant que chacun a ses défauts... Vous, par exemple, pourriez-vous me dire pourquoi vous avez la manie d'aller au marché et de faire le pot-au-feu?

Le notaire devint rouge et voulut se défendre.

— Oh! je vous y ai pris, s'écria Launay; vous ratissiez des navets comme Cincinnatus. Si j'étais à la place de votre femme, je vous attacherais un torchon aux épaules en guise de simarre.

La femme battit des mains.

— Là... s'écria-elle radieuse, vous le voyez, monsieur Rivel, quand je vous disais que tout le monde, en ville, vous appelait Jean la Lèchefrite.

— Il faut le corriger, madame; il y a toujours de la ressource avec les gens d'esprit.

— Ah! bien oui... il y a longtemps que M. Rivel n'écoute plus ce que je lui dis.

— Comment, Rivel, vous ne faites plus la volonté de madame... moi, qui vous croyais amoureux comme le premier jour! Ah! c'est mal, mon maître: un mari ne doit voir ni les rides ni les pattes d'oie de sa femme, n'est-ce pas, madame Rivel?

Madame Rivel tourna le dos en grommelant.

— Elle est en colère, dit à demi-voix le petit pharmacien.

— Il aurait fallu lui dire qu'elle portait dix-huit ans, observa Launay; on fâche toujours les gens quand on leur parle avec franchise.

— Les femmes surtout.

— Les hommes également. Tout le monde veut être parfait... Vous, par exemple, mon cher ami, vous vous fâcheriez, si l'on vous faisait observer que malgré vos grosses semelles vous n'arrivez point aux basques d'un grenadier. N'étiez-vous pas furieux contre l'avocat Riou, parce qu'il vous avait dit en plaisantant que vous étiez à la hauteur de vos fonctions?

L'apothicaire se redressa sur la pointe des pieds, comme un coq en colère, et s'écria qu'il avait demandé raison de cette grossière plaisanterie.

— Vous étiez bien sûr que Riou n'eût point accepté, répondit le médecin ; s'il était obligé de se battre avec tous les gens dont il dit du mal, il faudrait qu'il levât une armée. Je ne lui confierais ni ma bourse ni mon secret, mais c'est un des hommes les plus amusants que je connaisse.

— Possible, répondit l'apothicaire irrité, mais, à la première plaisanterie contre moi, je le rouerai de coups de bâton.

— Allons, allons, mauvaise tête, dit Launay en frappant sur l'épaule du petit bonhomme, ne soyez donc pas si méchant... prenez modèle sur ce brave monsieur Morvan, qui ne parle ni ne bouge depuis dix ans ; il ne s'est pas fâché, lui, quand Riou a dit qu'il avait l'air d'une grande pendule à coucou qui ne marchait plus.

L'huissier leva la tête, stupéfait, mais ne répondit rien, et Launay, qui avait épuisé ses taquineries, sortit peu après.

— Est-il franc, ce garçon-là, s'écria madame Clérou, il n'y va pas par quatre chemins pour dire à chacun son fait...

Et se baissant vers l'apothicaire...

— Les Rivel ont eu une leçon! J'en suis bien aise; je ne peux pas souffrir les gens qui tiennent leur quant-à-moi devant ceux qui les valent...

Pendant ce temps, le notaire disait à mon père :

— Je voudrais bien savoir si les plaisanteries de Launay empêcheront la vieille Clérou de nous parler aussi souvent du défunt.

Et madame Rivel ajoutait :

— Est-il vexé, cet avorton d'apothicaire qui fait tant le dédaigneux avec les femmes établies!

Tout le monde se réjouissait des blessures faites au voisin, et personne ne sentait celles qu'il avait reçues.

Les scènes de ce genre étaient fréquentes; mais elles se ressemblaient trop pour m'amuser longtemps ; puis je me trouvais à un âge où l'esprit d'observation se tourne peu vers le côté comique des choses et où l'on se préoccupe moins de ce qui est ridicule que de ce qui est touchant. Mon humeur, naturellement sérieuse, avait été encore assombrie par les ennuis et les luttes de mon enfance; tout ce qui, dans mon intérieur, eût pu sembler plaisant à un observateur plus fin ou plus désintéressé, ne me paraissait à moi que misérable.

Obligé de renfermer tous mes sentiments alors que j'eusse voulu les épancher, je devenais triste et bizarre. Parfois les tendresses retenues de mon cœur se répandaient, au hasard, sur tout ce qui m'appartenait, sur mon bouvreuil, sur mon rosier! j'avais pour eux des crises de passion; je les aimais comme s'ils eussent pu me comprendre; je leur inventais les noms les plus doux; je les contemplais avec des larmes aux yeux; puis, tout à coup, saisi du sentiment de leur inintelligence, je les repoussais avec colère; le bouvreuil avait sa volée, le rosier était foulé aux pieds, et je m'asseyais près du pot brisé ou de la cage déserte, trouvant je ne sais quelle joie navrante dans mon isolement.

VIII

THÉRÈSE

Un événement de peu d'importance au premier aspect vint tout changer pour moi.

Un des contre-maîtres de la tannerie mourut. Il avait une fille jeune et jolie appelée Thérèse, du nom de ma mère, qui avait été sa maraine : prévoyant à quels dangers il allait laisser cette enfant exposée, l'honnête ouvrier la recommanda à ma mère avant de rendre le dernier soupir, et lui fit promettre qu'elle remplirait véritablement près de Thérèse les devoirs d'une marraine.

Ce titre avait alors en Bretagne une autorité qui n'est point encore complétement perdue; et le respect humain, à défaut de sentiment plus tendre, obligeait ceux qui avaient nommé un enfant, à le secourir lorsque sa famille lui manquait : or mon père était esclave de l'usage. Nous occupions d'ailleurs une lingère presque toute l'année; Thérèse sortait d'apprentissage et pouvait la remplacer; dès que le contre-maître eut succombé, il fut donc décidé qu'elle entrerait chez nous.

J'éprouvai une émotion difficile à rendre la première fois que je l'aperçus, cousant, dans la cuisine, à quelque distance de ma mère; c'était en même temps de la curiosité, de la joie et de la pitié. Elle portait le costume de deuil des artisannes, bleu et noir, avec les larges coëffes d'organdi. Lorsque j'entrai, elle leva les yeux et me salua par mon nom, en rougissant. Je fus si ébloui de sa beauté que je ne lui répondis rien. Il fallut plusieurs jours avant que j'osasse lui parler ; mais Thérèse était gaie et causeuse; elle fit les avances, et au bout d'un mois, une douce familiarité s'était établie entre nous.

Je ne saurais dire combien la présence de cette jeune fille égaya pour moi la maison. Elle avait une voix charmante et aimait à chanter. J'étudiais dans ma mansarde la première fois que ce chant retentit dans la maison; je bondis sur ma chaise, tout éperdu. Ces accents frais et caressants me pénétrèrent jusqu'à l'âme; elle chantait un cantique de *Tréguier*... il me sembla un instant que les murs allaient se fendre et que j'allais voir la vierge Marie descendre sur un nuage, au milieu des anges chantant en chœur !

Après les chants vinrent les rires (auparavant on ne riait jamais assez haut chez nous pour être entendu); puis, ce furent les pas rapides sur l'escalier, les appels joyeux, les causeries à voix haute, bruits de vie et de jeunesse qui m'étaient nouveaux !

La maison avait changé d'aspect; on eût dit qu'un rayon de soleil avait percé ses ténèbres, qu'une brise de printemps était entrée dans sa froide atmosphère. Mon père lui-même semblait pénétré de cette douce influence; il était moins sec, moins silencieux; il n'y avait plus rien de triste autour de nous: la beauté et la gaieté de Thérèse rayonnaient comme deux astres bienfaisants.

Semblant ignorer son pouvoir, elle l'exerçait par cela même sans obstacle. On lui permettait ce qu'on n'eût permis à nul autre, et personne n'en était surpris ni jaloux; on l'aimait de sa joie : c'était la première et la seule que l'on eût vu épanouir dans notre morne intérieur.

Mon frère n'échappa point à ce charme; Thérèse eut le pouvoir de le faire sortir de son égoïsme, au moins pour quelques instants; il s'efforça de lui plaire avec une constance qui m'étonna sans m'inquiéter; il me semblait si naturel que tout le monde voulût être aimé de Thérèse !

Quant à moi, elle occupait tous mes instants et toutes mes pensées; c'était ma Providence! Je m'endormais en songeant d'elle, je me réveillais pour la voir! je ne cherchais point à donner de nom à mon affection, je n'en eusse point trouvé ; je l'aimais uniquement et avec toute la frénésie d'un cœur inassouvi. Cet amour n'était point un choix, il m'était venu de même que la fleur vient au jeune pommier ; sans que je l'eusse voulu ni que j'y eusse pensé.

Les commencements en furent pleins de douceurs, comme il arrive toujours; l'aurore des affections ressemble à celle de la vie ; mais il se mêla bientôt à mon bonheur des angoisses inconnues. J'éprouvais d'étranges jalousies, d'inexplicables désirs! Les moyens me manquaient pour exprimer à Thérèse ma tendresse; les paroles étaient trop faibles, les actions trop vulgaires ; j'aurais voulu découvrir des trésors de fée pour les lui donner. Malheureusement je ne possédais rien ! Jusqu'alors je m'étais peu inquiété de cette pauvreté, mais une circonstance imprévue me la fit sentir douloureusement.

On avait l'habitude de célébrer les fêtes de toutes les personnes de la maison ; celle de Thérèse ne pouvait être oubliée; j'appris, un jour, en voyant le présent destiné par ma mère à sa filleule, que cette fête arrivait le lendemain. Je fus saisi, car je n'avais rien à offrir; mais tout à coup, je pensai à un serin qui m'avait été envoyé par Joseph, il y avait quelques mois.

C'était encore un oiseau assez rare en Bretagne et de quelque prix; je l'aimais d'ailleurs beaucoup, et, persuadé qu'un don prenait d'autant plus de valeur qu'il avait exigé un grand sacrifice, je me réjouis de l'offrir à Thérèse.

Dieu sait que de palpitations de cœur en attendant le lendemain! J'ornai la cage de l'oiseau de rubans et de fleurs, j'aurais voulu changer en or ses treillages de fer! A peine le jour venu, je courus à la chambre de la jeune fille; elle n'était point encore réveillée; je la forçai à se lever, et quand la porte s'ouvrit, je lui présentai l'oiseau sans pouvoir lui dire autre chose que:

— C'est votre fête...

Elle prit la cage avec de grands remercîments; mais je ne sais pourquoi son accent me parut contraint, comme si elle eût attendu autre chose. La pensée que mon présent n'était point agréé avec la plénitude de bonheur que j'avais mis à l'offrir me serra le cœur; je reculai navré et je sentis des larmes me couler sur les joues.

— Au nom de Dieu! pourquoi pleurez-vous? s'écria la jeune fille.

— Je n'avais pas autre chose, Thérèse; lui répondis-je suffoqué.

Elle prit ma main avec un vif mouvement d'amitié.

— Par exemple! monsieur Baptiste... est-ce que vous croyez que je ne suis pas contente... moi, qui sais combien vous l'aimiez... Oh! je le soignerai bien, allez...

Et comme si elle eût voulu me persuader, elle ouvrit la cage et prit l'oiseau, qu'elle baisa.

Dans ce moment, mon frère entra; ma présence parut le contrarier.

— Je vous apporte aussi mon cadeau de fête, Thérèse, dit-il.

Et il tira d'une boîte de buis un velours étroit auquel était suspendue une croix d'or.

Thérèse jeta un cri de joie. Laurent lui présenta le velours, elle ouvrit la main pour le recevoir, et laissa échapper le serin, qui prit sa volée par la croisée entr'ouverte; son premier mouvement fut de serrer la croix, le second de se détourner.

— Ah! l'oiseau, monsieur Baptiste! s'écria-t-elle.

— Vous avez donné sa place à la croix d'or, répondis-je amèrement.

Et je sortis. Je venais de comprendre que le présent offert avec le cœur n'était pas le plus précieux.

Je fus quelques jours sans parler à Thérèse, mais ses avances triomphèrent sans peine de mon mécontentement; j'avais déjà trop besoin de sa présence pour avoir le courage de la fuir longtemps.

Cependant mon affection avait changé de caractère à mes propres yeux; je ne m'y livrais pas avec le même bonheur. J'aurais voulu rompre cet attachement dont je commençais à entrevoir le danger, et chaque essai, en avortant, resserrait plus solidement ma chaîne. La force même de lutter ne tarda pas à me manquer. Découragé d'une vaine résistance, et, sentant que tous mes efforts ne pourraient m'arrêter sur cette pente funeste, j'ouvris les bras avec une sorte de désespoir et je me laissai aller dans l'abîme.

Cependant, j'avais évité jusqu'alors de me nommer à moi-même la passion qui me dominait. Thérèse était restée pour moi quelque chose de plus ou de moins qu'une femme. Les sens n'avaient pris aucune part au penchant qu'elle m'inspirait!... Il manquait des racines terrestres à cet amour, un but et une espérance à mes désirs.

Un soir d'été, je rentrai plus tard que de coutume, après une longue promenade dans les prairies; toute la famille était déjà couchée. Je demandai Thérèse, qui veillait ordinairement plus tard; la servante me répondit qu'elle venait de monter à la mansarde; j'avais cueilli un bouquet de centaurée, je montai pour le lui donner.

En arrivant, j'aperçus à travers les fentes du seuil la lumière qui brillait encore. Sûr de trouver la jeune fille debout, je poussai la porte et j'entrai... mais je reculai aussitôt avec un léger cri.

Thérèse s'était endormie en répétant sa prière. Elle était à genoux sur le plancher, la tête appuyée sur une chaise haute, ses mains jointes soutenaient son front, ses longs cheveux voilaient ses épaules, et la toile légère dont elle était couverte laissait deviner tout ce qu'elle ne permettait point de voir.

Au bruit de mon entrée, la jeune fille s'était agitée; sa tête se releva, toute chargée de sommeil, elle voulut se redresser et, dans ce mouvement, la toile qui la voilait glissa le long de ses bras et la laissa presque nue.

Je reculai ébloui et égaré; mais elle ramena son vêtement sur ses épaules, avec un geste d'instinctive pudeur, et laissa retomber son front sur ses mains.

J'étais là, immobile, haletant, le visage couvert d'une sueur brûlante, les mains demi-tendues. Mille frissons inconnus parcouraient mes veines, j'avais chaud et froid, je me sentais près de défaillir et un nuage couvrait mes yeux. Je fis un pas vers Thérèse sans savoir où j'allais ni ce que je voulais, et comme porté par quelque génie invisible; mais, tout à coup, elle poussa un soupir... Saisi de peur et de honte, je reculai en cherchant d'une main tremblante la porte, je l'ouvris brusquement et je m'élançai dehors, tout éperdu.

Je ne puis dire comment s'écoula cette nuit. Une

fièvre dévorante et inconnue jusqu'alors s'était emparée de moi, j'avais le délire. Si je dormais, mille étranges images, mille fantômes charmants remplissaient mes rêves; si je veillais, d'inexplicables désirs m'assiégeaient; je rougissais de mes pensées, et je m'y complaisais. Toutes les excitations du cœur et tous les aiguillons de la sensualité m'assaillaient à la fois... Je mordais ma couche avec des larmes; j'appelais Thérèse, je me mettais à genoux pour lui parler; puis les mots me manquaient, j'avais honte et je me cachais le visage.

Je ne pus m'endormir que vers le matin, lorsque cette première tempête eut été apaisée. En voyant Thérèse le lendemain, je baissai les yeux, mais je les relevai bientôt pour la regarder à la dérobée. Je n'avais point jusque-là remarqué les détails de sa beauté, aussi me sembla-t-il que je la voyais pour la première fois. Un involontaire souvenir me la représentait telle que je l'avais aperçue la veille, et je cherchais malgré moi, à travers ses modestes vêtements, les charmes que j'avais entrevus; il me semblait les deviner, les voir, et toute l'émotion de la veille me revenait.

Cette sensation, loin de s'affaiblir, alla croissant : je ne pouvais plus voir Thérèse sans penser à cette soirée où je l'avais surprise parée de sa seule beauté; son aspect jetait dans mes sens un trouble douloureux et suave à la fois. Ce n'était plus seulement sa gaieté, sa tendresse, sa douceur que j'aimais en elle, j'aimais en elle la femme jeune et belle; ce que je désirais désormais, ce n'était pas seulement sa préférence, mais sa possession. Mon amour n'était plus celui d'un enfant, l'éveil des sens l'avait complété.

Mais que de timidité dans l'expression du délire qui me brûlait! quelle hésitation, que de détours et de fuites au moment de tout avouer!... Les mois se succédaient et j'en étais encore aux vagues témoignages d'un attachement sans nom. En vain je prenais loin d'elle d'audacieuses résolutions, en vain je préparais de longs et beaux discours qui devaient la toucher; elle présente, je ne trouvais plus rien à dire. C'était tantôt le lieu, tantôt l'heure qui me faisaient obstacle; c'était surtout le manque d'encouragement de la part de Thérèse.

Depuis quelques mois, en effet, elle n'était plus la même avec moi. Son affection semblait plus égale et plus arrêtée en même temps; c'était une amitié franchement exprimée, mais dont la tranquille réserve n'autorisait aucun épanchement plus tendre. Puis je ne sais quelles préoccupations nouvelles semblaient la dominer, elle, naguère si riante, si en éveil, si amoureuse de bruit et de mouvement, elle était maintenant pensive, nonchalante et silencieuse. Parfois de mornes pâleurs attristaient son front, et ses yeux semblaient rouges de larmes; d'autres fois un bonheur mystérieux rayonnait sur tous ses traits, son front semblait élargi, son regard plus assuré, sa voix plus ample et plus vibrante.

Je ne savais comment expliquer ces changements, je m'en inquiétais d'abord, puis je m'en réjouissais, aussi incertain dans mon inquiétude que dans ma joie.

Cependant ma passion grandissait dans le silence, et sans savoir encore si elle serait partagée, je préparais pour elle mon avenir.

Je devais songer moins que jamais à entrer dans les ordres. Thérèse était désormais le but de ma vie. Je savais que mon amour pour la jeune orpheline, non-seulement déplairait à mon père, mais encore m'en ferait un mortel ennemi; je ne pouvais attendre de lui que des persécutions et des obstacles, aussi me préparai-je d'avance les moyens de me suffire seul.

Nous avions pour voisin un tourneur habile qui m'avait vu tout petit et me témoignait de l'amitié; je commençai à apprendre secrètement son état. Je me rendais furtivement à son atelier avant qu'il fût au travail, et j'essayais à imiter ce que je lui avais vu faire la veille, je trouvais je ne sais quelle secrète douceur à l'idée de sortir de ma condition pour entrer dans celle de Thérèse! il me semblait qu'ainsi je me rapprochais d'elle davantage, qu'elle devrait m'aimer mieux et croire plus à mon amour.

Mais je sentais aussi que, pour persister dans ces résolutions, il m'eût fallu l'assurance de sa tendresse. En effet, mon courage suivait toutes les oscillations de mon âme; je le voyais chanceler à chaque instant avec mon espérance. Un regard de Thérèse m'ôtait ou me donnait la patience et le goût du travail. Sûr de son amour, tout m'eût été facile; incertain, tout me rebutait; aussi chaque jour étais-je plus convaincu de la nécessité d'un aveu; mais comment le faire? écrire était impossible, Thérèse ne savait point lire; il fallait donc trouver la hardiesse de lui parler.

Une des causes qui m'avaient arrêté jusqu'alors, était la difficulté de la voir seule et de l'entretenir sans crainte d'interruption. Je me persuadai que si je pouvais me trouver avec elle sans témoins, bien sûr de n'être aperçu ni écouté par aucun autre, ma timidité disparaîtrait peut-être; je voulus éprouver mon courage en cherchant une de ces occasions. Je savais que Thérèse se levait dès le point du jour, et travaillait pour elle quelques heures avant de descendre; je résolus de me lever à la même heure, et d'aller la trouver dans sa mansarde pendant que tout le monde dormait encore.

L'étrangeté même de cette démarche devait la rendre décisive. Après l'avoir hasardée, j'aurais en vain voulu reculer et me taire; j'étais obligé de l'expliquer, et par conséquent de tout avouer. C'était donc un moyen détourné de faire violence à ma timidité; il suffisait d'un premier effort, le reste venait ensuite forcément et de soi-même.

J'hésitai plusieurs jours, retenu par la honte et aussi par cètte espèce de crainte qui vous saisit toujours au moment d'une épreuve d'où dépend votre bonheur; enfin, je me décidai pourtant.

La nuit se passa dans une fièvre d'angoisses et d'attente. A peine le jour paru, je me levai et je sortis doucement. Il y avait un long corridor obscur pour arriver à la mansarde de Thérèse; je le parcourus d'un pas mal assuré et avec un affreux battement de cœur; enfin j'aperçus la porte... je m'arrêtai, sentant ma résolution chanceler; mais je fis un effort sur moi-même.

— Allons, me dis-je, il le faut.

Et j'allais avancer, lorsque des pas se firent entendre, puis un murmure de voix... Je me rejetai vivement dans un angle du corridor; la porte de Thérèse s'ouvrit doucement.

— Adieu! murmura une voix qui me fit tressaillir.

Un baiser retentit, et je vis sortir mon frère Laurent!...

Je ne puis dire ce qui se passa en moi; ce fut d'abord comme un coup au cœur, qui m'ôta tout sentiment et toute force; puis un délire d'indignation. Je courus dans ma chambre, fou de douleur, je ne sais plus ce je voulais; je crois que je cherchais une arme, sans pouvoir dire ce que j'en eusse fait. Mais, en entrant dans ma mansarde, la lumière qui l'inondait m'éblouit; un parfum de résédas venait de ma croisée entr'ouverte, et mon bouvreuil chantait... je sentis tous mes nerfs se détendre, et ma colère se fondit en larmes.

IX

SCÈNES DE FAMILLE — FUITE

Je fus plusieurs jours sans descendre; la vue de Thérèse ranimait toute ma colère. La jeunesse est trop inexpérimentée pour ne pas être extrême dans ses jugements. Depuis que je savais la vérité, je plaçais, dans ma pensée, Thérèse au-dessous de la dernière prostituée, et je m'indignais de ne pas la mépriser encore davantage.

Je souffrais trop d'ailleurs pour lui chercher des excuses; elle avait détruit mes espérances d'une année entière, elle m'ôtait à la fois la confiance et le courage pour l'avenir!

Car, maintenant, je n'avais plus de désir, plus de but! toutes les exaltations qui m'avaient soutenu depuis tant de mois n'étaient plus que d'amères folies; les souvenirs de cet amour timide et contenu me faisaient rougir; mes longues hésitations, mes craintes, mes douleurs même, tout était devenu ridicule; je n'étais point un amant trahi, mais un écolier niais, qui s'était fait dupe lui-même.

Ce douloureux mécompte me fit regarder un instant l'habit de prêtre avec moins de dégoût; je compris qu'il pouvait être sage à certains hommes de prendre de suite le deuil de la vie et de joindre les mains sur le cœur, pour se préserver de tristes blessures. Mais ces doutes durèrent peu; il y avait en moi trop de besoin d'expansion et de mouvement, pour songer longtemps à m'agenouiller sur le monde terrestre comme sur une tombe. Repoussée dans son premier élan, mon âme se retourna d'un autre côté. Cette soif d'émotion et de bonheur que l'amour avait rompue, elle demanda à l'étude de l'assouvir.

Je ne quittais plus les livres; j'en cherchais de toutes parts; je m'en entourais, comme d'un rempart contre la vie. Cependant, j'avais beau faire, celle-ci bourdonnait alentour, pareille à la mouche de Luther, et mon cœur en était sourdement troublé. Je m'efforçais d'oublier le passé, et à chaque instant une fleur fanée que je trouvais dans mes livres, un nom trop connu gravé d'une main distraite sur une table de sapin, quelques vers commencés sur une feuille volante, venaient me le rappeler malgré moi!

J'évitais de rencontrer Thérèse et de lui parler; mais le son de sa voix, le bruit de ses pas dans le corridor, la rapide apparition de sa coiffe blanche sous les tilleuls du jardin, suffisaient pour me faire pâlir et trembler. Étrange victoire qui ne se possédait point elle-même et craignait toujours!

Thérèse n'avait point été sans remarquer mon changement à son égard, et elle s'était efforcée d'en connaître la cause; mais je m'enfermai dans un silence de dédain. Elle devina sans doute que j'avais tout découvert, car elle baissa la tête humiliée et ne renouvela plus ses questions.

Depuis quelque temps, du reste, sa gaieté avait complétement disparu. Pâle et souffrante, elle travaillait dans un coin plus reculé de la cuisine et avec une persévérance machinale et désespérée. La maison était redevenue muette comme autrefois ; plus de ris ni de chant ! ma mère avait repris son calme monotone, mon père son inflexibilité. Quant à Laurent, ses regards se levaient moins souvent que jamais, et ses lèvres minces ne s'ouvraient plus que pour un reproche ou une dénonciation.

J'avais d'abord voulu ne point remarquer la tristesse de Thérèse ; mais insensiblement je m'en préoccupai ; j'aurais voulu en deviner la cause et pouvoir y porter remède sans qu'elle le sût, j'avais encore l'orgueil de ma rancune.

Un soir que j'étais descendu au jardin, je m'oubliai derrière la charmille qui bordait l'allée de tilleuls ; je fus arraché à ma rêverie par un bruit de pas et de feuilles froissées ; deux personnes s'avançaient dans l'allée en parlant vivement, quoiqu'assez bas ; je reconnus la voix de Thérèse et celle de Laurent.

— Il faut que cela soit, disait mon frère d'un ton dur et irrité ; j'ai parlé à Julien, il doit te demander en mariage à mon père dès demain ; la noce se fera à la fin du mois : tu sais comme moi que l'on ne peut s'y prendre trop tôt.

— Jésus ! Jésus ! mais Dieu ne me pardonnera jamais de tromper comme ça un homme, monsieur Laurent... Je ne puis point me marier à Julien sans tout lui dire.

— Folle, est-ce qu'il t'épouserait alors... tu ne comprends donc pas que si je te marie, c'est pour cacher ton état...

— Mais c'est faire le malheur de ce pauvre garçon, outre le mien. Je ne pourrai pas le tromper, lui, il saura bien que mon enfant ne lui appartient pas... et alors, s'il a du cœur, il me tuera.

— Ne crains rien, ne suis-je point là ?.. S'il soupçonne quelque chose, je lui parlerai... je lui ferai comprendre qu'il a tout avantage à être raisonnable ; tu sais ce que je t'ai dit ? Je ferai en sorte qu'on renvoie Jean Durier, et alors Julien aura la place de contre-maître... mais il faut pour tout cela que tu ne fasses point la sotte comme maintenant ; que tu ne pleures pas, que tu aies l'air contente de te marier et que tu le dises à Julien.

— Je ne pourrai jamais, jamais, monsieur Laurent... non, je vous le promettrais que ce serait mentir... A l'autel, voyez-vous, j'aurais peur du bon Dieu, et quand il faudrait dire : oui ! à Julien, je lui dirais : non ! Ayez pitié de moi.

— Mais, malheureuse, comment veux-tu faire alors ? songe donc... si l'on découvrait... tu n'aurais qu'à t'aller jeter à la rivière.

— Eh bien ! j'irais, monsieur Laurent ; j'irais... ce serait moins dur que de porter du déshonneur à un pauvre homme qui ne m'a jamais fait de mal.

— Et moi, songes-tu à ma position ? quel scandale !

— Je me tairai ; on ne saura jamais que c'est vous.

— On le devinera... qui veux-tu que l'on soupçonne ici... mon frère Baptiste ?... si on l'accusait, tu dirais bien vite, avec ton adresse ordinaire, que ce n'est point lui.

— Mon Dieu, je ne pense pas le laisser soupçonner pourtant...

— Tu vois donc bien alors qu'on saurait la vérité. Quand un enfant n'a point de père connu, on le cherche, on le découvre... tandis qu'en te mariant tout peut se cacher... même à ton mari.... c'est le seul moyen de sortir de peine, et si tu ne veux pas y consentir, rappelle-toi que tout est rompu entre nous.

— Mon Dieu, mon Dieu !

— Que je t'abandonne !

— Monsieur Laurent, ne dites pas cela.

— Et que je te fais chasser de la maison.

— Ah ! est-ce possible ?...

— Réfléchis bien : ce soir tu me diras ce que tu auras décidé.

A ces mots il quitta brusquement la jeune fille.

Celle-ci était tombée sur un banc la tête dans ses mains et étouffant ses sanglots. Je n'avais pas perdu un seul mot de cette conversation qui m'avait ému tour à tour d'indignation et de pitié. Curieux de tout entendre jusqu'au bout, je m'étais contenu ; mais j'allais me montrer lorsque Laurent se retira brusquement. Je le laissai partir, sûr de le retrouver, et je courus à Thérèse. Elle jeta un cri de frayeur en me voyant paraître derrière la charmille.

— Taisez-vous, lui dis-je avec émotion, taisez-vous, ne craignez rien.

— Oh ! vous avez tout entendu, monsieur Baptiste.

— Heureusement pour vous, car je vous protégerai.

— Vous ?

— Oui, moi, Thérèse. On ne vous forcera point à épouser Julien, ce serait indigne...

— N'est-ce pas, monsieur Baptiste ?

— C'est à celui qui vous a perdue de réparer sa faute. Il faudra bien qu'il y consente.

— Ah ! Jésus ! monsieur Baptiste, combien vous êtes bon !... tâchez seulement que je ne sois pas forcée de me marier... qu'il ne m'abandonne pas surtout... pauvre fille que je suis. Car je l'aime tant, monsieur Baptiste... si vous saviez... je voudrais aller en enfer pour lui gagner le paradis. Il n'a qu'à dire ce qu'il veut... je ferai tout... s'il faut partir, je partirai... j'irai à la campagne avant qu'on sache rien... j'élèverai mon enfant sans dire à personne qui est son père... tout ce que je demande, c'est que M. Laurent vienne quelquefois l'embrasser en cachette... De le voir, ça me donnera du courage et de la joie pour vivre...

J'étais touché jusqu'aux larmes.

— Quoi! dis-je, vous ne demandez rien de plus pour votre réputation, pour votre vie perdues à jamais?

— S'il peut être heureux, répondit-elle en soupirant.

— Mais vous, Thérèse, que deviendrez-vous? n'est-il pas obligé d'être votre protecteur, puisqu'il vous a mise dans l'impossibilité d'en accepter un autre? Il veut vous donner à Julien, mais c'est lui qui doit être votre mari.

Thérèse me regarda.

— Oh! c'est impossible, dit-elle, une pauvre ouvrière comme moi... qui n'ai rien au monde, qui ne porte ni soie, ni dentelles, qui ne sais pas lire... devenir la femme de M. Laurent... y pensez-vous?... lui, qui pourrait épouser une demoiselle noble, peut-être... Oh! c'est impossible, mon Dieu! c'est impossible!

Et cependant ses yeux fixés sur les miens brillaient d'une vague espérance. On sentait qu'elle eût voulu croire.

— Qu'importe tout le reste, quand on aime? lui dis-je.

Elle baissa les yeux et secoua la tête.

— Quel homme aimerait assez pour cela? murmura-t-elle en soupirant.

Je pris ses mains dans les miennes.

— Il y en a un, Thérèse, répondis-je d'une voix émue... il eût tout sacrifié pour vous, lui; il vous aimait depuis longtemps sans rien dire... et pour devenir votre mari il se fût fait artisan comme vous.

— Mon Dieu, est-ce vrai? s'écria-t-elle.

— C'est la vérité, Thérèse... Ah! si vous l'aviez deviné... nous ne serions pas maintenant deux malheureux.

Elle joignit les mains, et levant vers moi ses yeux noyés de larmes:

— Au nom du bon Dieu, ne dites pas cela, Baptiste! s'écria-t-elle... il ne me manquait plus que ce malheur... Est-ce bien possible, ce que vous dites... pourquoi ne l'ai-je point su? Ah! c'eût été une bénédiction pour moi de vous aimer... Mais vous aviez l'air de me fuir; tandis que M. Laurent me cherchait partout, lui. Il me disait des choses si douces à entendre... j'ai été longtemps sans savoir si je l'aimais... car j'avais peur... mais il a paru triste... il a pleuré... alors j'ai eu pitié et il est devenu tout pour moi.

— Et il faut aussi que vous soyez tout pour lui, désormais Thérèse. Puisque je n'ai pu moi-même vous faire heureuse, je tâcherai du moins d'y aider; je verrai mon frère.

— Ah! prenez garde, monsieur Baptiste, s'il allait se fâcher.

— Ne craignez rien, je lui parlerai doucement... mais, quoi qu'il arrive, je l'empêcherai de vous abandonner.

Elle me prit la main et la baisa. Dans ce moment, nous entendîmes la voix de ma mère qui appelait Thérèse.

— On vient, lui dis-je, passez derrière la charmille pour avoir le temps d'essuyer vos yeux. Il ne faut point d'ailleurs qu'on nous voie ensemble. Bon courage, à demain.

Quand j'avais promis à Thérèse de voir mon frère, j'avais obéi à un sentiment de pitié et d'indignation; mais en me retrouvant seul, je pensai avec quelque inquiétude à mon engagement. Ce que je venais d'apprendre m'avait rendu Laurent trop odieux pour que je ne craignisse point d'oublier toute prudence lorsqu'il faudrait lui parler de Thérèse. Cependant je m'y étais engagé. Une inclination naturelle à mon âge me portait d'ailleurs à accepter ce rôle de protecteur donné par le hasard. C'était la première fois que je me trouvais ainsi mêlé à quelque chose de grave et en mesure d'être utile. Jusqu'alors ma position dans le monde avait été celle d'un enfant; je trouvais un devoir d'homme à remplir, et mon cœur en éprouvait un naïf orgueil. Mais comment rester calme en parlant à mon frère? comment le faire rougir de son projet sans le blesser?... Étais-je sûr de n'oublier aucune de mes raisons et de pouvoir le forcer à les comprendre? Ne m'échapperait-il point, comme d'habitude, à travers les lieux communs, et en répondant à ce que je ne dirais pas. Car je connaissais cette tactique des méchants vulgaires qui leur assure une victoire apparente en vous réduisant au silence de la colère ou du mépris. Après beaucoup d'hésitation et de pourparler avec moi-même, je me décidai enfin à écrire.

Je ne puis dire au juste ce qu'était cette lettre, meilleure sans doute d'intention que de forme; mais je l'écrivis avec une grande émotion et un profond sentiment de justice. Après l'avoir relue, je crus fermement que mon frère serait persuadé. Je montai furtivement à son bureau et je la déposai sur sa table de travail.

J'espérais bien le voir arriver dans ma mansarde le lendemain de bonne heure. J'entendis monter en effet et l'on frappa à ma porte; j'allai ouvrir, c'était mon père!

Il tenait ma lettre à la main; je ne pus retenir un geste de surprise.

— Je vois que vous reconnaissez vos chefs-d'œuvre, monsieur, me dit-il; c'est vous qui avez écrit cela?

— C'est moi, répondis-je, mais...

— Vous ne pouvez comprendre comment elle se trouve entre mes mains, n'est-ce pas? Hier soir j'ai eu besoin d'une facture que votre frère avait oublié de me remettre, je suis entré chez lui et j'ai trouvé cette lettre sur son bureau... heureusement qu'il ne l'avait point encore lue.

— Heureusement? répétai-je sans comprendre...

Mon père replia la lettre et croisa les bras.

— Il paraît, monsieur, reprit-il, que ce n'est point assez pour vous de résister à mes volontés, vous excitez les autres à la révolte; vous voulez le déshonneur de votre famille...

— Moi?...

— N'engagez-vous point Laurent, dans cette lettre, à épouser Thérèse?

Je baissai les yeux avec embarras.

— C'est maintenant un devoir pour lui, répondis-je à demi-voix.

— Et qui vous a établi juge, monsieur, des devoirs de votre frère aîné? êtes-vous devenu le chef de la famille? quel droit avez-vous d'ordonner ici?

— Je n'ordonne point, mon père; je donne un conseil.

— Oui, celui de nous rendre ridicules et méprisables par un mariage honteux... et cela au nom de l'honneur!... car vous avez osé écrire ce mot dans votre lettre!... et savez-vous, monsieur, si mon honneur à moi n'est pas aussi engagé; si je n'ai pas arrêté un mariage pour votre frère?... Mais cette malheureuse vous intéresse sans doute à plus d'un titre et vous avez vos raisons pour vouloir qu'elle entre dans la famille.

— Mon père!... m'écriai-je indigné.

Il fit un geste pour m'imposer silence.

— Assez, monsieur, dit-il d'un accent bref; votre calcul, quel qu'il soit, aura été trompé, car vous ne reverrez plus cette fille... je l'ai chassée.

— Chassée! répétai-je.

Il me regarda avec menace.

— Devais-je attendre votre autorisation, monsieur?

— Non, non, mon père, vous êtes le maître, je ne le sais que trop; mais vous ne pouvez abandonner Thérèse, maintenant moins que jamais; que va-t-elle devenir, elle et son enfant?...

— Silence, monsieur, s'écria-t-il... Voici quelqu'un!

On montait en effet rapidement l'escalier, on appelait mon père; il ouvrit la porte et le contre-maître Jean Durier s'élança dans la mansarde hors de lui.

— Ah! monsieur... monsieur, s'écria-t-il... je vous avais bien averti qu'elle ferait un malheur...

— Que veux-tu dire?

— Elle est morte, monsieur!

— Qui, morte? demandai-je éperdu.

— Mademoiselle Thérèse.

Je jetai un cri et je cherchai le mur pour m'appuyer.

— Morte! répéta mon père en pâlissant.

— Oui, monsieur. Vous savez que je l'avais conduite hier soir à Begard pour vous obéir; mais tout du long de la route... elle était comme folle... si bien que les gens s'arrêtaient pour nous voir passer et que j'ai été obligé de prendre à travers les champs... Enfin, arrivé chez Marguerite, je l'ai laissée plus tranquille... mais ce matin... quand je suis retourné pour la voir, elle s'était échappée pendant la nuit.

— Et on ne l'a pas retrouvée?

— Faites excuse, monsieur; comme je sortais pour la chercher... les meuniers l'ont rapportée; ils l'avaient retirée ce matin de dessous leur écluse.

Je sentis que tout tournait autour de moi; j'aurais voulu crier, et les cris s'arrêtaient sur mes lèvres, mes jambes fléchissaient; je tombai à genoux en balbutiant le nom de Thérèse et je m'évanouis.

Lorsque je revins à moi, je fus pris d'une fièvre violente et d'un délire qui dura plusieurs jours. J'ignore ce qui se passa pendant cette crise; quand je repris connaissance, je me trouvai au lit; ma mère tricotait au chevet et plusieurs fioles étiquetées étaient rangées sur une table. Tout ce qui s'était passé me revint à la mémoire, mais comme un souvenir lointain; la pensée de Thérèse me fit pourtant fondre en larmes; ma mère releva la tête.

— Pleurez, Baptiste, pleurez, mon fils, dit-elle avec une sorte de tranquillité, le médecin a assuré que cela vous soulagerait.

Je me tournai vers la ruelle sans répondre et me cachant le visage dans ma couverture, et je continuai à sangloter jusqu'à ce qu'un sommeil d'épuisement s'emparât de moi.

Je fus encore quelques jours avant d'entrer en pleine convalescence; mais, à mesure que le mal diminuait, je reprenais conscience de ma situation. Ma douleur se réveillait en même temps que mes forces. Avec le souvenir distinct de ce qui avait eu lieu, me revinrent les indignations que j'avais déjà éprouvées. En me rappelant toutes les circonstances de ce drame domestique, dont le dénoûment avait été la mort de Thérèse, je ne trouvais partout qu'égoïsme et cruauté : je ne pouvais me faire à l'idée de revoir Laurent sans pouvoir l'appeler lâche et lui cracher au visage.

Je sentais d'un autre côté que ma rancune pour mon

père touchait à la haine. Vivre avec les assassins de Thérèse me semblait d'ailleurs impossible et impie! Je résolus de les fuir, de me faire moi-même et volontairement orphelin, de chercher, loin de ma famille, une servitude qui fût au moins volontaire et un pain plus noir qu'on ne pût me reprocher!

Cette pensée n'était point du reste nouvelle; elle s'était souvent présentée à moi, il ne fallait qu'une occasion pour me la faire exécuter. Une fois ma résolution prise, je songeai sérieusement à tout ce qui pouvait m'assurer le succès.

Je n'avais pour fortune que trois pièces de six livres; mais, tout calcul fait, je trouvais que c'était assez pour me rendre de Guingamp à Rennes. J'avais choisi cette dernière ville pour but de mon voyage, un peu à cause de son éloignement, qui devait me protéger contre les poursuites de mon père, et aussi parce que j'espérais y trouver un protecteur dans la personne de M. Dumery, mon parrain. Je ne l'avais jamais vu, mais je ne doutais pas qu'il ne prît intérêt à ma situation et qu'il ne me facilitât les moyens de vivre de mon travail.

J'étais complétement rétabli, on m'avait annoncé que je reprendrais mes études le lendemain; je résolus de partir le soir même, afin d'avoir de l'avance, en marchant toute la nuit, sur ceux qui voudraient me poursuivre.

Je pris donc mes trois pièces de six livres, un peu de pain, quelques fruits, et disant adieu du regard à cette triste maison où gisait, comme dans un tombeau, mon premier beau rêve, je partis les yeux baissés et le cœur serré.

Mon voyage se fit sans accident; j'arrivais à Rennes huit jours après.

X

ARRIVÉE A RENNES

Tant que j'avais été en route mon courage s'était soutenu : chaque pas m'éloignait de Guingamp et de tout ce qui m'avait fait souffrir jusqu'alors; je sentais pour la première fois la joie d'une chaîne brisée; j'étais fier de ma résolution.

Les difficultés mêmes du chemin entretenaient mon courage; c'était une première épreuve de ma force, et je tenais à ce qu'elle me fût favorable; j'avais besoin de me prouver à moi-même ce dont j'étais capable.

Je n'avais d'ailleurs qu'une seule préoccupation : échapper aux poursuites de mon père! Il avait fallu éviter les grandes routes, en marchant le long des blés, chercher un gîte chaque soir dans les fermes écartées, tourner les villes et traverser vite les hameaux; ces soins avaient absorbé toutes mes pensées; mais une fois arrivé à Rennes, je sentis mon courage s'envoler. Il n'y avait plus de but à atteindre : j'y étais; il ne s'agissait plus de vaincre des obstacles prévus, de supporter la soif, la fatigue et la faim : c'était aux hommes maintenant que j'allais avoir affaire!... je les connaissais assez déjà pour les redouter.

Puis les marches forcées, le manque de sommeil, les agitations de la fuite avaient épuisé mes forces. Je fus pris, en arrivant, d'une sorte de langueur qui se communiqua du corps à l'âme, et je passai une partie de la nuit dans un découragement agité impossible à exprimer.

Le lendemain je sortis de bonne heure. J'éprouvais un besoin d'air et de mouvement, j'étouffais dans la chambre obscure qui m'avait été donnée. On eût dit que mes pensées, retenues dans cet étroit espace, s'agitaient avec plus de tumulte et de douleur. Je voulais en vain les repousser, elles me revenaient toujours, comme ces mouches importunes qui, une fois entrées dans votre tourbillon, vous poursuivent sans relâche.

Je marchais au hasard dans la ville, regardant ce qui m'entourait avec un étonnement curieux. J'étais frappé de la largeur des rues, de la hauteur des maisons. En arrivant à la place du Palais, je demeurai immobile d'admiration.

Mais bientôt ce sentiment fit place à une tristesse effrayée. La grandeur de tout ce qui était autour de moi m'écrasait; je me sentais encore plus misérable et plus abandonné, dans ces larges rues, devant ces riches hôtels. Je cherchai une ruelle obscure qui ressemblât à celle de Guingamp, et où je pusse marcher plus à l'aise, elle me conduisit à une nouvelle place où je trouvai un second palais.

Cependant la matinée s'avançait; c'était un dimanche, et les cloches sonnaient aux églises. Les rues, d'abord désertes, se remplirent de gens parés qui se rendaient aux offices, ou qui s'arrêtaient, par groupes, et causaient en riant. Il y avait partout un air d'harmonie et d'habitude qui me rappelait avec plus de vivacité mon isolement. Je me sentais doublement isolé au milieu de cette foule endimanchée; j'avais honte de mes habits poudreux, de ma tournure étrangère. Il me semblait que tous les yeux se détournaient vers moi avec raillerie.

Je voulus regagner l'auberge; mais je me trompai de chemin et j'arrivai à une promenade isolée où je m'assis.

Ce que j'avais éprouvé depuis quelques jours avait épuisé mes forces. J'étais arrivé à un de ces instants où le cœur trop plein déborde à la plus légère secousse, je cachai ma tête dans mes mains et je me mis à sangloter.

J'avais sans doute besoin de cette crise pour reprendre courage, car une fois soulagé des larmes que j'avais retenues, je sentis l'énergie et la sérénité me revenir.

Je ne pouvais, du reste, délibérer plus longtemps; mes ressources étaient épuisées. Mais comment me présenter à M. Dumery, sans qu'il fût averti? Quelle serait sa première impression, à l'annonce de ma fuite? Ne devais-je pas craindre qu'il écoutât ma justification avec un esprit prévenu? Étais-je sûr de conserver en moi assez de hardiesse et de sang-froid pour la bien donner? Je me décidai à lui écrire d'abord, pour lui tout expliquer.

Je lui racontai, dans une longue lettre, les persécutions que l'on m'avait fait subir, pour me forcer à devenir prêtre; je lui avouai ma fuite, et je lui rappelai, en terminant, mon titre de filleul, pour qu'il me procurât les moyens de conquérir ma liberté par le travail.

Ma lettre envoyée, j'attendis avec une anxiété plus facile à comprendre qu'à exprimer.

La journée entière se passa sans réponse; enfin, le lendemain, une vieille domestique vint me chercher de la part de M. Dumery. Je la suivis en tremblant. Elle me conduisit à une maison de chétive apparence, et me fit entrer dans une grande pièce obscure, pleine de toiles empilées.

— Attendez, me dit-elle; monsieur était occupé avec un commettant, je vais savoir s'il peut vous recevoir.

Elle revint bientôt, et me dit de la suivre. Nous traversâmes plusieurs corridors encombrés de marchandises, et nous arrivâmes enfin à une sorte de magasin, au milieu duquel étaient suspendues deux énormes balances. La vieille domestique me montra, dans un coin, derrière un grillage de bois, un petit homme en veste tabac d'Espagne, presque enseveli dans un registre de comptabilité.

— C'est lui, me dit-elle.

Je fis machinalement quelques pas de ce côté; mais un nuage flottait sur mes yeux, et mes jambes se dérobaient sous moi.

Cependant, le petit homme se redressa, et, relevant une visière de carton vert ajustée sur son bonnet de laine :

— Ah! ah! dit-il, c'est ce vaurien de Basse-Bretagne; laissez-nous, Ursule. La domestique sortit, et le vieux négociant se remit à calculer.

La brusquerie de cet accueil avait achevé de me déconcerter. Je sentis une sueur froide dans mes cheveux. Cependant, au bout de quelques minutes, M. Dumery ferma son grand-livre, essuya sa plume, rangea ses règles, et se tournant vers moi :

— J'ai reçu votre lettre, me dit-il rudement; je ne me rappelais, pardieu! plus avoir un filleul à Guingamp, et j'avais aussi bien fait de l'oublier, à ce que je vois. Vous vous êtes donc sauvé de chez votre père, garnement que vous êtes? Et pourquoi cela?

— Je croyais avoir expliqué dans ma lettre... balbutiai-je.

— Oui, oui, elle est belle votre lettre!... de grandes phrases comme on en voit dans les livres... il paraît que vous êtes un philosophe, monsieur le drôle; voilà pourquoi vous faites fi de la prêtrise. Mais savez-vous bien que c'est un des beaux états, un état qui ne demande point de capital, qui n'est exposé à aucune chance de commerce... que vous faut-il de plus?

— La liberté.

— Quoi! la liberté Est-ce qu'on met les prêtres à la chaîne, par hasard? Qu'est-ce qui les empêche d'aller, de manger et de dormir à leur gré? Des gens qui n'ont à dire que leurs messes et leur bréviaire. S'ils ne sont pas libres, qu'est-ce que je suis donc, moi, qui me lève à quatre heures et qui travaille jusqu'au soir, à auner de la toile ou à vérifier des factures? Du reste, si vous avez cru trouver en moi un de ces parrains qu'on exploite, son extrait de baptême en main, vous vous êtes trompé, mon petit. Je ne vous ai pas envoyé chercher parce que vous êtes mon filleul, mais parce que vous appartenez à une maison avec laquelle je fais des affaires. Aussi, vais-je écrire à votre père pour qu'il ne soit pas inquiet, et après demain vous repartirez pour Guingamp par la patache.

Je reculai en tressaillant.

— Jamais! m'écriai-je.

Il haussa les épaules.

— Nous avons des garçons de magasin vigoureux, et l'on emploiera la force s'il est nécessaire.

— Inutilement, monsieur, car je ne retournerai pas à Guingamp, dussé-je me jeter par-dessus le premier pont que l'on passera.

— A votre aise, répondit M. Dumery en prenant une prise de tabac; une fois expédiée, je ne réponds plus de la marchandise.

Et comme il s'aperçut d'un mouvement d'indignation que je ne pus retenir :

— Ah! ah! vous ne vous attendiez pas à cela, mon filleul, continua-t-il en ricanant; vous espériez m'attendrir?

— En effet, répondis-je, je croyais que vous auriez consenti à faire pour moi autant que pour un étranger. Je ne venais vous demander ni secours ni faveur, mais du travail; eût-il fallu labourer la terre avec mes ongles et ne manger que du pain de cornouaille [1], j'aurais accepté avec joie.

— Vraiment, dit le vieux négociant qui était devenu attentif; vous tenez donc bien à ne pas retourner chez votre père?

— Je vendrais mon sang goutte à goutte pour me suffire à moi-même, monsieur!

— Et savez-vous quelque chose?

— Un peu de latin.

— Non, je vous demande quelque chose d'utile...

— Je suis tourneur.

— Cela peut servir; mais connaissez-vous l'arithmétique?

— Mon père m'a souvent chargé de ses recouvrements.

— Et la comptabilité?

— Je sais passer un article au grand-livre.

— C'est quelque chose... l'écriture... elle est bonne, à ce qu'il me semble.

Il chercha la lettre sur son bureau.

— Oui, reprit-il en l'examinant, une bonne coulée d'expédition.

Il ôta son garde-vue et se mit à se frotter le front, en ayant l'air de réfléchir. Je commençai à avoir un peu d'espérance.

— Certainement, reprit-il enfin, je ne demanderais pas mieux que de vous sauver du séminaire... puisque vous n'avez pas de vocation... et que vous savez l'arithmétique... Mais le père ne cédera jamais... dès qu'il vous saura ici, il viendra vous chercher lui-même.

— Je m'enfuirai de nouveau, répondis-je; je quitterai la Bretagne, la France s'il le faut; j'ai de la force, de la santé et du courage; je trouverai bien peut-être quelqu'un dans le monde, qui, pour tout mon temps et tout mon travail, consentira à me nourrir.

Le vieux négociant jeta son bonnet sur le bureau d'un air résolu.

— Écoute, Baptiste, dit-il en changeant subitement de ton, tu m'intéresses... Après tout, un parrain se doit à son filleul; ce que tu iras chercher plus loin, je te l'offre ici, mon garçon; tu seras nourri, logé; Ursule te blanchira, et pour tout cela, je ne te demande que de la bonne volonté. Pendant le jour, tu feras des emballages avec les garçons, tu iras aux recouvrements, et le soir, pour te distraire, tu m'aideras à dépouiller le journal. Quant à ton père, nous faisons ensemble assez d'affaires pour qu'il prenne en considération ce que je lui dirai. Cela te convient-il, voyons?

— Cela me convient.

— Alors, c'est une chose convenue; es-tu à jeun?

— Oui.

— Tant pis, car nous avons déjeuné; mais tu en dîneras mieux. Comme c'est dimanche aujourd'hui, tu auras congé. Descends seulement au grand magasin et, en t'amusant, aide Jérôme à ranger les deux mille peaux que nous avons reçues hier; va, mon fieu, nous nous reverrons à table.

Je descendis au magasin, où je trouvai un grand garçon portant une queue et des culottes de pane: lorsque je lui eus dit que je venais l'aider, il éclata d'un rire bête.

— Tiens, tiens! dit-il, le bourgeois vient donc de vous gager?

— Que vous importe! répondis-je brusquement.

— Ah! bien, vous ne devez pas lui coûter bien cher, continua Jérôme, en m'examinant des pieds à la tête. C'est-y pour finir votre croissance que vous entrez en condition?

— Faites-moi grâce de vos observations, interrompis-je irrité, et dites-moi ce qu'il faut faire.

— Il faut porter ça au bout du magasin.

Il me montrait un ballot énorme; je fis un effort pour le rouler; mais je ne pus même le déranger de place. Jérôme éclata de rire.

— Excusez, dit-il, en v'là un gentilhomme de mansarde, qui sera utile pour tenir l'aiguille d'emballage et couper la ficelle.

Je jetai mon chapeau à terre, et m'avançant le poing fermé vers le grand garçon de magasin, qui recula surpris:

— Écoute, lui dis-je d'un ton bref, je suis venu ici pour travailler et non pour écouter tes sottises. Si tu es un bœuf, tant mieux pour toi; traîne ta charge et laisse les autres faire selon leurs forces. Je ne te demande ni services ni complaisance; mais je t'avertis que je ne souffrirai non plus ni injures, ni mauvais traitements.

— Tiens, tiens, ça se révolte, dit Jérôme en ricanant; a-t-on jamais vu un avorton qui veut faire sa tête...

— Cela est moins drôle que de voir un lâche imbécile faire le plaisant.

— Gamin! s'écria Jérôme en levant la main.

Je saisis un couteau d'emballeur.

— Frappe, lui dis-je, je rendrai coup pour coup.

Il parut déconcerté, balbutia quelques injures et reprit son travail en grommelant. Mais je l'avais effrayé, et,

[1] Pain d'orge très-grossier.

à partir de cet instant, je n'eus à souffrir de lui ni injure ni menace.

Cet homme était une véritable personnification de la force brutale. Impitoyable pour les faibles qui acceptaient sa tyrannie, il se déconcertait à la moindre résistance que l'intelligence lui opposait, et se montrait sans énergie pour la combattre. Du reste, aussi incapable d'indépendance que de générosité, parce que le sens moral lui manquait, il devenait l'esclave de quiconque refusait résolûment de l'accepter pour tyran. Il me fut bientôt aussi dévoué que je l'avais trouvé ennemi au premier instant. C'était un cheval sauvage auquel il fallait faire sentir le mors, mais qui, une fois dompté, obéissait sans répugnance.

XI

UN NÉGOCIANT D'AVANT LA RÉVOLUTION

La vie que je menais chez mon parrain était la plus dure et la plus laborieuse qu'il se pût concevoir. Uniquement occupé de ses affaires, M. Dumery forçait les autres à s'en occuper aussi exclusivement que lui. Il plaçait tout son orgueil dans la balance de compte de chaque mois, son luxe domestique dans le nombre de pièces envahies par les marchandises.

Que lui importait, en effet, l'élégance, la commodité? pour lui la vie était l'accessoire; le commerce, la chose importante! rusé dans les détails d'une affaire, mais loyal dans l'ensemble, il était de relations sûres quoique tracassières. Sa probité, ainsi qu'il le disait lui-même, était une *probité en gros*; il ne s'écartait jamais de sa droiture habituelle que dans les petites choses, et comme s'il eût seulement voulu constater qu'il n'était pas honnête homme par manque d'adresse. Il faisait passer volontiers dans un payement quelques écus rognés, mais on eût pu lui confier un million sans reçu.

Il en était de même de son avarice, plus minutieuse que profonde. Il discutait un compte pour en rabattre six deniers et prêtait vingt mille francs sans intérêts à un correspondant gêné. Tour à tour timide et hardi dans ses entreprises, niant sa fortune ou en tirant vanité, tout chez lui semblait caprice au premier abord, tout paraissait calcul à en juger par le résultat. C'était, en un mot, un de ces vieux négociants dont l'espèce a disparu, qui se levaient avant le jour, déjeunaient de pain et de cresson, allaient à la Bourse en sabots et laissaient en mourant un million quitte de toute créance. Hommes de projets suivis et de féconde ténacité, qui, du fond de leurs obscurs comptoirs, surent fonder des colonies, créer une marine et établir un commerce qui embrassait tout le monde.

Quelque pénible que fût ma position chez M. Dumery, je m'y étais résigné. La froideur des étrangers ne blesse point comme celle des parents; elle ne viole aucun droit, ne détruit aucune espérance : on peut en souffrir, mais non s'en indigner; pour la supporter il n'y a point de sentiment à détruire en nous, ce n'est qu'une habitude à prendre.

J'étais d'ailleurs débarrassé de toute crainte relativement aux projets de mon père; il avait répondu à M. Dumery que je pouvais rester où je voudrais et qu'il ne s'occupait plus de moi.

Un esclave eût éprouvé moins de joie en recevant la nouvelle de son affranchissement; je n'avais jamais demandé que ma famille me fût un secours, j'étais trop heureux qu'elle consentît à m'abandonner!

Un jour que j'étais occupé avec Jérôme à marquer des ballots, M. Dumery entra.

— Il y a ici quelqu'un de ton pays qui veut te voir, me dit-il.

— N'est-ce pas mon père? demandai-je en pâlissant.

— Non, c'est un médecin.

— M. Launay?

— Moi-même, dit le docteur en entrant; où diable es-tu fourré? je te cherche depuis une heure dans ces catacombes de toiles et de cuir; viens donc m'embrasser.

Je l'embrassai et nous nous assîmes sur un ballot.

— Diable, me dit Launay, te voilà un homme... tu as maigri, par exemple... est-ce que tu n'es pas content de ta cuisine? Ton père m'avait averti, du reste. Il faut qu'il mange de la vache enragée, me répétait-il encore l'autre jour; aussi, je suis bien aise qu'il soit chez Dumery, il aura là plus de ballots à faire que de poulets à découper.

Le patron rougit.

— Je ne savais pas que ma table eût si mauvaise réputation à Guingamp, dit-il avec un sourire forcé.

— Au fait, ils ne peuvent en parler que par ouï-dire, papa Dumery, observa Launay, puisque vous n'invitez jamais à dîner.

Le vieux négociant, qui allait prendre une prise de tabac, voulut répliquer; mais Launay ne lui en laissa pas le temps.

— Allons, ne nous fâchons pas, dit-il en prenant, malgré M. Dumery, une prise dans sa tabatière... on sait bien que vous êtes un peu avare, il n'y a pas de mal à ça; tant mieux pour vous si vous ne dépensez, comme on le dit, que cent cinquante écus par an.

— Cent cinquante écus ! s'écria M. Dumery, j'ai dépensé cent louis l'an dernier, monsieur, et j'en dépenserai le triple cette année... si je veux...

— Pardieu ! on sait que vous êtes millionnaire.

— Ça n'est pas vrai ! s'écria le vieux négociant.

— Bien, bien ! reprit le docteur en riant, ne vous fâchez pas... nous vous croirons aussi pauvre que vous voudrez; mais que faites-vous de Baptiste? en êtes-vous content?

— Fort content.

— Il est un peu léger, un peu paresseux, mauvaise tête surtout... mais j'ai toujours dit qu'on en ferait quelque chose.

Et se tournant vers moi :

— Ainsi, mon garçon, tu prends goût au commerce... tu as raison, c'est le seul moyen de faire fortune maintenant... J'ai connu à l'école deux ou trois imbéciles qui ont pris ce parti et qui remuent l'argent à la pelle aujourd'hui... Un de vos confrères, entre autres, père Dumery, M. Durol... vous savez, un gros...

— Je sais, dit le vieux négociant en hochant la tête.

Ce Durol était précisément son irréconciliable ennemi; le docteur le devina sans doute, car il se mit à faire son éloge. Après en avoir dit tout le bien qu'il put inventer :

— Sa maison ne passe-t-elle point pour la plus sûre de Rennes? demanda-t-il.

M. Dumery haussa les épaules.

— Parmi les avocats et les médecins peut-être, répondit-il ironiquement.

— Elle fait, je crois, toutes les affaires de la place.

— Moitié moins que la mienne, monsieur.

— J'ai vu pourtant chez lui six ou huit employés.

— J'en occupe dix.

— Alors, c'est sa générosité qui me l'a fait croire riche.

— Sa générosité ! s'écria le vieux négociant qui le connaissait pour plus avare que lui-même. Il m'a fait rembourser le prix du papier sur lequel il me rendait un compte.

— Il donne du moins de bons appointements à ses commis.

— Qui vous l'a dit?

— Je connais un jeune garçon qui est chez lui depuis peu de temps, et qui, outre sa nourriture, reçoit dix livres par mois.

— Et vous appelez cela bien payer, s'écria le vieux négociant... Je lui en donnerais le double, moi, et je ferais encore un bon marché...

— En vérité, dit Launay... Alors, Baptiste gagne ici vingt livres par mois?... Mais c'est une fortune cela, il doit vivre comme un cadet de grande famille.

Et se tournant vers moi :

— Je parie que tu fais des économies, sournois, ajouta-t-il en riant; sois franc... combien as-tu dans ton pot d'épargnes?

Mes regards rencontrèrent ceux de M. Dumery; je baissai les yeux, et il parut embarrassé.

— Il a fallu un apprentissage, répondit-il vaguement.

— Je comprends, il a y peu de temps qu'il est payé.

— Oui.

— N'importe, je suis bien aise de savoir ce qu'il gagne; j'en avertirai sa famille, car, ajouta-t-il en riant, tout le monde connaît si bien votre économie, papa Dumery, que l'on vous soupçonnait de le faire travailler seulement pour sa nourriture, comme un cheval de camion. Mais je dirai partout que vous le traitez en véritable parrain.

Et se levant:

— Adieu, Baptiste, me dit-il, je te verrai avant de partir... Je vais habiter Lamballe, où j'ai acheté une propriété ; mais avant, je retournerai à Guingamp. Si tu veux envoyer un petit cadeau à ta mère ou à tes sœurs, maintenant que tu es riche, je m'en chargerai.

Il m'embrassa encore et partit.

Je venais d'apprendre pour la première fois ce que valait mon travail et jusqu'à quel point mon parrain avait exploité mon abandon à son profit; je fus pourtant moins indigné de cette dernière découverte qu'agréablement surpris de l'autre. Rendu sérieux de bonne heure par la douleur, j'avais grandi sans qu'aucune révolution intellectuelle séparât mon enfance de ma jeunesse. Je ne m'étais point senti devenir homme; je fus à la fois étonné et heureux d'apprendre que j'avais une valeur dans la vie, et que je pouvais désormais me protéger seul.

Aucun lien de reconnaissance ni d'affection ne me retenait chez mon parrain; je résolus de chercher ailleurs une position plus fructueuse ou plus douce.

Mais M. Dumery avait sans doute prévu les réflexions que me ferait faire l'entretien du docteur ; il craignait d'autant plus de me perdre, qu'il eût difficilement trouvé, dans un autre, le même zèle et la même sûreté. Lorsque je montai le soir au bureau, je le trouvai achevant sa correspondance. Il releva la tête à mon entrée.

— Ah ! c'est toi, me dit-il ; je t'attendais ; l'expédition de Brest est-elle achevée?

— Complétement.

— Et les marchandises pour Redon?

— Sont emballées.

— Fort bien.

Je m'étais approché du pupitre pour faire le dépouillement du journal.

Le vieux négociant se leva et tourna quelque temps autour de moi; je compris qu'il avait quelque chose à me dire. Il parcourut une douzaine de fois le comptoir en long et en large et s'arrêta enfin tout court.

— A propos, dit-il, qu'est-ce que c'est donc que ce M. Launay qui est venu te voir aujourd'hui ?

— Un médecin de Guingamp.

— Il est ami de ta famille ?

— Oui.

— Il ne sera jamais le mien... un bavard... qui n'entend rien aux affaires... citer la maison des Durol comme la plus sûre de notre place... des fripons qui feront banqueroute un de ces jours.

Je ne répondis rien... Il y eut une assez longue pause. Dumery fit encore une douzaine de tours dans le comptoir.

— A propos, reprit-il de nouveau, tu ne lui as rien répondu quand il a parlé de ces vingt livres par mois...

— J'ai pensé que c'était à vous, et non à moi de le détromper.

— C'était inutile.

Je le regardai avec étonnement.

— Vois-tu, mon garçon, dit-il en souriant, je voulais te faire une surprise; mais ce bavard a dérangé mon projet : tu commences à être au fait de notre commerce, tu as de la bonne volonte... puis, tu es mon filleul... je veux qu'à partir du premier janvier 1786 tu sois payé comme mes autres employés, voilà pourquoi j'ai laissé croire à ton brouillon de docteur que tu gagnais vingt livres par mois... tu les gagnes, mon fieu, et la preuve... c'est que je vais te payer ton trimestre, sauf les huit jours qui ne sont pas encore échus.

Je ne m'attendais pas, je l'avoue, à cette conclusion; je remerciai mon parrain.

— Viens, me dit-il, j'ai là ce qu'il te faut.

Il me conduisit à son bureau, s'assit et prit une petite note mise à part.

— Voici ton compte : deux mois et trois semaines à vingt livres font cinquante-cinq livres ; je ne te déduis pas là-dessus ta nourriture, parce qu'avec un filleul on ne regarde point de si près... d'ailleurs l'usage est de la donner. Reste donc ta petite mansarde, que j'estime quatre livres par mois, seulement pour dire que je ne t'en fais pas cadeau ; ton blanchissage, trois livres; les menus frais, comme chandelle, cirage, etc., trois autres livres; et enfin deux livres pour Ursule, dont tu ne voudrais pas recevoir les services pour rien ; c'est donc un total de trente-trois livres, qui, déduites des cinquante-cinq, donne un reste de vingt-deux livres, que voici. Tu peux vérifier les opérations.

En parlant ainsi, M. Dumery me remit dans la main la note avec l'argent, se leva et sortit.

XII

TROUBLES A L'OCCASION DU PARLEMENT

Quelque réduction que le *mémoire* de mon habile parrain eût apportée à la somme qui m'était due, j'éprouvai en la recevant une joie mêlée de fierté. Ma place était enfin conquise dans le monde, j'avais désormais mon utilité et mon prix.

Cette espèce d'avénement à l'existence pratique me donna plus de confiance en moi-même. Quelques mois après, le départ successif de deux commis força M. Dumery à me faire passer des magasins au comptoir, et à augmenter ma rétribution mensuelle. Je devenais chaque jour nécessaire, et par suite plus libre et plus heureux.

Jusqu'alors je m'étais tenu à l'écart, n'osant fréquenter les jeunes gens de mon âge, de peur que mon indigence ne me devînt une cause d'humiliation. Je commençais à ne plus repousser leurs avances, et bientôt je les connus tous.

Nous nous réunissions ordinairement le soir, dans un ancien cabaret qui avait récemment changé sa touffe de gui contre le nom de *Café de l'Union*. C'était le lieu du rendez-vous des commis-marchands, des clercs de procureur et des étudiants en droit. On y buvait peu (moins par tempérance que par pauvreté), mais en revanche on y parlait beaucoup des affaires du jour, qui commençaient à prendre une gravité singulière.

Les débats entre la cour et les parlements menaçaient de recommencer avec plus de violence que jamais. La noblesse, qui depuis Richelieu se trouvait trop faible pour résister à la royauté, s'était habituée à s'armer contre elle de l'intérêt général. C'était au nom de cet intérêt, et pour empêcher le prélèvement de nouveaux impôts, que les parlements avaient déjà plusieurs fois bravé la rigueur de la cour; aussi le peuple faisait-il cause commune avec eux.

En Bretagne surtout, la résistance des magistrats devait exciter une ardente sympathie, car ils ne défendaient pas seulement les finances de la province, mais ses franchises. Le vieil esprit breton était encore d'autant plus vivant partout, qu'il avait été entretenu par les priviléges de tout genre qu'avait laissés Louis XII au duché en le réunissant à la France. L'intérêt était donc d'accord avec le préjugé national, et, en aidant le parlement à lutter contre les ministres, on obéissait à la fois à l'instinct et au calcul.

Le peuple d'ailleurs sentait alors, en Bretagne comme partout, cette fièvre de malaise et ce besoin de changement qui précèdent toujours les révolutions. Il y avait dans les esprits je ne sais quel désir de combat qui cherchait toutes les occasions de se satisfaire.

Par position et par penchant, les habitués du *Café de l'Union* s'étaient naturellement déclarés pour le parlement, non que la jeunesse du tiers regardât cette cause comme la sienne; mais, en attendant que la véritable lutte commençât entre elle et les privilégiés, elle essayait ses forces et étudiait ses champs de bataille. Nous ne parlions pas d'autre chose chaque soir; notre exaltation était aussi sincère que soutenue, et les discussions se prolongeaient souvent fort loin dans la nuit.

Parmi les jeunes gens qui y prenaient part, beaucoup faisaient preuve d'éloquence ou de perspicacité, mais deux surtout se distinguaient dès lors entre tous les autres.

Le premier était un jeune étranger au sourire fin, au regard scrutateur et à l'accent incisif: nourri de la lecture des encyclopédistes, il demandait l'application de leurs principes et prouvait la nécessité d'une réforme avec une éloquence tour à tour brillante ou moqueuse. Panthéiste plutôt qu'incrédule, il enveloppait son scepticisme d'une poésie bruyante, qui lui donnait je ne sais quelle étrange splendeur: son langage rappelait à la fois Sénèque et d'Alembert.

Lorsqu'on abandonnait un instant les discussions générales pour de plus intimes causeries, et que chacun racontait ses projets favoris, il parlait de longs voyages rêvés depuis son enfance et s'exaltait à la pensée de l'Orient. Son nom, était, je crois, Chasseloup, mais ses amis ne le connaissaient que sous celui de Volney.

Le second héros de nos réunions était le jeune Moreau, renommé déjà pour son sang-froid dans le péril, la justesse de son coup d'œil et son heureuse humeur. L'influence qu'il s'était acquise parmi ses compagnons l'avait fait choisir pour prévôt de l'école de droit. Il exerçait, à ce titre, une sorte de magistrature d'honneur sur tous les étudiants; c'était lui qui jugeait les querelles, essayait de les apaiser ou autorisait le duel, en donnant à chaque combattant sa part de champ et de soleil. Assisté de son chancelier et de son greffier, il dirigeait les délibérations de l'école, défendait ses priviléges, mettait aux voix l'expulsion des étudiants qui avaient pu forfaire à l'honneur. Son autorité s'étendait également sur le théâtre, où il avait droit à douze places et où il décidait du rejet ou de l'acceptation des acteurs. Chaque débutant lui devait, en conséquence, une visite solennelle qui avait lieu dans la salle du droit et en présence de tous les élèves.

Simple de goûts, généreux, dévoué, Moreau était chéri de ses compagnons, et sa volonté, au moment de l'action, eût été souveraine. Décidé à soutenir la cause parlementaire dans le débat qui se préparait, il était sûr de faire descendre au premier signal, sur la place publique, toute la jeunesse de Rennes et de la trouver prête à lui obéir.

Je passais habituellement mes soirées au *Café de l'Union*, avec un jeune commis-marchand nommé Benoist, dont j'avais fait connaissance depuis peu. Rien ne frappait, chez lui, au premier abord; son esprit, d'une droiture incontestable, avait peu de vivacité; son courage était sans éclat, quoique sûr, et sa parole plus judicieuse qu'élevée. On ne lui connaissait point de vices, seulement ses qualités avaient quelque chose de terne et d'uniforme. C'était, au premier coup d'œil, une personnalité pour ainsi dire négative, ce qu'on appelle un homme médiocre; mais, à l'usage, on reconnaissait vite la valeur de cette nature régulière et tempérée. A défaut d'initiative, elle avait je ne sais quelle faculté d'appropriation qui l'enrichissait de tout ce que les autres avaient découvert d'utile et de beau. Tandis que les plus doués n'ont pour règle que leur propre intelligence, lui, il avait les lumières de tous ceux qui l'entouraient. C'était le bon sens même; il ne trouvait pas les idées, mais il les triait, si je puis m'expliquer ainsi, et il était rare que son choix ne fût point la vérité. Aussi, chacune de ses actions semblait-elle annoncer un homme vulgaire, et sa vie entière un esprit supérieur. Je l'avais aimé dès que je l'avais connu; notre liaison ne tarda pas à devenir intime, et nous prîmes l'habitude de passer ensemble tout le temps dont nous pouvions disposer.

On était alors au mois de mai 1788: la cour semblait s'être décidée à vaincre la résistance du parlement de Rennes à tout prix: M. Bertrand de Molleville avait été nommé intendant, et M. le comte de Thiard, gouverneur. Tous deux arrivaient à Rennes, chargés, disait-on, de faire exécuter les ordres du roi par lettres-closes; l'inquiétude était extrême dans tous les esprits.

Le parlement, la noblesse et les commissions permanentes des États avaient protesté d'avance contre toute mesure illégale.

« — Lorsque les ennemis de la chose publique, s'était écrié le fougeux comte de Botherel, semblent avoir formé dessein de rompre le lien qui unit le souverain aux peuples, ce serait manquer à l'honneur que de ne point réclamer contre toute atteinte portée à la constitution nationale. »

Cependant, des troupes arrivaient chaque jour; un mystère menaçant entourait tous les actes du gouverneur et de l'intendant. Le 10 août, le parlement se rassembla au palais, dès le point du jour. Tous les magistrats étaient à leur poste, revêtus de leurs robes écarlates et fourrées d'hermine; le président, M. Le Merdy de Catuëlan, déclara la séance ouverte.

Tout à coup un bruit de fifres et de tambours se fait entendre, des huissiers accourent en criant que M. de Thiard monte le grand escalier avec des soldats, des laquais et des pages.

— Fermez les portes, dit le président d'un ton calme; greffier, ordonnez que M. le gouverneur vous remette ses lettres de créance.

Le greffier obéit, mais il rentre bientôt en annonçant que M. le comte n'a d'autre lettre que l'ordre du roi d'entrer de gré ou de force dans la grand'chambre. Il avertit en même temps la cour que le peuple entoure le palais, et que les soldats ont peine à le maintenir.

— Le parlement ne veut point de révolte, s'écrie M. de Catuëlan; huissiers, ouvrez les portes.

Les portes sont ouvertes à deux battants, et M. le comte de Thiard paraît avec M. de Molleville et ses officiers, le chapeau à la main. A cet aspect, le parlement se couvre.

M. de Thiard, promenant ses regards autour de lui, demande où est la place des envoyés du roi.

— Vos lettres de créance, d'abord, répond le premier président.

— Je n'en ai point.

— Alors, votre entrée ici étant un acte de violence, la cour déclare ne pouvoir plus délibérer.

— Arrêtez, monsieur le président! s'écrie le comte; voici pour vous, pour messieurs de la cour, pour M. le greffier en chef, trois lettres de cachet distinctes qui vous défendent de désemparer, sous peine de désobéissance au roi. Voici, en outre, des commissions, ordonnances et lettres patentes que je vais lire, requérant M. le procureur général de conclure à leur enregistrement pur et simple.

— L'usage ne permet point que je prenne de conclusions en présence des gens du roi, répondit le procureur général.

— Alors je passerai outre, et j'ordonne, au nom de Sa Majesté, à M. le greffier en chef, d'enregistrer les pièces à mesure qu'elles vont lui être remises.

A ces mots, M. de Thiard commence la lecture des différents ordres du roi, et après l'avoir achevée :

— Messieurs, dit-il, au nom de Sa Majesté, je déclare la séance rompue, et je vous ordonne de vous retirer.

— Et moi, répond le premier président, je déclare, au nom de la cour, qu'elle ne peut reconnaître ces lois nouvelles.

Mais pendant que ceci se passait à l'intérieur, une scène bien autrement animée avait lieu au dehors.

En apprenant que les troupes venaient occuper le palais, la population entière était accourue; les jeunes gens des comptoirs, des études et des écoles, Moreau à leur tête, s'étaient élancés jusqu'au péristyle du palais, où ils furent sur le point de saisir MM. de Molleville et de Thiard, avant leur entrée dans la grand'chambre. Des troupes, sorties des Cordeliers, les avaient dégagés à grand'peine; mais les cris de : *Vive le parlement! mort aux traîtres!* retentissaient jusque dans l'escalier intérieur. Le régiment de Rohan-Montbazon arriva enfin, et força la foule à quitter la salle basse du palais, sans pouvoir toutefois la refouler plus loin.

Ce fut dans ce moment que les membres du parlement, forcés par MM. de Molleville et de Thiard à lever la séance, parurent au haut du perron.

A leur aspect, des *vivats* s'élevèrent de tous côtés. M. de Catuëlan fit signe de la main; aussitôt tout se tut; les rangs s'ouvrirent, et l'assemblée, son président en tête, passa lentement au milieu de la foule muette.

Ils venaient de disparaître, lorsqu'un mouvement se fit à la porte du palais. Des troupes venaient d'entourer le perron, une chaise armoriée parut.

— C'est Bertrand de Molleville! s'écrièrent mille voix; haro aux traîtres! mort à l'oppresseur!

A ces mots, les jeunes gens se précipitent; les soldats veulent résister, le flot de la foule les emporte et les disperse; les pierres volent sur la chaise de l'intendant, qui se brise; lui-même tombe frappé au front. En vain M. de Thiard, que rien n'effraye, se montre à découvert, cherche à parler et à rallier les soldats; il est lui-même atteint à l'épaule.

Cependant le bruit de la mêlée arrive jusqu'aux postes les plus voisins; le chevalier Blondel de Nonainville accourt à la tête d'une compagnie; Moreau se jette à sa rencontre; les soldats croisent la baïonnette; le sang va couler, lorsque l'officier s'avance vers les jeunes gens, lève les bras, et laissant tomber son épée :

— Pas de sang! s'écrie-t-il, je suis citoyen comme vous... Soldats, halte!

— Bravo! bravo! l'officier! répètent mille voix. On l'embrasse, on l'enlève, on l'emporte en triomphe, lorsque quelques pierres lancées au hasard l'atteignent.

— Arrêtez! s'écrie Moreau, c'est notre ami.

A l'instant les pierres cessent de voler, et les applaudissements recommencent.

Mais les soldats, qui ne comprennent rien à cet enthousiasme subit, et qui croient qu'on enlève leur officier, renversent tout pour le reprendre. Le combat allait encore s'engager, si M. le comte de Véry, MM. de Pont-Farcy, et l'échevin Robinet n'avaient apaisé le tumulte, en renvoyant les troupes à leurs casernes, et en invitant la population à se retirer.

Cette manifestation de l'opinion avait été trop éclatante pour ne pas faire comprendre aux envoyés du roi toutes les difficultés de leur mission. Aussi M. le comte de Thiard, qui avait fait preuve dans cette journée d'une fermeté que nous avions admirée nous-mêmes, songea-t-il à employer des mesures énergiques. Il demanda des munitions et de la cavalerie. Mais, à la nouvelle qu'ils allaient à Rennes pour combattre leurs compatriotes, tous les Bretons qui servaient dans les régiments appelés s'assemblèrent; les officiers donnèrent leur démission, et les soldats refusèrent de marcher; il fallut les laisser en arrière.

Le reste des troupes arriva. M. de Thiard en avertit la commission intermédiaire; elle refusa tout ce qui était nécessaire pour le casernement; le gouverneur fut obligé de loger les nouveaux venus aux Cordeliers et au palais.

Les embarras devenaient de plus en plus sérieux. Déjà les élèves en droit, conseillés par leur prévôt, s'étaient refusés à tout serment, après avoir adressé aux autres universités une protestation, avec prière d'imiter leur exemple. La haine contre le gouverneur et M. de Molleville était générale; elle s'exprimait par tous les moyens. Une rue qui portait le prénom de ce dernier, *rue Bertrand*, fut publiquement débaptisée, et reçut un écriteau sur lequel on lisait *rue du Tartufe*. Les rixes entre les soldats et les citoyens se renouvelaient chaque jour. L'esprit de résistance ne s'était point seulement répandu dans les écoles et les comptoirs, il avait gagné les couvents de religieux et jusqu'aux communautés de femmes, que M. de Thiard avait menacé de faire évacuer pour loger les nouvelles troupes. J'en citerai une preuve entre mille.

Un moine quêteur sortait de la maison des Capucins, suivi d'un enfant qui portait habituellement sa besace, lorsqu'un dragon, du régiment d'Orléans, l'apostropha en termes injurieux. Le frère continua sa route sans répondre; mais, enhardi par ce silence, le dragon courut après lui, et, enfonçant de force son casque par-dessus le capuchon du moine :

— Cré Dieu! le joli soldat! s'écria-t-il en éclatant de rire.

— Il me manque pour cela quelque chose, dit le capucin tranquillement.

— Quoi donc?

— Une épée.

— Qu'à cela ne tienne! s'écrièrent les dragons qui suivaient.

Et l'un d'eux ceignit son espadon au révérend père. A peine celui-ci l'eut-il au côté, qu'il rejeta en arrière casque et capuchon; puis, dégaînant d'une main prompte :

— Voyons, dit-il en s'adressant à son agresseur, si tu es aussi brave qu'insolent : en garde, dragon!...

Le soldat voulut plaisanter, mais il fallut se défendre, et il tomba bientôt.

Alors, le moine rejeta l'épée à côté du blessé, et, se tournant vers les dragons stupéfaits :

— Emportez votre ami, messieurs, dit-il, je prierai pour sa guérison.

Puis, ramenant le capuchon sur son visage, qui était demeuré impassible, il fit signe à l'enfant qui portait la besace, et s'éloigna lentement avec lui.

De leur côté, les membres du parlement continuaient à s'assembler malgré les ordres de M. de Thiard. Celui-ci fit garder les portes du palais, mais les magistrats s'assignèrent alors un autre lieu de rendez-vous. Le gouverneur résolut de mettre fin à cette résistance, en se servant des lettres de cachet qu'il avait contre les plus influents.

M. Philippe de Tronjoly, lieutenant-colonel de la milice bourgeoise, reçut, en conséquence, l'ordre de rassembler son bataillon, pour *assurer l'exécution des mesures ordonnées par le roi;* il refusa de marcher. Le grand prévôt, M. de Melesse, fut alors sommé, par le gouverneur, d'arrêter les magistrats désignés : il s'excusa en offrant sa démission.

— Vous ferez votre devoir, monsieur, ou vous mourrez à la Bastille! s'écria le comte de Thiard exaspéré.

Et l'ordre de rassembler les troupes fut aussitôt donné.

Cependant, par suite de ses relations avec plusieurs officiers, Moreau était tenu au courant de tout ce qui se préparait. Il apprit, le soir du 1er juin, que l'on devait arrêter, dans la nuit même, plusieurs membres du parlement; tous furent en conséquence avertis.

Ils résolurent aussitôt de se réunir, afin de délibérer sur ce qu'ils devaient faire. Le palais leur étant interdit, M. de Cuillé offrit son hôtel. On l'avait cerné, mais les magistrats persécutés y pénétrèrent, les uns en costume, les autres *en chenille;* quelques-uns furent obligés d'entrer par les fenêtres.

Ce fut là, au bruit des armes et des clameurs qui retentissaient au dehors, que le parlement breton tint sa dernière séance. M. de Thiard lui envoya en vain deux fois le grand prévôt, qui se présenta seul, les larmes aux yeux, et finit par s'évanouir; au moment où il attendait la soumission du parlement, il vit entrer trois huissiers qui lui signifièrent, *en parlant à sa personne,* que la cour déclarait les lettres de cachet *nulles, obreptices et subreptices,* le sommait de retirer les troupes, et le dénonçait au roi comme coupable d'arbitraire et de félonie. Il apprit en même temps que le décret de prise de corps contre lui et M. de Molleville avait été mis en délibération et rejeté à une simple majorité de quatre voix [1].

Les choses en étant à ce point, il pensa que la temporisation devenait dangereuse, et commanda de forcer l'hôtel de Cuillé.

Cet ordre était d'autant plus difficile à exécuter que la foule encombrait tous les passages. Sur le refus des officiers, le colonel du régiment de Rohan, M. d'Hervilly, sortit lui-même à la tête d'un détachement; mais à peine eut-il paru, que des cris s'élevèrent :

— Aux armes! mort à d'Hervilly!

Au même instant un jeune homme lui arracha ses épaulettes, lui jeta une épée et le provoqua. Les gens du roi, envoyés par la cour, essayèrent de calmer la multitude.

— Que les soldats déchargent leurs armes! s'écria-t-on de tous côtés.

Les soldats obéissent; le tumulte s'apaise un instant, mais pour renaître bientôt avec plus de violence. Le colonel d'Hervilly veut parler, on l'insulte, on le pousse; une pensionnaire, portant encore le costume de sa communauté, s'élance sur lui le pistolet à la main, et lui propose un combat singulier. Tout à coup on apprend que Bertrand de Molleville a quitté son hôtel de l'intendance pour se rendre chez le gouverneur. La foule se précipite de son côté; on force le corps de garde; la guérite de la sentinelle est mise en pièces, on culbute les cavaliers, on coupe les brides et les sangles des chevaux. Enfin, la cour, avertie que le tumulte est au comble, arrête de se séparer pour éviter une collision sanglante.

Le lendemain, MM. Le Merdy de Catuëlan, de Cuillé, de Talhouet, de Kersalaün, et un grand nombre d'autres, furent arrêtés et exilés dans leurs terres.

Mais M. de Thiard s'était trompé en croyant que la dispersion du parlement briserait toutes les résistances: à la nouvelle de ce qui venait d'avoir lieu, la noblesse entière jeta un cri d'indignation. Tous les corps constitués protestèrent publiquement. L'évêque de Rennes ordonna des prières *pour détourner le fléau qui menaçait la Bretagne,* et les commissions intermédiaires des États, dirigées par le comte de Botherel, signèrent un mémoire que douze députés furent chargés de présenter au roi.

Ils étaient partis depuis dix jours, lorsque l'on apprit leur emprisonnement à la Bastille. Cette nouvelle se répand aussitôt dans la ville; on veut douter d'abord, mais tout à coup des voitures pleines de femmes en deuil passent au galop de leurs chevaux; on reconnaît les épouses, les mères des députés; elles vont à Paris se jeter aux pieds du roi.

Mais ce n'était point assez de leurs prières, dix-huit nouveaux députés furent choisis et partirent le même jour: on les arrêta à Ponchartrain. Une troisième députation de cinquante membres fut envoyée avec ordre de *persister dans toutes les protestations précédentes, de n'obtempérer à aucune des défenses qui pourraient lui être faites, et de ne céder qu'à la violence.*

Désespérant de vaincre par la force une telle ténacité, la cour se décida à employer l'adresse. Les nouveaux députés parvinrent à Paris sans obstacles, mais, une fois arrivés, toutes les portes leur furent fermées. Leurs sollicitations à M. le duc de Penthièvre, gouverneur titulaire de la Bretagne, à MM. de Brienne et de Villedeuil, pour obtenir audience du roi, restèrent inutiles ou sans réponses.

On les croyait découragés et prêts de retourner dans leur province, lorsqu'on les vit arriver un jour à Versailles, sans invitation, se jeter sur le passage du roi au moment où il se rendait à vêpres, et lui présenter leur mémoire.

Le roi le reçut, en prit lecture, et, quelques jours après, les députés détenus étaient remis en liberté, et les parlements rétablis!

XIII

LETTRE DE JOSEPH

J'avais pris une part active à toutes les manifestations contre M. de Thiard, sans que mon parrain y mît obstacle; son caractère, ses habitudes et les intérêts

[1] Il y avait eu vingt-six voix contre vingt-deux.

de son commerce, le faisaient tenir plus qu'aucun autre aux priviléges de la province, et ce qui pouvait y porter atteinte excitait naturellement son animadversion.

Comme tous les égoïstes, il n'aimait l'ordre qu'à son profit, et quoique trop prudent pour se mêler à une lutte dangereuse, il se réjouissait de voir d'autres la hasarder.

Ma participation à la révolte avait d'ailleurs pour lui un double avantage; elle le recommandait aux parlementaires sans l'exposer vis-à-vis de l'autorité. A celle-ci, il pouvait dire qu'il me désavouait; à ceux-là, qu'il m'avait laissé faire. Dans un cas, j'avais l'air d'avoir agi sous son influence, et pour ainsi dire comme son remplaçant; dans l'autre, d'avoir obéi à ma seule inspiration. Quoi qu'il arrivât, je ne devais donc point le compromettre et je pouvais lui faire honneur.

Il le sentit, et, feignant de rien voir, il me laissa une liberté entière.

J'en profitai pour me délivrer de certaines servitudes que je m'étais laissé imposer précédemment. J'étais maintenant assez connu pour trouver sans peine, chez un autre négociant, un emploi plus lucratif que le mien; mon parrain le savait, et il comprit que, pour me conserver, il fallait m'accorder en indépendance ce qu'il me refusait en profits. En conséquence, mon travail se régularisa, et, le bureau fermé, je pus, comme les autres commis, disposer de mes heures.

J'en profitai pour reprendre mes études interrompues et leur donner une meilleure direction. Avant mon arrivée à Rennes, j'ignorais même les noms de la plupart des écrivains fameux. Je voulus les connaître tous.

Cette lecture fut d'abord pour moi une sorte d'orgie; je m'y livrai avec une passion furieuse et insensée. Rien m'avait préparé à cette initiation au monde de l'intelligence et de l'art. Je voyais s'ouvrir tant d'horizons nouveaux, je sentais s'exhaler tant de parfums inconnus, qu'au premier instant ma raison chancela. Tout ce qui m'avait occupé jusqu'alors fut oublié; je passais à lire les nuits entières et une partie des journées. L'existence réelle était pour moi comme un rêve. J'accomplissais mes devoirs par habitude et presque sans m'en apercevoir; je ne commençais à vivre qu'au moment où je me retrouvais seul avec mes livres. Ce monde de fictions était devenu à mes yeux le monde véritable; c'était là qu'étaient désormais mes désirs, mes intérêts et mes affections.

La maladie put seule arrêter cette espèce de délire et ramener mon esprit à plus de tempérance. Jusqu'alors il s'était enivré à toutes les sources, presque sans préférence; rendu plus délicat par la satiété, il commença enfin à choisir.

Je sentis se calmer en même temps les agitations intérieures qu'avait produites en moi l'écho de tant d'idées nouvelles; elles prirent chacune leur place, élevèrent la voix à leur tour; au tumulte succéda le chœur, et je pus prendre possession de mon âme. Du reste, cette espèce d'interrègne du sens pratique, loin de me rendre indifférent aux débats politiques qui agitaient alors la France, eut, au contraire, pour résultat de m'y intéresser plus vivement. Jusqu'alors, je m'en étais occupé par imitation, ou tout au plus par instinct; je commençai enfin à en voir la source et le but.

Le dix-huitième siècle tout entier avait été employé à prouver théoriquement que la liberté dans le devoir et l'égalité devant la loi étaient le droit de tous les hommes. On ne pouvait douter que la démonstration, arrivée à l'état d'évidence, ne devînt bientôt une application. Mes penchants et mes impressions devaient me faire incliner plus qu'aucun autre vers la réforme d'une société dans laquelle j'avais déjà tant souffert; aussi tous mes vœux se tournèrent-ils vers son accomplissement, et, quelque faible que fût mon secours, je me jurai à moi-même de l'aider en toute occasion, selon ma force et la longueur de mon bras.

J'étais entièrement occupé de ces espérances, et tout entier aux États généraux qui allaient se réunir, lorsque je reçus sur ces entrefaites une lettre de Joseph.

Après avoir longtemps ignoré ce que j'étais devenu, il venait d'apprendre, par Launay, que j'habitais Rennes. Sa lettre contrastait si étrangement avec les préoccupations qui nous agitaient tous alors, qu'elle m'étonna et m'attendrit. La voici; elle fera comprendre mieux que toutes mes paroles ce qu'était cette âme si heureusement venue à la vie et si facile à satisfaire.

« Je viens enfin d'avoir votre adresse, cher monsieur Baptiste; celui qui me l'a donnée ne m'a pas dit son nom; mais c'est un grand monsieur jaune qui cause beaucoup et aime à vous parler de vos défauts. Je rappelle cela ici pour que vous puissiez le reconnaître, et non pour médire.

» Il m'a assuré que vous demeuriez à Rennes, chez votre parrain; mais quand je lui ai demandé si vous étiez heureux, il m'a répondu en me disant ce que vous gagniez. Je voudrais bien savoir, pourtant, si vous prenez la vie à l'aise, cher pauvre monsieur, car pour ce qui est de l'argent, je sais que vous n'y tenez guère; vous êtes né la main ouverte, comme on dit. Mais avez-vous là-bas une belle campagne pour vous promener, de bons livres à lire, un ami avec qui vous puissiez causer de choses qui ont besoin de sortir du cœur?

» Comme je voudrais vous voir ici! Vous auriez tout cela, et bien autre chose encore; vous pourriez vous promener dans de grandes allées de chênes, tapissées de petites fleurs, au bord d'une mer aussi tranquille qu'une fontaine, et devant un horizon si doux et si triste, que je pleure quelquefois en le regardant.

» Mais vous allez me demander sans doute où je suis et ce que je fais, car je ne vous l'ai point encore dit... Je suis au couvent de Saint-François, à Morlaix, où je fais mon noviciat pour être moine.

» Cela va bien vous étonner, vous qui deviez me croire au séminaire; mais on m'a offert d'entrer ici, et j'ai compris tout de suite que c'était ma place. Dans six mois j'aurai prononcé mes vœux; il ne me restera plus rien à désirer. Semblable à ce saint du désert, auquel les oiseaux du ciel apportaient un pain à l'heure dite, je recevrai sans m'en inquiéter la nourriture de chaque jour; l'existence terrestre ne m'occupera plus, je vivrai sans calcul, sans prudence, comme les enfants qui passent leurs journées à cueillir des fleurs, et leurs soirées à compter les étoiles.

» Quand je songe à cela, j'éprouve des saisissements de félicité; puis la crainte me vient qu'une vie si heureuse ne puisse être innocente. Je consulte de plus vieux que moi, pour savoir si mon bonheur n'est point un péché; mais ils me disent tous d'en jouir sans peur, que c'est la bénédiction de Dieu qui descend ainsi en flots de joie dans mon cœur.

» J'habite, au levant de l'abbaye, une cellule que l'on a blanchie à neuf quand j'y suis entré, si bien qu'en me réveillant je nage dans le soleil. Sous mes fenêtres s'étendent les charmilles du jardin, où j'entends les petits oiseaux chanter leur joyeux *alleluia*, tandis que la brise de mer m'apporte des odeurs de genêt!

» C'est là que je passe presque tout mon temps en recueillements rêveurs, en prières et en lectures, car j'ai trouvé ici beaucoup de beaux livres que je ne connaissais pas; il en est trois ou quatre surtout, dont je vous envoie les titres à la fin de ma lettre, et que je ne puis me lasser de relire. Quand je les ai finis, je les laisse quelques jours, en priant Dieu de me les faire oublier, afin que je puisse les recommencer avec le même enchantement.

» Oh! que nous devons remercier le ciel, monsieur Baptiste, d'être nés dans un temps où les bonnes paroles ne peuvent être prononcées sans être entendues de tous et sans rester à jamais! Maintenant, ceux qui ont reçu la royauté de l'intelligence ne donnent plus à la tombe que leurs corps; leur génie reste pour l'enseignement et la consolation des hommes; il passe en eux, pour ainsi dire; il devient quelque chose de la vie humaine! Autrefois, ces consolateurs d'âmes ne faisaient que paraître comme des lueurs; aujourd'hui, chacun d'eux est une nouvelle étoile, ajoutée pour jamais au ciel de l'intelligence.

» Vous ne sauriez croire, monsieur Baptiste, combien j'aime Dieu, lorsque je viens de lire quelque bon livre. Il pouvait nous faire semblables à la brute, attachée par tous ses appétits à la terre; il ne nous y a mis que les deux pieds! Il nous a donné le désir, allant vers l'inconnu; des douleurs préférables aux plus belles joies, des espérances qui consolent de toutes les réalités! L'instinct nous suffisait pour prendre place dans sa création; il a voulu que nous eussions la pensée, et il nous a permis l'accès de ce monde invisible qui sert de vestibule à son paradis. Oh! quand je serais le plus malheureux et le plus abandonné des êtres, je le remercierais encore à deux genoux de pouvoir souffrir comme un homme, c'est-à-dire en me souvenant du passé et en rêvant à l'avenir.

» J'entends parler ici, depuis quelque temps, de troubles publics et de discussions entre ceux qui sont chargés de nous gouverner; on rassemble, dit-on, les états généraux... Je m'inquiète peu de tous ces bruits; pour moi, oiseau de paix, on m'a reçu dans l'arche, j'ai mis ma tête sous mon aile, je puis dormir, bercé aux vagues du déluge, et quand les cataractes du ciel seront fermées, on m'enverra peut-être voir si les eaux décroissent et chercher le rameau de salut! Mais je pense à vous, qui êtes exposé là-bas à toutes les chances du désastre! Qui vous défendra si l'on vous attaque? qui vous consolera si vous êtes frappé?

» Une seule idée me rassure : c'est que, dans ces grands combats, les petits se sauvent d'ordinaire plus sûrement. Qui sait, d'ailleurs, si mon inquiétude n'exagère point le danger? Que vous importe, après tout, les querelles entre ceux qui gouvernent nos intérêts temporels? Dieu vous a fait la grâce de naître comme l'hysope, dans l'humilité. Quand les foudres se croisent et se combattent sur les montagnes, le pâtre qui paît son troupeau au fond de la vallée n'y prend point garde.

» Adieu, monsieur Baptiste, je prie Dieu pour vous soir et matin; votre souvenir ne m'a point quitté un seul jour, et souvent, quand je me promène sous nos grands arbres, j'ai tressailli en croyant vous voir tourner la barrière et venir vers moi... Hélas! je ne dois plus sans doute vous retrouver sur la terre, et cette pensée est la seule amertume que Dieu mette dans mes joies. Tâchons de vivre, du moins, de manière à nous retrouver ailleurs, quand *notre chair sera retournée à la poussière d'où elle est sortie.*

» Paix et bénédiction de Dieu, à vous maintenant et toujours.

» † JOSEPH, *novice.* »

XIV

ÉVÉNEMENTS DES 26 ET 27 JANVIER 1789

Dans leurs discussions avec la cour, les parlements avaient unanimement demandé la réunion des états généraux, comme *le seul remède aux maux qui accablaient la France.* Ils espéraient que ces états raffermiraient leur autorité, consacreraient leurs droits et les mettraient à même de résister plus sûrement à la royauté; mais ils ne réfléchirent pas qu'ils fournissaient, en même temps, aux prétentions de la bourgeoisie l'occasion de se produire. L'événement ne tarda pas à prouver l'imprudence de leur demande. A peine la convocation des états généraux fut-elle connue, que le tiers annonça tout haut ses projets de réforme. Ce fut le 29 décembre 1788 que les états de Bretagne se trouvèrent réunis à Rennes. On y voyait neuf cents gentilshommes, une trentaine d'ecclésiastiques, et quarante-deux députés du tiers. Avant de prendre part aux délibérations, ceux-ci demandèrent à exposer leurs réclamations, dont les principales étaient le vote par tête et l'égalité de l'impôt pour tous les ordres. La noblesse repoussa cette demande. Elle connaissait déjà les audacieuses exigences de la bourgeoisie, et s'était rassemblée quelques jours auparavant pour convenir de la réponse qu'elle y ferait. C'était à cette occasion qu'un gentilhomme avait dit :

« De quoi se plaint le tiers? ne lui avons-nous pas bâti des hôpitaux? »

Cependant les plus sages avaient exprimé des craintes. Le tiers était nombreux, et si on lui refusait tout, il pourrait avoir recours à la révolte.

— Dans ce cas, s'était écrié un membre de la commission intermédiaire de Nantes, l'histoire nous enseigne notre devoir. Je lisais ce matin que, du temps de Philippe le Bel, ces gens-là ayant fait les rebelles, nous autres nous montâmes à cheval, et quand nous en eûmes sabré un millier, le reste redevint docile.

Ces forfanteries de la noblesse avaient été répétées; elles n'avaient fait qu'irriter la roture et l'affermir dans ses résolutions. Enfin, le 9 arriva un arrêt du conseil qui ordonnait de *dissoudre les états.* Les députés du tiers obéirent; mais les gentilshommes s'assemblèrent pour signer l'engagement de ne jamais faire partie d'une réunion où leurs priviléges seraient méconnus, sous peine d'être regardés comme traîtres et déshonorés. Le tiers, de son côté, convoqua les communautés. De part et d'autre s'imprimaient des mémoires où l'on échangeait des injures, des provocations, et l'animosité des deux partis s'en accroissait. Mais pendant que la noblesse allait partout, semant les promesses, les menaces, et s'épuisant en secrètes intrigues, le tiers avait recours à un moyen d'influence dont on ne devait pas tarder à sentir le pouvoir. Un journal, *la Sentinelle du Peuple,* parut. Ce fut ce jeune homme, déjà remarqué par les habitués du *Café de l'Union* pour sa verve et sa logique railleuse, Volney, qui, le premier, essaya ainsi la périodicité du pamphlet.

« Amis et citoyens, disait-il dans son introduction, vous saurez que, doté par la grâce de Dieu d'un petit revenu honnête, je puis vivre en bon gentilhomme, c'est-à-dire sans travailler; mais puisque chacun de vous travaille, je me crois, en conscience, obligé de mettre aussi la main à l'œuvre. Tandis que l'un laboure mon champ, que l'autre fait mon pain, que celui-ci me fabrique une étoffe, que celui-là va me chercher du café en Amérique, je me suis demandé comment je pourrais me rendre utile; et songeant qu'il court par ce temps des malintentionnés, je me suis dit : Je serai sentinelle, *la sentinelle du peuple,* et c'est moi qui crierai de loin à chacun : *haro!* ou *qui vive!* »

Et entrant immédiatement en fonction, il signalait, dans le même numéro, les manœuvres des gentilshommes, et faisait justice de leurs menaces.

« Les nobles ne sont pas dix mille, observait-il en terminant; mais quand ils seraient deux fois davantage, nous serions encore cent contre un, et rien qu'à leur jeter nos bonnets, nous pourrions les étouffer. »

Dans une autre feuille, raillant les Tourangeaux, qui, à l'instigation de leurs chanoines, avaient refusé la taxe des réverbères, il s'écriait :

« Béni soit le bon Dieu de nous avoir donné le soleil sans prendre d'avis, car s'il eût consulté une assemblée de notables, il y eût eu au moins cent trois voix contre trente-sept pour ne point avoir de soleil! »

La noblesse éprouva, à l'apparition de *la Sentinelle du Peuple,* un dépit étonné. Ne pouvant deviner d'où lui venaient ces *soufflets sans main,* comme les appelait Volney, elle voulut d'abord affecter le dédain; mais les coups se renouvelèrent régulièrement. Tous les noms furent successivement traduits au tribunal du juge mystérieux. Pas un acte reprochable n'était commis, pas un ridicule ne pouvait se produire, sans être discuté ou constaté le lendemain. La pluie d'épigrammes arrivait à jour fixe, comme les marées d'équinoxe, sans que l'on eût aucun moyen de s'en garantir. Avant que l'on eût répondu à une attaque, une autre y succédait. Caché derrière son nuage, le journaliste ressemblait au vaillant Ulysse, envoyant successivement une flèche à chaque prétendant de Pénélope. Le journal arrivait chez Vatard, encore humide d'impression, se répandait de là dans toute la ville, comme emporté par un coup de vent, et une heure après, les nobles ne pouvaient sortir sans trouver aux mains de tous les passants la feuille fatale, et sans voir tout le monde sourire à leur rencontre. Poussés à bout, ils voulurent faire saisir la presse et le journaliste ; mais tous deux ne travaillaient que la nuit et changeaient sans cesse de domicile.

« Vous chercherez en vain, leur écrivait Volney; nous avons un talisman qui nous rend plus forts que le fer, plus rapides que l'air, plus subtils que la flamme : l'amour de la liberté ! »

Fatigué pourtant de poursuites toujours plus pressantes, le jeune écrivain résolut de s'y dérober en allant s'établir au milieu même du camp ennemi. Il fit emporter sa presse au château de Maurepas, sur la route de Fougères, et ce fut de là désormais que partirent les pamphlets dans lesquels il livrait les privilégiés à la risée publique. Désespérant d'imposer silence à un pareil ennemi, la noblesse se décida à lui répondre. Un abbé Lemaistre publia, à cet effet, un *factum* écrit en mauvais français et bardé de citations en latin estropié. Volney lui répliqua dès le lendemain, dans un article où, proposant de le faire porter comme pensionnaire sur la liste des états, *à raison de deux sous par barbarisme*, il prouva que sa pension irait à deux mille livres. Le défenseur de la noblesse, couvert de ridicule, reçut le nom d'*abbé à deux sous*, et n'osa plus donner signe de vie. Mais ce n'était point seulement *la Sentinelle du Peuple* qui tournait en moquerie les prétentions des gentilshommes : la satire était descendue sur la place publique. Les ramoneurs de Rennes, vêtus de toges grotesques, parodiaient les décisions des états et les condamnaient au feu. Le journal de Volney publia même les *arrêts de la cour des Ramoneurs*, revus, corrigés et considérablement augmentés par l'ironique rédacteur. Ces polémiques amères n'avaient fait qu'augmenter l'audace d'une part, et de l'autre la haine. Les nobles les plus influents, tels que MM. de Boishüe, de Tremergat, de Botherel et de Kératry, cherchaient à exciter les classes inférieures contre la jeunesse de Rennes, qui avait embrassé la cause du tiers. L'exaspération était extrême des deux côtés, et une collision semblait imminente. Le 25 janvier 1789, je m'étais rendu, comme d'habitude, vers le soir, au *café de l'Union* avec Benoist. Nous y trouvâmes Moreau, entouré d'une quarantaine de jeunes gens qui paraissaient fort animés. Au milieu d'eux était un sergent de royal-marine, arrivé à Rennes depuis peu, et qui s'était déjà fait remarquer par son esprit liant et ses opinions patriotiques ; on l'appelait Bernadotte. Au moment où nous entrâmes, il parlait vivement.

— Oui, disait-il, je l'ai entendu de mes oreilles, chez le capitaine : ils étaient là plusieurs gentilshommes, et ils répétaient qu'ils en auraient fini avant deux jours avec la canaille des écoles.

— Et c'est pour cela, interrompit Moreau, que le peuple est convoqué demain au champ Montmorin. Les billets de convocation ont été faits dans la salle même des états ; les gentilshommes enverront leurs laquais et leurs porteurs, qui nous chercheront querelle au moindre prétexte, et nous assommeront pour gagner leurs gages.

— Nous avons tous chez nous une épée et une paire de pistolets, dit un des assistants, qui s'appelait Omnès.

— Et que gagnerons-nous à nous en servir contre des valets, répliqua Moreau ; attendons les maîtres ! Que personne n'aille au champ Montmorin : ils en seront pour leurs frais de guet-apens.

— Songeons d'ailleurs, ajouta Benoist, qu'avec leurs gens et leurs affidés, ils sont dix fois plus nombreux que nous. S'ils veulent la bataille, on ne la leur refusera pas, mais il faut au moins qu'ils en aient les horions.

— Ajoute, pour ceux qui sont pressés, reprit Moreau, qu'ils n'auront pas longtemps à attendre.

— Qui te fait penser ?...

— Pardieu, ce que je vois. Ne coudoie-t-on pas à chaque coin de rue quelque bande d'*épées de fer*[1] ? Tous les mangeurs de sarrasin sont arrivés de leurs villages avec l'habit aurore et le cadogan neuf pour boire gratis à la table du président. Leur nombre finira par les enhardir. Quelque beau jour, après dîner, les meneurs leur persuaderont qu'ils sont des héros, et nous les verrons arriver la rapière au poing.

— Je me charge de les recevoir, dit Omnès. Aussi bien, je suis fatigué de leur insolence. Les rues ne sont pas assez larges pour eux et leurs épées. D'où viennent-ils donc pour être si fiers ? Ne sortent-ils pas, comme nous, de la fange d'Adam ? Il est temps que le plus grand nombre ne soit point sacrifié au plus petit. Le monde est à tous. Tant que je vivrai, je demanderai cette égalité des droits ; je combattrai pour elle ; je ferai de cette cause ma vie, et je veux que mon his-

[1] On donnait ce nom aux gentilshommes pauvres, qui venaient aux états avec des épées sans ornements et à poignée d'acier.

toire soit tout entière dans mon nom : *Omnes, omnibus*. Un sourire général accueillit cette boutade.

— Vous aurez fort à faire, monsieur, si vous persistez dans votre généreuse mission, dit Volney, qui, assis à l'écart, avait jusqu'alors gardé le silence. Le privilége a toujours été regardé, en France, comme un droit, et l'égalité comme une exception. Voulez-vous avoir, pour exemple, un échantillon de la justice qui préside à l'établissement des impôts? Voici un extrait des rôles de la *capitation* de Rennes pour cette année même. A ces mots, le jeune homme chercha dans son portefeuille une note, sur laquelle il lut :

« Le marquis de Rosuyvien, pour lui et ses domestiques, 27 livres 18 sous.

» Desvarennes, perruquier-baigneur, sans biens-fonds, 30 livres.

» Mademoiselle de Rosuyvien, tenant maison, avec porteurs, 9 livres.

» La demoiselle Bourgueil, tailleuse, 18 livres.

» Mademoiselle Dubreuil de la Monneraie, tenant maison, 1 livre 16 sous.

» La Doucin, marchande d'herbes, 3 livres 2 sous.

» Un domestique de gentilhomme, 30 sous.

» Un domestique de roturier, 3 livres. »

— Je comprends, observa Moreau, que ces messieurs tiennent à un tel état de choses. Jusqu'à présent, nous n'avons existé que pour eux; ils nous ont eu à l'étable, buvant notre lait d'abord, puis vendant notre peau. Mais le peuple se lasse de ne servir qu'à faire des fromages et des souliers à messieurs de la noblesse; il faudra bien qu'ils s'habituent à se suffire. Nous avons fait pendant dix siècles le métier de vers à soie, qui vivent pour filer une bobine à leurs maîtres, et meurent complaisamment pour la laisser dévider. C'est assez d'abnégation chrétienne comme cela! La force et le droit sont pour nous; ayons de la prudence, le succès est certain.

On causa encore quelque temps sur ce ton, et nous nous séparâmes, en convenant de ne point aller au champ Montmorin. La réunion annoncée eut lieu le lendemain, à l'endroit indiqué; mais, au grand désappointement des meneurs, aucun bourgeois n'y parut. L'assemblée se trouva composée de six à huit cents laquais, porteurs ou cochers, parmi lesquels on remarquait surtout ceux de M. de Kératry. Ils étaient conduits par Dominique Lelandais, attaché au service de la commission des canaux. Celui-ci les harangua; il parla de la nécessité des états généraux, qui devaient, selon lui, diminuer le prix du pain et augmenter les gages des domestiques; il accusa le tiers d'empêcher tout ce bien par ses prétentions, et finit en proposant de se rendre au palais. L'assemblée entière applaudit et se précipita à sa suite, en criant : *Vive la noblesse! le pain à quatre sous!* La cour reçut ces étranges pétitionnaires, et promit de faire droit à leur demande. Ils allaient se retirer, lorsque Dominique aperçut à la porte du *café de l'Union* une douzaine d'étudiants qui regardaient.

— Haro! haro! s'écria-t-il, ce sont des bazochiens.

Aussitôt il s'élance avec sa meute; les jeunes gens veulent se mettre en défense; mais les laquais s'arment de bûches qui venaient d'être déchargées devant les Cordeliers, et assomment tout ce qu'ils rencontrent. Aux cris qui s'élèvent, les gentilshommes sortent du palais et applaudissent; M. le marquis de Tremergat encourage ses gens du geste. Un garde de ville veut saisir un valet qui venait d'abattre un étudiant à ses pieds; le marquis court au garde, le pistolet à la main, et le force à se retirer. Ainsi soutenus, Dominique et les siens se répandent dans les rues, attaquent tous les bourgeois qu'ils rencontrent, et les poursuivent jusque dans les maisons. Cependant, le bruit de cet odieux guet-apens ne tarda pas à se répandre. Moreau, averti, accourt, suivi de quelques amis. J'arrivais au même instant avec Benoist. A notre aspect, les gentilshommes cessèrent d'exciter les valets; plusieurs feignirent même de s'entremettre. Un de ceux qui avaient le plus applaudi les assassins, voyant un jeune homme, appelé Louazon, qui se défendait avec peine contre deux porteurs, voulut le secourir.

— Va-t'en, lâche! lui dit le courageux jeune homme, j'aime mieux mourir que te devoir la vie!

Nous arrivâmes heureusement à temps pour le dégager. M. de Montboucher et deux autres nobles étrangers au complot, qui s'étaient efforcés, dès le commencement, d'apaiser le tumulte, nous aidèrent à disperser les laquais. Comme on le devine, notre indignation était au comble. Une requête fut adressée sur-le-champ au procureur général de Cherville, une autre au grand prévôt de Mélesse, pour demander l'arrestation des coupables, et spécialement du sieur Vignon, confiseur de la noblesse, connu pour avoir convoqué et soudoyé les laquais. Des députés se rendirent, en outre, à Saint-Malo et à Nantes pour demander du secours. Nous nous portâmes, avec Moreau, aux magasins où étaient déposées les armes de la milice, nous les enlevâmes, et l'École de droit prit l'aspect d'un camp. La nuit se passa dans ces préparatifs de résistance. Le lendemain, 27, nous apprîmes que la cour venait de faire suspendre les informations judiciaires commencées au siége de police. Les juges ne pouvaient nous déclarer plus positivement qu'ils faisaient cause commune avec nos assassins. Moreau envoya avertir M. de Thiard que, puisque la protection des lois nous était refusée, nous saurions nous protéger par les armes. Une partie de la journée s'était écoulée dans ces démarches; vers une heure, on vint nous avertir qu'un jeune ouvrier qui nous quittait avait été frappé à coups de couteau par les laquais, devant le palais et aux yeux de la maréchaussée, qui avait laissé faire. Nous descendîmes pour parler au grand prévôt; mais à peine eûmes-nous paru sur la place, qu'une trentaine de gentilshommes sortirent des Cordeliers, l'épée à la main. Nous nous étions arrêtés; ils vinrent de notre côté avec des provocations et des injures. Les dames nobles étaient aux fenêtres et nous montraient au doigt ironiquement.

— Que chacun fasse son devoir! dit Moreau en se tournant vers nous.

Les épées furent tirées, les pistolets armés, et nous attendîmes. Un gentilhomme s'élança à notre rencontre, nous appelant lâches et nous criant d'avancer.

— Retirez-vous, monsieur de Boishüe, dit Moreau avec calme; votre mère est là, au balcon; ne nous forcez pas à vous tuer sous ses yeux.

— Feu! feu! s'écria une voix parmi les gentilshommes.

— Feu! répéta Moreau.

Vingt coups partirent en même temps des deux côtés : MM. de Saint-Rivel et de Boishüe tombèrent. Un cri de rage s'éleva dans les rangs de la noblesse. Ils jetèrent leurs pistolets, fondirent sur nous l'épée à la main, et la mêlée devint générale. Cependant, ceux des deux partis qui se trouvaient dispersés dans la ville ne tardèrent pas à être avertis et à accourir. Partout où des gentilshommes et des jeunes gens se rencontraient, une lutte partielle s'établissait, de sorte que l'on combattit bientôt sur toutes les places et dans toutes les rues. Pendant ce temps, le tocsin sonnait pour appeler les bourgeois à rétablir la paix. On ne voyait de tous côtés que parents effrayés cherchant leurs fils, et gardes de ville ramenant des blessés. Le combat ne cessa qu'avec le jour. Les bourgeois passèrent la nuit dans les salles de l'hôtel de ville, où ils reçurent l'annonce de secours arrivant de Hédé, de Saint-Malo, de Lorient et de Nantes. Dans cette dernière ville, la plupart des commis avaient abandonné leurs comptoirs pour prendre les armes, *déclarant infâme quiconque, en leur absence, solliciterait leurs places, et protestant d'avance contre tout tribunal qui les déclarerait séditieux.* De son côté, la noblesse se préparait à une vigoureuse résistance : quatre cents gentilshommes s'étaient enfermés dans le cloître des Cordeliers, avec des lits, des vivres, des munitions et des armes. Les banquettes des états avaient été brisées pour faire des barricades, et les assiégés déclarèrent qu'ils s'enseveliraient sous les ruines de leur forteresse. M. de Thiard, qui, dans tous ces débats, avait montré son courage habituel, se porta intermédiaire entre les deux partis. Les jeunes gens exigeaient, avant tout, l'évacuation des Cordeliers.

— Qu'ils viennent s'en emparer, répondirent fièrement les gentilshommes.

— Ils viendront, dit M. de Thiard.

— Il faudrait une armée pour nous chasser d'ici.

— Ils auront une armée.

— Où est-elle?

— En voici l'avant-garde.

Un bruit de clairons venait, en effet, de se faire entendre au loin; il s'approcha, et bientôt une longue file de chariots parut sur la place du palais. Ils étaient chargés de jeunes gens armés de piques ou de haches d'abordage, et portant tous à la boutonnière un ruban aux couleurs du tiers : c'étaient les patriotes de Nantes qui arrivaient. Les gentilshommes devinrent sérieux; ils demandèrent jusqu'au lendemain pour réfléchir; mais le lendemain, quand on se présenta aux Cordeliers, tous avaient disparu.

XV

BREST EN 1789 — LES GARDES DE MARINE

La part que j'avais prise aux événements du 27 et aux délibérations qui les suivirent, m'avait mis en évidence. M. Dumery commença à craindre d'être compromis par moi. Les choses devenaient sérieuses; le sang avait coulé, il pouvait couler de nouveau, et l'on ignorait à quel parti la victoire resterait en définitive. Si le tiers succombait, ses défenseurs auraient à rendre compte de leurs actes; je pouvais être poursuivi, et devenir, par la suite, pour mon patron, une cause d'embarras ou d'ennui. Puis, le vieux négociant s'effrayait sérieusement de ce qui se passait. Tant qu'il n'avait été question que d'une émeute parlementaire, il s'était peu inquiété; c'était chose d'usage, et dont on connaissait au juste l'importance; on avait, d'ailleurs, les magistrats pour soi, de sorte que la révolte même avait une apparence légale. Mais cette fois il s'agissait de prétentions aussi nouvelles qu'étranges : loin de demander le maintien d'un privilège, on réclamait l'abolition de tous ceux qui existaient. Une lutte longue et acharnée s'annonçait; et, avec son instinct d'homme d'affaires, M. Dumery pressentait tout ce que les relations commerciales auraient à en souffrir. Or, comme nous l'avons déjà dit, celles-ci étaient, à ses yeux, la vie même. Toute sa philosophie se résumait en une balance de compte; ses idées politiques n'avaient, pour lui, d'autre valeur que leur résultat immédiat, et celles qui faisaient fermer les boutiques ne pouvaient être que folles ou dangereuses. Il eût bien voulu me faire partager sa manière de voir; mais il comprit bien vite l'inutilité de ses efforts. Désirant éviter au moins les occasions où j'aurais pu me compromettre, il se décida à me faire partir pour Brest, où une liquidation importante, dans laquelle il se trouvait intéressé, nécessitait l'envoi d'un mandataire.

Quoique située à l'extrémité de la Bretagne, la ville de Brest n'est pas une ville bretonne : c'est une colonie maritime composée d'habitants de toutes les provinces de la France, et dans laquelle s'est formée je ne sais quelle race douteuse, sans caractère propre et sans aspect spécial. L'observateur attentif peut bien découvrir, dans cette population habillée de toile cirée et de cuir bouilli, qui vit les pieds dans l'eau et la tête dans les brumes, quelque chose des *durs garçons de l'Armorique*[1]; mais ce n'est qu'une trace fugitive. Du reste, la ville n'a guère mieux conservé aujourd'hui son air matelot : on sent bien encore un peu le goudron dans le premier port de France; on entend bien encore des marteaux de calfats sous les bassins couverts; on rencontre bien encore, dans la *rue des Petits-Moulins*, quelque vaillant maître au teint bistré, à la chique proéminente, aux escarpins enrubannés, venant de manger en trois jours la paye de quinze mois, et cherchant d'un œil curieux un *pousse-caillou à éreinter;* mais à part ces quelques traits maritimes, répandus çà et là comme des vestiges d'antique beauté sur un visage décrépit, le grand port n'offre plus à l'œil rien de saillant ni d'animé. On sent que le vent de la faveur a cessé de souffler sur ce Versailles maritime, et que ses jours de splendeur sont passés. Ses longues files de vaisseaux désarmés dorment sous leurs toits peints; ses quais, presque déserts, sont couverts d'ancres gigantesques, que rouille l'eau du ciel, de canons numérotés et de piles de boulets verdis par la mousse. A peine si, de loin en loin, quelques coups de marteau, quelques grincements de fer, quelques chants de travail s'élèvent dans les immenses ateliers. De vieux gardiens en cheveux blancs et en livrées se promènent devant les magasins fermés; et des escouades de forçats passent lentement, avec leur cliquetis de chaînes, traînant quelques débris de navires démolis, tandis que, le long du canal encombré, glissent silencieusement des bateaux de passage, délavés par la mer et conduits par des *chalandous* en sabots. Rien ne peut rendre la sèche et monotone tristesse de ce tableau. Cela n'a même pas la poésie des ruines; c'est la décadence dans sa désolante laideur. En vain voit-on s'étaler sur les deux montagnes des lignes immenses d'édifices bien entretenus, des cales, des usines, des machines somptueusement décorées de fer, de cuivre ou de plomb; je ne sais quoi de languissant perce à travers cette magnificence arrangée. Ce qui manque au port de Brest, ce n'est ni le soin ni l'opulence, c'est le bruit, c'est le mouvement! Brest rappelle la régularité de ces vieilles femmes qui, une fois leurs sourcils repeints et leur corset lacé, ont encore un faux air de vigueur et de séve; mais regardez dans leurs yeux : la vie y est éteinte, l'enveloppe fraîche et jeune couvre un cadavre[1]! Non pourtant qu'il faille regarder le port breton comme condamné sans retour; mais, quelque changement que le temps y apporte, nul ne le verra tel que je l'ai vu autrefois. Brest, ce vaisseau à l'ancre sur la plus belle rade du monde, pourra bien cesser d'être un ponton délaissé; il pourra regréer ses mâts, reprendre son air marin et guerrier; mais il ne retrouvera plus les anciens équipages que j'ai vus sur ses gaillards : on ne reverra plus le vieux Brest royaliste ni le vieux Brest républicain. La physionomie morale du grand port a changé avec les hommes et les idées, et c'est seulement par les récits que l'on peut désormais connaître ce qu'il était. Quoique je n'eusse jamais vu de port militaire avant mon premier voyage à Brest, je fus peu frappé de celui que j'avais sous les yeux; je le trouvai petit, étroit, mesquin. Mais si la vue du port n'éveilla point chez moi l'admiration qu'il méritait, en revanche l'aspect de la population brestoise me causa une singulière surprise. Je trouvais là un peuple chez lequel je cherchais en vain un type national, et qui ne ressemblait à rien de ce que j'avais connu jusqu'alors. Ce n'étaient ni des Européens, ni des Asiatiques, ni des Africains; c'était quelque chose de tout cela à la fois. Brest avait tant reçu dans son port de ces grandes escadres sur lesquelles naviguaient des renégats de toutes les nations, que le libertinage y avait confondu tous les sangs de la terre. Son peuple présentait je ne sais quel indéfinissable mélange de toutes les couleurs et de

[1] *Pot callet deus an Armoricq.* (Proverbe breton.)

[1] Ce chapitre a été écrit il y a plusieurs années, sous le ministère de M. de Rigny. Aujourd'hui, 1839, le port de Brest a repris en partie son importance.

toutes les natures, depuis le Lapon huileux jusqu'au nègre de la côte de Feu; depuis le Chinois vernissé jusqu'au Mohican des grands lacs. Les classes supérieures elles-mêmes, quoique restées à l'abri de cette promiscuité brutale, en avaient ressenti le contrecoup. L'Inde, dont nos navires couvraient alors les mers, avait habitué notre marine à ses sensualités orientales, et tous, officiers et matelots, en avaient rapporté je ne sais quelle soif de volupté, quelle fièvre licencieuse qui s'était communiquée de proche en proche et avait bientôt envahi tous les rangs. La noblesse, qui occupait exclusivement les positions élevées, donnait l'exemple à cet égard. On trouvait encore chez elle tous les débordements libertins du siècle précédent : c'était la Régence avec des passions plus sauvages, plus sincères; la régence avec d'ardents marins calcinés par les tropiques, au lieu de pâles roués en jabots de dentelles; la cabine de six pieds et le hamac africain, au lieu de la petite maison et du sofa à franges de soie. Du reste, ce n'était pas seulement par son libertinage que Brest rappelait une époque passée. Il n'existait point, en 89, dans toute la France, une autre ville qui eût conservé aussi intacts les préjugés nobiliaires. Des idées révolutionnaires commençaient à y germer vigoureusement, comme partout, mais sans pouvoir détruire l'aristocratique despotisme de la marine. Ce corps se partageait alors en deux catégories bien distinctes : l'une, nombreuse, riche, influente, recrutée dans la noblesse, formait ce qu'on appelait *le grand corps;* l'autre, presque imperceptible, pauvre et méprisée, était composée des officiers de fortune que le hasard ou un mérite supérieur avait tirés de la classe des pilotes, et que l'on désignait sous le nom d'*officiers bleus.* Avant de faire partie du *grand corps*, les cadets des familles titrées passaient par l'école des gardes de pavillon, qui, à de très-rares exceptions près, leur était exclusivement réservée. Cette école, soumise à une discipline fort relâchée, était pour Brest une cause perpétuelle de désordres. Rien n'arrêtait cette jeunesse gâtée et vaine, accoutumée dans le manoir paternel à la servilité complaisante de vassaux tremblants, et qu'on lançait tout à coup, sans frein, avec un uniforme et une épée, au milieu des licences de la vie de mer. Chez les vieux officiers, du moins, l'expérience et le bon sens assouplissaient l'orgueil héréditaire; le frottement du monde en émoussait le tranchant; l'âge éteignait l'ardeur des passions; mais, chez ces enfants, rien n'en adoucissait la grossière manifestation. Leur vanité s'exerçait dans toute sa naïveté; ils se faisaient un point d'honneur de leur insolence; ils mettaient leur amour-propre à se rendre insupportables, et ne se trouvaient jamais assez affronteurs, assez odieux. Aussi avaient-ils pris possession de la ville et s'y conduisaient-ils en conquérants. Tout ce qui ne portait pas, comme eux, la culotte et les bas rouges, leur était ennemi. Ce n'était pas seulement l'expression d'un orgueil insolent que le bourgeois avait à supporter, c'étaient les taquineries tracassières d'écoliers effrontés; c'étaient des impertinences assez adroites, assez multipliées pour trouver les jointures de la patience la plus solide. Et nul moyen de se préserver de ces attaques, car elles venaient vous chercher partout, sur les promenades, au spectacle, dans votre maison. La nuit surtout, nul ne pouvait s'en croire à l'abri : souvent, au milieu de votre sommeil, vous étiez réveillé par une voix lamentable qui vous appelait par votre nom; vous couriez ouvrir votre fenêtre, et, à peine aviez-vous passé la tête dehors, qu'une brosse insolente vous peignait la figure à l'huile, aux grands éclats de rire des gardes de marine qui tenaient l'échelle du barbouilleur. Un autre jour, en vous levant, vous ne trouviez plus ni portes ni fenêtres à votre rez-de-chaussée; tout avait été muré pendant la nuit. Ici, c'étaient des enseignes dont on avait changé la place, de telle sorte que l'affiche d'une sage-femme se trouvait sous le balcon d'un pensionnat de jeunes filles; là, le réverbère que l'on s'était amusé à descendre dans le puits banal, tandis que le seau avait été hissé à la potence du réverbère. Et ne croyez pas que l'insolence des gardes de pavillon se bornât à ces insultes anonymes et individuelles; parfois elle s'adressait à la population entière. Un jour, par exemple, ils se disaient : « Il n'y aura pas de spectacle ce soir, » et quand vous arriviez, avec votre fille ou votre femme, pour voir la pièce nouvelle, vous trouviez deux de ces messieurs à la porte, le chapeau sur l'oreille, l'épée à la main, qui vous disaient tranquillement :

— On n'entre pas.

On vous mettait la pointe au visage, et il fallait rebrousser chemin. Un autre jour, c'était une promenade qui était ainsi mise en interdit. A ceux qui se présentaient, on criait de loin :

— Les gardes de marine se promènent, monsieur!

Et il fallait se retirer. Anciennement, cette audacieuse licence était allée plus loin; les officiers supérieurs eux-mêmes en avaient donné l'exemple : on tendait des filets dans les carrefours, on prenait au piége les jeunes servantes qui sortaient, le fanal à la main, pour aller chercher leurs maîtresses, et on ne les relâchait que le lendemain. Les bourgeoises elles-mêmes ne pouvaient se montrer dans les rues, une fois la nuit close, sans s'exposer à être insultées. La fille d'un marchand de la rue des *Sept-Saints* (alors fort différente de ce qu'elle est aujourd'hui) fut enlevée, en sortant des prières du soir, et quand, huit jours après, on la rendit à son père, elle était folle ! Cette fois, l'affaire fit du bruit; le peuple murmura; on trouva l'espièglerie trop forte, et les chefs voulurent faire un exemple sur les quatre officiers coupables de l'enlèvement : ils furent mis aux arrêts et condamnés à placer à leurs frais la fille du marchand à l'hôpital. Ce fut à la même époque qu'un capitaine de frégate, partant pour l'Inde, réunit ses créanciers à bord, fit lever l'ancre, et ne consentit à les débarquer qu'à vingt lieues de Brest, et après avoir exigé quittance de chacun d'eux. Cette escroquerie ne lui attira aucun châtiment. Si la conduite des officiers était telle, on conçoit quelle devait être celle des matelots. La licence des chefs servait de modèle et d'excuse à celle de leurs inférieurs. Quand des équipages arrivaient de mer, ils s'emparaient de la ville comme du pont d'un navire pris à l'abordage. Alors il fallait faire rentrer les enfants et les femmes, fermer les fenêtres, baisser les rideaux, car le regard ne pouvait tomber dans la rue sans rencontrer une image sanglante ou obscène. Mais, la nuit venue, c'était bien autre chose : on n'entendait plus que clameurs furieuses, cris de meurtre et hurlements d'ivrognes! La ville, qui avait été tout le jour un lupanar, devenait alors un coupe-gorge. Les matelots et les soldats s'assassinaient à chaque carrefour, sans que personne songeât à s'y opposer et sans que le paisible habitant prît garde à une chose aussi vulgaire. Le lendemain seulement, les laitières de la campagne, en parcourant les rues encore solitaires, s'arrêtaient un instant autour des cadavres que l'orgie avait laissés après elle, puis passaient en disant tranquillement :

— Il paraît qu'il y a des navires du roi en rade.

Tandis que le bourgeois devant la porte duquel l'homme était tombé, faisait débarrasser le seuil, laver le pavé, et rentrait pour déjeuner. Comme je l'ai déjà dit, cet état de choses s'était modifié en 89. Sans avoir perdu son orgueilleuse suffisance, le corps de la marine était forcément plus circonspect à l'égard des habitants, qui se montraient moins patients que par le passé. Cependant des rixes fréquentes avaient encore lieu, et je me rappelle avoir été forcé deux fois de mettre l'épée à la main, en pleine promenade, pour faire respecter des dames que je conduisais. Ces faits, d'ailleurs, étaient journaliers. Quant au dédain que le *grand corps* avait toujours témoigné aux officiers sans naissance, il restait le même qu'autrefois; c'étaient toujours les *officiers bleus* ou les *intrus*, comme ils les appelaient, hommes de fer qui, malgré les mépris, étaient allés droit devant eux; dont le courage et le talent avaient grandi au bruit des risées, et qui étaient entrés dans le corps aristocratique comme sur le pont d'un vaisseau anglais, le pistolet au poing et la hache à la main. Du reste, la hauteur injurieuse que les privilégiés affectaient à leur égard avait une autre source que la cause avouée. L'orgueil couvrait de son pavillon les sentiments de haine et de jalousie que l'on n'aurait osé étaler au grand jour. Les nobles sentaient que la seule présence de ces hommes dans leurs rangs était une protestation vivante du talent contre la naissance, un cri sourd d'égalité jeté par la nature au milieu des inégalités consacrées. Puis, les *officiers bleus* avaient l'impardonnable tort d'être habiles. On pouvait les humilier, mais non s'en passer. Il fallait donc leur faire payer le plus chèrement possible leurs indispensables services. Aussi rien n'était-il épargné à cet égard. L'insolence envers un *intrus* était non-seulement permise, c'était un devoir sacré qu'on ne pouvait oublier sans s'exposer soi-même au mépris de ses camarades. Lorsque je visitai Brest, on me montra un vieux capitaine qui, dans sa vie, avait fait amener pavillon à soixante navires anglais de toutes forces, qui comptait trente-deux blessures reçues dans quarante combats; ses deux fils, sortis depuis peu des gardes de marine, avaient tout à coup cessé de le voir : surpris et affligé de cet abandon, le vieillard leur adressa un tendre reproche; les jeunes gens baissèrent les yeux avec embarras; enfin, pressés par les questions du vieux marin :

— Que voulez-vous, mon père, avait répondu l'un d'eux, on nous a fait sentir que nous ne pouvions plus nous voir... vous êtes un *officier bleu!*

Et ne croyez pas que la haine des officiers du *grand corps* contre les *intrus* s'arrêtât à ces cruelles insultes; parfois elle descendait jusqu'aux plus lâches guet-apens. Le capitaine Charles Cornic en fournit un exemple. Ce nom est peu connu, et, puisqu'il est tombé sous ma plume, je dirai quelque chose de celui qui le portait. Ce sera pour moi le moyen le plus infaillible de faire connaître ce qu'était la marine d'alors, et en même temps l'occasion de ramasser à terre une de ces gloires ignorées, pièces d'or perdues dans la poussière, et sur lesquelles un siècle marche sans les voir.

XVI

CHARLES CORNIC

Charles Cornic était né à Morlaix. Tout jeune, il commanda les corsaires de son père, et parcourut les mers de l'Inde, battant les Anglais et ruinant le commerce de la Compagnie. C'était ainsi que commençaient alors tous ces vaillants hommes de mer qui, comme Jean-Bart, Duguay-Trouin et Desessarts, n'avaient à faire graver dans leur écusson roturier qu'une boussole et une crosse de pistolet. Charles Cornic se rendit si redoutable dans ses croisières, que le ministre de la marine, qui entendait sans cesse répéter ce nom, consentit à l'essayer; mais le faire ainsi, de prime-abord, officier de la marine royale, sans autre titre que sa gloire, eût été une énormité capable de soulever toute la noblesse. Le ministre n'osa se permettre un tel abus de pouvoir : il donna à Cornic le commandement de la frégate *la Félicité*, avec une simple commission de lieutenant, qui le laissait en dehors du corps de la marine. Cornic s'en inquiéta peu. Il avait un navire sous ses pieds et le pavillon de France à sa drisse; il n'en demandait pas davantage. Il part pour escorter *le Robuste*, qui se rendait à la Martinique, rencontre le corsaire anglais *l'Aigle*, fort de vingt-huit canons, l'attaque, l'aborde et le prend après une demi-heure de combat. De retour en France, et prêt à entrer à Brest, il trouve l'Iroise bloquée par une escadrille anglaise. Cornic assemble son équipage, composé tout entier de Bretons.

— Garçons, leur dit-il dans leur langue, nous avons là, sous notre vent, un vaisseau, une frégate et une corvette qui ne veulent pas nous faire place; mais la mer et le soleil sont à tout le monde. Vous devez être pressés d'embrasser vos mères et de faire danser vos bonnes amies aux *pardons;* nous allons passer droit notre chemin, comme de vaillants gars, et sans regarder derrière nous. Derrière, c'est la mer, et devant, c'est le pays. Au plus faible d'abord : mettez la barre sur la corvette, et nous allons voir.

Un joyeux *hourra* s'éleva de tous les points du navire; chacun prit son poste. *La Félicité* rencontra d'abord la frégate *la Tamise*, qui lui envoya ses deux bordées, auxquelles elle riposta; puis, passant outre, elle essuya le feu du vaisseau *l'Alcide*, y répondit, et tomba, toutes voiles dehors, sur la corvette *le Rumbler*. Surpris ainsi et coupé de ses deux compagnons, *le Rumbler* envoya ses bordées, puis voulut manœuvrer pour se mettre derrière les feux des navires anglais; mais avant qu'il eût pu les rallier, *la Félicité* laissa arriver sur lui presque bord à bord, et lui envoya ses deux volées à bout portant. Un horrible fracas, suivi d'un grand cri, se fit entendre, et quand la frégate française, emportée un instant par son erre, vira sur elle-même, le nuage de fumée qui avait entouré la corvette se dégagea et la laissa voir dématée de ses trois mâts et s'enfonçant lentement dans les flots. Cependant, *l'Alcide* arrivait au secours du *Rumbler*, qui sombrait. Cornic profita du moment de trouble et de retard qu'entraînait cette manœuvre pour tomber sur la frégate ennemie, qu'il couvrit de son feu. Il l'aurait coulée, comme la corvette, si *l'Alcide*, qui avait mis ses embarcations à la mer pour sauver l'équipage du *Rumbler*, virant de bord subitement, n'était venu longer à babord *la Félicité*, qui se trouva ainsi prise entre deux feux. Alors ce ne fut plus un combat, mais un massacre! Le vaisseau anglais, dominant la frégate française de toute la hauteur de ses batteries, semblait un volcan en éruption et l'inondait d'une pluie de mitraille. On respirait dans une atmosphère de soufre, de feu, de fer et de plomb. La fumée et le fracas de l'artillerie ne permettaient ni de voir ni d'entendre. Le vent, abattu par tant d'explosions, ne se faisait plus sentir; les voiles fasseyaient le long des mâts; la mer, comme épouvantée, avait laissé retomber ses vagues, et le navire n'obéissait plus au gouvernail. Tout à coup le feu se ralentit, puis s'arrête. Cornic, étonné, regarde autour de lui; un maître accourt :

— Capitaine, on ne reçoit plus d'ordres; tous les officiers sont tués.

Le capitaine s'élance de son banc de quart... En ce moment, un boulet coupe la drisse du pavillon français, qui disparaît.

— Nous avons amené! crie un matelot.

Ce cri se répète dans la batterie, et les canonniers français jettent leurs mèches à la mer. De leur côté, les Anglais, qui n'entendent plus les canons de *la Félicité* et ne voient plus flotter son pavillon, croient qu'elle s'est rendue et cessent de tirer. Mais Cornic a tout vu : il court à la chambre, reparaît avec un nouveau drapeau, monte lui-même sur la dunette pour le hisser, et tirant ses deux coups de pistolet sur les canons qui sont près de lui :

— Feu! garçons! s'écrie-t-il; votre capitaine et votre pavillon sont à leur poste; à vos pièces, et feu tant qu'il y aura un homme à bord!

Les marins obéissent, et le combat recommence plus acharné, plus terrible; mais il dura peu de temps. Las d'une lutte si longue, écrasés, vaincus, les Anglais cédèrent. Les deux navires qui restaient regagnèrent Plymouth, coulant bas d'eau, et sous leurs voiles de fortune, tandis que *la Félicité* entrait à Brest, noire de poudre, ses épares brisées, mais toutes voiles déployées, fendant légèrement les flots, et avec le pavillon blanc fièrement cloué à son mât. En récompense de ce merveilleux combat, Cornic fut nommé lieutenant de vaisseau, malgré les réclamations des officiers de marine, qui, pour se venger de ses succès, le *mirent en quarantaine*[1]. Vers cette époque, l'amiral Rodney bloqua le Havre-de-Grâce avec une escadre considérable. Ce port manqua bientôt de munitions. Pour lui en apporter, il fallait traverser la flotte anglaise avec deux navires; c'était une entreprise qui offrait mille chances de mort contre une de réussite. Cornic fut désigné pour la tenter, et cette fois les officiers du grand corps se turent : ils espéraient enfin être délivrés de cet aventurier audacieux, dont les triomphes les empêchaient de dormir. Mais Cornic devait encore tromper leur attente. Il partit de Brest après avoir pris toutes ses mesures, arriva, avant la pointe du jour, au milieu de l'escadre ennemie, portant le pavillon d'Angleterre et poursuivant *l'Agate*, qui fuyait devant lui sous pavillon français; il passa ainsi librement au milieu des Anglais, qui le prirent pour un des leurs, et lorsqu'il fut à la hauteur de leur dernière ligne, il hissa son drapeau blanc, lâcha ses deux bordées et entra au Havre. Ce nouveau succès devait faire espérer à Cornic quelque récompense; elle ne se fit pas attendre : il apprit, huit jours après, que le commandement de sa frégate lui était retiré. Aigri et indigné, il revint dans son pays, en jurant de ne plus mettre le pied sur un vaisseau du roi. Cependant il était trop jeune pour interrompre une carrière si brillamment commencée. Les négociants de la Bretagne voulurent le dédommager des injustices du gouvernement; ils firent construire et armer à leurs frais le vaisseau *le Prométhée*, dont ils lui donnèrent le commandement. Cornic part pour l'Inde, rencontre le vaisseau *l'Ajax*, fort de soixante-quatre canons, et s'en empare. Douze officiers de marine, parmi lesquels se trouvait M. de Bussy, étaient prisonniers à bord du navire anglais. On juge de leur surprise et de leur dépit quand ils se rencontrèrent face à face avec l'*intrus* qui venait de les délivrer. Ils voulurent pourtant balbutier quelques mots de félicitation. Cornic s'inclina et répondit froidement que « c'était, en effet, beaucoup d'honneur pour lui, pauvre capitaine de corsaire, d'avoir châtié l'Anglais qui avait eu l'audace de faire prisonniers des officiers de Sa Majesté.

— J'espère que ces messieurs me le pardonneront, ajouta-t-il; et il se retira.

Cette fierté amère indigna les compagnons de M. de Bussy, et ils en gardèrent un ressentiment profond. Leur arrivée à Brest produisit une grande sensation. Le peuple, si bon appréciateur des actions d'éclat, portait aux nues le capitaine du *Prométhée*. Il ne parlait pas seulement de son courage et de son habileté, il vantait aussi sa loyauté, sa bienfaisance, sa brusquerie même; car le peuple aime autant les défauts qui rapprochent de lui l'homme supérieur, que les vertus qui font sa gloire. Les bourgeois, de leur côté, louaient son désintéressement, et répétaient qu'il avait laissé aux armateurs du *Prométhée*, sans vouloir en prendre sa part, tous les diamants trouvés à bord de *l'Ajax*, dont la valeur s'élevait à cinq millions. Ces éloges blessèrent au vif l'orgueil du grand corps. Les plaintes des prisonniers délivrés par Cornic accrurent l'irritation contre lui; les privilégiés s'indignèrent d'entendre sans cesse ce nom les poursuivre comme un remords. Ils avaient eu trop de torts envers cet homme pour ne pas le haïr mortellement. Ils résolurent de s'en débarrasser. Le capitaine du *Prométhée* n'avait entendu parler que vaguement du complot qui se formait contre lui, lorsqu'un jour, en descendant à terre, il trouva au haut de la cale un groupe d'officiers de marine qui l'attendaient. A leur attitude, à leurs regards, Cornic comprend aussitôt ce dont il s'agit. Il s'avance vers eux.

— Est-ce à moi que vous voulez parler, messieurs? dit-il; je suis à vos ordres.

Encore plus irrités de cette audace, les officiers déclarent au jeune marin qu'ils ont juré d'avoir sa vie, et qu'il faudra qu'il leur donne satisfaction à tous, l'un après l'autre.

— Soit! répond Cornic.

Et il les conduit lui-même dans une des carrières voisines du cours d'Ajot. Les fers se croisent, et le capitaine du *Prométhée* renverse son adversaire.

— A un autre, messieurs, dit-il froidement.

Un autre se présente et tombe également; un troisième, un quatrième, un cinquième, ne sont pas plus heureux. Il n'en restait plus que deux, qui hésitent. Ils veulent objecter l'absence de témoins, dont ils s'aperçoivent alors pour la première fois.

— Ces messieurs nous en serviront, dit Cornic en montrant les blessés.

Et il attaque les deux derniers officiers, qu'il blesse comme les autres. Cette affaire mit le comble à sa popularité; mais elle porta l'exaspération du grand corps

[1] Mettre un officier en quarantaine, dans le langage maritime, c'est refuser de communiquer avec lui, de le saluer et de lui parler.

à un tel point, que l'intendant de la marine, afin d'éviter de telles rencontres et peut-être un assassinat, fut obligé de donner au capitaine du *Prométhée une garde pour sa sûreté personnelle.* La carrière militaire de Charles Cornic se termina à cette époque. Un amour partagé, son mariage avec la femme qu'il aimait, la perte de cette femme, qu'il trouva morte à ses côtés, dix jours après l'avoir épousée, le long désespoir qui suivit cette mort, tout se réunit pour le retenir à terre et amortir chez lui l'aventureuse ardeur qui l'avait jusqu'alors poussé à tant de vaillantes témérités. En 1770 seulement, à l'époque du terrible débordement de la Garonne, alors que les populations épouvantées prirent la fuite, abandonnant ceux que les eaux avaient surpris, les gazettes racontèrent qu'un ancien marin, après avoir proposé les plus grandes récompenses à ceux qui voudraient le suivre, n'avait pu décider personne à le faire; qu'alors il avait forcé, le pistolet sur la gorge, quatre matelots à entrer avec lui dans un canot, et que, malgré la violence du fleuve, il avait fait le tour de l'île Saint-Georges, recueillant les habitants qui s'étaient sauvés dans les arbres et sur les toits. Le journal ajoutait qu'il avait continué ce périlleux sauvetage pendant trois jours et trois nuits, et qu'il avait ainsi arraché à la mort six cents personnes, qu'il avait ensuite nourries à ses frais pendant près d'un mois. Cet ancien marin était Charles Cornic! Le roi Louis XVI lui écrivit *de sa propre main* pour le remercier, et la ville de Bordeaux lui envoya des lettres de bourgeoisie. Mais cet événement avait réchauffé le sang de l'ancien corsaire. En entendant mugir à son oreille le fleuve débordé, il avait cru reconnaître la grande voix des flots; en sentant sa barque vaciller sous ses pieds, il avait pensé un instant retrouver le tangage d'un navire sur les vagues de l'Océan. Alors les réminiscences de cette vie de dangers et de gloire qu'il avait abandonnée lui revinrent comme des parfums lointains. Il commença à regarder vers la mer avec des aspirations et des soupirs. Chaque soir, dans ses songes, il se croyait debout sur le bastingage, son porte-voix de commandement à la main et suivant de l'œil une voile éloignée qui prenait chasse devant lui. La guerre, d'ailleurs, se préparait, et la France allait avoir besoin de mains exercées pour tenir les gouvernails de ses vaisseaux. Cornic ne put résister plus longtemps à ses désirs; il se résigna à faire une démarche nouvelle et à demander un commandement. Après deux mois d'attente, il reçut une réponse du ministre, qui le remerciait de ses offres... et le refusait! Ce fut le dernier coup pour lui. Il brisa son épée et se retira à la campagne pour y mourir.

J'ai raconté longuement cette histoire d'un homme peu connu, parce qu'elle est caractéristique. Cornic a été le type de l'*officier bleu*, et sa vie présente le résumé des iniquités et des tortures qu'avaient alors à supporter les marins sans naissance. Ce qu'il souffrit, tous les autres le souffrirent sous des formes et à des degrés différents. Mais le jour de la justice approchait. La noblesse s'étourdissait vainement dans une dernière orgie de pouvoir; elle s'abreuvait vainement, à longs traits, d'un orgueil qui la rendait ivre; c'était le festin de Balthazar, et le Daniel qui devait expliquer l'inscription menaçante n'était pas loin.

XVII

LA MESSE DU PEUPLE BRETON

A Brest, comme je l'ai déjà dit, l'approche de la révolution qui allait renouveler la France commençait à se faire assez vivement sentir, et l'insolence aristocratique du grand corps s'était un peu adoucie. Les bourgeois et les officiers bleus pouvaient bien encore recevoir des insultes, mais non les souffrir patiemment. Une velléité d'insurrection contre les privilèges se manifestait partout; l'esprit révolutionnaire soufflait dans toutes les âmes. C'était je ne sais quoi de turbulent, d'audacieux, que l'on se communiquait par la parole, que l'on respirait dans l'air, que l'on sentait germer subitement en soi, sans cause apparente. Les classes inférieures, jusqu'alors exploitées, semblaient toucher à une de ces heures de résolution que tout homme a connues, au moins une fois dans sa vie, et pendant lesquelles on joue sa tête à pile ou face; espèce de fièvre de courage qu'il serait aussi difficile de motiver que ces prostrations morales, ces lâchetés magnétiques, qui se saisissent à certains moments des peuples ou des individus, et les livrent à la tyrannie du premier venu. Sans s'expliquer nettement cette situation nouvelle, les officiers de marine en avaient l'instinct. On le devinait à leur air moins absolu, à je ne sais quelle prudente inquiétude qui se déguisait aussi mal que la triomphante allégresse de ceux du tiers. Les événements qui avaient eu lieu à Rennes, les 26 et 27 janvier, et la lutte sanglante des jeunes bourgeois contre la noblesse, aidée de ses valets, étaient venus accroître la fermentation qui travaillait sourdement la population brestoise. On se réunissait dans les cafés pour lire *la Sentinelle du Peuple*, dont l'énergique langage ne ménageait déjà ni les idées ni les personnes. A cette époque, on n'avait point encore eu d'exemples d'une telle hardiesse. En lisant pour la première fois un journal dans lequel on osait tout dire, chacun éprouva une sorte de saisissement et de peur. La presse était une arme inconnue, dont l'explosion fit sur tous le même effet que la poudre à canon sur les sauvages du nouveau monde; mais, une fois cette première surprise passée, il y eut émulation d'audace : ce fut à qui manierait l'arme nouvelle avec le plus de témérité. Chacun osa dire tout haut ce qu'il n'avait peut-être point osé jusqu'alors se dire à lui-même tout bas. On fouilla dans ses vieux ressentiments, on secoua tous les replis de son âme, on vida sa poche de fiel sur le papier, et la colère de tous s'accrut de la colère de chacun. Je fus témoin, avant de quitter Brest, d'une scène qui me donna la mesure de l'opinion publique. C'était le soir; j'entrai dans un café habituellement fréquenté par les jeunes gens de la ville et les *officiers bleus*. Je fus étonné, en ouvrant la porte, de voir tout le monde réuni autour d'une table, près de laquelle un jeune homme était debout, un verre de punch devant lui, et parodiant avec gravité les cérémonies de la messe. Je m'approchai d'un groupe, et demandai à un officier ce qu'on faisait là.

— On dit la messe du peuple breton, monsieur, me répondit-il, en mémoire des célèbres journées de Rennes.

Je prêtai l'oreille : dans ce moment, le jeune homme répétait, à haute voix, cette partie de la messe appelée *Tractus* dans les missels :

Ce fut, pour les ignobles vaincus, un jour de ténèbres, d'affliction, d'angoisses.

Les humbles furent élevés, et ils dévorèrent les superbes.

Ils ont dû être confus, ces ignobles, pour avoir tenu une conduite abominable; ou plutôt la confusion n'a pu les confondre, ils ignorent ce que c'est que rougir.

Ils ont mis le poignard aux mains de leurs serviteurs, et ils les ont payés pour répandre le sang du peuple.

Loin d'en rougir, ils en ont tiré vanité, et loin de s'en repentir, ils ont gardé parmi eux ceux qui avaient sollicité cette horreur et l'honneur de marcher à la tête des assassins.

Un des leurs est tombé mort à leurs pieds[1].

La mère qui l'avait excité, placée à une fenêtre, le vit tomber et jetait les hauts cris[2].

Partout battu et terrassé, le noble, honteux, exprime ainsi ses regrets :

« Ah! le peuple m'a pris par le côté faible; aussi m'a-t-il aisément dépouillé de ma gloire.

» Je suis devenu le sujet de ses chansons; je suis l'objet de ses railleries.

» Il m'a en horreur, il me fuit avec dédain, et il ne craint même pas de me cracher au visage. »

Puis vint la *prose*, traduite presque entièrement du livre de *la Sagesse* et de *l'Ecclésiaste :*

La nature nous fit tous égaux. Je suis un homme mortel semblable à tous les autres, de la race de cet homme fait de terre; chair revêtue d'une forme, je suis sorti du ventre de ma mère.

Je suis né et j'ai respiré l'air commun à tous; je suis tombé dans la même terre et je me suis fait entendre d'abord en pleurant comme vous, grands du monde.

J'ai été enveloppé de langes et de grands soins;

Car il n'y a point de roi qui soit né autrement. Les nobles orgueilleux agissent comme s'ils étaient d'une race différente, et cependant leur vanité rampe aux plus misérables besoins.

Le jeune homme lut ensuite l'évangile de la Raison :

Gloire à vous, Père des êtres!

Dès le commencement du monde, dit le Seigneur, j'ai eu en exécration l'orgueil, et la prière de l'humble m'a été agréable. Je veux effacer la mémoire des superbes de l'esprit des hommes. Je les exterminerai avec une de leurs mâchoires, avec la mâchoire d'un poulain d'ânesse. Cette classe de nobles est sans bon sens, sans sagesse. Ils m'ont attaqué par leur insolence, et le bruit de leur orgueil est monté jusqu'à mes oreilles. Je leur mettrai un cercle au nez et un mors à la bouche, et, leur faisant rebrousser chemin, je les ferai devenir moins qu'ils n'étaient au commencement. Le temps est venu, mon peuple, que vous allez secouer le joug de tous ces tyrans en robes, en simarres et en épées. Alors le prêtre sera comme le citoyen, le seigneur comme le serviteur, la maîtresse comme la servante, le noble comme le bourgeois, celui qui emprunte comme celui qui prête. Ainsi, l'occasion étant favorable, réclamez hautement vos droits et remettez-vous en possession du privilége de vos pères.

Vinrent après le *Credo* patriotique et le *Pater* national.

CREDO

Je crois à la puissance du souverain; j'appréhende celle d'emprunt des magistrats; celle-là révocable dans le cas de lèse-nation, celle-ci dans le cas de lèse-citoyen; celle-là cédée par la nation à une suite d'héritiers mâles d'une famille; celle-ci confiée à des citoyens amovibles et révocables. Je crois à la puissance du souverain dans ce qui concerne la justice, la police, le commerce, les arts, la guerre; je crois à la puissance inaliénable et imprescriptible de la nation, dans ce qui regarde l'admission des subsides, leur répartition, leur perception, la connaissance de leur emploi et leur terme. Je crois au besoin des états généraux fixés à époques peu éloignées, pour que la nation sente son existence morale; à leur nécessité *sine quâ non* pour le renouvellement et la continuation des subsides; à leur utilité pour la correction des abus en tous genres, et l'exécution de tout ce qu'on imagine de bien à faire. J'attends l'extirpation des vices et le règne des vertus.

Ainsi soit-il!

[1] De Boishüe.

[2] Une autre dame noble, armée de pistolets et placée aussi à une fenêtre, se faisait indiquer sur qui elle devait tirer.

PATER

Notre père qui êtes assis sur le trône des Français, que cette révolution soit heureuse pour le raffermir, pour la gloire de votre nom, pour la durée de votre règne, pour l'exécution de votre volonté, toujours soumise aux lois. Assurez-nous nos propriétés, vengez-nous des offenses qu'on nous a faites jusqu'ici en abusant de votre nom et de votre autorité; ne nous exposez plus à la puissance des nobles; mais délivrez-nous-en tout à fait. Ainsi soit-il!

Cette étrange messe, presque littéralement traduite de fragments des livres saints, continua ainsi sur un ton de gravité plutôt menaçant que grotesque. La foule écoutait avec des sourires sombres, de brèves exclamations de colère et des applaudissements rapidement comprimés. Quant à moi, je suivais, surpris et intéressé tout à la fois, ce pamphlet moitié chrétien et moitié philosophique; véritable œuvre d'un Breton, qui adorait ses nouvelles idoles avec les mêmes cérémonies et les mêmes instruments de culte que les anciennes. Quand le jeune homme qui lisait eut fini, je m'approchai et lui demandai quel était l'auteur de cet écrit; il me tendit une brochure qu'il tenait à la main; c'était la

MESSE DU PEUPLE BRETON

EN MÉMOIRE

DES CÉLÈBRES JOURNÉES DES 26 ET 27 JANVIER 1789

EN LATIN ET EN FRANÇAIS

SUIVANT LE TEXTE DES ÉCRITURES

PAR UN PATRIOTE MAL COSTUMÉ[1]

Triste et pensif, je demeurai en silence, les yeux attachés sur ce titre. Il était plein d'éloquence, et il était facile de prévoir où cela devait conduire; il n'y avait pas si loin du *patriote mal costumé* de 89 au *sans-culotte* de 93.

XVIII

LE CHATEAU DE KERJEAN — MORT DE MES PARENTS

La liquidation de M. Dumery, et quelques nouvelles affaires dont il me chargea, me retinrent à Brest près de trois mois. Je voulus profiter de ce séjour pour visiter les villes voisines; une rencontre inattendue que je fis à Saint-Pol dérangea mon projet. J'y trouvai le docteur Launay, qui se rendait au château de Kerjean. Il avait été médecin de madame de Cöatansecours lorsqu'elle habitait le pays de Tréguier, et allait la voir; il me proposa de l'accompagner. J'acceptai d'autant plus volontiers, que la marquise s'était montrée de tout temps l'amie, ou plutôt la patronne de notre famille. Madame Suzanne de Cöatansecours avait longtemps été célèbre en Bretagne pour sa beauté, et l'était encore pour son faste et son orgueil. On répétait à ce sujet mille anecdotes, que Launay eut soin de me raconter en chemin. Une, entre autres, me frappa. Quelques mois auparavant, M. de la Marche, évêque de Léon, était venu visiter madame de Cöatansecours avec six ou huit curés du voisinage. L'heure du repas venue, le prélat s'aperçut que son couvert seul avait été mis; il demanda au sommelier où devaient dîner les prêtres qui l'avaient accompagné.

— A l'office, monseigneur, répondit l'officier de la bouche.

M. de la Marche prit vivement son couvert et s'avança vers la porte.

— Où allez-vous? lui demanda madame de Cöatansecours, étonnée.

— Dîner avec mon clergé, madame, répondit l'évêque.

La marquise, confuse, s'excusa et ordonna de mettre à sa table les couverts des curés. Nous trouvâmes, en arrivant, le château de Kerjean défendu comme une forteresse. Les remparts étaient garnis d'artillerie, les herses en état; on exhaussait chaque soir les ponts-levis, et toutes les clefs, même celle de la poterne, étaient déposées sous le chevet de la marquise. Nous ne pûmes arriver jusqu'à cette dernière qu'après avoir donné nos noms à une sorte de chambellan, chargé de les transmettre à une dame d'honneur, qui les répéta elle-même à une camériste, encore fallut-il faire antichambre près d'une heure. On eût pu se croire à Versailles, au petit lever de la reine. Nous fûmes enfin reçus, et le bon accueil de la marquise nous fit oublier bien vite les ennuis de l'étiquette dont elle s'était entourée. Madame de Cöatansecours était déjà fort vieille, mais d'un esprit vif, original et facile à prévenir. Je lui plus au premier coup d'œil. Elle me parla longuement de ma famille, m'obligea à lui raconter mon histoire, qui parut l'amuser beaucoup, et me déclara qu'elle me retenait à Kerjean pour quelques jours. Je ne sais si Launay fut jaloux du bon accueil que me faisait la marquise, et piqué de se voir éclipsé par moi, mais il résista à toutes les instances et repartit dès le lendemain, me laissant plus embarrassé que ravi de mon

[1] Cette brochure, que j'ai encore en ma possession, fut imprimée à Sainte-Anne d'Auray, chez Jean Guestré, libraire.

succès. Le château de Kerjean était alors le rendez-vous de toute la noblesse. La marquise donnait des fêtes auxquelles on venait de Quimperlé et de Dinan. J'eus occasion d'en voir une où les plus illustres noms de la Bretagne se trouvaient représentés ; elle fut suivie de grandes chasses dans les bois du château. J'avais d'abord éprouvé quelque répugnance à me mêler aux hôtes de madame de Cöatansecours; je craignais des dédains, que j'eusse difficilement endurés; mais je m'aperçus bientôt que chacun avait déposé sa vanité pour songer à la joie, et que les plus aimables étaient les plus recherchés. Rassuré de ce côté, j'oubliai ma timidité (cet autre orgueil des humbles), et je m'abandonnai naïvement au plaisir. Joie ou douleur, tous les épanchements de l'âme amènent vite l'intimité. Je fus bientôt lié d'affection et d'habitude avec la plupart des hôtes de la marquise. Celle-ci, de son côté, continuait à me retenir, et mon séjour à Kerjean, qui ne devait d'abord durer que quelques heures, se prolongea pendant plusieurs semaines. Enfin, pourtant, des lettres de M. Dumery me rappelèrent à Brest. Je terminai les affaires qui m'y avaient appelé et je repartis pour Rennes, en prenant cette fois la route de Guingamp. Je voulais seulement y passer quelques heures, pour embrasser ma mère et voir mes sœurs à leur couvent; mais j'appris en arrivant que mon père venait d'être atteint de la petite vérole. Je courus au comptoir, où je trouvai mes deux frères ; ils étaient occupés à feuilleter le grand-livre et à inventorier les cartons. Ils firent, à ma vue, un mouvement de surprise et comme de désappointement. Je n'y pris point garde et leur demandai comment était le malade.

— Fort mal, me répondit Laurent.

— Et où est ma mère?

— Près de lui.

J'allais la rejoindre, lorsque je rencontrai sur l'escalier mes sœurs qui accouraient. Nous nous embrassâmes en pleurant, puis nous entrâmes. Ma mère se détourna et vint à nous. Je me jetai dans ses bras.

— Vous arrivez dans un triste moment, Baptiste, me dit-elle avec une sorte de calme.

— N'est-il donc plus d'espoir? demandai-je.

Elle secoua la tête. Je la laissai avec mes sœurs, et je m'avançai doucement vers le lit du malade. Il était plongé dans une somnolence agitée, le visage taché de rougeurs livides, les paupières gonflées et les lèvres entr'ouvertes. Ses deux mains crispées retenaient convulsivement le drap dont il était couvert, et ses cheveux gris semblaient hérissés de douleur. Tous mes ressentiments s'évanouirent; un nuage de larmes couvrit mes yeux. Je m'assis près du lit, penchant doucement mon visage vers celui du malade; j'aurais voulu aspirer tout son mal et mourir à sa place. Il entr'ouvrit ses paupières, me reconnut et sourit. J'étais déjà attendri; ce sourire, le seul que m'eût jamais adressé mon père, m'alla jusqu'à l'âme et me fit fondre en pleurs. Je saisis sa main, que je couvris de baisers; il la retira vivement.

— Ne me touche pas, dit-il d'une voix altérée, tu gagnerais mon mal.

— Que m'importe! m'écriai-je en la pressant de nouveau.

Mes sœurs s'approchèrent alors; il leur jeta un regard languissant, murmura leurs noms, puis referma les yeux.

— Ne le fatiguez point, dit ma mère à demi-voix.

Nous nous retirâmes à l'écart. J'avais le cœur plein, j'aurais voulu pouvoir pleurer tout haut, serrer mon père dans mes bras et lui crier de m'aimer. Après quelques instants de silence, il releva la tête, regarda autour de lui et demanda où était Laurent. Je descendis le chercher. En m'approchant du comptoir, j'entendis que l'on parlait haut.

— Il faut que ces six mille livres se retrouvent, disait vivement François.

— On les a dépensées dans la fabrique, répondait Laurent.

— Vous devez le prouver.

— Les comptes ont été égarés.

— Alors, vous en êtes responsable.

— C'est ce qu'il faudra voir.

— Les tribunaux se chargeront de vous le répéter.

— Attendez au moins que le mourant soit dans la châsse! m'écriai-je.

Ils se détournèrent en tressaillant.

— Il nous espionnait, s'écria Laurent avec colère.

Je lui jetai un regard de mépris.

— Que voulez-vous? reprit-il.

— Je venais vous chercher pour fermer les yeux de notre père.

Tous deux me suivirent. A leur aspect, le malade se souleva avec effort, il nous fit signe d'approcher et nous tendit les deux mains. Ma mère et moi fûmes seuls à les prendre. Quelque chose d'étrange se passait dans ce cœur : on eût dit que le mur de glace dont il avait été entouré se fondait, et qu'à l'approche de la mort, ce qu'il y avait d'homme en lui se réveillait subitement. Pour la première fois je sentais mon âme communiquer avec son âme, jusqu'alors fermée. Il promena un instant son regard de l'un à l'autre.

— C'est Dieu qui vous a tous réunis, dit-il d'une voix entrecoupée; j'ai du moins la consolation de vous voir une dernière fois... Vous êtes tous d'âge maintenant à vous passer de moi... Travaillez avec courage et tâchez de rester d'honnêtes gens.

Mes sœurs et moi nous ne pouvions retenir nos sanglots; ma mère, les mains jointes, pleurait tout bas; quant à François et à Laurent, ils étaient immobiles et les yeux secs. Mon père fit une assez longue pause; puis s'adressant à mes frères et à moi :

— Vous pourrez avoir besoin l'un de l'autre, dit-il avec une tendresse que je ne lui avais jamais vue, promettez-moi de rester unis et prêts à vous secourir.

— Je vous le promets, mon père, répondis-je.

Il s'arrêta encore ; puis, faisant un nouvel effort :

— Laurent, continua-t-il, se chargera de régler les affaires de la fabrique et d'établir le bilan.

— N'avez-vous pour cela aucune instruction à nous donner, mon père? demanda François avec une sorte d'embarras précautionneux.

— Aucune; les livres sont à jour, vous y trouverez tout expliqué.

— Sauf l'emploi des six mille livres provenant de la créance Dupuis, observa François.

— Les six mille livres, dit le mourant étonné, ne sont-elles pas en caisse?

— Elles n'y sont pas.

Mon père leva la tête.

— Que dis-tu? je les avais données à ton frère... Que sont-elles devenues? où sont-elles?... Et s'adressant à Laurent : — Qu'en as-tu fait? réponds, qu'en as-tu fait?...

Laurent, pâle, les yeux baissés, balbutia quelques mots inintelligibles.

— Les aurais-tu dépensées, malheureux?

— Non.

— Alors, tu les as?

Il fit, tout confus, un signe affirmatif.

— Vous êtes témoins qu'il l'avoue ! s'écria François.

— Il l'avait donc nié? demanda mon père.

François allait répondre; sur un signe que je lui fis, il s'arrêta. Mais mon père avait tout deviné : il se dressa sur son séant, les deux poings fermés. Son haleine sifflait, ses yeux lançaient des flammes !... Il étendit le bras vers Laurent, comme s'il eût voulu le foudroyer.

— Voleur ! s'écria-t-il... Il prenait ses précautions avant ma mort... Voilà le fruit de ma préférence !... Et moi qui pour lui dépouillais les autres !... pour lui !... Ah ! mais je puis tout changer encore...

Il fouilla au chevet de son lit et en tira un papier dont il défit l'enveloppe.

— Tu vois, dit-il à Laurent... c'étaient mes dernières volontés... La fabrique, la maison, tout était pour toi... mais tu n'es pas digne d'être traité en aîné... je te fais l'égal de tes frères...

En prononçant ces mots, il ouvrit son testament et le déchira avec une sorte de rage. Nous étions demeurés interdits. Laurent avait caché son visage dans ses mains; quant à mon père, épuisé par l'effort qu'il venait de faire, il se laissa retomber en arrière et ne parla plus. Son agonie commença peu après; elle dura environ une heure. J'avais passé mon bras pour soutenir sa tête, et approché mon visage du sien. Il fit tout à coup un mouvement vers moi, me regarda fixement, poussa un soupir et ferma les yeux pour ne plus les rouvrir. Cette mort me causa une impression singulière : ce fut un regret poignant, mêlé de je ne sais quel contentement douloureux. J'avais obtenu le dernier regard et la dernière étreinte de mon père; il m'était permis de croire qu'il était mort en regrettant de ne m'avoir pas mieux connu, et, pendant quelques instants du moins, j'avais été vraiment son fils. Rien, certes, ne pouvait m'avoir appris à l'aimer : en tout temps mes plus cuisantes douleurs m'étaient venues de lui; mais tous les ressentiments du passé ne se perdaient-ils pas dans cet embrassement de l'heure suprême? Qu'importaient les anciens jours? je ne voulais me rappeler mon père que tel qu'il m'avait quitté. Qui ne connaît, d'ailleurs, le charme attendrissant que donne la mort à tous les souvenirs? Les défauts de celui qui n'est plus s'oublient, parce que nous avons cessé d'en souffrir ; nous ne voyons que le vide qu'il a laissé, et, quelque coupable qu'il eût été, nous savons trouver dans sa vie une heure qui fut belle, un sentiment qui fut noble et touchant ! Le premier soin de mes frères fut de s'occuper du partage. Ils espéraient me trouver facile et peu attentif; mais, outre mes intérêts, j'avais à défendre ceux de ma mère; je veillai à ce que les droits de chacun fussent respectés scrupuleusement. Ma défiance eût dû les irriter; elle leur inspira pour moi une sorte d'estime. Après un long débat dans lequel je les forçai à rectifier un compte dont ils croyaient avoir fort habilement déguisé l'*erreur*, toute à leur avantage, Laurent m'avoua qu'il ne m'avait pas cru si *au courant des affaires*, et il me proposa une association. Il est inutile de dire que je refusai. Aussitôt après la mort de mon père, j'avais écrit à M. Dumery; j'appris, par la réponse d'un des commis, qu'il venait lui-même d'être emporté presque subitement. Je balançais déjà à quitter Guingamp, où je croyais voir des chances de réussite : cette nouvelle me décida. Nous avions hérité chacun d'environ vingt mille livres. C'était assez, à mon âge et dans notre petite ville, pour entrer dans les affaires et conquérir, en travaillant, une honorable position. Ma mère vint demeurer avec moi. Son affection pour mon père n'avait jamais eu cette ardeur qui rend les séparations impossibles. En me rappelant l'oppression qu'elle avait subie pendant trente années, j'avais même cru, au premier instant, que son veuvage ne tarderait pas à lui paraître une délivrance; mais je pus comprendre bientôt quelle était la puissance de l'habitude sur certaines âmes. La servitude dans laquelle ma mère avait langui si longtemps ne lui avait pas seulement rendu le joug facile, il lui était devenu nécessaire. Lorsqu'il lui manqua, elle se sentit chanceler, comme si un appui lui était ôté. Une longue abdication de la volonté lui en avait fait oublier l'usage. Vouloir était pour elle, désormais, un dérangement et une fatigue. Lorsqu'elle se trouva maîtresse d'elle-même, sa liberté lui parut de l'abandon; semblable à ces malades que l'on a longtemps soutenus dans leur marche, et qui, au premier pas qu'ils font seuls, s'effrayent et étendent les bras. Puis, tout avait changé autour de ma mère : il avait fallu quitter la maison où elle était venue jeune, où elle avait vieilli; les meubles qu'elle avait eus pendant trente ans, et qui étaient pour elle comme l'air et le soleil; le jardin, dont elle connaissait tous les arbres, toutes les fleurs! J'avais en vain cherché une demeure élégante et gaie; ce n'était ni le même aspect ni la même lumière; il fallait en apprendre les détours! Les habitudes de la main, de la voix, du regard, n'y convenaient plus; le corps ni l'âme de ma mère n'étaient façonnés à cette nouvelle enveloppe; ce n'était point la coquille dans laquelle elle avait vécu. De toute manière il fallait donc recommencer une nouvelle vie. Une nature plus active l'eût au moins essayé; mais, je l'ai déjà dit, le long esclavage de ma mère l'avait brisée. Transplantée ainsi, tout à coup, dans une nouvelle existence, elle ne la compara point à l'ancienne; par cela seul qu'il y avait changement, il lui sembla qu'il y avait exil. Comme ces Suisses qui pleurent la misère de leurs chalets et le froid de leurs glaciers, elle en vint à regretter la monotone servitude d'autrefois. Je voulus combattre cette impression; mais comment persuader une âme qui n'aspire qu'au sommeil? M'écouter seulement était une souffrance pour ma mère, car ce qu'elle regrettait, c'était cette somnolence sans rêves, qu'elle s'était accoutumée à regarder comme la vie. Minée par un vague malaise, je la vis s'affaisser de jour en jour. J'appelai en vain à mon aide la tendresse, puis la science; tous mes efforts restèrent inutiles. L'habitude était la vie de ma mère; pour la guérir, il eût fallu recréer le passé. Ce qui manquait à chaque chose, c'était de ne pas être depuis longtemps. Elle languit près de moi environ deux années, puis mourut sans que j'eusse pu même avoir la joie d'adoucir ses derniers moments.

XIX

JOSEPH SORT DU COUVENT — UN PRÊTRE CONSTITUTIONNEL

Depuis mon retour à Guingamp, mon commerce m'occupait presque exclusivement. Je m'étais associé à deux jeunes gens de mon âge, qui me secondaient avec intelligence; mais les affaires devenaient chaque jour plus difficiles. On était à la fin de l'année 1791; l'ennemi menaçait nos frontières, la plus grande partie de la noblesse avait émigré, et le clergé tout entier s'était soulevé contre la nouvelle constitution civile. Sa résistance hâta les mesures révolutionnaires que l'on songeait à prendre contre lui. On proclama la suppression des monastères et des anciens évêchés, la régularisation du clergé ordinaire, la vente des biens de l'Église, avec la fixation d'un nouveau traitement pour ses membres. On devine combien de tels changements durent apporter de troubles en Bretagne, où les sentiments religieux étaient encore profonds et les prêtres tout-puissants. Trop d'intérêts spirituels ou temporels étaient froissés, pour qu'il n'y eût point douleur, colère et révolte. Ce ne furent point seulement les campagnes qui s'émurent : les villes, qui perdaient leur évêché, leurs chapitres et leurs couvents, réclamèrent également. Ainsi, à Saint-Pol, la municipalité, composée de patriotes, déclara à l'unanimité que si l'on ôtait son évêque à cette ville, renfermant au plus cinq mille âmes, il était au moins *indispensable* qu'elle eût : « un curé en chef, dix vicaires, un prêtre sacristain, quatre chantres, un serpent, trois musiciens, un maître de psallette, quatre enfants de chœur, un organiste, un souffleur d'orgue, quatre porte-dais, un sonneur de cloches, un armurier-horloger et une blanchisseuse. » A Morlaix, les administrateurs, sommés d'apposer les scellés sur les archives de l'évêque de la Marche, s'excusèrent, *leurs principes religieux ne leur permettant point de remplir une pareille mission.* Quant aux prêtres, les uns s'étaient embarqués à Benodet, à Binic, au Légué pour l'Espagne et les îles anglaises; d'autres avaient quitté leurs presbytères en refusant le serment; presque tous excitaient, de près ou de loin, les fidèles à la révolte. Les couvents, de leur côté, refusaient de donner l'état de leurs biens, d'ouvrir leurs portes et de reconnaître la loi d'après laquelle ils devaient se constituer pour former une communauté régulière; il fallait entrer de force, chasser les nonnes ou les moines et mettre le monastère sous les scellés. A Carhaix, les calvairiennes avaient été sommées vingt fois d'obéir à la loi, mais en vain; les officiers municipaux se présentèrent enfin, suivis de soldats. La cour était pleine de pauvres femmes et d'enfants auxquels on venait de distribuer l'aumône de chaque jour. Le syndic demanda la supérieure; elle parut bientôt derrière la grille, entourée de ses sœurs.

— La loi vous ordonne de sortir sur-le-champ, dit-il.

— Mon vœu me commande de rester, répondit la sainte femme.

— Au nom de la nation, ouvrez cette porte.

— Au nom de mon Dieu, je ne puis l'ouvrir.

— Alors, qu'on la brise!

Des soldats s'avancèrent pour exécuter cet ordre; mais les nonnes étaient tombées à genoux, et, d'une voix claire, entonnaient le *miserere Dei*. La grille vola bientôt en éclats. Les officiers municipaux pénétrèrent dans le parloir; ils prièrent chaque nonne d'indiquer ce qui lui appartenait dans le couvent.

— Tout ici est à Dieu et aux pauvres, répondit la supérieure.

— Mais vos meubles?

— Nous avons notre croix et notre rosaire.

— Vos lits?

— Nous pouvons coucher sur la terre.

— Vos livres de prières, au moins?

— Nous les savons par cœur.

— Emportez donc tout, dit l'officier municipal aux soldats.

Ceux-ci coururent aux cellules; ce qu'elles contenaient fut entassé au hasard dans des chariots. On ordonna aux calvairiennes d'y monter à leur tour. Alors, elles se tournèrent une dernière fois vers les tilleuls du jardin, la vieille cour herbeuse, le puits tapissé de lierre, et embrassant d'un long regard la retraite où la plupart avaient vieilli, sans dire un mot, sans répandre une larme, elles croisèrent les mains sur leurs chapelets, prirent place dans les chariots et partirent.

J'étais inquiet de savoir ce que pouvait être devenu Joseph dans ce bouleversement. J'avais d'abord espéré m'en informer moi-même en allant à Morlaix; mais, toujours retenu par les affaires, je m'étais décidé à lui écrire. Je m'étonnais déjà de son retard à répondre, lorsqu'un matin je le vis entrer lui-même; je jetai un cri de joie et je courus l'embrasser.

— Vous ne m'attendiez pas, monsieur Baptiste? dit-il en souriant tout attendri.

— D'où venez-vous donc et comment êtes-vous ici? demandai-je.

— Notre couvent a été fermé.

— Ah! voilà ce que je craignais!

— Tout s'est passé sans querelle et sans violence. Messieurs les municipaux de Morlaix ont remis à chacun de nous ce qui lui appartenait. Je suis arrivé hier soir avec mon petit bagage.

— Et vous venez habiter Guingamp?

— Non; j'ai tout laissé à Plouaret, chez une vieille tante qui m'a donné une chambre. Je serai là plus tranquille et plus ignoré; je pourrai presque me croire encore dans notre beau couvent.

Sa voix avait un accent de tristesse en me parlant ainsi. Je lui pris affectueusement les mains.

— Vous resterez au moins quelques jours ici? repris-je.

— Excusez-moi, monsieur Baptiste, je voulais seulement vous dire où j'étais; maintenant que je vous ai vu bien portant et bien heureux, je vais m'en retourner content à Plouaret. Ici, voyez-vous, il y a trop de bruit et de mouvement pour moi; je suis habitué à la tranquillité du cloître; au milieu de vos rues, je me sens étourdi comme sur la mer. Là-bas, j'ai une vallée où l'on n'entend que le murmure des feuilles et le bruit du moulin. Je pourrai côtoyer les bois en lisant mon bréviaire, dire mon chapelet aux croix de carrefour, entrer dans l'église à toute heure, sans que personne le remarque. Que faut-il de plus à un pauvre moine qui attend que Dieu veuille de son âme? Seulement, monsieur Baptiste, s'il vous reste jamais une fin de journée et que vous n'ayez nulle part où aller prendre du plaisir, n'oubliez pas que vous trouverez à Plouaret un lit clos, de la paille fraîche et du lait.

— J'irai, Joseph, j'irai, répondis-je attendri.

— Ce sera bien de l'honneur et de la joie pour moi, monsieur Baptiste, dit-il avec une émotion reconnaissante... Il n'y a rien de bien beau à voir dans notre pauvre village, mais nous irons dans la clairière lire quelques chapitres de l'*Imitation*, et vous aurez un rossignol niché sous vos fenêtres.

— Samedi prochain je serai chez vous.

— Merci, monsieur Baptiste. Je m'en vais avec cette bonne promesse. Que Dieu vous aime toujours! Il y aura la moitié de ma prière pour vous.

Nous nous embrassâmes encore, et Joseph partit. Sa vue m'avait rappelé mon enfance. J'attendis avec impatience toute la semaine; enfin, le samedi venu, je me hâtai d'expédier les affaires les plus pressées et je me mis en route pour Plouaret.

Joseph était venu au-devant de moi; en m'apercevant, il fit un signe de joie et accourut à ma rencontre.

— Vos promesses sont aussi sûres que celles des saints, monsieur Baptiste! s'écria-t-il.

— Je désirais trop vous revoir pour y manquer, répondis-je en lui tendant la main.

Il la serra dans la sienne.

— Vous êtes venu à pied, reprit-il, et vous avez chaud, sans doute; venez, il y a ici, à quelques pas, une fontaine sous des graigonniers... vous pourrez vous reposer et vous rafraîchir.

Et comme je le suivais, il ajouta en souriant :

— Pardon, si je vous traite comme les pères du désert leurs visiteurs; mais je n'ai, comme eux, d'autre richesse que celle des oiseaux : les fleurs des champs, les fruits de la haie et l'eau du rocher!

Nous trouvâmes, en effet, à peu de distance, une source ombragée de pruniers sauvages, au pied desquels nous nous assîmes. Je promenais les yeux autour de moi. Le jour allait finir, le vent du soir faisait ondoyer au loin les saulaies, comme des champs de blé mûr; les prés, émaillés de fleurs d'automne, exhalaient une odeur de miel, et l'eau qui s'échappait de la fontaine allait se perdre, en bruissant, dans les glaïeuls. La vue de ce paysage me rappela la vallée de la Perche et tant de douces stations faites au bord de ses eaux murmurantes. Je le dis à Joseph.

— J'y pensais, me répondit-il : voilà, à l'horizon, des collines pareilles; ici, les mêmes touffes d'aulnes et de noisetiers; pour nous croire à ce temps, il ne nous faudrait plus que votre *Plutarque*.

— Et dix années de moins, observai-je.

Il secoua la tête.

— Oui, vous avez raison... il y a de cela dix années! Les jours ont passé dans ma vie comme le vaisseau sur la mer, sans laisser de sillon. Parce que mon cœur a le même âge, il me semble toujours que je n'ai pas vieilli! Et pourtant, quand j'y pense, monsieur Baptiste, que de tristes choses se sont passées depuis! que de malheurs déjà accomplis, et combien d'autres vont arriver!

— Que craignez-vous donc, Joseph?

— Je crains tout, monsieur Baptiste, tout, car l'humilité et la soumission s'en sont allées du monde. Voilà que les hommes veulent imiter la justice de Dieu : ils font le déluge pour tout changer ici-bas; mais une fois les eaux venues, qui pourra les renvoyer?

— Elles s'écouleront d'elles-mêmes, et un nouveau monde naîtra, fécondé par le limon qu'elles auront laissé.

— Hélas! ce limon sera formé de cadavres et fera germer peut-être autant de maladies que de moissons.

— J'ai plus de foi que vous dans l'avenir, Joseph.

— Parce que vous êtes plus jeune, monsieur Baptiste. L'avenir, voyez-vous, c'est comme ces palais que l'on voit dans les nuages : tant qu'on est loin, ils paraissent beaux, et lorsqu'on approche, ils se fondent en tonnerre ou en pluie.

— Ainsi, vous n'attendez aucun bien de la révolution qui s'accomplit?

Il hésita.

— Comment oserais-je répondre? dit-il. Tant de changements auront-ils un but heureux, ou n'est-ce qu'une révolte d'orgueil, comme celle des mauvais anges? Que sais-je et que suis-je, pour deviner la providence de Dieu? Mais quoi qu'il arrive, mon cœur saigne en voyant les ruines qui s'accumulent.

— Ce qui a été abattu devait l'être, repris-je; c'était un édifice fondé par la violence et l'injustice. Votre foi vous a fait supporter la société qui s'écroule sans vous plaindre et comme une dure condition du premier péché; mais tous n'ont pas votre résignation. La patience sans bornes qui fait les saints, fait en même temps les tyrans. Empêcher l'iniquité sur la terre est aussi une mission sacrée. Ces bouleversements, d'ailleurs, qui vous effrayent, ne font tant de bruit que par l'égoïsme de ceux qu'ils froissent. Si la noblesse et le clergé avaient généreusement sacrifié leurs odieux privilèges au bonheur de tous, ce qui semble une ruine lugubre ne serait qu'une fête de joie et d'union. Le peuple ne vous traite pas en ennemis lorsqu'il demande la liberté et l'égalité, car il ne fait que réclamer des droits; c'est vous qui lui déclarez la guerre en les lui refusant.

— Vous pouvez avoir raison, monsieur Baptiste; j'ignore le fond de ces débats.

— Et vous avez tort, Joseph.

— Quand je les connaîtrais assez pour porter un jugement, que pourrait un homme simple et pacifique comme moi?

— Donner l'exemple de la soumission aux nouvelles lois.

Il secoua la tête.

— Vous oubliez que nous avons une loi vivante qui domine toutes les autres, dit-il; un maître dont la volonté est notre volonté, la conscience notre conscience? Le catholique n'a pas la vérité en lui; elle lui vient d'ailleurs, comme la lumière. Quand le chef a parlé, l'examen est pour l'inférieur un péché. Nous ne marchons plus, monsieur Baptiste; nous sommes des enfants que l'Église porte dans ses bras.

La nuit était venue; nous nous levâmes pour gagner

le village. Joseph me conduisit dans sa chambre. J'y trouvai l'humble mobilier de moine que les administrateurs de Morlaix lui avaient laissé emporter de sa cellule : c'était un lit à ciel, une table, deux chaises, une lampe de travail, une cage vide et quelques volumes rangés au pied d'une croix; il avait ajouté pour moi deux vases remplis de fleurs des bois. Je m'assis, enchanté, au milieu de cet humble ménage. Il y avait dans son indigence même je ne sais quoi de touchant; on y sentait le culte de l'intelligence mêlé à celui de l'amour : la plus belle place était pour les livres et le crucifix! La tante, qui était avertie, avait préparé un repas breton : nous soupâmes de blé noir et de lait en causant du passé. La cloche de l'église me réveilla le lendemain; je m'habillai à la hâte et je sortis; Joseph m'attendait sur le seuil.

— Je vous croyais à la messe, lui dis-je.

— Je ne puis y aller, me répondit-il en soupirant; la paroisse est desservie par un prêtre assermenté, et nous avons défense d'assister à leurs prières. Ah! vous ne savez pas, monsieur Baptiste, tout ce qu'un cœur vraiment chrétien souffre de ces querelles! La maison sainte nous est interdite, nous ne pouvons plus approcher des sacrements qu'à la dérobée et comme si nous commettions un crime. Chaque matin, quand la cloche sonne, mon premier mouvement est de courir à l'église, puis je pense à la défense des chefs et je monte tristement dans ma chambre pour prier; mais je ne puis trouver dans mon âme les mêmes élans. Ce n'est pas en vain que le Christ a dit : *Partout où vous serez réunis en mon nom, je serai parmi vous.* Pour bien adorer Dieu, nous avons besoin de l'adorer ensemble.

Comme il finissait de parler, la porte de l'église s'ouvrit; c'était le prêtre qui retournait au presbytère. Personne n'avait assisté à la messe qu'il venait de dire, et il sortait seul. Lorsqu'il passa devant nous, Joseph s'inclina.

— Bonjour, Joseph, lui dit le curé constitutionnel avec une affection douce et triste.

— Vous le connaissez donc? demandai-je étonné.

— Oui, me dit-il; c'est un ancien camarade de classe, celui que j'aimais le plus! Nos mansardes étaient porte à porte; tout était commun entre nous, travail et plaisirs; nous n'avions qu'un seul dictionnaire pour nos devoirs, qu'une seule cage pour nos oiseaux. Louis m'aidait quand je ne pouvais comprendre, car c'était un esprit vif et droit. Qui m'eût dit, mon Dieu! que j'aurais un jour le crève-cœur de le voir perdre son âme! Ah! monsieur Baptiste, puisque celui-là a failli, je comprends que les anges aient péché dans le ciel.

— Ainsi, vous ne lui parlez plus? demandai-je.

— Cela ne m'est point permis, répondit-il les larmes aux yeux; mais je l'aime toujours et je prie pour lui.

XX

UNE NUIT DANS UNE FERME BRETONNE — UNE ANCIENNE CONNAISSANCE

Malheureusement, la plupart des prêtres réfractaires étaient loin d'avoir conservé pour ceux qui s'étaient soumis au serment le même esprit de charité que Joseph. Non content de blâmer ce qu'ils appelaient leur apostasie, ils exhortaient les fidèles à les chasser des paroisses et à les traiter comme *des profanateurs et des impies.* Dans la plupart des communes, les prêtres constitutionnels avaient été repoussés; là où on les souffrait, l'église était déserte, le presbytère délaissé. Les enfants mêmes fuyaient à l'aspect du nouveau curé, en criant :

— C'est le jureur!

Il ne trouvait personne qui voulût lui parler, lui vendre ni le servir; on eût dit un de ces maudits auxquels les sociétés antiques interdisaient l'eau et le feu. Quant aux assermentés, la persécution leur avait donné une sainteté nouvelle et une invincible puissance. Ce n'étaient plus seulement des prêtres, mais des martyrs. Entendre une de leurs messes, se confesser à eux, recevoir de leurs mains le viatique, suffisait pour le salut; il y en avait même, comme M. de Cormaux, qui faisaient des miracles; aussi regardait-on comme un honneur et une bénédiction de les cacher. Chaque paroisse avait au moins un de ces proscrits, qui, de leurs retraites, exerçaient un royauté absolue sur les âmes. A eux seuls appartenait le droit *de lier ou de délier sur la terre.* On leur amenait de plusieurs lieues, et au milieu de la nuit, des enfants à baptiser, des mourants à bénir; tout mariage qu'ils n'avaient pas consacré était impur. Chassés des églises, ils dressaient un autel dans les bruyères, au fond des bois ou sur la grande mer; alors, des enfants de chœur allaient de ferme en ferme, le bâton de houx à la main; ils frappaient au petit volet de chêne, en disant à demi-voix :

— Demain... à minuit... dans tel carrefour, sur telle colline ou près de tel écueil.

Et le lendemain, femmes, enfants, vieillards, tous étaient au lieu indiqué, la tête nue et le chapelet à la main. Irritées par ces résistances, quelques administrations essayèrent la répression, d'autres fermèrent les yeux; l'indulgence et la sévérité demeurèrent également impuissantes. On eut alors recours à la violence : il fut ordonné « que toutes les églises et chapelles autres que les églises paroissiales seraient fermées dans les vingt-quatre heures; que tous les prêtres insermentés demeureraient en état d'arrestation; que tout citoyen qui, au lieu de faire baptiser ses enfants par le prêtre constitutionnel, recourrait aux insoumis, serait déféré à l'accusateur public[1]. » Les choses en étaient là, lorsqu'une aventure singulière me fit retrouver un homme que je n'avais point revu depuis mon enfance. J'étais devenu le fondé de pouvoirs d'un M. Kerneau, de Paris, qui avait acquis depuis quelques années, dans notre département, des propriétés considérables. Parmi celles-ci se trouvait Locmora, ancien manoir depuis longtemps converti en ferme, et situé en Pleneuf. Je ne l'avais visité qu'une seule fois, lorsqu'un renouvellement de bail me força à m'y rendre. Je pris un passe-port pour mon garçon de magasin Michel et pour moi, car le grand nombre de suspects avait rendu la police des routes fort sévère. Je laissai Michel à Saint-Brieuc et je continuai seul vers Pleneuf. Le mois de décembre allait finir; le ciel était brumeux, le vent froid, les routes défoncées par des pluies récentes, et j'avais peine à faire sortir mon char-à-bancs des fondrières que je rencontrais à chaque pas. Pour comble d'ennui, mon cheval se blessa en chemin; il fallut chercher un maréchal dans le prochain village. Pendant qu'il remplaçait le fer perdu, je lui demandai si j'étais encore loin de Locmora.

— Vous allez à Locmora? me demanda-t-il en levant la tête.

Je répondis affirmativement; il eut l'air contrarié.

— Vous n'y trouverez point d'auberge, dit-il.

— Je le sais; mais je me rends à la ferme.

— Il n'est pas sûr que Morel vous reçoive.

— Il le faudra bien.

Le maréchal me regarda en dessous.

— Vous êtes peut-être son *maître?* demanda-t-il.

— A peu près; je suis le receveur.

— Ah! bien!..... Alors, vous venez de Saint-Brieuc?

— Oui; mais finissons-en... je suis pressé.

Le maréchal ne partageait pas sans doute mon impatience, car il semblait prendre à tâche de prolonger mon attente. Il examina l'un après l'autre les quatre pieds de ma monture, et trouva quelque chose à faire à chacun. Je perdis enfin patience et je retirai la bride des mains de son garçon, en lui déclarant que je voulais partir.

— Vous feriez mieux de coucher ici, me dit-il; les routes ne sont point sûres la nuit.

Je montai dans mon char-à-bancs sans écouter.

— Le chemin le plus court est à travers la bruyère? lui demandai-je.

— Oui, me répondit-il; mais si vous ne le connaissez point, vous vous égarerez.

— Alors je prendrai le chemin creux; il conduit tout droit à la ferme?

— Tout droit, répéta-t-il avec une sorte de regret.

Je partis sans en entendre davantage. Les observations de cet homme m'avaient pourtant fait quelque impression. La nuit devenait profonde, et les assassinats n'étaient point rares dans le pays; je résolus de presser le pas de ma monture. Je marchais depuis quelque temps, lorsque j'aperçus tout à coup, dans l'ombre, une troupe de gens devant moi. Au bruit que fit mon cheval, ils se retournèrent et se jetèrent de côté avec une sorte de frayeur. Je passai vivement; mais à peine avais-je fait deux cents pas, que je rencontrai une seconde troupe, puis une troisième. En traversant le carrefour, j'en distinguai plusieurs autres qui arrivaient de différents côtés; toutes semblaient suivre le même chemin que moi et tendre au même but. L'étonnement que j'avais d'abord éprouvé ne tarda pas à se changer en inquiétude : où allaient ces gens et pourquoi se rassemblaient-ils? La route qu'ils suivaient semblait devoir les conduire à Locmora. Je me rappelai alors que le fermier Morel m'avait été signalé, dans les informations que j'avais prises sur sa solvabilité, comme un paysan riche, influent et ennemi de la révolution. Je commençai à comprendre les instances du maréchal pour me retenir au village, et à me repentir de n'y avoir point cédé. J'hésitai un instant à continuer; mais déjà les toits pointus du manoir se dessinaient dans l'ombre; si près du but, j'eus honte de reculer, et je me décidai à frapper à la porte de Morel. Ce fut lui qui vint ouvrir. Il me reconnut et recula de surprise.

— Vous! si tard, mon maître! s'écria-t-il.

— J'ai été arrêté par les mauvais chemins, répondis-je. Je viens faire le bail.

Il balbutia une phrase de remercîment.

— Mon cheval est blessé, ajoutai-je, et moi, le brouillard m'a glacé; as-tu place pour nous deux cette nuit?

— Le manoir est ouvert au maître, répondit le paysan avec contrainte.

Je vis que mon arrivée le dérangeait; mais en me

[1] Arrêté du département du Finistère, 2 juillet 1791.

décidant à entrer, j'avais compris qu'il fallait surtout ne montrer aucune crainte. Je suivis donc Morel, après avoir confié mon char-à-bancs à un garçon. La fermière, qui avait été avertie de mon arrivée, vint me complimenter.

— Il est malheureux que notre maître ne nous ait point avertis, dit-elle d'un ton embarrassé; nous aurions tout préparé pour le recevoir.

— Je ne veux rien, répondis-je, qu'une flambée d'ajonc et un lit de balle pour la nuit.

— C'est que l'on dort mal dans cette pièce, observa la paysanne; il y a de la gêne et du bruit.

— Donnez-m'en une autre, répondis-je avec indifférence.

Le fermier et la femme se regardèrent.

— Il y a la salle aux huches, dit celle-ci d'un ton hésitant.

Je me la fis indiquer; c'était une chambre écartée, qui n'avait de sortie que sur le rez-de-chaussée, occupé par le fermier; je ne fis pourtant aucune objection.

— Va pour la salle aux huches, repris-je, à condition qu'il n'y ait dans celles-ci ni lin ni fruit mûr, car je ne puis en supporter l'odeur.

La fermière parut désappointée.

— Notre maître aimera peut-être mieux coucher dans le magasin des avoines, dit-elle.

— Volontiers, si l'on peut y faire du feu.

— Il n'y a point de cheminée.

— Alors, mettez-moi ailleurs; je crains le froid plus que tout le reste.

Morel et sa femme se regardèrent de nouveau. Je continuai à n'avoir point l'air de remarquer leur embarras.

— C'est qu'il n'y a pas d'autre endroit, balbutia la femme.

— Bah! répliquai-je en me détournant.

Et comme si je me ravisais tout à coup :

— Mais, j'y pense, la chambre du pignon?

Ils tressaillirent tous deux.

— Il doit même s'y trouver justement un lit, car mon prédécesseur y couchait souvent.

— C'est vrai, répondirent-ils.

— Voilà ce qu'il me faut; conduisez-moi.

Je fis un mouvement pour me lever.

— Attendez, mon maître! s'écria la fermière.

— Est-ce que la chambre n'est point libre? demandai-je en les regardant.

— Pardonnez-moi; mais rien n'y est en place... Restez ici un instant seulement... je vais tout préparer.

— Allez, dis-je en me rasseyant; mais surtout faites vite, car je tombe de sommeil.

La fermière sortit, et Morel ne tarda pas à la suivre. J'éprouvais de véritables inquiétudes. Il était clair pour moi que quelque chose d'extraordinaire se passait au manoir, et j'ignorais jusqu'à quel point je devais compter sur la loyauté du fermier de Locmora. Sa bonne volonté pouvait d'ailleurs être inutile, s'il s'agissait d'une réunion d'insurgés, comme je commençais à le craindre. Je n'ignorais point la haine des paysans contre les patriotes, et je savais que mes opinions étaient connues. Contre mon ordinaire, enfin, je me trouvais sans armes et dans un pays dont les détours ne m'étaient pas familiers. On comprend pourquoi j'avais tout fait pour ne passer la nuit ni dans la salle aux huches ni dans le magasin aux avoines, d'où la fuite eût été impossible. La chambre du pignon, qui aurait dû m'être offerte la première, puisque c'était la seule propre à recevoir un hôte, avait, au contraire, une entrée séparée que je connaissais, et des fenêtres donnant sur la campagne. C'était une double chance de salut si mes craintes se trouvaient fondées. Cependant la fermière ne revenait pas; Morel était rentré plusieurs fois; je l'avais vu parler mystérieusement aux garçons de ferme, disparaître, puis revenir pour disparaître de nouveau. Toute la maison avait un air de trouble et d'attente. Les domestiques causaient bas, se jetaient des regards d'intelligence et marchaient sans sabots, pour faire moins de bruit. Enfin, pourtant, le fermier vint me chercher. Je le suivis avec un peu de battement de cœur; il me conduisit à la chambre qui avait été préparée, me demanda si je ne désirais rien, et, sur ma réponse, se retira. Je fermai promptement la porte au verrou, et je promenai les yeux autour de moi avec anxiété. La chambre était faiblement éclairée par une seule lumière. J'en fis le tour, examinant tous les coins et soulevant tous les rideaux. Je m'assurai de nouveau qu'une des fenêtres donnait sur le verger; enfin, plus tranquille après cette revue, je m'approchai du foyer. Une souche entière y brûlait, rayonnant au loin la lumière et la chaleur. En toute autre occasion, je n'y aurais point pris garde; mais l'inquiétude tenait mon attention en éveil. Il était évident qu'un tel feu n'avait point été fait à mon intention, et qu'il était allumé longtemps avant mon arrivée. Je cherchais à m'expliquer cette circonstance, lorsque mes regards, en se promenant autour de moi, rencontrèrent un livre posé sur la cheminée. Il sortait à demi d'un de ces étuis de drap dans lesquels les notaires renfermaient alors l'exemplaire des *Coutumes*, qu'ils portaient toujours avec eux. Je remarquai, en le prenant, qu'il n'était point couvert de poussière, comme l'eût été un volume oublié là depuis longtemps, mais lisse et brillant. Je l'ouvris, pour regarder le titre : c'était une

Semaine sainte, qui, à en juger par ses pages frangées et salies, devait servir depuis longtemps. Comme je le feuilletais au hasard, un papier en tomba; je le ramassai, et j'y lus ce qui suit :

ACTE DE FOI

Je crois fermement que l'Église,
Quoi que la nation en dise,
Du saint-père relèvera
Tant que le monde durera;
Que les évêques qu'elle nomme,
N'étant point reconnus de Rome,
Sont des intrus, des apostats,
Et les curés des scélérats
Qui devraient craindre davantage
Un Dieu que leur serment outrage.

ACTE D'ESPÉRANCE

J'espère, avant que ce soit peu,
Les apostats verront beau jeu;
Que nous reverrons dans nos chaires
Nos vrais pasteurs, nos vrais vicaires;
Que les intrus disparaîtront;
Que la divine Providence,
Qui veille toujours sur la France,
En dépit de la nation
Nous rendra la religion.

ACTE DE CHARITÉ

J'aime avec un amour de frère
Les rois d'Espagne, d'Angleterre,
Et les émigrés réunis,
Qui rendront la paix au pays;
J'aime les juges qui, sans fautes,
Condamneront les patriotes;
Le fer chaud qui les marquera,
Et le bourreau qui les pendra.

Je relus deux fois ces vers platement féroces, cherchant à reconnaître l'écriture, qu'il me semblait avoir déjà vue ailleurs. Je les tenais encore à la main, lorsque je crus entendre du bruit dans l'escalier. Je prêtai l'oreille; on montait avec précaution. Je soufflai vivement la lumière et je m'écartai du foyer, afin de ne pas être aperçu. Deux personnes s'arrêtèrent sur le palier; elles parlèrent bas quelques instants, puis j'entendis une clef s'introduire doucement dans la serrure; on la fit tourner deux ou trois fois, puis j'entendis redescendre. Je courus à la porte, je tirai le verrou et je voulus l'ouvrir; mais la porte résista. J'étais prisonnier. L'incertitude était désormais impossible et le danger évident. Ne pouvant forcer le verrou, mes hôtes m'avaient enfermé, afin d'empêcher au moins ma fuite. Ils délibéraient maintenant, sans doute, sur mon sort. Résolu à tenter tous les moyens de salut, je courais à la fenêtre qui donnait sur le verger, lorsqu'un murmure sourd frappa mon oreille. Étonné, je me penchai pour regarder à travers les vitres... Aussi loin que mon œil pouvait distinguer dans la nuit, je n'aperçus qu'un long flot de têtes mouvantes!... Toutes étaient nues, et l'on eût dit que cette foule, serrée et silencieuse, attendait, dans une attitude respectueuse, quelque auguste visiteur. La curiosité avait d'abord suspendu mon inquiétude; mais un mouvement se fit dans la foule, les rangs s'ouvrirent, et j'aperçus Morel; il parlait à chacun bas et avec action. Tout à coup, il désigna ma fenêtre; toutes les têtes se levèrent. Je reculai vivement. Il était évidemment question de moi. Je me rappelai alors qu'il y avait une croisée à l'autre extrémité de la chambre. Je m'élançai pour l'ouvrir : elle donnait sur une cour obscure et écartée. Je penchai la tête au dehors; on n'entendait aucun bruit. Cette cour pouvait avoir une issue; c'était, d'ailleurs, la seule voie de salut qui me fût ouverte. Je me décidai à y descendre. Le toit d'une étable, placée précisément sous la fenêtre, rendait le chemin aussi facile que sûr; je n'eus qu'à me laisser glisser jusqu'à terre. Mais une fois dans cette cour, il fallait en sortir : je me mis à chercher au milieu des ténèbres; je rencontrai enfin une porte entr'ouverte qui me conduisit dans un long corridor, puis dans un jardin. Arrivé là, un murmure de voix me frappa; il venait d'une grange en ruines, dans laquelle on apercevait de la lumière. Je m'approchai avec précaution et m'appuyant au mur lézardé, en retenant mon haleine, j'essayai de jeter un regard dans l'intérieur : le spectacle étrange qui s'offrit alors à moi me retint immobile d'étonnement. Debout devant quelques planches façonnées en autel et recouvertes d'une toile grossière, un prêtre achevait le saint sacrifice de la messe, tandis qu'une foule recueillie l'écoutait à genoux. Cette foule, qui remplissait la grange, s'étendait encore bien loin au dehors, et c'était elle sans doute que j'avais vue dans le verger. Les hommes étaient séparés des femmes, comme dans le lieu saint, et les enfants tenaient le milieu. Je reconnus aux premiers rangs le maréchal qui avait fait tant d'efforts pour que je ne vinsse point à Locmora. Malgré le grand nombre des auditeurs, le silence était profond; on n'entendait que la voix confuse de l'officiant, interrompue, de loin en loin, par la voix plus claire de l'enfant chargé de lui répondre. Tout à coup, le prêtre, dont je n'avais pu apercevoir les traits jusqu'alors, se détourna pour prononcer l'*Ite missa est.* J'eus peine à retenir un cri de surprise ; j'avais reconnu Bernard ! Depuis mon départ de Coëtmieu, c'était la première fois que je le revoyais; mais le temps avait apporté peu de changement à cet impassible visage : c'était toujours ce même calme, dur et arrangé ; l'ambition trompée avait seulement creusé sur son front quelques plis nouveaux. Je savais que Bernard, après avoir successivement occupé plusieurs cures, venait d'être désigné pour l'une des plus importantes du diocèse, lorsque le serment avait été demandé. Les intérêts et les inclinations de l'ancien vicaire de Coëtmieu étaient également opposés à la nouvelle constitution du clergé; il refusa de s'y soumettre et ne négligea aucun moyen de soulever sa paroisse contre le nouvel ordre de choses. Signalé pour ses prédications incendiaires, il s'était vu forcé de prendre la fuite, et il se cachait depuis plusieurs mois. Je connaissais tous ces détails, mais je pensais que Bernard avait dû chercher un refuge parmi ses anciennes ouailles, et j'étais loin de m'attendre à le rencontrer chez Morel. Cependant l'office était achevé et la foule ne se retirait point... Bernard, qui avait dépouillé ses habits d'officiant, s'était mis à genoux devant l'autel, et, la tête penchée sur ses mains, semblait se recueillir. Je compris qu'il préparait une prédication. En effet, après une assez longue pause, il se leva lentement, se retourna vers les paysans, qui levèrent la tête avec une attention avide, et commença d'une voix sombre. Il parla d'abord de la justice de Dieu, qui vengeait sur les enfants les crimes des pères, et envoyait, lorsque le règne de l'iniquité avait duré trop longtemps, les sept anges chargés de vider sur le monde les coupes pleines de sa colère. Passant ensuite au récit des plaies qui, par la permission du Tout-Puissant, avaient frappé la France, il rappela les prêtres chassés des paroisses, les églises fermées, les mourants privés des sacrements et tombant aux gouffres enflammés.

« Et ce n'est point encore assez, chrétiens, ajouta-t-il, les patriotes n'ont pas achevé leur ouvrage; la révolution est comme le démon, qui dévore tout et n'est jamais rassasié. D'ici à peu de temps il faudra que vous donniez, à ceux qui sont les maîtres maintenant, le tiers de vos meubles, de vos troupeaux et de vos enfants ! »

Et comme un long murmure d'indignation s'élevait :

« C'est à vous de voir, ajouta-t-il, si voulez défendre vos corps, vos biens et vos âmes, et si vous n'aimez pas mieux obéir à un roi qu'à douze cents brigands qui forment l'Assemblée nationale. »

Une clameur d'approbation s'éleva et alla grossissant de proche en proche. Bernard imposa silence de la main.

« Le jour de frapper les impies n'est pas encore venu, dit-il; mais les pasteurs veillent pour leurs troupeaux. On fait débarquer pour vous, sur les côtes, de la poudre et des armes ; vos anciens maîtres viendront vous commander quand il en sera temps, et vous ferez un bûcher pour les patriotes avec leurs arbres de liberté. En attendant, chrétiens, cachez vos blés, refusez votre argent, menez vos bestiaux dans les bois, pour qu'on ne puisse vous les saisir; et surtout restez fidèles à la loi du Christ. Je suis forcé de partir demain pour une autre paroisse, et vous serez peut-être longtemps privés de prêtre. Plusieurs iront rendre compte à Dieu sans avoir pu se confesser ni recevoir le viatique; je vais donc vous administrer à tous ces derniers sacrements; mais repentez-vous, chrétiens, repentez-vous, car, pour la plupart, c'est ici le dernier jour d'absolution, et je tiens dans ma main leur salut ou leur damnation éternelle. »

A ces mots, prononcés avec un accent plein d'une sombre menace, Bernard prit sur l'autel le vase des saintes huiles et commença à extrémiser ceux qui se trouvaient le plus proche. C'était un spectacle à la fois imposant et terrible. Un indicible sentiment d'épouvante s'était emparé de la foule ; les femmes se courbaient jusqu'à terre et demandaient pardon à Dieu avec des sanglots, les hommes se frappaient la poitrine en pleurant. Seul impassible au milieu de cette terreur, Bernard continuait son ministère lugubre, et je le vis disparaître, à pas lents, au milieu de la foule agitée. Je n'ai pas besoin de dire qu'en découvrant le but de cette réunion, mes craintes s'étaient complétement dissipées. Tout s'expliquait maintenant, les sollicitations du maréchal, la rencontre des troupes de paysans, l'embarras du fermier et le soin qu'il avait pris de fermer ma porte. Complétement tranquillisé, je cherchai à tâtons la première cour, et m'aidant du toit qui m'avait déjà servi à descendre, je regagnai ma chambre et je me couchai.

XXI

FUITE AVEC BERNARD

Le lendemain, je discutais avec Morel les conditions du nouveau bail que j'avais rédigé d'avance, et qu'il signa après quelques débats. J'allais repartir, lorsqu'une douzaine de gendarmes s'arrêtèrent à la porte extérieure de la ferme. Le brigadier en laissa la moitié en observation. Morel avait pâli en les apercevant; il fit un signe à sa femme, qui disparut aussitôt. Dans ce moment le brigadier entrait.

— Bonjour, compère, dit-il brusquement.

— Bonjour, monsieur Riou, répondit le paysan en ôtant son chapeau d'un air craintif.

— Je parie que tu sais ce qui m'amène.

— Faites excuse, monsieur Riou... à moins que ce ne soit pour quelque nouvelle réquisition.

— Justement, une réquisition de corbeaux! s'écria le brigadier avec un rire brutal.

Le fermier eut l'air de ne pas comprendre.

— Allons, tu sais bien ce que je veux dire, reprit le gendarme; tu as ici des locataires suspects... et d'abord en voici un qui n'est pas de la maison.

En parlant ainsi, il s'était avancé vers moi.

— Votre nom? me demanda-t-il.

Je me nommai.

— Que faites-vous ici?

Je le lui dis. Il allait m'adresser de nouvelles questions, lorsqu'un gendarme qui avait servi dans la brigade de Guingamp me reconnut; il assura que j'étais un *patriote solide* et un *homme établi*.

— Alors, ce n'est pas ce que nous cherchons, reprit Riou.

Et s'adressant de nouveau au fermier :

— Voyons, vieux, dit-il, faisons les choses comme de bons enfants; je viens chercher le citoyen Bernard, calottin insermenté; montre-moi ses appartements, que je lui remette une carte de visite de la part du procureur-syndic.

— Je ne connais point de citoyen Bernard, dit le fermier en voulant jouer l'étonnement.

— Assez, assez, vieux renard! s'écria Riou; ce n'est pas un ancien garde-française comme moi qui se laissera faire au même par un pékin. Tu ne veux pas nous ouvrir la cage de ton hibou? suffit.

Et se tournant vers ses hommes :

— Fine-Mouche, va me chercher le particulier qui se permet de nous faire faire antichambre; amène tout ce que tu trouveras, depuis les mioches qui font leurs dents jusqu'aux anciens qui n'en ont plus; je resterai pour les interroger. Suivez-le, vous autres, et fouillez-moi toute la baraque comme la poche d'un noyé.

Ils sortirent, et nous restâmes seuls avec le brigadier. Il se tourna vers Morel.

— Tu as tort, compère, lui dit-il, de te faire l'aubergiste des insermentés... Tu es déjà signalé à l'autorité, et un de ces jours j'aurai le désagrément de te lier les pouces pour te conduire au couvent des voleurs. D'ailleurs, vois-tu, mon vieux, la nation veut que les curés prêtent serment... La nation, c'est moi, c'est toi... ni moi ni toi nous ne devons donc protéger les insermentés.... C'est clair, ça... c'est du raisonnement...

Morel se grattait la tête sans répondre.

— Ajoute, reprit le brigadier, que c'est une bêtise de lutter contre le peuple... autant vaudrait que ton petit doigt se révoltât contre tes deux mains. Aussi, je t'engage à devenir patriote, père Morel... parce que, règle générale de conduite, il faut toujours être de l'opinion qui a pour elle la gendarmerie.

— Je ne dis pas, monsieur Riou, répliqua le paysan d'un air distrait et en écoutant.

— Rien ne nous échappe, vois-tu, continua le brigadier : ton insermenté, par exemple, tu le croyais bien caché; mais on l'a rencontré l'avant-dernière nuit, qui venait sans doute de confesser quelque jeune fille; il a été suivi, et on l'a vu entrer dans ton courtil.

Morel parut déconcerté.

— Tu vois que nous sommes au fait, reprit le gendarme d'un ton capable. On sait, de plus, que Bernard est un souffleur de chaud et de froid qui forcerait les arbres à se battre. Il a déjà fanatisé toutes les paroisses du canton; depuis qu'il est ici, les enfants nous jettent des pierres par-dessus les haies, et les chiens aboient en voyant nos uniformes; aussi son compte est bon : au district, ils sont bien décidés à donner un exemple aux calottins, en faisant pour celui-là la dépense d'une cravate de chanvre.

Morel regarda le brigadier avec un certain effroi. Je voulus le rassurer.

— Le refus de serment n'entraîne point de peine aussi grave, observai-je, et la loi ne punit point de mort les prêtres réfractaires.

— Non; mais elle punit de mort les chefs de complots, les prédicateurs de révolte, et c'est pour ces crimes que le particulier en question sera jugé.

— Quelle preuve aura-t-on contre lui?

— Des lettres que j'ai saisies hier, moi-même, chez le curé de Matignon.

Je regardai Morel; il parut hésiter un moment.

— Heureusement, dit-il enfin, que M. Bernard est sauvé maintenant.

— Comment cela? s'écria le brigadier.

— Il est parti il y a trois heures.

— C'est impossible!

— Avant le jour.

— Et où allait-il?

— Où Dieu l'aura conduit. Maintenant les pauvres

prêtres ne peuvent pas dire le matin où ils coucheront le soir.

— Tu veux me tromper, Morel; il est ici, j'en suis sûr.

— Vous verrez vous-même, monsieur Riou.

Le brigadier parut ébranlé par le sang-froid du paysan; je ne savais moi-même ce que je devais croire; mais mon incertitude ne dura pas longtemps. Les gendarmes reparurent avec la fermière, des filles de basse-cour et plusieurs garçons de charrue. Je reconnus, au premier coup d'œil, Bernard parmi ces derniers; il portait l'habit de gros drap, la culotte de toile et les sabots garnis de paille; mais il semblait gêné dans ce costume. Le brigadier ne s'y trompa point. Après avoir successivement examiné tous les valets, il s'arrêta devant le prêtre; Morel laissa échapper un mouvement, et nos regards se rencontrèrent. Je lui fis signe de se rassurer. Je venais de prendre subitement la résolution de sauver, s'il était possible, l'ancien vicaire de Coëtmieu. Après l'avoir examiné, Riou se tourna vers le fermier.

— Depuis quand tes garçons mettent-ils des gants pour labourer la terre? demanda-t-il ironiquement.

— Des gants! répéta Morel surpris.

Le gendarme prit le bras de Bernard, et montrant ses mains blanches :

— Connais-tu beaucoup de valets de charrue qui aient cette peau-là?

Je ne laissai point au fermier le temps de répondre.

— Aussi n'est-ce point un valet de charrue, interrompis-je.

— Qu'est-ce que c'est donc, alors?

— Mon garçon de magasin.

Il me regarda d'un air de doute.

— Votre garçon de magasin qui se trouve ici?

— Parce qu'il m'a suivi.

— Dans ce costume?

— C'est celui de son village, et je n'ai pas de raison pour le lui faire quitter.

Il réfléchit un instant.

— Pouvez-vous donner une preuve, citoyen, répondit-il, que ce garçon est à vos gages?

Je me rappelai le passe-port que j'avais pris pour Michel et pour moi, et je le tirai de ma poche sans hésiter. Le brigadier le lut avec attention. Le signalement de Michel répondait assez mal, comme on doit le penser, à l'extérieur de Bernard; le gendarme m'en fit l'observation.

— Vous devez savoir depuis longtemps, répondis-je en souriant, que les commis aux passe-ports ne se piquent point d'exactitude.

Il parut hésiter; mais enfin la prudence l'emporta.

— Tout ça n'est pas clair, dit-il; le syndic verra à débrouiller la chose. Vous nous suivrez à Lamballe.

— Je ne vais point de ce côté, répondis-je tranquillement.

— Vous vous détournerez de votre route.

— Je n'en ai ni le temps ni la volonté.

— C'est ce que nous verrons.

— Sur-le-champ : attelez mon cheval, Morel, je vais partir.

Morel sortit, et je m'assis en l'attendant. Mon sang-froid avait déconcerté le brigadier, qui voulut recourir aux raisonnements. Je le laissai dire; il finit en me déclarant que si je refusais de le suivre volontairement, il emploierait la force.

— Avez-vous un mandat d'arrêt contre moi? demandai-je.

— Non.

— Suis-je inconnu et sans papiers?

— Je ne dis point cela.

— Alors, réfléchissez à ce que vous allez faire, et rappelez-vous que je vous rends responsable personnellement de tout retard apporté à mon voyage.

J'avais pris un ton de roi; le brigadier était visiblement embarrassé. Il prit à part Fine-Mouche et parut le consulter. Au même instant, Morel entra en m'annonçant que la voiture m'attendait. Je m'avançai vers la porte avec Bernard; les gendarmes nous laissèrent sortir. J'allais monter dans le char-à-bancs, lorsque le brigadier m'arrêta.

— Ainsi, vous refusez de venir à Lamballe? me demanda-t-il.

— Je refuse.

— Et vous allez à Saint-Brieuc?

— C'est mon intention.

— Alors, nous vous suivrons.

— Vous êtes libres.

— Et vous vous ferez reconnaître là-bas aux autorités?

— Soit.

Les gendarmes montèrent à cheval et nous partîmes. Ma position commençait à devenir embarrassante. Bernard ne pouvait manquer d'être reconnu à notre arrivée, et j'allais être compromis sans avoir réussi à lui être utile. Persuadé, toutefois, qu'il ne restait d'autre chance de salut que l'audace, je faisais bonne contenance, continuant à marcher sans presser le pas, et suivi à peu de distance par Riou et sa troupe. Nous arrivâmes ainsi au village. Comme nous détournions le chemin, je crus reconnaître de loin, à la porte du maréchal ferrant, le fermier Morel, qui, en m'apercevant, se retira vivement. Il nous avait précédés, sans doute, en suivant le chemin des bruyères. Mais pourquoi était-il venu et que faisait-il là?... Nous arrivions à la porte du maréchal, lorsque celui-ci sortit de sa forge en chantant, comme un homme ivre, et me fit un signe. J'arrêtai mon cheval.

— Je vous attendais, me dit-il d'une voix avinée; j'ai quelque chose à vous remettre.

— A moi?...

Il me regarda de l'air d'un ivrogne qui veut se faire malicieux.

— Cherchez, cherchez, reprit-il en balbutiant; n'avez-vous rien perdu hier, quand vous êtes passé par ici?

— Rien.

— Bah! venez voir, venez voir, là, dans la forge.

J'hésitai à descendre.

— Dites que vous avez perdu un fouet, murmura-t-il rapidement.

Je tressaillis. Il me regarda en riant.

— Eh ben? reprit-il.

— Je me rappelle maintenant... un fouet.

Il frappa dans ses mains.

— A la bonne heure, donc!... Venez voir si c'est ben lui.

Je descendis, et le brigadier en fit autant, mais resta à la porte. J'entrai avec le maréchal, qui alla me chercher un fouet, que je me hâtai de reconnaître.

— Je m'en doutais, dit-il, en parlant de manière à ce que le brigadier l'entendît. Je croyais ben l'avoir vu hier entre les mains de votre garçon, car c'est votre garçon que j'ai reconnu tout à l'heure... lui et le cheval... Et pourtant, j'étais pas sûr, parce que ce matin il est venu ici, avant le jour, un cavalier qui m'a fait ferrer sa monture... et lui aussi pouvait ben avoir oublié... d'autant plus qu'il était pressé.

Et s'approchant de mon oreille avec une apparence de mystère :

— Pressé comme un blaireau qui a senti les chiens... Vous comprenez?

— Oui, dis-je; c'était un noble... ou un insermenté.

— Juste!... Je n'ai rien dit; mais je l'ai bien reconnu... Ça venait de Locmora... Un fameux prédicateur! à ce qu'ils disent dans le pays... M. Bernard, quoi!

— Et il allait à Dinan?

— Possible, quoiqu'il ait pris la route de Matignon... Mais, chut!... je vous dis ça en confidence, bourgeois... parce que je voudrais pas qu'il lui arrive malheur, oyez-vous... Je suis un chrétien, moi, baptisé, confirmé, et tout... et les insermentés, c'est les bons... les jureurs, je voudrais faire une enclume avec leurs têtes!...

— A la bonne heure, dis-je en gagnant la porte; mais prenez garde qu'on ne vous entende.

— Il n'y a plus personne, répondit le maréchal en jetant un regard rapide vers le seuil.

En effet, le brigadier venait de rejoindre ses hommes et remontait à cheval. Je regagnai mon char-à-bancs, et j'allais partir, lorsqu'il me souhaita un heureux voyage.

— Vous ne venez donc plus à Saint-Brieuc? demandai-je avec une feinte surprise.

— Non, me répondit-il en tournant bride.

Et il prit, avec ses gens, le chemin de Matignon. A peine l'eus-je perdu de vue que je mis mon cheval au galop, de crainte qu'il ne se ravisât. Nous fîmes une lieue ainsi, en silence, et nous détournant de minute en minute pour nous assurer que nous n'étions point poursuivis.

— Décidément, ils nous ont abandonnés, dis-je à mon compagnon, et j'espère que vous leur échapperez.

— Grâce à votre générosité, monsieur.

— Je vous savais en danger de la vie, j'ai dû tout faire pour vous sauver.

— Comment vous remercier de vous être ainsi exposé pour un inconnu?

Je souris et je secouai la tête.

— Vous vous trompez, dis-je; l'ancien vicaire de Coëtmieu n'est pas un inconnu pour moi.

— Comment cela? dit-il en me regardant.

— Avez-vous oublié cet enfant qui ne voulait point devenir un mauvais prêtre, et que vous reteniez des mois entiers au pain et à l'eau pour lui donner de la vocation?

— Baptiste! s'écria-t-il.

— Lui-même.

— Quoi! vous seriez...

— Ce mauvais sujet dont vous vous étiez fait le fidèle geôlier, et qui, dans son désespoir, jura tant de fois de se venger.

Bernard me regarda avec une sorte d'épouvante.

— Vous voyez que mes vœux ont été exaucés, ajoutai-je. Le souvenir du service que je vous rends vous punira assez du mal que vous m'avez fait.

— En violentant vos inclinations, je remplissais un devoir, balbutia le prêtre, embarrassé.

— Comme moi j'en remplis un en vous sauvant de la corde. Chacun a sa mission ici-bas et comprend le devoir à sa manière.

Bernard rougit légèrement.

— Vous avez agi en chrétien, monsieur, dit-il d'une voix un peu altérée; Dieu vous en tiendra compte. Du reste, j'espère ne pas vous exposer longtemps désormais. Le château de M. le marquis de Lormier doit être peu éloigné?

— D'une lieue environ.

— Dès que nous l'aurons atteint je vous quitterai.

— Pourquoi?

— J'espère trouver chez le marquis une retraite sûre.

— En effet, repris-je, son château est un centre de conspiration où vous serez reçu avec joie; vous aiderez M. de Lormier à soulever les paroisses contre les villes.

— Qui vous fait supposer?...

— Je ne suppose rien; j'ai entendu votre prédication de la nuit dernière.

— Vous!...

— Moi... et j'ai lu, de plus, des actes de *foi*, d'*espérance* et de *charité*, écrits de votre main, et qui ne laissent aucun doute sur vos sentiments.

— Je ne cherche point à les cacher, dit-il avec une sorte d'impatience hautaine, et la preuve, c'est que j'étais proscrit. Oui, tant que j'aurai une voix, je crierai aux fidèles de défendre leur foi au péril de leur vie.

— C'est-à-dire que vous prêcherez la guerre civile.

— Je leur dirai d'imiter ceux de la tribu de Lévi, qui devinrent des saints pour avoir frappé leurs frères, prosternés aux pieds des idoles.

— A la bonne heure; mais comme moi je suis un de ces frères, que j'aime mes idoles et que je n'ai nulle envie d'être frappé par vos lévites bas-bretons, je vous déclare que vous n'irez point au château de Lormier.

— Et où donc me conduirez-vous? demanda-t-il.

— Au Légué.

— Je n'y connais personne.

— J'y connais, moi, un capitaine qui se chargera de vous conduire aux îles anglaises.

Bernard se leva à demi.

— Aux îles anglaises! répéta-t-il, je n'y consentirai jamais; vous ne pouvez disposer de moi ainsi contre ma volonté... Arrêtez, monsieur; je ne suis point votre prisonnier... Je veux descendre ici.

Pour toute réponse, je fouettai mon cheval; il voulut s'élancer sur la route, mais je le retins.

— Vous ne me quitterez pas, lui dis-je d'un ton ferme. J'ai rempli mon devoir d'homme en vous arrachant à la prison ou à la mort; il faut que je remplisse maintenant mon devoir de citoyen en vous empêchant de fomenter ici la guerre civile. C'est à cette condition seulement que je serai excusable de vous avoir sauvé.

— C'est-à-dire, s'écria-t-il, que vous vous faites mon juge et que vous me condamnez à l'exil!

— Je vous condamne seulement à vivre sans nuire. Si votre départ est nécessaire pour cela, il ne faut vous en prendre qu'à vous-même; moins dangereux, vous auriez pu rester. Je n'obéis ni à une haine de parti ni à une rancune personnelle; tout ce qui vous manque, vous pouvez me le demander; j'assurerai votre fuite, je pourvoirai à vos besoins; mais je ne vous laisserai point conspirer contre le pays par ma faute et sous mes yeux, parce que ce serait m'associer à votre trahison. Cet exil, d'ailleurs, dont vous vous plaignez, la plupart de vos pareils l'ont choisi comme le moindre des maux et la seule voie de salut; vous irez les rejoindre.

Il voulut répondre, mais je l'interrompis.

— Ma résolution est prise, ajoutai-je, rien ne la changera; vous êtes à ma merci, vous le savez; toute résistance serait inutile et ne pourrait que vous perdre. Soumettez-vous donc, quitte à vous venger plus tard.

Il me lança un regard de basilic, croisa les bras et murmura d'une voix sourde une menace que je n'entendis pas. Nous arrivâmes le même jour à Saint-Brieuc, d'où je me rendis au Légué. J'arrêtai le passage de Bernard à bord d'une barque dont je connaissais le patron, et il partit la nuit suivante pour Guernesey. J'appris plus tard qu'il s'était rendu à Londres, où il prit une part subalterne à toutes les intrigues des émigrés. Il revint même plusieurs fois en Bretagne, avec des messages pour M. de Puisaie, fit partie de l'expédition de Quiberon, et retourna enfin en Angleterre, où il mourut pauvre, dédaigné, et dans tout le désespoir d'une ambition qui n'avait pu se faire jour.

XXII

JOSEPH PART POUR SAINT-BRIEUC — LES BIENS DES ÉMIGRÉS SÉQUESTRÉS

A partir du mois de juin 1791, la gravité des événements était allée toujours croissant. La fuite de Louis XVI porta le dernier coup aux idées monarchiques, en prouvant aux plus incrédules l'impossibilité de concilier la royauté avec le mouvement révolutionnaire. L'effet de cette fuite avait été uniforme en Bretagne. « Le roi est parti, mais le véritable souverain, la nation, reste! » s'était écrié le procureur-syndic de la Loire-Inférieure. « La France sait maintenant que Louis XVI est son ennemi capital, » écrivait le club de Lorient à la Convention. A Nantes, tous les noms de rues qui rappelaient la monarchie furent supprimés. Cependant la noblesse et le clergé continuaient à fomenter la guerre civile; les plus hardis ou les plus imprudents entraient déjà en campagne. Il fallut envoyer des soldats pour surprendre, par une nuit d'orage, des gentilshommes qui s'étaient réunis, en armes, au château de Préclos. M. de la Lézardière avait paru vers Machecoul, à la tête de six cents insurgés, et vingt-six voiles anglaises, croisant à l'embouchure de la Loire, n'avaient regagné la pleine mer qu'à l'arrivée de Dumouriez, accouru pour empêcher un débarquement. La sourde hostilité des paysans contre le nouvel ordre de choses se manifestait, du reste, en toute occasion. Ceux d'entre eux qui s'étaient déclarés patriotes étaient maltraités, et, s'ils acceptaient l'écharpe municipale, leurs femmes les quittaient en emmenant leurs enfants. Les prêtres assermentés étaient insultés jusque sous le dais, et le sonneur de cloches lui-même refusait d'entendre leur office, à moins que l'ancien curé ne lui eût donné *une dispense* à cet effet. Ce n'était point tout : profitant du désordre général pour méconnaître leurs obligations, les fermiers refusaient les loyers des terres, et les domaniers la redevance du fonds, en feignant de regarder ces rentes comme des *droits féodaux.* La perception des impôts excitait partout des émeutes. On se battait à Pledran, à Plouguernevel, à Fouesnant. Les six cents millions d'assignats, émis et hypothéqués sur les biens de l'Église, perdaient déjà quatorze pour cent, encore n'avaient-ils cours que dans les villes. Le 10 août 1792 arriva, et la patrie fut proclamée en danger. Jusqu'alors, nos administrations locales avaient gardé certaines mesures avec le clergé et la noblesse; on espérait toujours voir tomber cette première effervescence de colère; mais on comprit enfin que la tolérance l'excitait au lieu de l'amortir. En conséquence, les familles signalées pour leur esprit contre-révolutionnaire furent arrêtées; on somma les prêtres insoumis de prêter serment, et ceux qui refusèrent furent exportés en Espagne. Une vingtaine de journaux royalistes étaient répandus dans les villes et les campagnes; on les fit saisir. Restaient ces dangereuses correspondances, dans lesquelles les conspirateurs de l'intérieur et ceux du dehors s'encourageaient réciproquement à la guerre. On eût pu les supprimer sans bruit ou en violer le secret, selon les habitudes monarchiques, renouvelées dans ces derniers temps; mais les patriotes avaient le sentiment de leur force et tenaient à combattre ouvertement; aussi préférèrent-ils une violence à une perfidie. On créa dans les moindres villes un comité de surveillance, chargé : 1° d'intercepter, dans les bureaux de poste, les paquets venant de l'étranger, à quelque personne qu'ils fussent adressés; 2° de saisir tout paquet venant de l'intérieur et adressé, sous quelque seing que ce fût, à des personnes suspectes, sauf à appeler celles-ci pour prendre connaissance des pièces en leur présence. Puis, le danger grandissant toujours, arrivèrent ces mesures, si difficiles à juger aujourd'hui, qui précédèrent et suivirent les massacres du 21 septembre. L'immense convulsion de 93 se faisait déjà pressentir; il fallait, à tout prix, que la France en sortît vivante. Ce n'était plus le moment des petites vertus ni des énergies vulgaires. Danton semblait avoir tracé à tous leurs devoirs quand il avait prononcé à la tribune ces paroles profondes et terribles : « Soyons, s'il le faut, en exécration à la postérité, mais sauvons la patrie! »

J'étais retourné plusieurs fois voir Joseph, qui continuait à vivre tranquille dans sa retraite. J'espérais qu'il y serait oublié; mais sa sérénité résignée irrita sans doute quelqu'un de ces esprits chagrins que le calme des autres blesse et qui haïssent quiconque leur paraît heureux. Joseph fut dénoncé pour avoir conservé l'habit de sa communauté. Il répondit vainement qu'il n'en possédait point d'autres; on le comprit au nombre des prêtres que frappait le nouvel arrêté publié par le directoire du département. Je le vis arriver un matin, un bâton à la main; il était abattu, mais sans colère.

— Je pars pour Saint-Brieuc, monsieur Baptiste, me dit-il; on m'a inscrit sur la liste des insermentés, et il faut que j'aille habiter le chef-lieu du département; ceux qui sont les maîtres l'ont ordonné.

— Mais il faut réclamer! m'écriai-je; j'irai avec vous au chef-lieu, je verrai les directeurs.

— Non, répondit-il doucement; ils commettraient une injustice peut-être en vous refusant; il vaut mieux qu'ils ignorent la vérité. Dieu ne demande compte que des erreurs volontaires. Vous pourriez, d'ailleurs, vous compromettre, et je ne me le pardonnerais jamais.

— Mais vous aimez votre village, Joseph; vous ne sauriez vivre autre part.

— Un chrétien doit savoir vivre partout, monsieur Baptiste. Je serai libre, d'ailleurs, pourvu que je réponde tous les matins à l'appel et que je ne m'éloigne pas au delà d'une demi-lieue de la ville. A cette distance, on peut encore s'asseoir sur l'herbe et entendre les oiseaux.

— Oui, repris-je; mais les ordres deviendront plus sévères; peut-être se vengera-t-on sur vous, pauvres innocents, du crime des misérables qui poussent les paroisses à la révolte. Votre prison, large maintenant, deviendra étroite! Vous ne savez pas quels volcans grondent sous nos pieds, Joseph! Nous touchons à des jours où les hommes de paix comme vous ressembleront aux premiers chrétiens, jetés sans armes au milieu des gladiateurs et des lions du cirque. Croyez-moi, laissez-nous seuls vider notre différend, et allez prier à l'écart pour que Dieu protége la bonne cause. Je puis vous procurer les moyens de quitter la France, et je m'engage à ce que rien ne vous manque à l'étranger.

— Rien que le pays, monsieur Baptiste, dit Joseph en secouant la tête. Ah! qu'importent les dangers que l'on court quand on aime! Proposez donc à un homme d'abandonner ceux qui lui sont chers, parce qu'ils souffrent et que leur mal peut se communiquer! Oh! merci de vos offres; mais je sens que ma place est ici. Quand je ne ferais, au milieu de la bataille, que me tenir à genoux et les mains jointes, mon exemple donnerait peut-être à quelque mourant l'idée de prier; il consolerait quelque désespéré! Demander asile aux Anglais, ce serait injurier mon pays et dire qu'un chrétien ne peut plus y vivre. Si la plupart des honnêtes gens ont peur et s'en vont ainsi, monsieur Baptiste, que deviendront les courageux qui restent et les méchants qui attendent? Oh! non, non; je suis bien peu de chose; mais les plus faibles et les plus ignorants servent quelquefois aux desseins de Dieu.

Je pris les mains du moine avec une admiration attendrie.

— Vous êtes meilleur patriote que nous tous, Joseph, lui dis-je; allez donc, puisque vous le voulez, et que Dieu vous garde! Mais, quoi qu'il arrive, n'oubliez pas que vous avez ici un ami.

Nous nous embrassâmes tendrement, et il partit. Je ne devais, hélas! le revoir que longtemps après, comme on le verra par la suite de ce récit. Ce fut vers cette époque que des agents révolutionnaires, sans caractère et sans mission précise, commencèrent à parcourir notre province. Ils arrivaient de Paris, de Nantes ou de Rennes avec des lettres de recommandation, se présentaient aux clubs, qu'ils abusaient par leurs discours, et passaient le reste du temps au café, où les plus chauds républicains venaient s'enivrer avec eux. Il était rare que leur présence n'amenât point quelques troubles ou quelques collisions entre les pouvoirs constitués. L'un d'eux, Royou-Guermeur, fut même arrêté à Quimper, par ordre du directoire, et emprisonné comme suspect. Plusieurs de ces agents s'arrêtèrent à Guingamp pour y activer la marche des idées; mais je n'en vis qu'un seul, qui m'était adressé par un ancien compagnon de comptoir; il se nommait Pinard. Je compris, dès les premiers mots échangés, que nous ne pourrions nous entendre; je le lui dis, et nous nous quittâmes assez mécontents l'un de l'autre. Pinard demeura trois jours dans notre ville, et je sus bientôt que je ne m'étais point trompé dans le jugement que j'avais porté de lui. C'était un de ces hommes qui flétrissent tout ce qu'ils touchent, que l'on a honte de trouver du parti de la vérité. La loi qui ordonnait le séquestre et la mise en vente des biens d'émigrés commença à être exécutée en Bretagne dès le mois de septembre 1792. Ce fut une suite de lugubres scènes. La plupart des gentilshommes avaient fui à l'étranger ou fomentaient la révolte à l'intérieur; il n'y avait plus dans les châteaux que des femmes et des enfants. On vint leur déclarer que leurs biens étaient mis *sous la main de la nation*, ainsi parlait la loi dans son éloquence sauvage. On inventoria, sous leurs yeux, les meubles, les bibliothèques, les bijoux. Quelques femmes furent laissées gardiennes du tout, à la charge de ne rien détourner; à d'autres on donna l'ordre de sortir sous le plus bref délai. Dans ce dernier cas, il fallait que les filles prissent leurs vieux pères sous le bras, les mères leurs enfants, et, sur le seuil, un commissaire, tenant l'arrêté départemental à la main, leur délivrait ce que l'on donnait en aumône à la famille chassée : c'était un lit, douze chaises, une armoire; à chaque enfant, trois chemises et son berceau! Quant aux moyens de vivre, l'administration devait régler plus tard ce que l'on accorderait à chacun sur les revenus de ses propriétés saisies. Et si, près de voir se fermer derrière lui les portes de sa propre demeure, quelque vieux gentilhomme demandait amèrement aux commissaires où il trouverait un abri sûr pour ses derniers jours, ceux-ci montraient en souriant l'arbre de la liberté récemment planté devant le seuil du manoir confisqué par la nation. La révolution avait, en effet, atteint ses dernières conséquences. Traitée en ennemie par toute l'Europe monarchique, la France avait accepté cette hostilité en se faisant une constitution et des intérêts politiques à part. La République venait d'être proclamée; la mort du roi suivit de près. Une fois engagé dans cette route, la pente était fatale, et il fallait la suivre.

XXIII

TUFFIN DE LA ROUERIE

Les villes de la Bretagne, à deux ou trois exceptions près, avaient accepté franchement les nécessités révolutionnaires; mais la haine des royalistes s'en accrut. L'insurrection était menaçante dans le Poitou, le Maine et l'Anjou. Le Morbihan, la Loire-Inférieure s'agitaient sourdement; le Finistère, plus tranquille, grâce à l'habileté de ses administrateurs, donnait cependant des inquiétudes. Quant aux départements d'Ille-et-Vilaine et des Côtes-du-Nord, c'était là que se trouvait le foyer même de la conspiration. On en désignait les chefs, sans avoir de preuves, pourtant : c'étaient les Picot de Limoëlan, les Dubuat, les Molien, les Loquet de Granville, les Desilles, les Guyomarais, et, par-dessus tout, le sieur Tuffin de la Rouërie, promoteur et lien de ce grand complot. Cet homme, auquel il ne manqua que de mourir un peu plus tard pour jouer, en Bretagne, le même rôle que Charrette en Vendée, avait été d'abord officier des gardes-françaises. Amoureux de l'imprévu, fécond en expédients, corrompu et romanesque à la fois, il avait menacé un instant de finir comme de Rancé, après avoir vécu comme Faublas. Il allait prononcer ses vœux de trappiste, lorsque je ne sais quel vent lui apporta les bruits de la guerre d'Amérique. Il dépouilla aussitôt sa robe de moine, laissa pousser ses cheveux, et alla combattre les Anglais sous le nom du *colonel Armand*. Accueilli en France, à son retour, par des acclamations, il reçut *officiellement* du ministre l'ordre de ne point paraître à la cour, et *officieusement* le conseil d'*user modestement de sa disgrâce*. Plus tard, en 1787, il fut envoyé par la noblesse bretonne pour réclamer la conservation des privilèges de la province, et eut encore la gloire d'une persécution : on l'enferma à la Bastille; mais ses velléités révolutionnaires s'évanouirent le jour où les droits de la noblesse furent mis en question. Il avait protesté à Rennes et à Saint-Brieuc contre les prétentions du tiers; dès que ces prétentions furent devenues des lois, il songea à la révolte et commença à la préparer dans son château de la Rouërie. Rien ne manquait à Tuffin pour devenir chef de parti; il ne possédait pas seulement toutes les qualités, mais, ce qui est aussi rare peut-être, tous les vices nécessaires pour jouer ce rôle. Audacieux, adroit, trop mobile pour tomber dans de longs découragements, il avait cette impressionnabilité pour ainsi dire volontaire, qui permet tour à tour l'exaltation et le calcul, la bonne foi et la dissimulation. Longtemps occupé d'intrigues de femmes, il avait appris à serpenter habilement entre les amours-propres; on pouvait le surprendre, jamais le déconcerter. Doué, enfin, d'un courage que l'on citait dans une noblesse où le courage était la plus vulgaire des vertus, il était capable d'exécuter tout ce qu'il osait concevoir. Orgueilleux, du reste, et capable d'une mauvaise action lorsqu'elle le conduisait au but, mais patient comme tous les hommes de cour, gai comme tous les voluptueux, il pouvait braver la faim, la soif, la fatigue et le froid sans se plaindre ni s'abattre. Dès la fin de 1791, Tuffin de la Rouërie avait créé, dans les principales villes de Bretagne, des comités royalistes, et avait commencé à recruter des combattants. Attaqué dans son château vers la fin du mois de mai 1792, il s'était échappé par miracle et avait déterminé une première insurrection, qui n'eut d'autre résultat que de faire monter sur l'échafaud Elliot et Malœuvre, ses complices. Depuis lors, il parcourut la Bretagne, toujours poursuivi, mais fuyant de château en château, de chaumière en chaumière, ravivant les colères ou les douleurs, semant les promesses, servant de lien aux haines isolées, et laissant partout, sur son passage, comme une traînée de guerre civile, à laquelle il se réservait de mettre le feu quand il en serait temps. Or, l'heure propice était évidemment venue. Nous avons déjà dit dans quel péril se trouvait placée la République. Le mois de février 1793 venait de finir, et les discordes qui agitaient la Convention avaient pris une violence alarmante. Soutenus par les sections et la Commune, les Jacobins accusaient la Gironde monarchique; la Gironde leur renvoyait l'accusation, en les traitant d'anarchistes, de sorte que, ballottés entre ces récriminations contraires, les patriotes des départements cherchaient en vain à démêler la vérité. Cependant l'influence de quelques hommes éminents et un instinct inné de modération faisaient pencher la plupart des républicains bretons vers le parti girondin. L'administration du Finistère surtout s'était hardiment prononcée en sa faveur. Dès le mois d'octobre 1792, elle avait envoyé une adresse pour sommer les quarante-huit sections de laisser aux députés de la droite une pleine liberté. « Songez, disait cette adresse, que la quatre-vingt-troisième portion de la République ne peut inspirer de terreur à une nation entière qui abhorre l'anarchie. Une seule ville ne fera point la loi à la France. *Rappelez-vous à qui appartient la gloire de la journée du 10 août*[1]. Que la Convention nationale puisse travailler dans le calme à la constitution qu'elle nous prépare; si elle ne le trouve point au milieu de vous, il est d'autres villes qui sauront le lui procurer. » L'Europe presque entière menaçait, en outre, nos frontières, défendues par des volontaires sans souliers, qui ne savaient point charger leurs fusils. Les caisses publiques étaient vides, l'industrie détruite, le commerce anéanti. Il n'y avait pas jusqu'aux habitudes de famille qui ne fussent suspendues. Les

[1] Les fédérés bretons contribuèrent plus que personne au succès du 10 août. Leur conduite fut si brillante, que la section Saint-Marceau déclara qu'elle changerait de nom, et s'appellerait désormais *section du Finistère*.

administrateurs de nos villes, sans cesse menacés par l'émeute ou les royalistes des campagnes, ne voyaient plus ni leurs femmes ni leurs enfants; ils mangeaient et dormaient au lieu des conférences, ayant à leurs côtés les décrets de la Convention sous une paire de pistolets. Pendant que tout semble ainsi chanceler, le peuple ne craint pourtant ni ne désespère! A chaque désastre, il oppose un courage plus grand. Toutes les côtes de la Bretagne étaient dégarnies de soldats, les forts en ruines et désarmés; il suffit d'un appel, et soudain six mille volontaires se présentent; mille ouvriers terrassiers accourent : on relève les épaulements, on porte à bras les canons sur la crête de nos rochers, on gratte le salpêtre aux parois des caves pour fabriquer de la poudre, on arrache les gouttières aux manoirs féodaux pour fondre des balles. Les femmes cousent des guêtres, qu'elles vont déposer sur l'autel de la patrie; les enfants font de la charpie, les vieillards s'enrôlent dans les compagnies de vétérans et apprennent l'exercice. Tout se lève, tout travaille, tout se prépare enfin à soutenir la lutte qui va s'engager. Ce bouleversement général n'avait néanmoins point interrompu mon commerce, qui s'alimentait du désordre même. Je n'avais point de spéculation suivie; j'allais à la recherche des affaires comme les aventuriers du nouveau monde à la recherche des castors ou des nids d'abeilles. Toujours muni d'une centaine de louis, somme considérable alors, vu la rareté du numéraire, je profitais de toutes les occasions d'achat ou de vente qui se présentaient, traitant aujourd'hui à Tréguier pour un chargement de faïence prise aux Anglais; demain à Lorient, pour six mille paires de gants, confisqués je ne sais comment, et qui pourrissaient dans les magasins; une autre fois, à Saint-Brieuc, pour un lot de vieux fers, auxquels on avait joint cent kilogrammes de plain-chant sur parchemin. L'échange des assignats, dont la dépréciation n'était point uniforme sur tous les points, me procurait aussi quelques bénéfices. J'avais soin seulement de laisser toujours les subsistances en dehors des spéculations que je hasardais; le nom d'*accapareur*, jeté par quelque imprudent ou quelque envieux, eût suffi pour me perdre. Renonçant, en outre, aux gains faciles dont les confiscations et la misère publique offraient sans cesse l'occasion, je m'étais résigné à n'être qu'une sorte de colporteur, toujours en quête et en chemin, observant les besoins de chaque endroit pour y satisfaire, achetant ici ce qui manquait là, vendant aux riches, donnant aux pauvres, gagnant peu, en somme, sur chaque marché, mais renouvelant sans cesse mon capital. Cette activité commerciale ne nuisait en rien à mon zèle de citoyen : partout où j'arrivais, si un appel était fait aux patriotes, je laissais là toute autre affaire et j'allais m'offrir. Tel était alors le sentiment de confraternité, que l'on ne se regardait comme étranger nulle part. On n'appartenait pas à la garde civique de telle ou telle ville, mais à la République, et quand le rappel des patriotes battait, on y allait sans songer à autre chose. Je pus me trouver ainsi, par aventure, au combat de Fouesnant et à celui de Savenay, où je reçus une légère blessure.

XXIV

JE RENCONTRE LAUNAY — MON ARRESTATION

On venait d'entrer dans le mois de mars 1793; je regagnais Guingamp après une excursion qui m'avait conduit jusqu'à Nantes. J'appris par hasard à Dinan qu'il y avait à vendre une partie de bois à la Hunaudaie. Des demandes m'avaient été faites de Port-Brieuc et de Vannes; je résolus de pousser jusqu'à la forêt, pour voir l'acquéreur de la dernière coupe. En passant à Lamballe, je descendis de cheval pour remettre quelques lettres au procureur-syndic. Je le trouvai causant avec un étranger, au milieu de commis qui expédiaient des écritures. Je le connaissais à peine, et j'allais prendre congé de lui après une courte conversation, lorsqu'un bruit de pas et de voix, parmi lesquelles je crus reconnaître celle de Launay, se fit entendre sur l'escalier. Presque au même instant la porte s'ouvrit, et le médecin, suivi de deux sans-culottes en bonnet rouge, entra comme un orage.

— Eh bien! dit-il en s'adressant au procureur, sans saluer personne, tu sais la nouvelle, citoyen? Les paysans ne sont point venus hier au marché de Saint-Brieuc! nous allons être pris par la famine! Les fanatiques s'organisent partout; avant la fin du mois ils viendront en armes pour nous égorger!...

Il allait continuer, lorsque ses regards tombèrent sur moi; il fit une exclamation de surprise.

— Comment! toi ici, Baptiste? s'écria-t-il en changeant de ton subitement. Par quel hasard?... Est-ce que tu n'habites plus Guingamp?

Je voulus lui expliquer la cause de mon passage à Lamballe; mais il ne m'écouta point.

— A propos, continua-t-il en me prenant la main, j'ai su que ton père était mort.

— En effet.

— Une grande perte, mon ami... une grande perte pour tout le monde... Après ça, le bonhomme était difficile à vivre, un peu dur, un peu avare, un peu aristocrate... Je n'en ai pas moins pris part à ton malheur. Mais j'ignorais que tu connusses notre brave syndic.

— Je n'ai point cet honneur.

— Vraiment? alors il faut que je te présente à lui; vous êtes faits l'un pour l'autre.

Et, sans attendre ma réponse, il cria mon nom au procureur.

— Je te garantis celui-là, citoyen, dit-il en me frappant sur l'épaule; un vrai républicain dès le berceau; il était toujours en querelle avec tout le monde... Te rappelles-tu, dis donc, Baptiste, quand ils voulaient faire de toi un calottin?... Avec ça qu'il avait été élevé par un curé... Mais tout petit, il ne croyait ni à Dieu ni au diable; aussi n'ont-ils jamais pu l'abrutir par la superstition.

J'étais au supplice pendant cette ridicule apologie, que le syndic écoutait d'un air contraint; je voulus y couper court en avertissant Launay que j'étais pressé.

— Comment donc! s'écria-t-il, nous ne nous séparerons pas ainsi, j'espère? Tu souperas avec moi.

— Je pars sur-le-champ.

— Mais la nuit va venir.

— Tout retard m'est impossible.

— Il s'agit donc d'une affaire importante?

— Oui.

— Où vas-tu?

— Pas loin d'ici.

— A Plancoët?

— Non... plus près... dans la forêt.

— A la Hunaudaie?

— Justement.

— Est-ce que tu vas voir les Guyomarais?

— Non.

— Au fait, reprit-il sans m'écouter et en se tournant vers le syndic, ce sans-culotte-là connaît tous les aristocrates... Il a vécu avec eux; on l'a vu autrefois en habit de taffetas rose, le claque sous le bras et la hanche au vent, faire l'agréable avec les grandes dames de Kerjean; il était des parties de chasse de Désilles, de Molien, de Limoëlan; peut-être même a-t-il vu là Tuffin de la Rouërie... En voilà un, par exemple, pour qui je graisserais une corde de bon cœur! C'est lui qui est l'âme du complot royaliste; on n'entend répéter que son nom. Demandez aux paysans pourquoi ils refusent de payer l'impôt, ils vous répondront : « C'est M. de la Rouërie qui l'a défendu... » Pourquoi ils ne portent plus de grains aux marchés : « C'est M. de la Rouërie qui l'a dit... » Qui leur fait croire que dans trois mois les Prussiens seront à Paris? toujours M. de la Rouërie. Il est partout, il conduit tout, et ce qu'il y a de plus curieux, c'est qu'on ne le voit nulle part. Si on était fanatique, on croirait que c'est le diable, ma parole d'honneur! Du reste, on le dit superbe homme : des yeux noirs et la jambe faite au tour... Mais il est impossible que tu ne l'aies jamais vu chez madame de Cöatansecours.

— Cela est pourtant, répondis-je d'un ton sec.

— Puisque tu vas chez les Guyomarais, tu en entendras parler... Ils sont aussi de la bande, eux... avec leur beau-père, Micaut de Mainville.

Je voulus répéter que je ne me rendais point au château; mais Launay ne m'en laissa pas le temps.

— En tout cas, dit-il, j'espère que nous irons un de ces jours dans leur gentilhommière, et que nous y fouillerons tout avec la baïonnette; d'autant qu'il court des bruits depuis quelque temps... Le sieur Tuffin pourrait bien être par là. Avertis les Guyomarais de se bien tenir.

— Je les avertirai, répondis-je impatienté.

Et, m'avançant vers le syndic, qui causait vivement à l'écart avec l'étranger, je le saluai et sortis. Je venais d'atteindre la forêt, ayant complétement oublié ce qui s'était passé chez le procureur, lorsque j'entendis derrière moi un galop de chevaux; presque au même instant, deux gendarmes parurent sous les arbres. Je ne sais pourquoi j'eus un pressentiment que c'était moi qu'ils poursuivaient. Je n'avais point eu, du reste, le temps de réfléchir à ce que je devais faire, qu'ils étaient déjà à mes côtés. Ils m'ordonnèrent d'arrêter, me demandèrent mon nom, et, sur ma réponse, l'un d'eux prit la bride de mon cheval, en me priant de descendre. Je leur demandai à mon tour ce qu'ils voulaient.

— Nous avons ordre de ne point te laisser continuer ta route, citoyen, me répondit le brigadier.

— Vous me conduisez donc à Lamballe?

— Non.

— Où me menez-vous alors?

— Tu vas le voir.

En parlant ainsi, les deux gendarmes avaient mis pied à terre; ils me firent entrer avec eux dans le fourré, les chevaux furent attachés à un arbre, et mes deux compagnons allumèrent leurs pipes, sans prendre à mon égard aucune précaution. L'aventure était trop étrange pour ne point exciter en moi beaucoup d'étonnement et un peu d'inquiétude. Ma première pensée fut qu'il y avait méprise; les nouvelles questions que j'adressai me détrompèrent : c'était bien moi qu'ils avaient reçu ordre d'arrêter. Mais quel crime avais-je commis? Pourquoi me retenir caché dans ce taillis?

Que voulait-on faire de moi?... Toutes mes questions à ce sujet n'obtinrent d'autre réponse que celle-ci : « C'est l'ordre. » Sûr de ne pouvoir vaincre la discrétion peut-être forcée de mes gardiens, je me résignai à attendre patiemment l'explication de cette énigme. Trois heures environ s'écoulèrent ainsi. La nuit était close depuis longtemps, le ciel obscur et le vent froid. Mes deux compagnons commençaient à se plaindre de notre campement et à frapper la terre, avec mauvaise humeur, de leurs grandes bottes, quand un bruit singulier de pas se fit entendre sur la route. On distingua bientôt un cliquetis d'armes, et nous reconnûmes enfin des uniformes à la lueur des étoiles. Les deux gendarmes regagnèrent alors avec moi la lisière du fourré, un *qui vive !* fut échangé, quelques hommes se détachèrent de la troupe armée pour s'avancer vers nous. Je reconnus parmi eux le procureur-syndic et l'étranger que j'avais déjà rencontré à Lamballe. Je demandai assez vivement au premier ce que l'on me voulait, et pourquoi j'étais arrêté.

— C'est moi qui en ai donné l'ordre, dit l'étranger.

— Et de quel droit? répondis-je brusquement.

— Je suis le citoyen Morillon, agent du conseil exécutif.

Le syndic prit alors la parole :

— Le citoyen commissaire est chargé d'une fouille importante dans le château de la Hunaudaie, dit-il; ta conversation avec Launay lui a fait craindre que tu n'eusses des rapports avec les Guyomarais, et que tu ne leur donnasses l'éveil.

— Je ne connais point les Guyomarais, et je ne me rends point chez eux.

— Où vas-tu, alors?

— Chez le garde forestier.

— Et pour quelle affaire?

— Pour un achat de bois.

Le citoyen commissaire prit à part le procureur-syndic; tous deux parurent se consulter; enfin, après un court débat, Morillon se tourna vers moi.

— Je veux bien croire que tu es un vrai patriote, dit-il; mais tu connais les chemins de la forêt, sans doute, puisque tu y allais sans guide?

— Je les connais.

— Et tu ne refuseras pas, je pense, de prendre part à notre expédition; nous pouvons avoir besoin d'un homme qui ait pratiqué le pays, et, en tout cas, deux bras de plus sont toujours utiles.

— Je suis prêt.

— Alors, vive la République! et en avant.

XXV

LE CHATEAU DE LA HUNAUDAIE

Je me plaçai en tête de la troupe avec le commissaire, le procureur-syndic et le juge de paix qui les accompagnait. J'avais fort bien compris que l'invitation du citoyen Morillon était un ordre et prouvait un reste de défiance; mais je lui avais dit la vérité; je n'avais rien à cacher, que pouvais-je craindre?

Ses soupçons ne tardèrent point, d'ailleurs, à se dissiper. J'avais déjà fait partie plusieurs fois de troupes envoyées à la poursuite des prêtres réfractaires, et je connaissais toutes les précautions exigées pour ces marches de nuit à travers la campagne; je les indiquai au commissaire, qui en sentit sur-le-champ l'importance et n'en voulut négliger aucune. Sachant l'entrée principale du château gardée par des chiens qui eussent signalé notre approche, j'avais d'abord fait prendre un sentier couvert et détourné qui devait nous conduire aux portes du jardin. J'étais insensiblement devenu un des chefs de l'expédition, et à mesure que j'y prenais plus de part, je m'y intéressais aussi davantage; j'en calculais les chances comme si j'en eusse été personnellement responsable; j'en attendais le succès avec inquiétude. J'ignorais quel en était au juste le but, mais je la savais faite dans l'intérêt de la République, et cela me suffisait. A une autre époque et pour une autre cause, j'aurais regretté d'y contribuer, je me serais inquiété peut-être de ceux que l'on allait surprendre, et j'aurais désiré les trouver avertis; mais le besoin de sauver la patrie absorbait alors toute autre préoccupation; la pitié ne venait qu'après le combat. On sacrifiait le révolté à l'intérêt général, comme on s'y sacrifiait soi-même. Les royalistes, d'ailleurs, n'étaient point seulement des adversaires politiques; c'étaient des ennemis. La guerre contre eux semblait une légitime défense, car ils l'avaient commencée partout, à la frontière et à l'intérieur. Il ne s'agissait plus d'une opinion, mais d'un sentiment, et on les haïssait moins par esprit de parti que par instinct national.

Nous arrivâmes au château. Aucun bruit ne s'y faisait entendre, aucune lumière n'y brillait; tout semblait dormir. On s'occupa d'abord de placer des sentinelles à toutes les issues. Le plus profond silence avait été recommandé, et chacun tenait ses armes serrées contre lui.

Nous étions restés, le citoyen Morillon, le juge de paix et moi, à quelques pas d'une petite porte de jardin qui semblait condamnée, attendant que toutes les mesures eussent été prises, lorsque nous crûmes entendre marcher dans le fourré. Je fis signe de la main à mes compagnons, et nous nous effaçâmes derrière un angle de la muraille. Le bruit des pas se rapprochait toujours; enfin, le froissement des feuilles devint distinct, et bientôt un paysan parut à la lisière du taillis. Il regarda de tous côtés, comme pour s'assurer qu'il était seul; puis, s'avançant rapidement vers la petite porte, il se baissa pour chercher la serrure. Dans ce moment, je m'élançai et je le saisis par les deux bras; il jeta un cri, mais le citoyen Morillon, qui était accouru, lui imposa silence en lui mettant un pistolet sur la poitrine. Nous nous emparâmes de la clef, qu'il tenait encore, et nous ouvrîmes sans difficulté la petite porte.

Nous allions entrer dans le jardin, lorsque le syndic revint avec une trentaine de gardes nationaux. Nous le mîmes au fait en peu de mots, et, après avoir refermé derrière nous et laissé deux sentinelles, nous nous dirigeâmes vers le château. Arrivés au perron, nous trouvâmes la porte entr'ouverte comme à dessein. Le paysan parut stupéfait.

— Maintenant, attention, dit le citoyen Morillon, afin que personne ne puisse échapper! Une douzaine d'hommes autour du château, et feu sur tous ceux qui essayeront de fuir!

Ces dispositions prises, la lanterne sourde fut ouverte, et on alluma des torches. Alors, le profond silence qui avait été observé fut rompu à un signal donné, et les gardes nationaux se répandirent bruyamment dans le château.

Il y eut un moment d'inexprimable confusion. Le citoyen Morillon et le procureur-syndic couraient de chambre en chambre pour donner leurs ordres; on n'entendait que pas précipités et cliquetis d'armes; enfin, un cri de triomphe s'éleva, suivi de plusieurs autres cris pareils. Peu après, le juge de paix fut appelé; il monta, et je le suivis.

Je reconnus, en entrant, au milieu des gardes nationaux et des gendarmes, le citoyen de la Guyomarais, que j'avais vu plusieurs fois. Il était debout, appuyé à la cheminée, pâle, mais l'air hautain et dédaigneux. Près de lui se tenait une jeune femme presque nue, serrant dans ses bras deux petits enfants, dont elle semblait se voiler, et derrière eux, un vieillard aux pieds duquel on apercevait une épée brisée : c'étaient la citoyenne la Guyomarais et Micaut de Mainville, son père. Plus loin, dans l'ombre, il y avait encore deux hommes, que je sus plus tard être un sieur Dampierre, et le précepteur des enfants. Le juge de paix allait commencer à les interroger, lorsque des cris de joie se firent entendre de nouveau; c'étaient trois autres prisonniers que l'on amenait. Les deux premiers furent reconnus sur-le-champ, l'un pour le médecin Taburet, l'autre pour un domestique de la maison; quant au troisième, il déclara s'appeler Morel et être chirurgien. Le citoyen Morillon demanda alors à la Guyomarais si c'étaient là tous ses hôtes.

— Tous, répondit-il.

— Tu te trompes; il t'en reste au moins un autre, et le plus important.

— Qui donc?

— Tuffin de la Rouërie.

Le prisonnier tressaillit.

— Tu vois que nous sommes bien informés; Tuffin est ici, et nous le trouverons, fallût-il pour cela mettre le feu au château.

— Faites, répondit froidement la Guyomarais.

Il y eut une pause. Le syndic et le citoyen Morillon causaient à voix basse; ils annoncèrent enfin qu'ils allaient continuer les perquisitions, pendant que le juge de paix interrogerait les prisonniers. Ils sortirent, en effet, et l'information commença; mais elle durait à peine depuis quelques minutes, lorsque le commissaire rentra avec un portefeuille aux armes de la Guyomarais. Le juge de paix l'ouvrit et en tira une bague de deuil entourée de ces mots : *Dùm spiro, spero;* un guidon, sur lequel était brodé un sacré-cœur au milieu d'une couronne blanche; enfin, quelques lettres adressées à un sieur Gasselin. La bague était semblable à celles que portaient les émigrés de Dudresnay, comme symbole de leurs espérances, et nous savions tous que le sacré-cœur était le drapeau mystique adopté par les royalistes bretons. Quant aux lettres, elles se rapportaient évidemment à l'insurrection, mais elles n'en parlaient qu'en termes couverts et dans une langue convenue, dont il eût fallu avoir la clef. L'important était de savoir quel était ce Gasselin, auquel on semblait rendre compte des préparatifs, comme à un chef. Les questions adressées successivement aux prisonniers, sur ce personnage inconnu, n'ayant amené aucun éclaircissement, je me hasardai à rappeler le paysan arrêté à la porte du jardin. Le citoyen Morillon ordonna de le faire monter sur-le-champ.

A sa vue, la Guyomarais pâlit; mais le paysan et lui échangèrent un regard qui parut le rassurer.

Le commissaire lui demanda s'il connaissait cet homme.

— C'est mon jardinier, répondit-il.

— Son nom?

— Étienne.

— Que faisait-il hors du château à cette heure?

— Je l'ignore.

Le juge de paix s'adressa alors à Étienne.

— D'où venais-tu?

— De la forêt.

— Pourquoi y étais-tu allé?

— Pour cueillir du trèfle à cinq feuilles.

— A minuit?...

— C'est à minuit qu'il faut chercher les *louzous* qui donnent la force.

Le citoyen Morillon regarda le syndic avec étonnement.

— De pareilles superstitions existent-elles vraiment dans vos campagnes? demanda-t-il.

— Elles existent; mais je serais curieux de voir le trèfle à cinq feuilles que ce vaurien a cueilli; si je ne me trompe, nous y trouverons de curieux renseignements. Qu'on le fouille avec soin!

On le fouilla sans rien découvrir.

— Voyons, reprit le syndic, tu n'espères pas nous faire accroire que tu étais sorti pour chercher le *louzou* dans les carrefours? Tu n'es pas un lutteur, et nous ne sommes, d'ailleurs, ni au premier quartier de la lune ni au vendredi.

— Aussi n'ai-je point trouvé ce que je voulais, répondit Étienne en jetant un regard d'intelligence à la Guyomarais; les *louzous* sont fées, et devinent quand on les cherche; ils étaient tous rentrés dans la terre jusqu'à l'autre lune.

— Et personne ici ne te savait sorti?

— Personne.

— Ainsi, c'est toi qui avais laissé la porte du château ouverte, pour rentrer?

— Non; je n'habite pas le château.

— Où demeures-tu?

— Dans le grand pavillon du jardin.

— Seul?

— Avec ma femme.

— Qu'on la fasse venir, dit vivement le citoyen Morillon, et que l'on fouille partout chez cet homme.

Une douzaine de gardes nationaux allaient sortir pour exécuter son ordre, quand le syndic rentra, en conduisant par la main une femme presque nue. A son aspect, Étienne recula.

— Catherine! s'écria-t-il.

Celle-ci leva la tête, poussa un cri, et cacha son visage dans ses deux mains.

— Nous venons de la trouver en haut, dit le procureur.

— En haut! répéta le jardinier.

— Dans la chambre verte, couchée au fond de la ruelle.

Le paysan poussa une sourde exclamation et devint pâle; il s'avança vers Catherine les poings fermés.

— Que faisais-tu là, malheureuse? balbutia-t-il; réponds, que faisais-tu là?

Mais, au lieu de répondre, la jeune femme tomba à genoux en sanglotant; il lui saisit les deux mains et la releva d'un seul mouvement, droite et tremblante devant lui.

— Grâce! Étienne, murmura-t-elle.

Le paysan la laissa retomber, et son regard se tourna étincelant vers le groupe des prisonniers, sans que je pusse distinguer à qui il s'adressait.

— Ainsi, c'est vrai, dit-il; voilà pourquoi la porte était ouverte... Ah! je comprends tout, maintenant!... Tandis que je passais les nuits à courir les chemins, exposé aux balles des bleus, il y en avait d'autres ici qui étaient heureux et qui riaient de moi. J'avais donné mon sang, on me prenait encore mon honneur, et plus je montrais de fidélité, plus on me rendait de trahison!

Il porta ses deux poings à son front avec une expression de désespoir et de rage impossible à rendre. La Guyomarais fit un pas vers lui.

— Les apparences vous abusent, Étienne, dit-il; plus tard on vous expliquera...

Le paysan sourit amèrement.

— Non, répondit-il, j'en sais assez. On a cru que l'on pouvait tout me prendre sans crainte, parce que j'étais un pauvre ouvrier... Mais il ne faut pas jouer avec la douleur des plus petits que soi, monsieur Gabriel; une fourmi peut faire mourir un chêne!

Et se tournant brusquement vers le citoyen Morillon :

— Vous cherchez le marquis, dit-il; je sais où il est, moi, et je vous le dirai.

Il y eut un mouvement général de joie parmi nous, de terreur parmi les prisonniers. La Guyomarais voulut s'élancer vers le jardinier; on le retint.

— Rappelle-toi ce que tu as promis sur ta part de paradis! s'écria-t-il.

Le paysan secoua la tête avec une résolution farouche, et jetant un regard en dessous vers Catherine :

— Il y en avait une autre aussi qui avait promis sur sa part de paradis, répondit-il; mais on lui a fait oublier ses promesses, et ce ne sont pas les bleus. Les bleus ne m'ont jamais causé de mal; c'est un de ceux à qui j'avais donné toute ma vie... Que Dieu lui pardonne, puisqu'il est Dieu; mais moi, je me vengerai, et, aussi vrai que je suis un chrétien, je mettrai sa tête sur le billot.

— Et tu y mettras en même temps celle des autres, malheureux! s'écria la Guyomarais.

Étienne tressaillit.

— Viens, dit vivement le commissaire, qui s'aperçut de son hésitation; la République punit les traîtres, mais elle sait pardonner à ses fils égarés.

Le paysan parut balancer.

— Ne veux-tu donc pas être vengé? ajouta Morillon à demi-voix.

Il se redressa brusquement.

— Venez, dit-il.

Et s'avançant d'un pas ferme vers la porte, il descendit l'escalier, puis le perron. Nous le suivions avec une curiosité mêlée de crainte et d'espoir. Il nous fit traverser le jardin, ouvrit une sorte de poterne, longea quelques minutes le mur extérieur, et s'arrêta enfin à une encoignure solitaire, sous un jeune cerisier. Alors, il se tourna de notre côté, et se découvrant :

— Celui que vous cherchez est sous nos pieds, dit-il.

Nous reculâmes avec une exclamation de surprise.

— Que veux-tu dire? s'écria Morillon; le sieur Tuffin de la Rouërie?...

— Est mort depuis le 30 janvier.

Il y eut un moment de désappointement, puis d'incrédulité. Le commissaire du pouvoir exécutif, surtout, ne pouvait se faire à l'idée que tant de précautions n'eussent conduit qu'à trouver un cadavre, et que la mort lui enlevât ainsi les découvertes qu'il avait espérées. Il voulut douter, mais Étienne lui donna des preuves auxquelles il fut forcé de se rendre. Nous apprîmes alors qu'on avait caché la mort de la Rouërie, afin de ne pas jeter le découragement parmi les royalistes. En se faisant secrètement les exécuteurs testamentaires de son complot, les Guyomarais continuaient à agir en apparence sous son inspiration. On eût dit que ce grand conspirateur avait laissé, au lieu où il avait succombé, quelque chose de son souffle et de sa puissance; du fond de sa tombe il faisait encore la guerre à la République. Son nom seul suffisait pour tout remuer, tout conduire, et cette armée, qui avait un mort pour chef, se préparait silencieusement de toutes parts, n'attendant déjà plus que le signal. C'était à la Hunaudaie même, où il s'était réfugié sous le nom de Gasselin, que la Rouërie avait été atteint de la maladie à laquelle il avait succombé.

— C'était un homme à ne jamais mourir, nous dit Étienne; mais depuis plus d'une année il n'avait guère vécu que dans les carrières abandonnées, buvant l'eau des douves, mangeant du pain noir et couchant sur le gravier. La fièvre le prit ici tout d'un coup, et presque aussitôt il tomba dans le délire. C'est moi qui le gardais; il se croyait au milieu de la bataille; il criait toujours : *Tuez les bleus!... tuez!... tuez!...* Ils tremblaient tous au château, car si l'on était venu alors de Lamballe pour faire une perquisition, il les eût perdus. Cela dura trois jours et trois nuits; enfin, quand on vit, le dernier soir, qu'il agonisait, M. de la Guyomarais fit creuser une fosse d'avance; on l'y porta encore chaud, avec tous ses papiers; je replaçai moi-même le gazon, pour qu'on ne se doutât de rien, et le lendemain, les enfants du fermier étaient là, assis dessus, à faire des chapelets de marguerites.

— Et tu dis qu'on a enterré avec lui des papiers? demanda Morillon.

— Ils sont enfermés dans une boîte de verre.

— Au pied de cet arbre?

— Au pied de cet arbre.

— Alors, qu'on apporte ce qu'il faut pour y creuser.

On courut chercher des pioches et des pelles. Le jardinier dirigea lui-même le travail. Après avoir enlevé quelques terres, on sentit de la résistance; il recommanda alors d'avancer plus doucement. Une masse confuse commençait déjà à paraître, on la dégagea avec précaution; les lambeaux de linceul furent écartés, et l'on reconnut un cadavre. La boîte de verre dont avait parlé le paysan fut trouvée à ses pieds. Le citoyen Morillon se retira à l'écart avec le juge de paix et le syndic, pour prendre connaissance de ce qu'elle contenait, nous les vîmes bientôt revenir.

— Victoire! s'écria Morillon; ces papiers sont les rôles de l'insurrection projetée et la correspondance secrète de la Rouërie avec les corps d'émigrés réunis dans les îles anglaises[1]. Maintenant, citoyens, la patrie n'a plus rien à craindre. Mort aux traîtres! et vive la République!

— Vive la république! crièrent toutes les voix.

Et, comme si ce cri eût réveillé des échos, on l'entendit se répéter, de sentinelle en sentinelle, jusqu'au château, où il éclata comme un tonnerre. Dans ce moment, le soleil parut derrière les collines, et inonda la forêt de ses lueurs.

Rien ne nous retenait plus. On courut chercher une civière, on la couvrit de rameaux, et l'on y déposa les restes de la Rouërie, pour les porter au château. Au moment où il passait devant moi, je fus saisi d'une sorte de tristesse.

Voilà donc où avaient conduit tant d'intrigues habiles,

[1] Jersey et Guernesey.

tant de souffrances supportées avec courage, tant de dispositions longuement combinées. De toutes ces espérances, si soigneusement arrosées de sueur et de sang, aucune n'avait pu percer la terre, et cet homme, qui avait compté refaire une monarchie, n'avait pu même obtenir une bière pour son cadavre ! Qu'était-ce donc, mon Dieu ! que la puissance individuelle, et que pouvaient attendre les partis qui avaient pour eux des conspirateurs et non la nécessité?

Je m'étais arrêté, rêveur; je sentis une main s'appuyer sur mon épaule.

— A quoi penses-tu, citoyen? me demanda Morillon.

— Je pense, répondis-je, que cet homme a creusé la terre avec ses ongles pendant trois années, qu'il a apporté de la poudre grain à grain, qu'il a dérobé, à force de patience, une étincelle au soleil, et que, lorsqu'il ne lui restait plus qu'à mettre le feu à sa mine, il est mort de la fièvre comme un enfant.

— Heureusement ! me répondit le commissaire, car cette mort sauve peut-être la République. Quand les royalistes la connaîtront, le désordre se mettra dans leurs rangs. Toutes leurs espérances et tous leurs projets sont là désormais, avec cette pourriture. Aussi, ce n'est pas le cadavre d'un homme que tu vois emporter, citoyen : c'est celui de la guerre civile.

XXVI

INSURRECTION — PRISE DE LA ROCHE-BERNARD — MORT HÉROÏQUE DU CITOYEN SAUVEUR

J'avais cru, comme le citoyen Morillon, que la mort de la Rouërie briserait tous les liens du complot royaliste; mais trop de germes d'insurrection étaient déjà semés, trop de gens avaient pris le deuil de leurs joies domestiques et s'étaient résolûment préparés au combat, pour que tout s'arrêtât ainsi à la nouvelle qu'un chef était tombé. La guerre qui s'annonçait était d'ailleurs bien moins une guerre de principes que d'instinct et de désespoir. Les paysans ne s'insurgeaient ni pour la monarchie ruinée ni pour la féodalité abolie; ce qui leur mettait les armes à la main, c'était leurs croyances méprisées, leur industrie détruite, leurs fils enlevés pour défendre quelque chose d'inconnu qu'on appelait *République*. Les nobles, leurs chefs en apparence, n'étaient en réalité que les auxiliaires de leurs rancunes. La découverte des papiers de la Rouërie ne changea donc que peu de chose à la révolte projetée. Outre la conspiration des gentilshommes, il y avait la haine des *manants*, qui ne conspiraient pas, mais attendaient l'occasion, et dès que l'occasion leur parut favorable, ils saisirent leurs armes. Ce fut la levée des trois cent mille hommes qui leur servit de signal. La loi du 24 février 1793 ordonnait qu'une fois le contingent de chaque commune fixé, des registres d'enrôlement volontaire seraient ouverts pendant trois jours, et que si le contingent ne se complétait point par ce moyen, les habitants de la commune régleraient eux-mêmes le mode à suivre pour le compléter. C'était autoriser des rassemblements et des délibérations dangereuses dans l'état d'irritation où se trouvaient les esprits. Une fois réunis, les jeunes gens appelés se comptèrent, et ils se crurent assez forts pour refuser d'obéir. Les commissaires, les officiers municipaux les sommaient en vain de choisir dans leurs rangs ceux qui devaient partir.

— Nous partirons tous, répondaient-ils ironiquement[1].

Et si on les pressait davantage : — Nous n'avons plus de roi, nous n'avons plus de prêtres, s'écriaient-ils; à qui obéirions-nous? qui a l'autorité maintenant?

— La nation !

— Eh bien, alors, qu'elle vienne ! nous voulons *crocher* avec elle[2].

Et passant aussitôt de la menace à l'action, ils chassèrent leurs officiers municipaux, égorgèrent les patriotes et arborèrent le drapeau blanc ! Le soulèvement fut du reste général et pour ainsi dire instantané, en Bretagne. En moins de huit jours, il gagna de proche en proche toutes les paroisses. Je fus surpris par l'insurrection au milieu d'un de mes voyages et forcément arrêté à Vannes, que les révoltés cernaient déjà de toutes parts. Nous avions appris, le 13 mars 1793, que douze communes des districts de Savenay et de Guérande s'étaient armées, après avoir assassiné le trésorier, cinq gendarmes, le curé constitutionnel et un grand nombre de patriotes; on sut, les jours suivants, que Pont-Château, Férel, Musillac, Péaule, Rieux, avaient refusé leurs contingents et se rassemblaient pour marcher sur la Roche-Bernard. A Langouëlan, à Plouray, à Ploumeliau, les paysans avaient mis en fuite les commissaires, après avoir brûlé les contrôles. D'heure en heure on apprenait quelque nouveau malheur.

[1] Lettre des membres du district de la Roche-Bernard aux administrateurs du Morbihan (13 mars 1793).

[2] Procès-verbal du juge de paix de Vannes.

Des secours demandés à Lorient avaient été refusés, cette ville étant elle-même dans le plus grand péril. Le 15, tous les chevaux de Vannes furent mis en réquisition. Le comité central expédia des courriers vers les lieux menacés, un administrateur du département fut envoyé à Auray pour attendre l'arrivée des troupes que l'on avait fait demander de nouveau à Lorient. Une confusion et une terreur inexprimables régnaient partout. A chaque instant des estafettes arrivaient au galop, signalant des attroupements qui se dirigeaient sur la ville; on fermait les volets, on barricadait les portes; les administrateurs, en écharpe, distribuaient des cartouches. Du reste, ni cris ni chants; rien que le roulement des canons sur le pavé et le bruit du tocsin sonnant au loin dans la campagne! Nous attendîmes ainsi jusqu'à onze heures du soir. Des vedettes, qui arrivèrent alors, nous apprirent que l'on se battait à Locminé, à Rochefort, à Ploërmel et à la Roche-Bernard. La nuit et le jour suivant se passèrent dans une horrible attente. On apercevait à l'horizon des lueurs d'incendie, on entendait des décharges de mousqueterie; mais toutes les routes étaient interceptées; les courriers n'arrivaient plus! Nous avions perdu jusqu'à la triste consolation de mesurer le danger; nous le sentions gronder autour de nous sans pouvoir nous y préparer. Nous étions là douze mille, hommes, femmes, enfants, vieillards, dans la même angoisse que le prisonnier qui attend son arrêt. Cependant aucune peur ne se laissait voir : résolus à mourir, nous semblions éprouver tous plus d'impatience que de regret! Le 16 au soir, j'étais au club avec Benoist et un médecin, nommé Pierson, vieille connaissance que j'avais retrouvée à Vannes. Les motions ne se succédaient qu'à de longs intervalles; les discours étaient plus rares que de coutume, et la foule distraite écoutait à peine. Le président allait lever la séance, lorsqu'un grand bruit se fit entendre au dehors; la porte s'ouvrit avec violence, et un paysan presque nu, souillé de boue et la tête enveloppée de linges sanglants, parut sur le seuil, entouré de sans-culottes en armes.

— Les brigands viennent-ils? demanda-t-on d'un seul cri.

— Non; mais ils ont pris la Roche-Bernard.

— Qui l'a dit?...

— Cet homme.

— Il en arrive?

— Oui, regardez; il est blessé.

— Il leur a échappé?...

— Par miracle.

— Laissez-le parler! laissez-le parler!

Le paysan avait été pour ainsi dire porté jusqu'à la table du président. La foule s'en approcha, par un mouvement général; il y eut un moment d'oscillation, de tumulte, puis le silence se fit. Cependant le fugitif promenait autour de lui des regards effarés; il étendit la main pour chercher un appui, rencontra la table et s'y assit. L'angoisse se lisait sur tous les visages.

— Étais-tu toi-même à la Roche-Bernard quand les brigands sont venus? demanda le président.

— Oui... oui... citoyen, dit le blessé d'une voix entrecoupée. J'étais au service du citoyen Sauveur, le président du district.

— Et quand sont-ils arrivés?

— Hier, vendredi... mauvais jour pour les chrétiens! Nos municipaux avaient rassemblé tout ce qu'ils avaient pu de patriotes avec un drapeau rouge... ils étaient cent cinquante environ, et les autres six mille!... Nous avions le cœur bien triste, d'aller comme ça mourir sûrement, en laissant les pauvres vieillards et les femmes après nous sans défense!... Mais ceux qui commandaient les blancs sont venus nous dire qu'il fallait nous rendre et qu'on ne ferait de mal à personne... alors, on a délibéré, et, en voyant que nous remplissions à peine la rue et eux toute la campagne, nos officiers municipaux ont ramassé le drapeau rouge en leur disant d'entrer... Tout allait bien d'abord; il y avait même des blancs et des bleus qui s'embrassaient, quand un coup de fusil est parti en l'air... Alors, ceux de la campagne ont crié *trahison!* et ils se sont mis à tout massacrer... Je m'étais sauvé pour avertir le citoyen Sauveur, qui était à la salle du directoire.

« — Fuyez! que je lui dis; voici les blancs qui ne font quartier à personne.

» — Alors va-t'en, qu'il me dit tranquillement.

» — Mais vous... il faut vous cacher... venez à la maison.

» — Non, qu'il me répond; s'ils ne me trouvaient pas, ils se vengeraient en massacrant ma famille. Sauve-toi, Pierre; moi, je dois mourir à mon poste. »

Comme il parlait, on entendit de grands cris de : *Vive le roi! vive la bonne religion!*... C'était les furieux qui arrivaient!... Ils entrèrent tous ensemble dans la salle, en brisant les portes, les fenêtres et les tables. Le citoyen Sauveur voulut parler, mais ils se jetèrent sur lui et l'emmenèrent en prison... Pierre s'arrêta à ces mots.

— Et y est-il encore? demandèrent plusieurs voix.

Le jeune paysan secoua la tête.

— Plût à Dieu! dit-il; ce matin ils sont allés à son cachot et ils l'ont fait sortir en criant : *A mort! à mort!*

« — Amenez-moi à vos chefs, a dit le citoyen sans se déconcerter. Mais ils ont commencé à lever la main sur lui.

» — Il faut lui faire crier *vive le roi!* disaient les uns.

» — Non! non! continuaient les autres, il faut qu'il abatte l'arbre de la liberté!...

» — C'est cela!... conduisons-le sur la place! »

Les plus enragés l'avaient pris au collet, jeté par terre, et le traînaient la tête sur le pavé; lui, les laissait faire sans rien dire. Quand il fut arrivé sur la place, ils lui ordonnèrent de crier *vive le roi!* il leva la main et cria de toutes ses forces : *Vive la République!* On le frappa à coups de crosse sur la tête et partout; mais plus on le frappait, plus il répétait : *Vive la République!*

— Attendez, je vais le faire taire, moi, dit un grand rouge, celui qui avait toujours excité les royalistes contre mon maître. Et il lui tira un coup de pistolet dans la bouche, à bout portant. Le citoyen Sauveur resta un instant comme mort; mais bientôt il se redressa, sans même faire entendre un soupir, et prit dans son sein quelque chose qu'il embrassa.

— C'est la médaille civique! qu'ils crièrent tous; il faut qu'il la donne!... Alors ils se jetèrent sur lui comme des loups enragés. Il y en eut un qui lui tira un coup de fusil dans les yeux, un autre qui lui coupa trois doigts avec un couteau de chasse: mais il tenait toujours sa médaille. Ils ne savaient plus comment lui faire du mal, lorsque tout à coup le rouge se mit à crier :

— Tenez! tenez!... du feu!... C'était l'arbre de la liberté qui avait été abattu et qu'on brûlait. Tous jetèrent de grands cris de joie; ils traînèrent le citoyen Sauveur jusqu'au brasier et le lancèrent dedans. Je fermai les yeux pour ne plus voir... je sentis une odeur de chair brûlée, puis je les entendis qui disaient :

— Bon! il est roussi! Et ils s'en allèrent. Je courus à la maison, où je trouvai le père du citoyen Joseph, qui était au lit parce qu'il a soixante-dix ans et que la goutte l'empêche de marcher.

— Mon fils?... qu'il me dit dès que je parus. J'avais tant envie de pleurer, que je ne pouvais pas lui répondre.

— Ils l'ont tué? — Je lui fis signe que oui. Il ne souffla mot, et il ferma les yeux. Au bout d'un instant, cependant, il me dit tout bas :

— Comment ça s'est-il passé? — Je lui racontai la chose, à peu près. Pendant que je parlais, ses cheveux blancs se hérissaient sur sa tête, et quand j'eus fini, il fut plus d'une heure sans parler. Deux ou trois fois je m'approchai, croyant qu'il était mort; enfin, vers le soir, il se dressa sur son séant et me dit :

— Il va faire jour, pars pour Vannes; tu diras ce qui est arrivé. Alors il m'a donné cette lettre, et je suis parti. Les blancs m'ont tiré bien des coups de fusil, j'ai été blessé deux fois; mais je sentais du feu sous mes pieds, tant j'avais envie d'arriver ici pour demander vengeance. Enfin, me voilà, et la lettre aussi. A ces mots, Pierre présenta au président un papier souillé de sueur et de sang. Celui-ci lut d'une voix ferme :

Le citoyen Sauveur père à la Société patriotique de Vannes.

« Frères et amis,

» La Roche-Bernard est au pouvoir des brigands. Mon fils a fait son devoir; il est mort à son poste, et les barbares n'ont pu atteindre à la hauteur de l'âme d'un vrai républicain.

» Salut et fraternité.

» SAUVEUR[1]. »

La lecture de cette lettre fut suivie d'une rumeur difficile à décrire : c'était comme une exclamation prolongée, dans laquelle domina d'abord la stupeur, puis le désespoir, puis enfin la colère! Les amis de Sauveur, et ils étaient en grand nombre, jetèrent un cri de vengeance.

— Le sang des patriotes coule partout comme de l'eau, répétaient-ils. Il y a des troupes à Lorient, à Rennes... pourquoi ne les envoie-t-on pas à notre secours?... Avec elles nous pourrions punir les assassins de Sauveur... Avertissons les administrateurs... Au département!... au département!...— Ils s'élancèrent vers la porte, et au bout de quelques minutes la salle fut vide. Le paysan blessé avait été oublié dans cette sortie tumultueuse. Épuisé de fatigue et de douleur, il venait de tomber presque à la renverse sur la table où il s'était d'abord assis. Je courus à lui.

— Aide-moi à le porter dans ma chambre, dis-je à Benoist, et, en attendant qu'on venge l'autre, sauvons celui-ci.

XXVII

REPRISE DE ROCHEFORT ET DE LA ROCHE-BERNARD — JE SUIS BLESSÉ

Une fois le blessé confié aux soins de mon hôtesse, je courus au comité central. Je croyais y trouver foule; la place était déserte. Je m'approchais, étonné, de la salle où se tenaient les séances, lorsqu'un administrateur en sortit tout à coup.

[1] Cette lettre, digne d'un Spartiate, ne fut pas adressée à la Société patriotique de Vannes, mais à celle de Rennes.

— Tu sais ce qui se passe, citoyen? lui criai-je.

— Oui, me répondit-il; Rochefort vient d'être forcé par les royalistes.

— Rochefort aussi?

— Ils ont massacré Lucas, Duquero, Denoual, et ils promènent maintenant leurs têtes dans la campagne. Ploërmel doit être en leur pouvoir; ils marchent sur Guérande et Rédon. Le commissaire des classes, Pellegrin, qui parcourait le littoral pour la levée des marins, a été attaqué, avec son escorte, par six mille révoltés. Lui et ceux qui ont pu échapper, viennent d'arriver... Tout est en armes dans les paroisses; ils forcent les malades mêmes à marcher avec eux. Les femmes portent des vivres et des sacs vides pour le pillage. Nous pouvons être attaqués d'un instant à l'autre.

— Et les renforts n'arrivent point?

— C'est ce dont je vais m'assurer. — Il me quitta en courant. Cependant, le comité était en permanence; les dépêches et les rapports se multipliaient. J'appris le soir que l'on manquait de secrétaires pour les expédier; j'allai m'offrir, et j'entrai immédiatement en fonctions. Le lendemain, 17, arriva un chasse-marée expédié par les administrateurs de la Loire-Inférieure; il apportait la nouvelle que vingt mille *brigands* entouraient Nantes et étaient maîtres de la Loire, depuis Paimbœuf jusqu'à Ingrande. On s'était déjà battu à Blain, à Ancenis, à Machecoul, à Manves, à Clisson. « Tous les chemins sont fermés, disait en terminant la dépêche; aucun courrier n'arrive jusqu'à nous; nos subsistances sont pillées, la famine est au moment de nous assaillir! Nous sommes forcés d'expédier un chasse-marée pour vous avertir des dangers qui nous menacent. Au nom de l'humanité et de la fraternité, donnez-nous de vos nouvelles! Adieu, frères; peut-être que cet adieu est le dernier que nous vous ferons. »

Cette lettre nous atterra. Nous apprîmes heureusement, le même jour, que les patriotes de Bain et de Janzé, commandés par leur curé constitutionnel, avaient défait les royalistes. La garde nationale de Rennes les avait également repoussés à Paci et à Fleurigné, près de Fougères; et nous sûmes, un peu plus tard, que les paysans qui assiégeaient Pontivy avaient été mis en pleine déroute. Ces dernières nouvelles nous ranimèrent un peu. Notre appel avait d'ailleurs été entendu. Quoique en péril lui-même, le Finistère nous envoyait neuf cents volontaires et du canon; des troupes de ligne arrivaient, à marches forcées, de Saint-Malo; enfin, le général Labourdonnaye et Beysser préparaient une expédition contre Redon, la Roche-Bernard et Rochefort. Ces secours étaient insuffisants et éloignés, sans doute; mais le premier moment de surprise était passé, et nous commencions à prendre l'habitude de notre danger. Les uns s'étaient rassurés par le sentiment de leur courage; d'autres, par l'espoir du secours; tous, par lassitude de craindre. Aussi y eut-il, après la stupeur qui avait d'abord saisi nos âmes, une réaction d'énergie et de confiance. Si tout nous manquait pour la résistance, le dévouement des patriotes suppléait à tout. Les uns apportaient des vivres, des vêtements; d'autres de l'argent ou des armes. Le 19 mars, le juge de paix Leclerc déposa sur le bureau du président toutes ses épargnes; le même jour, le citoyen Becheu écrivait la lettre suivante au comité :

« Citoyens,

» Je viens d'apprendre qu'on cherchait hier des maisons pour loger les braves frères qui nous arrivent; j'ai la communauté dite du *Père-Éternel* en propriété, celle de *la Visitation* en ferme, vous pouvez en user comme biens appartenant à la République. Six paires de souliers neufs se trouvent chez moi, je les offre; on manque de bois pour cuire le pain des patriotes, deux cents fagots sont à ma disposition, et par conséquent à la vôtre; la caisse du district est pauvre, dit-on; je ne possède que huit cents francs; j'en garde deux cents pour les besoins de ma famille, vous pouvez prendre le reste. En un mot, tout ce qui est à moi, corps et biens, appartient à la nation. Disposez de moi pour des courses, pour des écritures... j'y emploierai les jours et les nuits. Je n'ai d'autre ambition que de vivre pour ma patrie et de mourir en la défendant [1]. »

Les renforts que nous attendions arrivèrent enfin, et les chefs républicains commencèrent leurs opérations. Quinze cents hommes du département de la Manche avaient rejoint les troupes du général Chevigné; les villes furent successivement débloquées et l'on put tenir campagne. Dès lors l'insurrection fut maîtrisée. Née de la colère plutôt que du calcul, sans prévoyance et sans parti pris, elle ne pouvait triompher que par sa spontanéité; dès qu'elle se sentit arrêtée, elle se déconcerta, et, ne pouvant passer de l'agression à la défense, faute de plan arrêté, elle s'effraya d'elle-même. Déjà cette foule révoltée qui s'était subitement précipitée sur la Bretagne, commençait à se fondre et à disparaître; la terre semblait la boire comme une inondation de quelques jours. Mais ce fut alors aussi que l'on put connaître tous ses ravages! Les républicains isolés avaient été égorgés presque partout; on les avait

[1] Lettre du citoyen Becheu aux citoyens administrateurs du Morbihan (19 mars 1778).

pendus aux croix des chemins, cloués aux portes des mairies, brûlés dans leurs lits avec leurs femmes et leurs enfants. A Machecoul, quatre cents patriotes avaient ainsi péri en quelques heures! Toutes les mesures furent prises pour punir ces crimes et empêcher qu'ils pussent se renouveler. On fit des arrestations, on établit des tribunaux militaires qui devaient juger dans le plus bref délai; chaque commune fut déclarée responsable des assassinats commis sur son territoire[1]. Ce n'était point assez : il fallait reprendre les points occupés par les rebelles. Deux colonnes sortirent de Vannes à cet effet, sous le commandement du général du Petit-Bois. Je demandai et j'obtins la faveur d'en faire partie. Nous nous portâmes d'abord sur Rochefort. Les royalistes voulurent défendre les collines; mais elles furent enlevées à la baïonnette en quelques instants, et lorsque j'arrivai avec le bataillon de Maine-et-Loire, nous ne trouvâmes plus que des cadavres et quelques fuyards qui disparaissaient au loin. Le commandant nous ordonna de garder les hauteurs, puis, galopant à la droite de la colonne et montrant de la main Rochefort qui s'étendait sous nos pieds :

— A vous la ville, camarades! dit-il.

Un grand cri de joie lui répondit, et le 109ᵉ, suivi du reste de la troupe, disparut au penchant du coteau. Ils ne revinrent que le soir, ivres, en désordre et chargés de dépouilles. On les conduisait vers Malestroit. Nous reçûmes ordre de prendre garnison dans la ville dévastée. Nous trouvâmes, en y arrivant, les portes des maisons forcées, les meubles brisés et dispersés sur le pavé. Il fallut rompre nos rangs pour marcher. Les huches de blé étaient renversées dans la boue, le cidre coulait par ruisseaux. Il y avait sur chaque seuil des morts, des blessés ou des femmes à genoux et en pleurs qui demandaient grâce. C'était la première fois que je voyais une ville prise; je fus saisi d'horreur. Pierre, qui m'accompagnait, n'était pas moins troublé que moi.

— Ne restons pas ici, me dit-il avec une sorte d'épouvante; il faudrait coucher entre des morts et des agonisants; gagnons Allaire; je connais là des chrétiens qui ne portent aucune cocarde à leurs chapeaux et qui nous trouveront une place parmi eux. Aussi bien, puisqu'on a fini de se battre et qu'on ne fait plus que voler, les honnêtes gens n'ont que faire dans cet endroit. Nous saurons là-bas si la Roche-Bernard est toujours aux royalistes.

Ce que me proposait Pierre était dangereux; mais j'éprouvais un tel serrement de cœur au milieu de cette ville en pleurs et en ruines, que j'acceptai. Nous arrivâmes à Allaire sans accidents et nous y passâmes la nuit. Le lendemain, 26, j'appris que le poste de Saint-Pereux, où les royalistes s'étaient retranchés, avait été enlevé. Trois jours après on força celui d'Aucquefert, et nous pûmes enfin rejoindre Beysser, qui s'avançait vers la Roche-Bernard. Je pris rang parmi les gardes nationaux de Rennes, au milieu desquels je retrouvai Benoist, qui me reconnut et m'embrassa. L'ennemi nous fut signalé vers le soir, à peu de distance de la ville; ils étaient environ douze cents. Nous nous portâmes à leur rencontre avec une grande ardeur. Le souvenir de Sauveur était présent à tous, et son nom fut spontanément répété dans nos rangs comme un cri de vengeance. Les royalistes tinrent à peine quelques minutes. Nous les culbutâmes dans la ville, où plusieurs furent fait prisonniers. Le combat fini et la ville occupée, beaucoup de gardes nationaux, parmi lesquels je me trouvais, ralentirent le pas. Beysser avait rangé une partie des troupes sur la place voisine des halles, lorsque j'y arrivai avec Pierre. Il faisait déjà nuit close; mais des feux avaient été allumés dans la rue. On amenait de tous côtés des prisonniers, qui étaient aussitôt placés au milieu du bataillon déjà formé. Arrêté près d'un brasier, je regardais passer avec une certaine curiosité ces malheureux, portant au chapeau un lambeau de toile blanche en guise de cocarde, encore armés pour la plupart et les mains noires de poudre, lorsque tout à coup Pierre, qui était à mes côtés, poussa un cri.

— Regardez! regardez! me dit-il, celui-là que des soldats amènent... qui a la tête nue et les cheveux rouges...

— Eh bien?...

— C'est l'assassin!... c'est l'assassin!...

— Que veux-tu dire?...

— Celui qui a dit de frapper le citoyen Sauveur... qui a porté le premier coup et le dernier... Oh! je le reconnais, ce Satan; c'est lui, vous dis-je! — En parlant ainsi à haute voix, tout tremblant d'émotion, le jeune paysan suivait le prisonnier. Il se forma bientôt un groupe autour d'eux. — C'est lui, c'est lui, disait toujours Pierre. Et l'on répétait :

— C'est l'assassin du citoyen Sauveur!

Au lieu de se défendre, l'homme aux cheveux rouges se troubla. Déjà quelques baïonnettes s'avançaient vers sa poitrine, lorsque Beysser, qui avait aperçu le rassemblement, arriva au galop. Deux mots suffirent pour le mettre au fait. La déclaration de Pierre était positive, et le prisonnier, interrogé, gardait le silence. Des cris de mort s'élevèrent.

— Il mourra! dit Beysser, mais comme un assassin. Avertissez les habitants de venir tous, et que les officiers

[1] Arrêté du comité central de la Loire-Inférieure.

s'assemblent en commission militaire. — Une heure environ se passa avant que l'ordre du général pût être exécuté; enfin, la place se trouva entourée d'une foule pâle et silencieuse, qu'éclairaient des torches. Au milieu étaient les canons, avec les canonniers, la mèche allumée à la main; tout auprès, Beysser, ses officiers, le prisonnier et Pierre. Beysser commença l'interrogatoire. Le silence le plus profond régnait dans la foule, et toutes ses paroles étaient entendues. Il fit répéter à Pierre son accusation. Pierre rappela le lieu, l'heure, les circonstances.

— Y a-t-il d'autres témoins? demanda Beysser à haute voix. La foule resta immobile. Il se tourna vers l'accusé. — Qu'as-tu à répondre? demanda-t-il. L'accusé baissa la tête et se tut. — Ainsi, tu reconnais la vérité de ce qui vient d'être dit?

— Je le reconnais.

Le général se tourna alors vers ses officiers, il délibéra un instant avec eux, puis élevant la voix :

— Citoyens de la Roche-Bernard, dit-il, cet homme est condamné à mort comme assassin! Que justice soit faite. — A cet appel, deux soldats sortirent des rangs; l'un alla droit au condamné, le saisit par sa crinière rousse et fit fléchir sa tête jusqu'à la culasse d'un canon; alors l'autre s'avança à son tour, on vit une hache briller, et la tête tomba d'un seul coup! L'exécution achevée, la foule s'écoula. Je me dirigeais, avec Pierre, vers la maison du citoyen Sauveur, où il m'avait assuré que je trouverais asile, lorsqu'en traversant une rue obscure, nous vîmes tout à coup une ombre se détacher du mur.

— Un royaliste! cria le jeune paysan en faisant un bond en arrière. Je reculai de quelques pas; mais avant que j'eusse armé mon fusil, un coup de feu partit et je tombai, frappé à l'épaule. Ma blessure était dangereuse; elle me retint deux mois entre la vie et la mort. Les soins et ma bonne constitution l'emportèrent enfin; mais la fièvre avait tellement épuisé mes forces, qu'une partie de ma convalescence s'écoula dans une torpeur stupide. Je ne sentais la vie que comme une végétation confuse; j'agissais par souvenir, je raisonnais mécaniquement. Ceux qui me voyaient pouvaient croire que je pensais, car mon imbécillité avait seulement l'apparence de l'abattement; mais la perception des faits avait lieu, chez moi, sans que j'en eusse conscience, par habitude; j'avais perdu toute initiative intellectuelle. Cependant, les beaux soleils et le repos me firent recouvrer graduellement ce que la souffrance m'avait enlevé. J'entendis dire un jour : « Nantes est assiégé par l'armée vendéenne. » Ces mots me frappèrent étrangement; je me sentis à l'instant revivre et penser.

— Qu'est-ce que l'armée vendéenne? demandai-je. Pierre me regarda avec étonnement.

— Comment, dit-il, ne l'as-tu pas appris encore? depuis trois mois, citoyen, on n'a parlé que de cela près de ton lit...

— Je n'ai rien entendu, répondis-je; je sors comme d'un long sommeil. Je me rappelle avoir rêvé, mais j'ai oublié mes rêves...—Pierre poussa des exclamations de surprise et voulut appeler toute la maison; j'eus beaucoup de peine à le retenir. — L'insurrection de la Vendée a donc grandi? lui demandai-je.

— Si elle a grandi, citoyen!... assez pour que les brigands aient quatre grandes armées, avec des généraux, de la cavalerie, des canons, tout, enfin!... Ils ont pris Bressuire, Thouars, Parthenay, Ancenis, Saumur, Chollet, Mortagne, Angers, et maintenant ils attaquent Nantes avec quatre-vingt mille hommes.

— Et combien y a-t-il de patriotes pour défendre la ville?

— Dix mille, à ce qu'on croit.

— Et l'on n'a aucune nouvelle?

— Aucune. On disait hier que Nantes était pris.

— Alors la République est perdue! m'écriai-je.

— La République est sauvée! répondit la voix calme d'un vieillard qui venait d'entrer..

— Vous savez quelque chose, maître? s'écria Pierre.

— Le siége de Nantes est levé; Cathelineau a été tué, et les brigands ont laissé après eux cinq mille morts...

— La nouvelle est-elle sûre? demandai-je.

— Nous venons de la recevoir par un courrier qui a pris part à la mêlée. Il était à Nort, avec O'Sulivan, quand celui-ci a été frappé mortellement; et comme on s'empressait autour de lui : « Ce n'est rien, a-t-il dit; je meurs pour la patrie; laissez-moi et sauvez vos canons. » Ce combat de Nort a sauvé la ville, en dérangeant les plans des Vendéens. Du reste, chacun a fait son devoir; la bataille a duré dix-huit heures, et tous les patriotes sont morts comme mon fils, en criant *vive la République!*

Je me levai vivement à ces mots et je me découvris!... Je venais de reconnaître mon hôte, le citoyen Sauveur!

XXVIII

MADAME BENOIST

L'échec éprouvé par les Vendéens fut confirmé les jours suivants. J'appris aussi alors comment les troubles de la Convention avaient grandi pendant ma maladie, et avaient amené la fédération de la Bretagne et du Midi contre les montagnards. Benoist se trouvait encore à la Roche-Bernard avec les volontaires de Rennes, que l'on y avait mis en garnison. Il était parent, par alliance, du citoyen Sauveur, et venait me voir chez lui presque tous les jours. Nous causions un peu du passé, beaucoup du présent, rarement de l'avenir, que l'on n'osait alors regarder. Rien n'était changé dans mon ancien compagnon de bazoche : c'était toujours la même intelligence, plus droite qu'étendue; le même cœur, plus sûr qu'expansif. Il s'était marié à une jeune fille que j'avais autrefois entrevue, et dont il ne parlait qu'avec un accent d'amour et de respect contenus. L'absence d'Élisa était alors son plus vif chagrin; il en recevait des lettres pleines de choses charmantes pour lui, et de jugements élevés sur les affaires du moment. Je les avais lues avec autant de surprise que d'admiration; aussi, éprouvé-je une véritable satisfaction lorsqu'il m'apprit que sa femme n'avait pu supporter une séparation plus longue, et arrivait à la Roche-Bernard dans quelques jours. Elle devait descendre chez le citoyen Sauveur, où je ne pouvais manquer de la voir. La joie de Benoist était extrême en m'apprenant cette nouvelle : il était loin de prévoir qu'elle serait d'aussi courte durée. Le soir même, il fut mandé par l'administration, et chargé d'une mission qui l'obligea à partir à l'improviste pour le Finistère. Je reçus un billet qu'il m'écrivit de Rosternen, et dans lequel il me recommandait madame Benoist. Celle-ci arriva le lendemain dès la pointe du jour; ce fut moi qui la reçus. Je lui appris, avec quelque embarras, le départ de son mari. Elle fut d'abord saisie, et ne put retenir une exclamation d'étonnement douloureux.

— Le bataillon a donc quitté la Roche-Bernard? me demanda-t-elle.

Je lui répondis que Benoist seul était parti, chargé d'une mission particulière.

— Mais cette mission, dit-elle vivement, il n'était point obligé de l'accepter; il n'est ici que simple volontaire... Il savait que j'allais venir... Pourquoi ne pas m'attendre?...

Tout cela était dit d'une voix émue; il était aisé de voir que l'espoir d'une grande joie venait d'être refoulé dans ce cœur qui s'indignait. Je tâchai d'excuser Benoist, et je remis la lettre qu'il m'avait écrite de Rosternen. La jeune femme la lut deux fois lentement, et, se rendant maîtresse de son chagrin :

— J'ai tort, dit-elle; il a fait son devoir, comme toujours; j'attendrai son retour ici.

Elle me pria alors d'excuser son premier mouvement, et demanda à voir son parent, le citoyen Sauveur; on le fit avertir. Je voulus me retirer par discrétion; mais le vieillard me retint.

— Oublies-tu que Benoist t'a nommé son fondé de pouvoirs près de la citoyenne? dit-il en souriant; n'est-ce point toi qu'il a chargé de la distraire et de la défendre au besoin?

Je déclarai, en m'inclinant, que je tiendrais une telle mission à grand honneur, mais que je craignais d'avoir trop peu de titres pour qu'on me permît de la remplir.

— Comment donc! n'as-tu pas connu autrefois la cousine?

— Trop peu pour que la citoyenne se le rappelle.

— Vous vous trompez, dit madame Benoist avec grâce; je n'ai point encore oublié les bals où vous me faisiez danser, ni les beaux airs bretons que vous chantiez si bien. Ne suffit-il pas, d'ailleurs, d'avoir entrevu quelqu'un dans sa jeunesse, pour le traiter en vieil ami lorsqu'on le retrouve plus tard? C'est comme un compatriote que l'on rencontre en pays étranger; son aspect seul rappelle quelque chose d'éloigné et de chéri.

— Ainsi, dis-je en souriant, je suis accepté?

— Ne m'avez-vous pas remis vos lettres de créance? répondit-elle en me montrant le billet de Benoist.

Nous nous tendîmes la main, et, à partir de cet instant, elle me traita comme un ancien et bon ami. La citoyenne Benoist semblait avoir environ trente ans. Un embonpoint excessif n'avait pu détruire sa beauté, mais l'avait pour ainsi dire voilée. Aussi fallait-il un instant d'examen pour démêler, sous ces chairs luxuriantes et ces contours confus, l'expression d'une inflexible énergie. Quant à son âme, c'était comme ses traits, quelque chose dont tout le mérite n'apparaissait point sur-le-champ. Madame Benoist avait trouvé le moyen d'être sublime sans qu'on y prît garde, comme d'être belle sans fixer l'attention. A force de simplicité, sa générosité paraissait vulgaire! Sa force était d'ailleurs enveloppée de tant de bonté et de tendresse, qu'on l'entrevoyait à peine; on ne la devinait que par l'importance du résultat, jamais par la rudesse du contact. J'avais été surpris d'abord de l'importance qu'avait acquise Benoist parmi les patriotes de Rennes. L'initiative lui avait toujours manqué, et c'était une nature plus capable d'exécuter des ordres que d'en donner; mais je compris, en voyant la citoyenne Benoist, le secret de cette capacité énergique qui avait valu au mari la confiance de tous. C'était l'Égérie qui l'avait inspiré : force et sagesse, tout était venu de là. Il le sentait, du reste (je m'en aperçus plus tard), et n'en était point humilié. Il n'y avait eu aucun effort dans l'association de ces intelligences, inégales sans doute, mais assez nobles toutes deux pour que l'une cachât sa supériorité et pour que l'autre l'acceptât. L'extrême faiblesse dans laquelle m'avait laissé ma longue maladie, ne me permettait point de me remettre en route; j'eus donc le temps de connaître madame Benoist et de l'apprécier. La plupart de nos journées se passaient en conversations et en lectures, auxquelles assistaient le citoyen Sauveur et quelques amis. Nous nous réunissions dans la chambre de la jeune femme, qui, comme toutes celles de l'époque, ressemblait plus à l'intérieur d'une tente qu'à un foyer domestique. On y voyait, accroché au pied d'un lit de chêne, un équipement complet de soldat; c'était celui de Benoist; un pain de munition et des fruits étaient posés sur un guéridon d'acajou massif; des papiers, des livres, des journaux épars, couvraient une grande table de sapin, mêlés à quelques ouvrages de femme. Il y avait dans le disparate même de tous ces objets quelque chose de singulièrement expressif. Cette réunion ne tenait ni au hasard ni au caractère de nos hôtes; on l'eût trouvée partout ailleurs : du fer, du pain et des gazettes!... L'époque entière était là! Le citoyen Sauveur avait conservé toutes les brochures politiques publiées depuis 1786, et nous prenions un singulier plaisir à parcourir cette curieuse collection. Tant d'idées avaient été remuées depuis dix ans, tant de questions abordées, tant de sophismes défendus, puis oubliés!... Madame Benoist me trouva un jour plongé dans la lecture d'un opuscule que je venais de découvrir au fond des derniers rayons de la bibliothèque.

— Que tenez-vous là? me demanda-t-elle.

— La *Pétition des Dames françaises à l'assemblée des notables*.

— *Pour leur admission aux états généraux*, n'est-ce pas?

— Précisément. Je m'étonne qu'elles n'aient point renouvelé leur requête à la Convention, qui a proclamé, en toutes occasions, les doctrines de l'égalité; d'autant plus que les signataires font valoir des droits sérieux.

— Lesquels?

— *Leur nombre*, d'abord; *leur influence sur tous les hommes, depuis le dépositaire de la feuille des bénéfices jusqu'aux conseillers; le succès qu'elles auraient contre les ennemis de la nation*, je répète les expressions de la requête; *les services qu'elles rendent au commerce par les changements de mode; enfin, leur douceur, qui saurait tout concilier*.

— Ne demandaient-elles pas *que toute femme ou fille de quinze ans pût être électrice?*

— Et *que toute femme ou fille ayant donné le jour à un citoyen fût éligible!* Seulement, par précaution contre la loquacité des députés femelles, les signataires déclarent qu'*il ne leur serait permis de parler que par monosyllabes*.

Madame Benoist sourit, puis haussa les épaules.

— Si les femmes veulent devenir des hommes, dit-elle, ce n'est pas à l'assemblée des notables, mais à Dieu qu'elles doivent s'adresser. Le progrès, pour nous, n'est pas dans la conquête de devoirs nouveaux; il est dans l'accomplissement plus entier et plus intelligent de ceux qui nous sont déjà départis. L'équilibre des sexes doit naître de l'égalité, non dans les fonctions, mais dans l'utilité.

C'était en 1793 que la citoyenne Benoist me parlait ainsi! Combien de fois, dans ces derniers temps, me suis-je rappelé ses paroles et les ai-je répétées tout bas, en lisant de nouvelles éditions, revues et considérablement augmentées, de la *Pétition des Dames françaises à l'assemblée des notables!*

XXIX

FÉDÉRALISME — LES GIRONDINS EN BRETAGNE

La guerre de la Vendée n'était pas le seul embarras de la République. Comme nous l'avons déjà dit, la proscription des girondins avait soulevé contre la Convention les patriotes du midi de la Normandie et de la Bretagne. Les volontaires *fédérés* de ces deux dernières provinces se réunirent à Caen, où ils trouvèrent Buzot, Barbaroux, Gorsas, Louvet, Pétion et plusieurs autres proscrits. Un comité insurrectionnel fut formé. Le royaliste Wimpfen prit le commandement des troupes et choisit pour lieutenant ce Puysaie, fatal à tous ceux qu'il devait servir, et dont l'ineptie ou la trahison contribuèrent si puissamment, plus tard, au désastre de Quiberon. Wimpfen lui confia la première opération de l'armée fédérée, en le chargeant d'attaquer Vernon.

« Pour surprendre l'ennemi, dit Louvet dans ses *Mémoires*, il sortit en plein jour, et, au bruit de la générale, il marcha par une grande chaleur, puis fit passer une nuit au bel air à des soldats qui n'avaient point de tentes et dont la plupart n'avaient jamais campé. Il perdit la journée du lendemain à l'attaque d'un petit château, qu'il eut l'honneur de prendre; enfin, l'ennemi étant bien et dûment averti de toutes les manières, pour lui donner plus d'avantage encore, il fit faire une halte à moins d'une lieue de Vernon, remisa les canons, l'un derrière l'autre, le long d'un mur, laissa sa petite armée en désordre, sans poser même de sentinelles, et s'alla coucher à une demi-lieue de là. Une heure après parurent tout à coup quelques centaines d'hommes, qui firent sur les nôtres trois décharges à mitraille; la déroute se mit aussitôt parmi des soldats qui ne savaient à qui ils avaient affaire et qui demandaient vainement leur chef. Ce fut une fuite si prompte, que, sans les braves d'Ille-et-Vilaine, qui tinrent bon, pas un canon ne revenait. L'ennemi ne fit point trente pas pour poursuivre sa facile victoire. Cela n'empêcha point M. de Puysaie, que l'administration de l'Eure conjurait de rester, de déclarer qu'Évreux n'était point tenable, et, en effet, dès le lendemain il s'éloigna de seize lieues, abandonnant ainsi, sans coup férir, tout un département. » Les autres opérations furent conduites avec la même habileté. Les volontaires fédérés se dispersèrent, et les girondins n'eurent bientôt plus de salut que dans la fuite. Pendant que ces événements avaient lieu, ma blessure s'était complétement guérie. J'allais partir pour Quimper, où mes affaires m'appelaient depuis longtemps, lorsque le citoyen Benoist arriva. Ce fut pour sa femme une grande joie! Il venait de traverser le Finistère, et m'apprit que les chemins étaient libres. Nous passâmes ensemble une partie de la nuit. Le mauvais succès de la fédération occupait alors tout le monde; nous ne tardâmes point à en parler.

— Je l'avais prévu, dit madame Benoist; Vergniaud et ses amis ont toujours fait défaut au moment de l'action; le sens pratique leur manque. Quand il faudrait en appeler au fait, ils s'oublient dans de poétiques discussions, et perdent à être éloquents les heures qu'il faudrait employer à se montrer forts. Rien n'échappe à leur intelligence; mais ils n'exécutent rien de ce qu'ils ont compris. Ajoutez à cela le plus grand malheur qui puisse arriver à un parti : trop d'esprits élevés et de talents égaux! Le moyen d'avoir un chef, quand tous ont du génie? C'est une armée sans soldats. Chacun combat à sa manière, l'unité manque, et par suite, la force. Aussi sont-ce des hommes qui, après avoir servi une révolution dans ses commencements, l'embarrassent ensuite de leurs personnalités brillantes, et dont la destinée semble être seulement de mourir avec éclat.

— Est-il sûr que la réussite ne les eût point changés? observai-je. Les partis sont toujours maladroits quand ils sont faibles, et il est difficile de soutenir des principes dans une position qui ne se maintient que par des expédients. Peut-être la plus grande faute des girondins est-elle de n'avoir pu vaincre.

— Et, dans ce cas même, ce serait une faute sans remède, répliqua madame Benoist, car c'est surtout maintenant que les vaincus ont tort. Le premier besoin de la République est d'éteindre la guerre civile. Le bon eût-il succombé, il faudrait aujourd'hui le laisser à terre plutôt que de recommencer la lutte. Il s'agit d'abord, pour nous, de n'être ni Anglais ni Autrichiens; puis nous verrons à rendre justice à chacun.

— Alors, demanda Benoist, à ton avis, un vrai patriote ne doit rien faire en faveur des girondins?

— Rien pour seconder leurs projets d'insurrection départementale, tout pour les sauver.

— Qui sait s'ils ne sont pas déjà au pouvoir de leurs ennemis? repris-je tristement.

— Non, répondit Benoist à demi-voix.

Sa femme tressaillit.

— Comment le sais-tu?

— Je viens de les voir.

— Toi?

— A Quimper.

— Et ils sont en sûreté?

— Je l'espère, du moins.

Nous nous rapprochâmes, tout saisis, et il nous raconta alors à demi-voix comment les députés proscrits avaient pris le chemin de la Cornouaille, déguisés en volontaires finistériens, et tout ce qu'ils avaient eu à souffrir pendant cette longue fuite. A Rosternen, la garde nationale voulut les arrêter; leur contenance résolue les sauva; mais, dès lors, il avait fallu prendre la traverse, éviter les villages, souffrir la faim, coucher le jour dans les douves, marcher la nuit, les pieds en sang, à travers les marais, les halliers et les ravines! Cussy, qui avait la goutte, s'était arrêté dans un taillis, près de Carhaix, en déclarant qu'il aimait mieux mourir là que deux lieues plus loin. Il fallut le relever de force. Ils arrivèrent mourants à quelques lieues de Quimper. C'était là que le citoyen Clément de la Hubaudière, accouru à leur recherche, les avait rencontrés. Conduits par lui, d'abord chez un paysan où ils avaient pu satisfaire leur faim, puis au Grand-Ergué, chez le curé constitutionnel Loëdan, qui leur donna asile pour une nuit; ils avaient enfin gagné Quimper, où des amis les attendaient et où tous les soins leur avaient été prodigués.

— Et tu les as vus? demandai-je à Benoist.

— Oui, me répondit-il : Duchâtel, Salles, Cussy, l'adjudant général Bois-Guyon et Girey-Dupré, ancien rédacteur du *Patriote français*, sont chez Kervélégan; Pétion et Guadet chez l'accusateur public Roujoux; Riouffe, Barbaroux et sa mère, chez M. de la Hubaudière; Buzot chez Daniel Coloë. Quant à Louvet, sa femme a loué près de Penhars une maison retirée, où il se cache. Lorsque je suis parti, personne ne soupçonnait encore leur présence à Quimper; mais Guermeur est là, et je crains à chaque instant d'apprendre qu'ils ont été découverts.

— Je te rapporterai de leurs nouvelles, dis-je.

— Comment cela?

— Je pars demain pour Quimper.

— Et tu les visiteras?

— Si tu m'en donnes les moyens.

— Sur-le-champ.

Il courut à son bureau, me fit une lettre pour le citoyen de la Hubaudière, et écrivit quelques lignes à Duchâtel, qu'il connaissait plus particulièrement que ses compagnons. Je partis, bien résolu à m'informer du sort des fugitifs, et à les voir, si la chose se pouvait.

XXX

UNE AUBERGE BRETONNE — LEBLANC, KERRU ET JULLIARD

Mon premier soin, en arrivant, fut de me présenter chez le citoyen Clément de la Hubaudière; il était absent. Je laissai à sa mère la lettre de Benoist, avec mon adresse, et je m'occupai, en attendant son retour, des affaires qui m'avaient amené en Cornouaille. Malheureusement, le décret qui mettait en accusation les membres de l'administration du Finistère venait d'être connu. Je trouvai partout des gens consternés ou triomphants, et la plupart de ceux auxquels je m'adressai me remirent à plus tard. Ainsi réduit à une inaction forcée, je passais à l'auberge une partie de mes journées. Or, il est bon de savoir que les meilleures auberges, à cette époque, n'étaient, surtout en Bretagne, que des cabarets, où l'on trouvait à peine un lit et place à un cheval. Tout y manquait, depuis la cuvette à laver, jusqu'à la cuiller à potage. Chacun devait avoir sa brosse, son tire-bottes, son couteau de poche. On servait en étain et en faïence brune, sur une nappe de toile rousse; le pain était bis, le vin point bouché, et l'aubergiste prenait place au milieu de ses hôtes. Chaque chambre contenait quatre ou cinq lits à rideaux de serge. Les premiers venus choisissaient les mieux garnis et les plus abrités; les derniers dormaient sur un dur matelas, exposés aux vents de la porte ou aux égouts des fenêtres, qui fermaient rarement. Du reste, les voyageurs couchaient là pêle-mêle, ayant pour tous une table sans tiroir, un essuie-mains et une chandelle de résine, que l'hôtelier avait soin de venir éteindre lui-même. Cependant, dois-je le dire, cette communauté forcée offrait, avec beaucoup de gêne et d'ennuis, quelques légers avantages qu'il m'est arrivé de regretter depuis. L'absence de toute ressource forçait les compagnons de chambrée à recourir les uns aux autres; des rapports d'utilité, sinon de sympathie, s'établissaient ainsi rapidement. Rien ne pouvant s'obtenir pour de l'argent, tout se demandait comme service, et il en résultait entre tous une sorte de bienveillance, obligée peut-être, mais qu'il était doux de trouver. L'auberge différait ainsi, moins qu'aujourd'hui, de la famille. On vivait vraiment avec les gens qu'on y rencontrait; c'étaient des associés fortuits; on pouvait leur parler, et, dans cet isolement de l'hôtellerie, si accablant et si malsain pour l'âme, c'était une vulgaire consolation à laquelle on se trouvait parfois heureux d'avoir recours. Toutes les opinions, toutes les natures et tous les préjugés avaient d'ailleurs leurs représentants dans ces réunions de hasard, qui mettaient en contact les intelligences les plus opposées; on y assistait à une sorte d'exhibition de l'espèce humaine, dont les variétés infinies se produisaient là successivement, par échantillons. L'auberge où j'étais descendu, à Quimper, était l'une des plus achalandées, et je trouvai en y arrivant un assez grand nombre de voyageurs. Malheureusement, presque tous appartenaient à cette espèce bâtarde qui circule dans le monde comme une menue monnaie, sans effigie et sans valeur. C'étaient, autant qu'il m'en souvient, un employé des douanes, un percepteur, un marchand de bois de Quimperlé et un bourgeois campagnard, venu pour recueillir je ne sais quel héritage. Trois seulement avaient une physionomie marquée et attirèrent sur-le-champ mon attention. Le premier, nommé Claude Kerru, était un cultivateur de Pont-l'Abbé, qui, après avoir porté la demi-soutane de cloarec, comme tous les fils de paysans riches, s'était fait incrédule pour épouser la gardeuse de moutons de son père. Il se prétendait matérialiste et athée, ce qui ne l'empêchait pas d'avoir peur de l'enfer. On le citait, du reste, comme le citoyen le plus exact au club et le lecteur le plus assidu du journal d'Hébert, dont il partageait, disait-il, tous les principes. Par malheur, la probité de ses instincts donnait un démenti perpétuel aux opinions qu'il professait. Il répétait bien, d'après *le Père Duchêne*, que la guillotine était le véritable piédestal de la liberté; mais il eût fait le tour du département pour éviter de la voir dressée. On eût dit un de ces écoliers, roués imaginaires, qui affectent les principes des *Liaisons dangereuses*, et rougissent quand la femme de chambre de leur mère les regarde. Plein de bonne foi, d'ailleurs, et persuadé que Robespierre ramènerait l'âge d'or en France, c'était chose curieuse que de l'entendre mêler ses superstitions bretonnes à des boutades révolutionnaires, et habiller à la paysanne la prose de Marat. Il avait pour antagoniste habituel un jeune étranger nommé Leblanc, négociant bordelais, disait-il, mais qui me parut plutôt, à son langage et à ses indiscrétions, un agent fédéraliste, venu en Bretagne pour y préparer un nouveau mouvement contre les jacobins. C'était un homme d'un esprit original, d'une grande audace de manières et de paroles, et doué de cette éloquence abondante, qui semble être le privilége des Français du Midi. De vives discussions s'élevaient entre Claude Kerru et lui presque tous les soirs, au grand désespoir de leur compagnon de chambrée, Julliard. Celui-ci était un vieux garçon, qui ne s'était point marié par amour pour la tranquillité, et que la moindre apparence de querelle épouvantait. Il avait joué toute sa vie le rôle de conciliateur, ce qui lui avait attiré l'inimitié générale et l'avait fait prendre pour un sot! La vérité est que, ne pouvant penser à la fois comme tout le monde, il s'était décidé à ne point penser, espérant échapper ainsi à tous les chocs; mais les passions humaines sont avides de secours et de sympathies; une fois en mouvement, tout ce qui ne leur sert point de véhicule leur est ennemi. Grâce à sa prudence, Julliard s'était donc mis en position d'être soupçonné par tout le monde. On l'accusait d'hypocrisie et de froideur, et dans les circonstances où l'on se trouvait, de telles accusations pouvaient le perdre. Il le savait; mais l'habitude était prise, et il lui eût été plus facile de mourir que de se décider entre deux opinions. Occupé de la fusion des partis, *ce rêve des honnêtes gens*, comme disaient alors les hommes tranquilles, qui regardaient à travers leurs vitres les innocents marcher à l'échafaud, il eût volontiers crié aux victimes et au bourreau, comme un personnage célèbre de nos jours : « Embrassez-vous, et que cela finisse! » On comprend jusqu'à quel point les perpétuelles discussions de Kerru et de Leblanc devaient inquiéter un pareil auditeur. Je suivais avec intérêt le développement de ces trois caractères, toujours en action, et cette espèce d'étude me rendait le séjour de l'auberge moins fastidieux. Un jour, en rentrant dans l'après-dîner, j'entendis les voix de Leblanc et de Kerru qui semblaient encore plus animées que de coutume; la discussion durait depuis longtemps, à en juger par sa vivacité, et elle allait toujours croissant, malgré les efforts de Julliard; j'entrai par curiosité.

— Oui, s'écriait Kerru, il faut *montagnardiser* la France, supprimer les agioteurs, les accapareurs, les alarmistes. *Ceux qui ne sont pas pour nous sont contre nous*, comme a dit le ci-devant Jésus. Guerre aux fanatiques, aux tyrans et aux muscadins!

— A moins que les muscadins, les fanatiques et les tyrans ne soient jacobins, n'est-ce pas? répondit Leblanc; car, au fond, la liberté vous fait déjà mal au cœur, solides républicains que vous êtes! Le peuple s'ennuie comme un laquais sans condition; il a tué son roi dans un moment de mauvaise humeur; mais maintenant il lui faut un autre maître, et le dictateur Robespierre est là.

— Calomnie!

— Quand nous accusions Capet de trahir la nation, il y en avait aussi qui criaient : Calomnie!

— Robespierre est pur; c'est l'ami, l'exécuteur testamentaire de Marat, dont vous avez fait un saint en l'assassinant. Leblanc se découvrit avec une piété plaisante :

— Saint Marat, dit-il, fais-nous la grâce d'envoyer en paradis tous ceux qui te ressemblent!

— Tu le vois, s'écria Kerru, tu désires la mort des meilleurs patriotes; tu es un fédéraliste!

— C'est vrai.

— C'est-à-dire un royaliste.

— Les deux mots riment, et pour un jacobin c'est une preuve suffisante.

— Ne plaisante pas; il ne serait point sûr d'en dire autant à un autre que moi. Rappelle-toi ce qui vient d'arriver aux administrateurs du département.

— Je sais que la Convention demande leurs têtes; elle les aura.

— J'espère que tout pourra s'arranger, observa Julliard, qui avait vainement cherché jusqu'alors à interrompre la discussion.

— Non, reprit Leblanc, car Guermeur est ici, et il faut qu'il punisse ceux qui le firent arrêter en 92 comme imposteur et ennemi du repos public. Pour venger trois mois d'emprisonnement d'un fou furieux, on fera tomber vingt nobles têtes.

— Tu oublies, reprit Kerru, qu'elles appartiennent

à des traîtres qui ont voulu livrer Brest à des hérétiques.

Leblanc haussa les épaules.

— En effet, dit-il amèrement, j'oublie qu'aucun mensonge ne paraît trop absurde dès qu'il condamne les vaincus; j'oublie qu'ils sont coupables par cela seul qu'ils sont accusés, et que leurs crimes n'ont pas même besoin d'être possibles pour être certains.

— On ne peut rien décider d'avance, hasarda Julliard; les juges découvriront sans doute la vérité.

— Et où sont-ils, les juges? s'écria Leblanc; je ne vois partout que des lâches qui se rachètent avec le sang des autres, ou des scélérats qui le font couler pour en savourer le goût! Les montagnards ont démoralisé la nation; ils lui ont appris à jouer avec des têtes, à manier des cadavres. Notre instinct d'homme est de vivre chacun dans tous; la destruction doit nous faire horreur; eh bien, nous avons violenté notre nature; maintenant, le meurtre nous plaît ou nous laisse indifférents! On a là, sous les yeux, un être qui parle, qui marche, qui regarde, et on le laisse égorger froidement, comme on verrait démonter une pendule; c'est à peine si l'on cherche à éviter les éclaboussures de son sang! Créés pour entretenir ici-bas la vie, comme les vestales le feu sacré, nous avons dressé un autel à la mort; nous sommes devenus une nation de bêtes féroces qui tuent sans faim!

— Tu injuries le peuple souverain! s'écria Kerru exaspéré.

— Je n'aime pas plus les tyrans en sabots que les tyrans en escarpins, répondit brusquement le Bordelais.

— Allons, allons, citoyens, interrompit Julliard en se plaçant entre les deux antagonistes; pourquoi cette querelle?... Vous avez raison l'un et l'autre...

Ils se retournèrent en même temps, comme deux sangliers blessés.

— Ah! tu approuves aussi les massacres des prisons? s'écria Leblanc, indigné.

— Tu souhaites donc la fédération? hurla Kerru en fureur.

— Ainsi, tu es un jacobin!

— Tu es un feuillantiste!

— Alors, tu devrais avoir, comme les autres, une loge à Charenton.

— Alors, tu mérites la guillotine!

Julliard fit un bond en arrière.

— Citoyens!... citoyens!... balbutia-t-il... je n'ai point dit... je ne prétends pas... vous n'êtes point capables de me perdre...

Leblanc le regarda et partit d'un éclat de rire.

— Dieu me pardonne, nous avons fait peur à notre pauvre *Pax domini*, dit-il; c'est vous qui l'avez effrayé, citoyen Kerru, avec vos gentillesses de cannibale; songez que Julliard a des opinions pacifiques.

— Je n'ai pas d'opinions, s'écria vivement le vieux garçon.

— Eh bien, non... non, mon prudent camarade; j'oublie toujours que tu as fait le vide dans ton cerveau, de peur qu'il n'y restât quelque chose de suspect. Et lui frappant sur l'épaule en souriant : — Cet excellent Julliard! ajouta-t-il; il ressemble aux navires qui ont jeté leurs cargaisons à la mer, afin d'échapper à l'orage et aux pirates! Mais tranquillise-toi, citoyen, tu ne cours aucun risque avec nous. Moi, d'abord, je suis, comme tu le sais, un modéré, un crapaud du marais, un de ces misérables, enfin, qui s'imaginent que le meilleur moyen de sauver la patrie n'est pas de couper la tête aux patriotes; et quant au citoyen Kerru, c'est un molosse qui aboie pour effrayer les passants, mais ne mord personne. S'il veut qu'on fauche un peu de fédéralistes et d'aristocrates, c'est uniquement par philanthropie et pour faire une douce litière à la nation. Les jacobins lui ont promis tant de belles choses! Il attend le moment où il n'aura plus qu'à prononcer, à la porte de leur paradis terrestre, le fameux « Sésame, ouvre-toi! » des *Mille et une Nuits;* et pendant ce temps, on pille, on égorge sans qu'il s'en inquiète. A sa naïve confiance, on dirait un de ces enfants qui, le vendredi saint, restent le nez en l'air pour voir les cloches aller à Rome, tandis que quelque chien affamé mange leur goûter.

Kerru allait répondre, lorsque la porte s'ouvrit brusquement; un marin entra. En le voyant, Leblanc poussa une exclamation de joie; il l'entraîna à l'écart, et tous deux se mirent à causer vivement à voix basse.

— C'est le capitaine de la barque achetée par le citoyen Leblanc à la famille de la Hubaudière, me dit Julliard.

— Ne part-il point pour Bordeaux? demandai-je.

— Cette nuit même, citoyen, répondit Leblanc en se tournant vers moi, le visage rayonnant; la barque est au bas de la rivière et tout est prêt. Citoyen Kerru, je me chargerai de tes commissions pour les jacobins de la Gironde.

Le paysan fit un geste de dédain.

— Un pays de fédéralistes, murmura-t-il.

— Oui, répondit Leblanc, qui cachait mal sa joie, oui, tu as raison; un pays de vrais patriotes, qui ne veulent pas que la révolution ait été faite pour le plus grand avantage d'un mauvais avocat d'Arras! Dans quelques jours nous saurons qui doit l'emporter des honnêtes gens ou des assassins. — Le capitaine Scanvic le tira par la main, et ils recommencèrent à parler bas. Kerru avait écouté en secouant la tête.

— Il fera bien de partir, murmura-t-il entre ses dents, car ici il lui serait arrivé malheur.

— Quoi ! pour quelques paroles imprudentes?... — Il cligna les yeux d'un air de mystère.

— Ce n'est pas cela, dit-il ; mais le citoyen Leblanc s'occupe beaucoup de politique et bien peu d'affaires, pour un négociant. Aussi y en a-t-il qui le soupçonnent d'avoir perdu en route son vrai nom. Je l'ai averti ; mais il n'a fait que rire, en me répondant : « C'est possible ! »

— Et pour qui donc le prend-on, alors? demandai-je, intrigué.

— Eh ! eh ! répondit le paysan en haussant les épaules, vous savez... chacun donne son opinion.

— Mais encore...

— Il y a des girondins dans le pays... — Je fis un mouvement. — On dit même que la femme de Louvet habite Penhars... Avec ça, le citoyen Leblanc a l'air de connaître tous les hommes de Paris ; il parle sans se reprendre, comme un avocat ou un député... Ça pourrait bien être un des vingt-deux.

— Mais lequel?

— Ah ! voilà l'embarras. Ce n'est pas Louvet, qui est petit et faible, ni Pétion, qui a les cheveux blancs, ni Barbaroux, qu'on dit beau comme Jésus-Christ ; aussi on n'est pas sûr de son nom ; cependant le citoyen Lescop, qui a chez lui les portraits de tous les conventionnels, disait ce matin que ce pourrait bien être Duchâtel. — A ce nom, Leblanc se détourna.

— C'est impossible, dis-je vivement ; il est dans le Midi ; les journaux l'ont annoncé.

— Tant mieux, répliqua Kerru ; d'autant que ce Duchâtel est un aristocrate et un traître.

— Qui te l'a dit? s'écria le Bordelais en faisant un pas vers le paysan. — J'éprouvai un saisissement ; Kerru parut déconcerté d'avoir été entendu ; mais se remettant aussitôt :

— N'est-ce pas lui, dit-il, qui est venu, malade et en bonnet de nuit, voter pour Louis Capet?

— Et parce qu'il n'a point voulu de sang, tu le condamnes ! C'est un aristocrate, dis-tu, et tu ignores que jusqu'à dix-huit ans il a fauché du foin et lié des gerbes ; c'est un traître, lui dont tous les sentiments, toutes les paroles, toutes les actions ont tendu au bonheur de la République ! Mais qui es-tu, toi, pour le juger? quels services plus grands que les siens as-tu rendus? quelle preuve d'intelligence as-tu donnée? en quoi vaux-tu mieux que lui? Depuis quand suffit-il d'être obscur et inutile pour flétrir ceux qui se dévouent au grand jour?

— Prends garde, citoyen, dit Kerru en souriant avec embarras ; si tu le défends si chaudement, je croirai ce que Lescop disait ce matin.

— Que disait-il?

— Que tu étais toi-même ce Duchâtel. — Leblanc tressaillit.

— Eh bien ! quand cela serait? reprit-il avec impatience ; c'est un nom que l'on peut porter sans honte, et tu n'en trouveras pas beaucoup de ce genre parmi les jacobins. — Le capitaine Scanvic voulut l'arrêter, et je fis également un geste pour lui imposer silence ; mais au lieu d'y obéir, il parut s'en irriter. — Au diable les rôles de comédie ! s'écria-t-il ; je suis las de jouer à cache-cache avec la guillotine... Aussi bien, le citoyen connaît maintenant mon nom.

— Et tu n'as pas à craindre que je le répète, dit Kerru sérieusement ; on ne trahit les proscrits que par haine ou lâcheté. — Je me détournai vivement, cherchant des yeux Julliard ; mais aux premiers mots d'explication il s'était heureusement éclipsé, de peur d'entendre quelque révélation qui pût le compromettre. Quant à Kerru, j'étais sûr de sa discrétion. L'exagération de ses opinions n'avait rien ôté à la droiture de son cœur ; c'était un de ces fanatiques qui n'ont d'un parti que les mots, parlent haut, afin d'avoir l'air furieux, et prennent le bruit qu'ils font pour de la haine. Duchâtel était d'ailleurs la première célébrité républicaine qu'il eût vue, et son hostilité contre les girondins se perdit complétement dans l'espèce de curiosité admirative qu'il éprouva à l'aspect d'un homme dont le nom avait été si souvent imprimé dans les journaux. Quant à moi, je ne pouvais que me réjouir du hasard qui me faisait rencontrer ainsi inopinément un de ceux que je cherchais. Je pris à part Duchâtel et je lui remis la lettre que j'avais pour lui ; à peine y eut-il jeté les yeux qu'il me tendit la main.

— Sois le bienvenu, me dit-il ; mes compagnons seront heureux de voir un ami de Benoist.

— Ils sont ici?

— Non, à Benodet. Ils y attendent la nuit pour s'embarquer avec moi.

— Et je pourrai leur souhaiter un heureux voyage?

— Si tu veux me suivre...

— Sur-le-champ. — Nous prîmes congé de Kerru, qui, malgré son *maratisme*, embrassa Duchâtel, en l'engageant à la prudence, et nous gagnâmes Benodet.

XXXI

DÉPART DES GIRONDINS

Les girondins fugitifs nous y attendaient. Ceux mêmes qui ne devaient point partir étaient venus pour recevoir les adieux de leurs compagnons de misère [1]. Duchâtel me présenta à eux. Au nom de Benoist, qu'aucun des proscrits n'avait oublié, toutes les mains me furent tendues. Je me sentis saisi d'un respect douloureux en présence de tant de courage, de génie et de malheur. Ces hommes que je trouvais là, dans une auberge de village, déguisés, fugitifs, et se préparant peut-être à leur dernier repas, étaient les mêmes qui avaient fondé la République, et dont les paroles avaient tant de fois soulevé les applaudissements de la France. C'était d'abord cet éloquent Guadet, au geste ardent, à l'accent profond, qui, parlant, le 14 janvier, du complot des princes, avait vu la Convention entière se lever à sa voix en répétant : *la Constitution ou la mort!* C'était Barbaroux, si beau, si noble, si sensible : savant à dix-huit ans, député à vingt-cinq, et qui, à propos des massacres de Septembre, avait prononcé ces admirables paroles : « Je ne retrouverai le sommeil que lorsque les assassins seront punis, les vols restitués et les délateurs précipités de la roche Tarpéienne. » C'était Louvet, enfant-lion, comme l'appelait madame Rolland, aussi chaud à aimer qu'à haïr, espèce de sybarite stoïcien, dont l'énergie eût sauvé la Gironde, si la Gironde eût voulu se laisser sauver. C'étaient, enfin, Pétion, à qui son courage paisible ne devait servir, hélas ! qu'à mourir sans bruit dans les vignes de Saint-Émilion ; Buzot, dont le corps pesant retenait l'ardeur comme oppressée ; Riouffe, qui, plongé plus tard dans un cachot de la Conciergerie, lisait le Phædon, en aiguisant sur sa couche de prisonnier le couteau dont il voulait se frapper ! Puis venaient, avec de moindres célébrités, mais des cœurs aussi nobles, Bois-Guyon, philosophe sans le savoir, qui passa sa vie entière à s'étudier pour mourir meilleur ; Salles, aussi insensible à la souffrance qu'à la peur ; l'Espagnol Marchena, échappé à l'inquisition de son pays pour tomber aux mains de Fouquier-Tainville ; enfin Girey-Dupré, ce généreux ami de Brissot, qui devait mourir à vingt-quatre ans, *sans y faire attention* [1]. On s'était mis à table en attendant l'heure du départ, et la conversation ne tarda pas à s'engager sur les affaires de la République. On eût dit une de ces brillantes réunions de madame Rolland, alors que les plus belles espérances de la Gironde étaient encore dans leur première fleur. C'était le même élan, la même abondance, le même amour inextinguible de la liberté et de la patrie. La prise de Toulon par les Anglais venait d'être connue et occupait les esprits ; il ne fut point d'abord question d'autre chose. Tous les proscrits s'indignaient d'une telle trahison et l'expliquaient de manières différentes. Duchâtel, Buzot, Girey-Dupré accusaient le royalisme ; mais Pétion secoua la tête :

— Le désespoir n'a point d'opinion, dit-il tristement ; ces malheureux ont eu à choisir entre l'étranger et les tyrans de la Convention ; ils ont préféré le déshonneur à la mort.

— Et l'on nous regardera comme les complices de leur crime ! ajouta Barbaroux. Les journaux jacobins ne répètent-ils pas que ce sont les fédéralistes qui ont livré Toulon?

— Crois-tu donc qu'il ait été livré pour autre chose? s'écria Louvet. Ne vois-tu pas que la Montagne détruit ainsi l'insurrection départementale qui la menaçait ? Le Midi, près de marcher sur Paris, se tournera maintenant vers Toulon ; son indignation changera d'objet. Puis cette ville faisait partie de la fédération ; en l'ouvrant à l'ennemi, on nous rend responsables de son crime : on aura désormais une preuve à donner de nos relations avec les royalistes.

— Qui ne sait, d'ailleurs, ajouta Salles, qu'un complot existait depuis longtemps pour rendre Toulon aux Anglais? Ce complot a été dénoncé au ministre de la marine et au comité de salut public ; les preuves leur ont été envoyées. Ils ont gardé le silence sur la dénonciation, détruit les preuves, et la ville a été livrée.

— Ainsi, reprit Barbaroux, vous croyez que, pour nous perdre, les jacobins consentiraient à perdre la patrie?

— Je crois, répliqua Louvet, qu'ils veulent la mort des républicains à tout prix ; les uns pour dominer sans obstacle ; les autres, parce qu'ils sont vendus aux rois étrangers. — Barbaroux sourit.

— Toujours ton système, dit-il.

— Qui sait s'il n'a pas raison? murmura Guadet d'un air pensif.

[1] Il n'y eut point réellement de réunion de girondins à Benodet; ceux qui partaient, descendirent la rivière et mirent de suite à la voile ; nous n'avons supposé ce repas qu'afin d'avoir occasion de faire mieux connaître le caractère de chacun des proscrits. Notre peinture a paru assez *vraie* à M. Clément de la Hubaudière pour qu'il nous ait écrit : « J'ai cru entendre les girondins eux-mêmes. »

[1] Interrogé par le tribunal révolutionnaire sur ses rapports avec Brissot, il répondit : « J'étais son ami ; j'affirme qu'il a vécu comme Aristide et qu'il est mort comme Sydney, martyr de la liberté...» On ne lui permit pas d'ajouter une parole, et il fut envoyé à l'échafaud.

— Toi aussi, tu partagerais de tels soupçons?

— Il le doit plus qu'un autre, maintenant, répliqua Louvet.

— Comment cela?

— Demande-lui ce que vint lui dire, dès le mois de mai, un compatriote fait prisonnier à Nerwinde.

— En effet, reprit Guadet, c'était un avertissement prophétique. Il m'assura avoir entendu répéter dans l'armée impériale que la mort de vingt-deux conventionnels était promise à Cobourg.

— Et un mois après, continua Louvet, Pache venait, à la tête des prétendues sections de Paris, réclamer vingt-deux proscriptions. Plus tard, quand les municipaux renouvelèrent leur demande, la liste fut encore de vingt-deux noms, quoique ce ne fussent plus les mêmes; enfin, au moment du décret d'accusation, Marat en effaça quelques-uns, mais il eut soin de les remplacer par d'autres, de sorte que les proscrits furent toujours vingt-deux! nombre promis sans doute, et que la Montagne ne pouvait changer[1].

— Et Robespierre serait l'agent d'une telle trahison?

— Non; mais le complice indirect. Robespierre favorise tout ce qui peut le délivrer de ses ennemis, et ce qu'il ne veut pas faire il le permet à d'autres. S'il sème l'or de Philippe-Égalité pour soudoyer les faubourgs; s'il laisse vendre nos têtes aux rois, ce n'est ni pour élever d'Orléans, ni pour servir le royalisme, mais afin de déblayer le chemin devant lui. Tous les crimes qui le mènent à ce but sont d'utiles auxiliaires : il s'est fait une meute de lâches, de voleurs et de meurtriers avec laquelle il fait la chasse aux républicains.

— Jusqu'au jour où, maître de sa proie, il égorgera ses chiens, interrompit Guadet; car c'est là ce qui console, les hommes qui l'aident maintenant seront à leur tour ses victimes; je l'ai dit à Danton et à ses amis. Ils oublient le sort des misérables qui s'étaient faits les instruments de Cromwell. Celui-ci entrant un jour au parlement, et s'adressant à ces membres qui seuls, à les entendre, étaient capables de sauver la patrie, il dit à l'un : —Tu es un ivrogne; à l'autre : Tu t'es gorgé des deniers publics; à un troisième : Tu es un coureur de mauvais lieux; à tous: Fuyez et cédez la place à des gens de bien! Ils la cédèrent, et Cromwell la prit.

— Oui, reprit Buzot; mais Cromwell avait du génie.

— Et Robespierre a plus, peut-être, interrompit Riouffe : il a l'opportunité. Vous ne voyez en lui qu'un ambitieux sanguinaire; mais s'il n'eût été que cela, d'où lui serait venue sa puissance? Ne vous y trompez pas, son ambition sert une idée. Marat et lui personnifient la démocratie exagérée, comme Caligula et Néron le despotisme. Ce ne sont point seulement des hommes politiques, mais les prêtres d'une véritable religion; la religion de l'envie et de l'intérêt personnel! Ivres d'orgueil, ils sont partis de bonne foi d'un point philosophique; puis, poussés d'exagérations en exagérations, ils ont voulu les conséquences de leurs rêves en brisant tous les obstacles. Rien ne les avertit de leur folie, parce qu'ils vivent dans une atmosphère d'illusions systématiques. Outre leurs mauvaises passions, leur logique les emporte fatalement. En perdant le respect pour le sang humain, ils ont d'ailleurs renversé la dernière barrière qui eût pu les arrêter; désormais, il faut que leur fanatisme aille jusqu'à sa dernière limite, et qu'ils courent se briser contre l'impossible.

— Pour croire à l'exaltation de Robespierre, observa Duchâtel, il faudrait ne point connaître son hypocrisie.

— L'une est la conséquence de l'autre. Sincères dans l'idée, menteurs dans l'application, tels sont tous les fondateurs de sectes! Pour eux, la fourberie n'est qu'un moyen de faire triompher la croyance. Vous vous êtes toujours trompés sur Robespierre. Vous l'avez dédaigné d'abord, sans réfléchir qu'il avait la plus grande vertu d'un chef de parti : la ténacité! Vous le méprisez maintenant, sans songer que la méchanceté même ne réussit que par certaines qualités. Robespierre est un assemblage de petitesses dangereuses et de facultés terribles; il a l'imagination de Mahomet, l'âme de Sylla et l'esprit d'un procureur.

— Et cependant, reprit Louvet, si l'on m'avait cru, ton fondateur de religion serait maintenant au fond de quelque cabanon de la Conciergerie, rongeant ses rêves sanglants comme Ugolin ses enfants. Car, ne l'oubliez pas, amis, nous sommes tous ici parce que ni Guadet ni Pétion n'ont voulu répondre à mes interpellations lorsque je dénonçai Robespierre, en septembre.

— Et sais-tu si, en poussant à bout des hommes violents, nous n'aurions pas simplement précipité l'exécution de leurs complots?

— Alors ils eussent échoué, car la Convention était avertie; mais, quand il fallait achever un adversaire à demi renversé, vous vous êtes retranchés dans une générosité dédaigneuse; vous avez pensé que l'ordre du jour le déshonorerait suffisamment, comme si rien déshonorait un ennemi qui peut recouvrer sa puissance!

[1] Dans tout cet entretien nous avons rapporté l'opinion de chaque girondin, pensant qu'il était curieux de voir comment les intelligences les plus élevées jugeaient alors les hommes et les faits. Nous croyons à peine nécessaire d'ajouter que le lecteur ne doit y voir aucunement l'expression de nos sentiments personnels sur les événements dont il est question.

Dès lors, je prédis que les hommes à poignards l'emporteraient sur les hommes à principes; vous savez maintenant si j'ai eu raison.

— Console-toi, dit Riouffe en souriant, le temps réparera nos fautes; la puissance des jacobins sera courte. Leur doctrine répond aujourd'hui aux vœux d'une partie de la nation ; mais ce qui est mauvais se détruit de soi-même. Maintenant que nous ne leur faisons plus obstacle, le délire va s'emparer d'eux; ils joueront avec les passions de la foule, comme des enfants avec de la poudre à canon; et, dans la crainte que le char révolutionnaire n'aille point assez vite, ils y atteleront tant de chevaux, qu'il sera emporté dans les abîmes, après les avoir écrasés au passage.

— Oui, mais combien de misères avant d'arriver à cette délivrance ! dit Pétion tristement. Que d'innocents égorgés, que de bonheurs foulés aux pieds! Ah! je sens mon cœur meurtri, quand je pense aux jours qui vont commencer pour la France.

— La Montagne nous évitera peut-être la douleur de les voir, répliqua Guadet; mais qu'importe, après tout, de mourir maintenant? n'avons-nous pas plus vécu dans quelques années que d'autres en tout un siècle, et vu plus de grandes choses qu'aucun homme de cette époque? Nous irons, mes amis, nous irons aux enfers saluer l'ombre de Socrate, et lui annoncer qu'Anitus n'est point mort.

Ici la conversation s'interrompit. La tournure qu'elle venait de prendre avait donné un nouveau cours à toutes les pensées; on eût dit que, rappelé à sa propre situation par les mélancoliques paroles de Guadet et de Pétion, chacun s'arrêtait pour jeter un regard sur lui-même et faire la revue de son âme. Je ne sais quelle préoccupation affligée s'empara subitement de cette réunion, tout à l'heure si parleuse et si vivante. Ce n'étaient plus les hautes intelligences qui discutaient, un instant auparavant, les destinées de la France, mais d'humbles cœurs perdus dans quelque douce rêverie de bonheur brisé ou d'affection près de se rompre! Ah! je ne sais s'ils ne me parurent encore plus grands ainsi, livrés aux tristesses de l'âme et donnant, dans le fond de leur pensée, un dernier regret à la vie! Ce qui frappe, en effet, chez les hommes d'élite, ce n'est pas leur grandeur, mais leur côté humain; c'est par là surtout qu'ils nous appartiennent. Le Christ intéresse bien moins par ses miracles que par le cri qu'il jette à son père dans le jardin des Oliviers, lorsqu'il lui demande d'éloigner de lui le calice. L'arrivée du capitaine Scanvic rompit le silence mélancolique dans lequel nous étions tombés; il venait annoncer que la barque était prête et l'heure de la marée venue. Nous nous levâmes sur-le-champ. Buzot, Guadet, Barbaroux, Pétion et Louvet, qui ne partaient point encore, embrassèrent leurs amis avec effusion. Il y eut un moment où toutes ces mains pressées l'une dans l'autre tremblèrent, où ces yeux qui se cherchaient une dernière fois se voilèrent de larmes.

— Nous ne devons jamais nous revoir, sans doute, dit Barbaroux; la mort nous guette sur tous les chemins, et, quand nous croyons la fuir, nous pouvons marcher au-devant d'elle; mais, quoi qu'il arrive, c'est à ceux qui survivront d'être les héritiers et les vengeurs des morts. Nous ne sommes ici qu'une seule âme en plusieurs corps; tant que l'un de nous existera, tous existeront en lui. Si c'est moi qui échappe au bourreau, et que vous succombiez, rappelez-vous, mes amis, que ma vie entière appartiendra à votre souvenir. Tant que mon cœur battra, j'aimerai ceux que vous aurez aimés; tant que mon bras pourra se lever, je frapperai ceux qui vous auront frappés. Si c'est moi qui péris au lieu de vous (et Dieu le veuille!) je vous lègue ma mère!... Parlez-lui de moi, amis; rappelez-lui combien je l'aimais, et surtout défendez ma mémoire... Il ne lui restera plus autre chose de son fils. Ah! quand je vois tant d'iniquités triomphantes, je crois plus fermement que cette vie est le mauvais rêve d'une réalité que nous trouverons ailleurs. A quoi répondrait, sans cela, la soif de bonheur et de justice que nous sentons en nous? Eh bien, s'il est vrai que les âmes soient immortelles, les nôtres se rencontreront, car elles sont parentes : d'ici là, seulement, faisons bravement notre devoir d'hommes; tombons en combattant pour la République, et que l'on puisse écrire sur nos tombes comme sur celles des trois cents : « Passant, va dire à Sparte que nous sommes morts pour obéir à ses saintes lois. » A ces mots, il ouvrit ses bras et pressa ses compagnons l'un après l'autre sur son cœur. Pendant quelques minutes, on n'entendit que des adieux, murmurés par des voix haletantes; enfin, ceux qui restaient s'arrachèrent des bras de leurs amis.

— Partez, partez, dirent-ils, et que Dieu vous sauve!

Ils s'embrassèrent encore une fois et se séparèrent.

XXXII

LE CITOYEN DE LA HUBAUDIÈRE

Une lettre que je reçus de mes associés m'obligea de faire un voyage à Quimperlé, puis à Lorient, pour des achats de toiles et de bois. Je fus dix jours environ absent de Quimper. A mon retour, j'appris que le citoyen de la Hubaudière s'était plusieurs fois présenté à l'auberge pour me parler. Quoiqu'il commençât à faire nuit, je courus chez lui, pressé de savoir s'il avait reçu des nouvelles du capitaine Scanvic; mais il était au club, qui se tenait alors dans la chapelle du collége. Je m'y rendis, espérant trouver quelqu'un de connaissance qui pourrait m'indiquer le citoyen de la Hubaudière, que je n'avais jamais vu. Malheureusement, la séance était ouverte lorsque j'arrivai. Ne voulant point me mêler à la foule, je m'approchai d'une des dernières colonnes du chœur. Un jeune homme s'y trouvait seul; je m'assis à quelques pas de lui, résolu à attendre la suspension ou la fin de la séance. Plusieurs orateurs se succédèrent à la tribune. Il y eut d'abord un discours sur *la nécessité de faire disparaître des églises du département les symboles de fanatisme et d'aristocratie qu'on y voyait encore*; puis vinrent des dénonciations, puis des motions sur différentes mesures d'administration. J'avais cessé d'écouter lorsqu'une rumeur s'éleva. J'avançai la tête : Guermeur venait de monter en chaire. A cette apparition, les causeries particulières furent interrompues, et le silence s'établit. Le commissaire du pouvoir exécutif portait le costume des grands patriotes : il avait le large pantalon de laine noire, la veste étriquée, le gilet tricolore, le grand sabre traînant, les moustaches épaisses, et le bonnet rouge, cachant à moitié une coiffure jacobite, à poils courts et plats. C'était ce qu'on nommait alors une *carmagnole complète*. Après l'exorde habituel sur les intrigues des royalistes et des fédéralistes qui infestaient, disait-il, le département, il déclara que l'on avait enfin trouvé les traces des girondins fugitifs. Ils avaient séjourné à Quimper peu de jours auparavant; le navire qui les avait transportés dans la Gironde était de retour, et on l'avait arrêté à Concarneau ! A cette annonce, le jeune homme placé devant moi tressaillit; mais lorsque Guermeur montra un papier trouvé entre les mains de Scanvic, il se leva vivement et regarda autour de lui, comme s'il eût voulu s'assurer une retraite. Cependant le commissaire du pouvoir exécutif avait commencé la lecture du papier saisi. C'était une lettre, signée Duchâtel, Salles, Riouffe et Marchena, dans laquelle ils annonçaient leur arrivée et remerciaient les amis généreux qui avaient aidé à leur fuite. Lorsque la lecture fut achevée :

— A qui est adressée cette lettre? demandèrent plusieurs voix.

— Au citoyen Clément de la Hubaudière.

Je levai la tête à ce nom; mon voisin avait reculé en pâlissant. Ce fut un trait de lumière pour moi. Je passai vivement devant lui.

— Prenez garde, murmurai-je, on peut vous apercevoir.

Les cris : — Qu'on l'arrête! qu'on l'arrête! venaient de retentir; quelqu'un les interrompit tout à coup.

— La Hubaudière était ici à l'instant!

— Où donc?

— Là!

Il indiquait le pilier auquel j'étais appuyé; tous les yeux se tournèrent vers moi et je me sentis froid jusqu'au cœur.

— Ce citoyen doit l'avoir vu, reprit la même voix.

— Oui! m'écriai-je, il vient de fuir.

— Par où?

— Par cette porte.

J'indiquais l'entrée opposée; tout le monde s'y précipita. J'avais saisi la main de mon voisin; il fallut attendre que la foule fût écoulée; j'eus quelques minutes d'angoisses inexprimables; enfin, nous nous trouvâmes presque seuls.

— Venez maintenant, lui dis-je à demi-voix, en montrant l'entrée devenue libre.

— Il y a une sortie plus sûre de ce côté, répondit-il.

Il me montrait le chemin; je m'élançai avec lui vers une petite porte qu'il connaissait; nous traversâmes plusieurs cours et nous arrivâmes à une ruelle écartée. Tout cela s'était passé si rapidement que je n'avais pu me faire connaître à mon compagnon; au bout d'environ deux cents pas, je m'arrêtai cependant en prêtant l'oreille.

— Il ne vient personne, dis-je; vous êtes sauvé.

— Grâce à vous.

— Votre trouble m'a fait heureusement deviner qui vous étiez; je venais au club pour vous chercher.

— Moi?

Je me nommai.

— Ah! c'est un coup du ciel! s'écria le citoyen de la Hubaudière en me serrant la main; je vous attendais depuis huit jours; mais venez, il faut que je vous parle; et nous ne sommes point ici en sûreté.

Il me conduisit, par de longs détours, jusqu'aux *Calvairiennes*, où le capitaine de gendarmerie Daniel Coloé nous reçut. Le citoyen la Hubaudière lui apprit en peu de mots ce qui venait d'arriver. Il était évident que la dénonciation de Guermeur devait être suivie d'un ordre d'arrestation, et que le seul moyen de salut était de fuir ou de se cacher. Mais que deviendraient dans ce cas Barbaroux, Guadet, Louvet, Pétion, Buzot, qui se trouvaient encore à Quimper? Les recherches allaient être trop actives pour qu'on espérât les y soustraire longtemps; or, le citoyen de la Hubaudière était le seul qui se fût occupé jusqu'alors de leur fuite; il devait même se rendre à Brest, afin de presser Pouliquen, qui leur cherchait un navire. Retenu par ses fonctions, Coloë ne pouvait le remplacer dans ce voyage. J'offris de le faire et de prendre toutes les informations désirables. Ma proposition ayant été acceptée, je partis le lendemain avec des lettres pour les citoyens Pouliquen, Belval et Binard. Je les trouvai activement occupés de remplir la promesse qu'ils avaient faite; mais les difficultés étaient sans nombre. On ne pouvait plus naviguer que sous l'escorte de vaisseaux convoyeurs, dont la surveillance était aussi gênante que dangereuse. Il fallait marcher lorsqu'ils marchaient, s'arrêter où ils s'arrêtaient, leur déclarer si l'on portait des passagers et se laisser visiter au besoin. Lors même qu'on avait pu échapper à leur attention pendant le voyage, on les retrouvait à l'entrée des ports, où l'on passait inévitablement sous leurs porte-voix et sous leurs canons. L'arrestation de Scanvic, qui venait d'être envoyé à Brest pour être jugé par le tribunal révolutionnaire, avait en outre jeté l'effroi parmi les caboteurs. Enfin, pourtant il se trouva un capitaine écossais qui consentit à se charger des députés proscrits. Il fut convenu qu'ils se rendraient à Lanveoc au milieu de la nuit, et que de là une barque les transporterait à bord de son chasse-marée, qui partait avec le prochain convoi. Je me hâtai de retourner à Quimper porter cette heureuse nouvelle. La Hubaudière, qui se mourait d'impatience, poussa des cris de joie en l'apprenant. Malgré mes prières et celles du capitaine Coloë, il se rendit le soir même à Douarnenez, où se trouvaient alors Pétion, Barbaroux et Louvet. Je reçus, trois jours après, un billet de lui, par lequel il m'apprenait que tout avait réussi, et que nos amis étaient en route pour Bordeaux. Il avait pris leur place chez le citoyen Chapuis, et m'engageait à l'aller voir. Mes affaires étaient terminées; je résolus de faire une visite à Kervern avant mon départ. J'y trouvai la Lodoïska de Louvet et la mère de Barbaroux, que le capitaine écossais avait refusé d'embarquer; celle-ci, gardant sous son déguisement d'ouvrière je ne sais quelle majesté désolée; celle-là, déjà vieillie et dont les beaux cheveux avaient blanchi dans une seule nuit [1]. Toutes deux semblaient penser et sentir ensemble, tant la communauté de la douleur avait confondu leurs âmes. L'une seulement, instruite par l'expérience, pleurait d'avance l'avenir, tandis que l'autre, plus confiante, prenait encore son désir pour de l'espoir. Je passai trois jours à Kervern, causant avec ces deux femmes de ceux qu'elles aimaient, et tâchant de les consoler. La mère de Barbaroux me parla de l'enfance de son fils, de ses pieux enthousiasmes, de ses dévouements précoces et de sa confiance sans bornes; dangereuses vertus qui devaient le conduire plus tard à l'échafaud! Un pressentiment funeste semblait oppresser la pauvre mère, les cris de mort qu'elle avait entendu pousser le 2 juin retentissaient toujours à son oreille, et elle s'écriait sans cesse :

— On vous élèvera des hommes parfaits pour que vous les égorgiez!... Quant à l'amante de Louvet, elle était à la fois désespérée et fière; le sentiment du devoir accompli contre-balançait la douleur dans son âme. J'appris d'elle comment les premières rumeurs de la révolution étaient venues la surprendre au milieu des enivrements d'un jeune amour et de ces charmants projets de la *cabane*, dont j'avais entendu parler à Louvet. Quel effroi l'avait saisie d'abord, puis quel enthousiasme! Elle avait tout de suite prévu ce qu'aurait à souffrir ceux qui s'engageaient dans la lutte; mais elle avait préféré le danger et l'affliction à un égoïste bonheur. La mère de Barbaroux et elle me racontèrent leurs tortures depuis le 10 mars, l'indifférence ou la trahison de leurs amis, les angoisses de leur fuite, à travers des populations ennemies. Ce fut alors aussi que j'appris tout ce qu'elles devaient à leur hôte, et de quel incomparable dévouement il avait fait preuve. Quand la peur attiédissait toutes les affections, que tant de lâches fermaient leurs portes aux proscrits, et que les plus généreux souhaitaient de n'avoir point à leur donner asile, lui, il avait prévenu leur demande! Sans obligation d'amitié ou de parti, il les avait cherchés pour les sauver, avec autant de persistance qu'un ennemi pour les perdre. Louvet fut le premier qu'il reçut : il le savait sur le point d'être découvert et séparé de sa Lodoïska; il courut leur proposer un asile commun. Barbaroux, Guadet, Pétion et Roujoux, ex-président du comité insurrectionnel de Caen, suivirent de près. Ils avaient résisté d'abord, mais les prières de Chapuis étaient si pressantes; il désirait si vivement les connaître! On eût dit que le péril qu'il courait en les recevant était une joie et un honneur; il s'offensait qu'on lui en parlât. Ne se devait-il point, d'ailleurs, tout en-

[1] Le 2 juin.

tier à ses hôtes? Qu'il y eût un message dangereux à porter, il y allait; que l'amante de Louvet parlât de retourner à Paris pour sauver les débris de sa fortune, il déclarait qu'il était prêt à l'accompagner pour l'aider et la défendre; qu'on déplorât le retard du navire attendu, il proposait de partir pour Brest et de prendre des informations, de presser l'instant du départ. Quant aux passe-ports, il en obtiendrait par ruse, par menace, ou à prix d'argent, et, si rien ne réussissait, il en fabriquerait lui-même. Homme étrange, que le dévouement rendait habile à tout, que rien ne pouvait effrayer ni surprendre; sachant également bien conduire une barque, dompter un cheval, guérir une blessure et combattre un ennemi. Tour à tour peintre, architecte, naturaliste, administrateur, et vous empêchant d'admirer tant d'aptitudes à force d'en user simplement. Cependant les recherches devenaient chaque jour plus actives. Le moindre hasard, la moindre imprudence pouvaient trahir les fugitifs. Un gendarme logeait au-dessus d'eux, et les amis qui venaient le voir s'étaient plusieurs fois trompés de porte; mais Chapuis veillait, et sa présence d'esprit égalait sa sollicitude. Arrivait-il un de ces commissaires du pouvoir exécutif qui allaient alors, de village en village, activer les persécutions et dresser les listes de suspects, il courait à l'auberge pour fraterniser avec lui. Les meilleurs vins de sa cave étaient apportés; il chantait des couplets à l'honneur de Marat, buvait toute la nuit sans s'enivrer, et ne revenait qu'après avoir laissé le commissaire sous la table et s'être assuré des motifs qui l'amenaient. Mais ce n'était point assez; pour mieux détourner les soupçons, des fêtes étaient données, deux fois par semaine, aux plus fougueux montagnards du canton. Séparés de leurs persécuteurs par une simple cloison, les proscrits entendaient calomnier leurs noms et porter des toasts à leur mort! Un jour, pendant une de ces fêtes, le feu prit à la maison. Une servante, épouvantée, vint avertir Chapuis. Celui-ci ne pense qu'aux proscrits, qui courent le danger de périr ou d'être aperçus dans les désordres d'un incendie. Il impose silence à la servante, donne en souriant le signal de la danse; puis, courant aux girondins, les fait sortir, les cache dans le grenier d'une grange éloignée, et, sûr qu'ils ne peuvent être découverts, demande alors seulement où est le feu. Il l'éteignit seul, et les invités, qui ne s'étaient aperçus de rien, ne furent avertis que longtemps après. Cependant, malgré toutes ces précautions, de vagues soupçons se répandirent. On savait le propriétaire de Kervern capable de tous les dévouements, et c'était assez pour qu'il fût suspect. Une visite domiciliaire fut annoncée! Chapuis, qui avait pratiqué d'avance, dans les murailles, une cachette pour ses hôtes, les y fit entrer avec tout ce qu'il fallait pour vivre quelques jours et se défendre au besoin; comme il tenait lui-même un pistolet de chaque main :

— Que veux-tu faire de ces armes? lui demanda Louvet.

— Combattre et mourir à vos côtés, si l'on vous découvre, répondit-il. — Puis il ferma la cachette, s'assit tranquillement et attendit. Mais les visiteurs ne vinrent point. Enfin parut le décret qui condamnait à mort toute personne donnant asile à des proscrits. Chapuis ne négligea rien pour le laisser ignorer à ceux qu'il cachait; mais un journal, oublié par un voisin, le leur fit connaître. Leur résolution fut bientôt prise. C'était le soir; ils déclarèrent à Chapuis qu'ils allaient quitter la maison à l'instant même. Il voulut les arrêter, Roujoux l'interrompit :

— Tous tes efforts seraient vains, dit-il. Tu as ici une femme, une nièce, des sœurs, un père, une mère âgés de quatre-vingts ans; nous ne voulons pas qu'ils montent sur l'échafaud à cause de nous. Chapuis courut chercher sa famille, en criant :

— Ils partent de peur de vous perdre : venez leur dire ce que vous voulez. — Tous accoururent et supplièrent les fugitifs de rester. Mais, plus un pareil courage les touchait, plus ils devaient craindre de compromettre de si nobles têtes. Ils embrassèrent en pleurant les femmes, les jeunes filles et les vieillards. Chapuis essaya encore de les retenir; ils lui tendirent la main en lui disant :

— Adieu!

— Ainsi, vous êtes décidés? s'écria-t-il désespéré.

— Nous le devons. — Il saisit un pistolet, et leur barrant le passage :

— Eh bien! partez, dit-il; mais comme je ne veux voir monter aucun de vous sur l'échafaud, je tue le premier qui franchira le seuil de cette porte.

— Tu veux donc qu'ils se sacrifient tous pour nous? s'écria Roujoux attendri.

— Tous! répétèrent les femmes et les vieillards d'une seule voix. Les proscrits, vaincus par tant de dévouement, consentirent à demeurer. Heureux! si de chimériques espérances ne les eussent point attirés dans cette Gironde, où la plupart devaient trouver la mort; tous, l'indifférence et la trahison! Nommé administrateur du département du Finistère en l'an III, Chapuis exerça ces fonctions avec le zèle et le désintéressement qu'il apportait à toute chose. Pour s'enrichir alors, il n'eût eu qu'à le vouloir; mais cette main, toujours ouverte pour donner, était toujours fermée pour recevoir; Chapuis quitta sa place plus pauvre qu'il n'y était entré. Bientôt vint le Consulat, puis l'Empire. Les restes de sa fortune se dissipèrent ; sa famille était dispersée depuis longtemps, ses amis morts ou occupés à devenir barons ; trop fier pour implorer des secours qu'il n'avait jamais laissé demander lorsqu'il était heureux, il s'enveloppa silencieusement dans sa misère et on l'oublia. J'ignorais moi-même ce qu'il était devenu, lorsque, vers le commencement de la Restauration, on me fit voir, dans les cours de l'hospice de Quimper, un vieillard chauve et courbé; des enfants jouaient près de lui avec son bâton de houx. Son regard était encore caressant et ses rides souriantes... C'était Chapuis ! C'est là qu'il est mort, sans consolations de parents ni d'amis, de là que son corps a été porté dans la fosse commune; car Chapuis n'a pu même obtenir la dernière faveur accordée aux plus humbles, six pieds de terre et une croix de bois ! Aucun signe qui marque désormais où il repose, aucune inscription qui avertisse qu'il a existé ! A peine si le souvenir de tant de générosité et de courage survit encore dans quelques âmes d'élite. A quoi donc sert la vertu au milieu de nos discordes futiles et sanglantes? Après ne lui avoir laissé de choix qu'entre l'échafaud et l'hôpital, nous lui refusons une tombe qui puisse servir d'enseignement. Nous voulons bien toujours faire des martyrs, mais nous ne voulons plus qu'on fasse des saints[1] !

XXXIII

ROBESPIERRE ET LES THERMIDORIENS

Pour comprendre aujourd'hui la Terreur, il faut se rendre un compte détaillé des circonstances et des hommes auxquels la France se trouva alors soumise. Robespierre, que nous nous sommes habitués à rendre responsable de tous les excès du mouvement révolutionnaire, n'en fut réellement que l'inventeur; encore les principes qu'il avait proclamés furent-ils non-seulement dépassés, mais brutalement méconnus par la plupart de ceux qui les appliquèrent. Le vulgaire s'est fait jusqu'ici une étrange idée de cet homme, représenté tour à tour comme un monstre ou comme un martyr, et qui était, avant tout, un ambitieux à logique inflexible. S'il se montra implacable, ce ne fut point par goût, mais par système. Il accepta les nécessités révolutionnaires sans en aimer les rigueurs, et métaphysiquement, pour ainsi dire. Son âme était froide plutôt que cruelle. Étonné de l'insensibilité du ministre de la justice pendant les massacres de septembre, on l'entendit s'écrier : « Qu'on est heureux d'être Danton ! » Quant à son républicanisme, il était d'autant plus sincère qu'il y trouvait l'intérêt de son ambition. Dès 1791 il avait clairement fait comprendre qu'il n'en voulait point seulement aux droits de la noblesse et du clergé. « Que m'importe, s'était-il écrié à propos de *la délégation de la souveraineté*, que m'importe qu'il n'y ait plus de ces titres ridicules sur lesquels s'appuyait l'orgueil de quelques hommes, s'il faut que je voie succéder à des privilégiés une autre classe à laquelle je serai obligé de donner exclusivement mon suffrage? Qu'importe au citoyen qu'il n'y ait plus d'armoiries, s'il voit partout la distinction de l'or? » Peu après, il développa encore plus nettement ses tendances dans deux discours sur la propriété et sur l'impôt progressif. Il ne demandait point la loi agraire, qu'il appelait *un fantôme créé par des fripons pour épouvanter des imbéciles*, mais une moindre disproportion dans les fortunes, l'établissement d'un impôt proportionnel aux ressources, et l'exemption de toute charge pour les citoyens qui ne possèdent que le pain de chaque jour.

C'était demander, comme on le voit, le renversement du système social, et telle était, en effet, la pensée de Robespierre. Son ambition n'était point une ambition vulgaire; il voulait arriver au pouvoir logiquement et comme le chef du système fondé par lui. Mais ceux qui n'avaient vu que le côté politique de la Révolution, se soulevèrent à la pensée de bouleversements plus profonds, et la Convention se trouva divisée en deux partis, l'un composé de tout ce qu'elle renfermait d'aventureux, de corrompu ou d'ambitieux; l'autre, de tout ce qu'elle avait de sensible et d'irrésolu. Telle fut l'origine de la lutte entre la Gironde et la Montagne. La Gironde, qui personnifiait la bourgeoisie (non celle dont nous déplorons aujourd'hui l'égoïsme altier, mais cette bourgeoisie intelligente et courageuse qui venait de vaincre la noblesse), la Gironde avait peu de chose à désirer après la fondation de la République, et devait tendre de toutes ses forces à la conservation de sa nouvelle conquête. La Montagne, au contraire, représentait cette partie inférieure de la nation jusqu'à laquelle la révolution n'était pour ainsi dire point venue, et qui ne pouvait trouver l'accomplissement de ses désirs que dans une complète rénovation de la société. Or, Robespierre était, nous l'avons déjà vu, l'inventeur même et le promulgateur le plus ardent de cette rénovation. Il devint

[1] Ces lignes étaient imprimées lorsque nous avons appris, par une lettre de M. Clément de la Hubaudière, que Chapuis avait conservé un ami dans le malheur, le citoyen Roujoux. Celui-ci a payé au sauveur des girondins une pension jusqu'à sa mort. Nous sommes heureux, pour l'honneur de notre pays, d'avoir à constater un tel fait.

donc naturellement le chef du parti jacobin. Mais, pour assurer le triomphe de son système, et par suite sa domination personnelle, il fallait briser violemment tout ce qui pouvait y faire obstacle, repousser l'agression au dehors, éteindre la résistance au dedans, et tenir la nation entière terrifiée sous sa main, comme un enfant que l'on force, par la menace, à subir une opération nécessaire. Lui-même annonça à la tribune le système transitoire auquel la France allait être soumise pour son salut.

« Le ressort du gouvernement populaire, en révolution, dit-il, est à la fois la vertu et la terreur; la vertu, sans laquelle la terreur est funeste; la terreur, sans laquelle la vertu est impuissante. La terreur n'est autre chose que la justice prompte, sévère, inflexible. Que le despote gouverne par la terreur ses sujets abrutis, il a raison comme despote. Domptez par la terreur les ennemis de la liberté, et vous aurez raison comme fondateurs de la République. Le gouvernement de la Révolution est le despotisme de la liberté contre la tyrannie.»

Mais en recommandant aux agents révolutionnaires cette double action de *la vertu* et de *la terreur*, Robespierre parlait en métaphysicien plus qu'en observateur. Il oubliait que toute puissance qui peut inspirer l'effroi tourne aussitôt à l'abus; il oubliait surtout quels hommes l'entouraient. La nature même de ses projets avait attiré vers lui tous les corrompus et tous les sanguinaires. Tandis qu'il marchait, lui, avec un raisonnement inexorable, à l'application d'un principe, ses prétendus auxiliaires ne s'agitaient que pour l'assouvissement de viles passions. Il y avait plus : leurs coups ne portaient point là où le maître avait dit de frapper. Pour suivre la doctrine de Robespierre, il eût fallu anéantir méthodiquement certaines natures et certaines classes; mais, sortis du peuple, la plupart des terroristes cherchèrent leurs victimes parmi leurs égaux. Ils tuèrent par rancune ou par intérêt privé, alors qu'ils n'eussent dû tuer que par système. « Les comités révolutionnaires, au lieu de diriger leur feu vers un certain but, faisaient un feu qui écartait. Des petites villes entières se traînaient à l'échafaud; mais c'était le marchand qui dénonçait le marchand, et tous deux étaient arrêtés par celui qui avait été leur ouvrier. C'étaient des haines de voisin à voisin, des jalousies de profession qui prenaient tout leur essor sous un masque révolutionnaire [1]. » Puis, à la suite de ceux qui se vengeaient, venaient les scélérats, pour lesquels la régénération sociale n'était qu'un prétexte de meurtres, de viols ou de rapines; les fous qui avaient soif de sang, les étourdis, les imbéciles; enfin, ces sectaires atroces connus sous le nom de *maratistes*, et qui avaient rêvé la réduction de la population à mille hommes par lieue carrée, la mort de tous les Français ayant connu la monarchie, la communauté des biens et l'anéantissement des devoirs de la famille.

Robespierre fut le premier à s'apercevoir que la plupart de ses partisans compromettaient ses doctrines par la manière dont ils les appliquaient. Il voulut les arrêter; mais ils résistèrent; il les envoya à l'échafaud! Alors la Terreur prit un nouveau caractère : on avait d'abord égorgé pêle-mêle et au hasard; Robespierre organisa la proscription, il songea même à y mettre un terme. Son but avait toujours été de fonder en France une démocratie austère dont il fût le chef. Il avait fallu pour cela faire table rase; mais il pensa que l'heure était enfin venue d'édifier, et il commença à rassembler les éléments d'ordre, au milieu du désordre même. Ces nouvelles tendances s'exprimèrent d'abord par des attaques contre les anarchistes de la commune, des démarches pour les députés expulsés comme complices de la Gironde, des paroles de tolérance en faveur des officiers nobles et des prêtres. Robespierre comptait surtout sur ces derniers pour une organisation générale, dont il eût donné le plan, à titre de *régulateur de la France;* c'était le nom significatif que les amis intimes donnaient déjà tout bas au nouveau *protecteur*. Il fut même question, aux approches de la fête de l'Être suprême, d'appeler à Paris tous les évêques constitutionnels, afin de s'entendre avec eux sur la nouvelle forme religieuse proclamée par Robespierre, et qui devait servir désormais de base au mouvement révolutionnaire. En essayant de lier ainsi l'action politique à celle du rationalisme symbolisé dont il avait fait une religion, le nouveau Cromwell devenait, en effet, une sorte de pape, réunissant dans sa personne deux caractères et deux autorités. Or, un pareil espoir devait lui sourire plus qu'aucun autre; il y avait toujours eu du prêtre dans cet homme, qui n'avait été fort que par la patience, la ruse et la continuité. Il savait d'ailleurs qu'une société ne pouvait se maintenir sans règle morale, et qu'il en existait deux bien distinctes : la règle chrétienne, encore puissante sur le plus grand nombre, et la règle naturelle, adoptée par cette portion de la nation plus instruite, sinon plus éclairée, qui avait accepté l'héritage philosophique du dix-huitième siècle. Ce fut à concilier ces deux règles qu'il employa tous ses efforts. Son discours sur les *rapports des idées religieuses et morales avec les principes républicains* révéla complétement sa pensée à cet égard. Il y fit sentir vivement la nécessité d'une croyance à laquelle fussent liés « les motifs des devoirs et les bases de la moralité, »

[1] Riouffe.

et déclara qu'en touchant avec trop peu de prudence et de délicatesse à la religion du peuple, on l'avait perverti. C'était là un langage nouveau, sans doute, et qui dut singulièrement déconcerter les élèves de Marat et d'Hébert. Ils sentirent alors qu'ils s'étaient trompés sur le compte de Robespierre. Celui-ci réclama bientôt l'épuration du comité de salut public et la punition des fonctionnaires qui avaient abusé de leur autorité; c'était demander leur condamnation à tous. *Les révolutionnaires dans le sens au crime*, comme les appelait Saint-Just, virent que la chute du chef était désormais leur seule chance de salut; ils se réunirent pour l'amener. Robespierre découvrit le complot; mais ses récents ennemis étaient malheureusement ses anciens partisans; toutes leurs iniquités avaient été commises en son nom; il en restait plus chargé qu'eux-mêmes, et les honnêtes gens firent avec les conspirateurs cause commune contre lui. Il comprit tellement le danger de cette position, qu'il voulut s'en expliquer publiquement.

« Les infâmes disciples d'Hébert, s'écria-t-il à la tribune, ont dit aux nobles, en parlant de moi : « C'est lui » seul qui vous a proscrits; » aux patriotes : « Il veut » sauver les nobles; » aux prêtres : « Sans, lui vous se- » riez paisibles et triomphants; » aux républicains persécutés : « C'est lui qui ordonne de vous poursuivre ou » ne veut pas l'empêcher. » Ils m'ont ainsi renvoyé toutes les plaintes dont je ne pouvais faire cesser les causes, en disant : « Votre sort dépend de lui. » Et maintenant ils m'appellent tyran! »

Ces reproches étaient vrais, au fond; mais le préjugé public était plus fort que toutes les apologies. Robespierre avait proclamé le culte de la terreur et s'en était déclaré pour ainsi dire le grand prêtre. On ne chercha point si ses intentions avaient été méconnues ou exagérées; toute la haine de cette longue douleur lui revint, et le *neuf thermidor* fut accueilli par des acclamations unanimes. Ainsi, pour Robespierre comme pour beaucoup d'autres, le préjugé populaire a prévalu sur la vérité, et son nom semble destiné à conserver longtemps encore, sinon toujours, une célébrité injurieuse! Cependant il restera constant, pour ceux qui regardent au fond des choses, que Robespierre fut le moins inique et le plus intelligent des terroristes! que les dépravations effrontées du *sans-culottisme* l'eurent constamment pour ennemi, et qu'il succomba non par ses excès révolutionnaires, mais pour avoir voulu les arrêter. Du reste, cette révolte des conventionnels les plus corrompus contre les tendances réorganisatrices de Robespierre n'eut point le résultat que les conjurés en avaient attendu. Ils s'étaient levés au nom de l'humanité méconnue et des droits violés; la France les prit au mot et confisqua à son profit une victoire que la plupart n'avaient cherchée que dans l'intérêt de leurs vices. En les acceptant pour honnêtes gens, on les força presque à le devenir; ils n'osèrent point retourner ouvertement au mal, et l'on vit succéder aux crimes publics qui avaient désolé la France, la corruption plus dangereuse peut-être du Directoire.

On nous pardonnera ces observations générales, qui nous ont semblé nécessaires pour bien faire comprendre ce qui va suivre. Nous revenons à notre récit. Parmi toutes les provinces ravagées par la Terreur, aucune ne devait être plus cruellement éprouvée que la Bretagne. Là tout se réunissait, en effet, pour justifier en quelque sorte l'emportement de la répression. Les fédéralistes venaient à peine de déposer les armes, les corvettes anglaises, croisant à l'horizon, jetaient presque chaque soir sur nos côtes des émigrés, de la poudre ou des guinées, et les armées vendéennes promenaient leur *drapeau blanc* le long des marches bretonnes, en appelant les campagnes à la révolte. Ce fut dans ces circonstances extrêmes que les représentants chargés par la Montagne d'activer le mouvement révolutionnaire arrivèrent en Bretagne. Leur premier soin fut de régénérer les clubs et les comités de surveillance. Tous les citoyens soupçonnés de modérantisme en furent chassés; on attenta à la liberté de chacun, au nom de la liberté générale; la propriété individuelle fut violée dans l'intérêt de tous, et la République devint une grande communauté, gouvernée par des inquisiteurs. Dans chaque ville, les comités de surveillance réglaient, d'après la loi du *maximum*, le prix du pain, sa composition, la quantité que chaque citoyen pouvait en acheter. Une commission des recherches avait été instituée pour dresser des listes de suspects! Qui ne l'eût point été dans un pays de nobles, de prêtres, de fédéralistes? Les prisons se remplirent en quelques jours; tout devint accusation suffisante pour des hommes prévenus. Écoutez plutôt le relevé des procès-verbaux ou des registres d'écrou :

Marie-Anne-Rose Pontho, babillarde, recherchant les personnes de sa caste : SUSPECTE!

Marie-Anne Saliou, femme Cresolles, n'ayant manifesté en public aucune opinion sur les principaux événements de la Révolution : SUSPECTE!

Marie-Gabrielle Kergrist, aussi spirituelle que son mari est simple : SUSPECTE!

Thérèse Jehan, femme Hingant, en correspondance avec son mari, émigré : SUSPECTE!

Et nous pourrions écrire ainsi dix mille noms, car nos terroristes de village ne manquaient jamais de causes pour emprisonner. Vous aviez gardé dans votre grenier des titres qui auraient dû être brûlés; votre caractère et vos relations étaient inconnus; votre fils était absent, on pouvait le supposer émigré; vous aviez vécu avec des parents qui n'étaient point dans les bons principes : SUSPECTS.

Quelquefois l'accusation était si grotesque que l'on pourrait la croire, aujourd'hui, formulée à dessein par un aristocrate malicieux. Ainsi le comité de Josselin, en dénonçant le cultivateur Grandière, ajoute : « C'est un de ces richards qui ont plusieurs fermiers qui leur payent en grains le prix de leur fermage. Et que fait-il de ces grains? il les emmagasine et les distribue pour des écus à des gens qui pensent et agissent comme lui[1].» Étrange crime! dira-t-on sans doute en lisant ces accusations qui excitent aujourd'hui le rire ou l'indignation... Et cependant, il ne faut point s'y tromper, à part leur forme ridicule, toutes étaient en réalité fondées. Ces gens, déclarés suspects pour des causes si futiles en apparence, étaient vraiment dangereux, car tous, au fond du cœur, étaient ennemis du mouvement révolutionnaire. Nos terroristes de village exprimaient mal le motif de leurs soupçons; mais l'instinct les avait bien avertis: si ce richard vend son blé *pour des écus*, c'est qu'il a refusé le papier de la République, et sa défiance peut nuire; si Marie-Anne Saliou se tait sur la Révolution, c'est qu'elle n'ose en dire de mal et ne veut point en dire de bien; si Thérèse Hingant écrit à son mari émigré, c'est que les affections privées ont plus d'empire sur son âme que l'amour de la patrie, alors que tout doit être sacrifié à celle-ci. Il y aura sans doute excès dans les rigueurs déployées, méchanceté quelquefois, erreur souvent. Partout où la violence est nécessaire, on risque de voir accourir les implacables et les corrompus; mais, malgré tout, le mouvement révolutionnaire portera ses fruits et aidera au salut de la France! Aussi ne croyez pas que les représentants en mission songent à ralentir l'action des comités pour la recherche des suspects; loin de là : ils excitent leur zèle, ils s'efforcent eux-mêmes de découvrir, par tous les moyens, les pensées les plus intimes de chacun. Bréard et Tréouhard, par exemple, accusant réception, au comité de salut public, d'une somme de trois cent mille livres, dans une lettre du 7 octobre, ajoutent sans mystère : « Nous tirons de l'emploi de ces fonds le double avantage de secourir de bons patriotes indigents et de savoir par eux ce qui se passe dans l'intérieur des familles! » Preuve nouvelle que l'immoralité des moyens n'a jamais effrayé les puissants, de quelque parti qu'ils fussent sortis.

[1] Voyez l'*Histoire de la Révolution dans les départements de l'ancienne Bretagne*, par M. Duchatellier.

XXXIV

RETOUR A RENNES — UNE SÉANCE DU CLUB

Nous nous trouvions, autant qu'il m'en souvient, aux premiers jours du mois de novembre **1793**, lorsque les intérêts de notre société de commerce m'appelèrent à Rennes. Je n'avais point revu cette ville depuis le jour où je l'avais quittée par ordre de mon parrain; on peut juger de mon empressement à m'y rendre et de mon émotion en y arrivant. J'y retrouvai les meilleurs souvenirs de ma vie, ceux qu'on n'oublie jamais et qu'on aime les derniers. C'était là que j'avais vécu trois pauvres et joyeuses années, gagnant huit sous par jour, couchant dans une mansarde sans cheminée, et n'ayant en toute saison qu'un frac de ratine, une culotte de bouracan, deux paires de bas chinés et trois chemises, dont une seule avait conservé son jabot. Je m'étais trouvé exposé depuis ce temps à des chances bien diverses; ma destinée avait flotté à tous vents, parfois paisible, mais le plus souvent menacée et voguant, comme disent les marins, *sous ses voiles de fortune*. A l'exemple de tous les jeunes gens, j'avais passé par cette époque où l'âme a des ailes; mais j'avais depuis longtemps laissé toutes mes plumes aux buissons, et, dégoûté de mon rôle d'Icare, je m'étais résigné à marcher droit devant moi, portant la vie sur mes épaules, à la manière des marchands forains. Cependant la vue de Rennes me rendit mes sensations d'autrefois. En revoyant la ville où j'avais fait tant de mauvais repas, et remis tant de boutons à mon unique habit, je me sentis redevenir jeune par la mémoire. Les souvenirs de pauvreté que laissent les premières années ont une grâce touchante qui attendrit sans attrister. Qu'importe en effet ce que l'on a souffert alors que l'on savait chanter, dormir et attendre? La jeunesse!... c'est le rayon du soleil qui fait rire la prison, c'est la fleur qui égaye la fenêtre sans rideaux du pauvre; c'est la lumière et le parfum, l'espérance et la joie! La première chose qui me frappa, en arrivant à Rennes, fut le changement qui s'était opéré dans l'aspect de la ville. Je me rappelais encore le silence des rues à peine troublé par le jeu des écoliers, la solitude des places que traversait de loin en loin un conseiller en robe, le calme des promenades où l'on voyait se perdre, derrière les charmilles, quelques étudiants pensifs. Rennes, en un mot, m'avait laissé le souvenir d'une immense université où tout rêvait et travaillait en silence : maintenant les rues, les places, les promenades étaient couvertes de groupes bruyants ; des soldats stationnaient à chaque carrefour ; on coudoyait les canons, on heurtait les cavaliers; ce n'était partout que cris, tumulte, cliquetis d'armes : l'université était devenue un camp. En approchant du palais, dont les murs étaient tapissés naguère d'affiches de vente ou d'avertissements de cours, je lus les annonces suivantes :

AVIS

« On désirerait trouver huit jeunes gens, n'ayant point peur de mourir, pour monter, comme volontaires, sur un corsaire en armement à Saint-Malo.—S'adresser au citoyen Godefroy, rue aux Foulons. »

AUX CITOYENNES PATRIOTES

« Celles qui voudront employer quelques instants de loisir à tricotter des bas pour nos frères des frontières, peuvent s'adresser aux citoyens Bascon, rue d'Estrées; Bouvard, hôtel de ville; Gathois, place d'Estrées, qui leur fourniront la matière nécessaire. »

ARRÊTÉ DE LA MUNICIPALITÉ

« Les mauvais citoyens sont divisés en trois classes : 1° Les conspirateurs et chefs de parti. Leurs têtes tomberont sur-le-champ !—2° Les fomentateurs de troubles par leurs discours ou complaisances. La prison. — 3° Les gens modérés, les suspects, tous tartufes. L'enceinte de la ville pour prison. »

Ma première pensée, en arrivant, fut de courir chez Benoist. Sa femme et lui me reçurent comme un frère; mais je les trouvai profondément tristes. Le *sans-culottisme* régnait à Rennes dans toute sa brutalité immonde. Les vrais jacobins, qui avaient compris la terreur comme Robespierre, c'est-à-dire sans le vice, en gémissaient sans pouvoir y remédier, car ils étaient en petit nombre, et le mal venaient surtout des représentants en mission, alors tout-puissants. On eût dit que la plupart avaient pour but unique d'encanailler la Révolution. C'était Carrier, qui, à son passage, en octobre, avait pris soin d'annoncer à Rennes les nouvelles doctrines révolutionnaires proclamées par Hébert et ses amis. L'athéisme, la cruauté et le cynisme en formaient la base. Le missionnaire était digne de la religion ! Il commença par ordonner l'établissement d'un *registre de renseignements civiques*, où chacun pourrait écrire ses dénonciations; le renouvellement des autorités et le mariage des prêtres *qu'avait éclairés la philosophie*. Le Coz, évêque d'Ille-et-Vilaine, s'opposa à cette dernière mesure, qu'il regardait comme une violation des statuts ecclésiastiques. C'était un chrétien sincère, qui avait accepté la République sans renoncer à aucune de ses croyances et comme l'avénement du règne de Dieu sur la terre. Carrier le fit venir, et s'avançant vers lui avec un geste furieux :

— Rends-moi tes lettres d'ordre, s'écria-t-il ; toutes ces jongleries doivent finir : il faut que tu renonces à tes croyances fanatiques, il faut que tu n'adores plus d'autre divinité que la République. — Et comme le Coz secouait la tête en gardant le silence : — M'as-tu entendu? demanda le conventionnel avec emportement.

— Je t'ai entendu.

— Qu'as-tu à répondre, alors?

L'évêque le regarda fixement et, croisant les bras avec calme, il se mit à répéter d'une voix lente et cadencée :

Abandonner un Dieu que l'on craint dans son cœur,
C'est le crime d'un lâche, et non pas une erreur;
C'est trahir à la fois, sous un masque hypocrite,
Et le Dieu que l'on prend et le Dieu que l'on quitte.

Le soir même, Carrier le fit emprisonner comme *suspect*. Mais à Rennes il était trop connu et trop aimé; les patriotes sollicitaient son élargissement; on le fit partir de nuit pour le mont Saint-Michel. Débile et souffrant, le Coz demanda à ses conducteurs la permission de prendre un cheval; on lui répondit que le *principe sacré de l'égalité s'y opposait !* Il fallut marcher plusieurs jours sur la neige, les pieds en sang, haletant de fatigue et de fièvre !... et aucune impatience ne se trahit pourtant; aucune plainte ne se fait entendre ! Tandis que l'homme souffre dans sa chair, le chrétien élève sa pensée au ciel et laisse tomber de ses lèvres un harmonieux cantique :

Seigneur, je te bénis, ta bonté paternelle
Vient, en m'humiliant, me prouver ton amour.
Qu'il est heureux ce jour
Qui me rapproche ainsi de mon divin modèle!

Comme toi méprisé, garrotté comme toi,
Sans doute on me conduit au lieu de mon supplice;
Voilà l'amer calice
Que des hommes impurs ont préparé pour moi.

Je le boirai, Seigneur, en dépit du murmure
Qu'excitent dans mon sein des sens trop délicats;
Je saurai, sur tes pas,
Marcher avec ta grâce et dompter la nature.

Cependant, au milieu de sa résignation, une inquiétude poursuit sans cesse l'évêque : s'il meurt, que deviendra ce qui lui a été confié? car il garde un trésor, qu'il a su cacher jusqu'à ce moment à tous les yeux, et ce trésor est le dépôt d'un ami : c'est le manuscrit des *Origines gauloises*[1], envoyé d'Espagne par Latour-d'Auvergne, avec trente louis destinés aux frais d'impression ! S'il meurt, à qui remettre le livre et l'or? s'il vit, comment les dérober longtemps aux recherches? Il y réussit pourtant à force de soin, d'adresse, de prudence; et, plus tard, lorsqu'il fut rendu à la liberté, il put annoncer à Latour-d'Auvergne la conservation inespérée de son dépôt. Mais le malheureux évêque était sorti de prison sans souliers, sans habit et sans ressources; son ami l'apprit, il voulut lui faire garder la moitié des trente louis; le Coz refusa. Ce fut alors que Latour-d'Auvergne lui écrivit la lettre suivante, expression sublime de l'âme la plus naïvement grande et la plus vraiment républicaine, peut-être, de tous les temps modernes :

« Quoique je ne reçoive que vingt-cinq livres par mois en numéraire et le reste en mandats, j'en ai assez pour aller doucement dans la vie. Je me prosterne bien plus volontiers devant la Providence pour la remercier que pour lui rien demander; du pain, du lait, la liberté et un cœur qui ne puisse jamais s'ouvrir à l'ambition, voilà l'objet de tous mes désirs.

» Je vous le répète donc, que le partage soit strictement égal entre nous. Vous ne sauriez en user autrement sans offenser mon amitié et vous exposer à la perdre pour toujours.

» LATOUR-D'AUVERGNE. »

Mais revenons à l'organisation de la terreur à Rennes. Carrier n'avait fait qu'y passer, et son acte le plus significatif avait été l'arrestation de l'évêque le Coz; forcé de partir pour Nantes, il laissa ses instructions à Pochole, qui ne négligea rien pour le remplacer dignement. Une commission militaire fut établie pour juger les traîtres en dernier ressort; elle pouvait condamner à mort sur la déposition de deux témoins, ou à leur défaut *sur le simple procès-verbal d'un fonctionnaire public.* Brutus-Magner en était président; Scevola, greffier.

— Jamais, me dit Benoist, création de tribunal ne coûta moins d'études et de soins. Pochole a fait acheter six bonnets rouges, autant d'écharpes avec médailles, le tout coûtant douze cent soixante-quinze livres; il a demandé six sans-culottes de bonne volonté qui voulussent gagner douze livres par jour à sauver la République, et le lendemain on voyait, affichée sur toutes les murailles, l'annonce suivante :

« La commission militaire révolutionnaire tiendra publiquement ses séances chez la veuve Bezot, rue de la Municipalité, près la grande halle.

» Citoyens, si vous connaissez des scélérats qui cherchent à fomenter l'indiscipline dans les armées, des lâches que ni l'honneur ni le devoir ne retiennent à leur poste dans les moments glorieux d'un combat, si vous connaissez des dilapidateurs, des conspirateurs, venez nous les dénoncer, et sur-le-champ vos vœux seront remplis, vos cœurs seront satisfaits; une prompte justice vous consolera d'avoir été témoins de forfaits envers la République. »

— Et ils jugent tous les jours, demandai-je?

— Du matin jusqu'au soir; l'un d'eux a déjà succombé à la peine ! mais, la commission militaire est le moindre de nos malheurs. Là, du moins, les accusés trouvent quelque chose comme des juges : on les écoute, pourvu qu'ils ne soient pas trop longs, et on les acquitte parfois. Le fléau véritable, c'est le comité des recherches; les vrais ennemis, ce sont les agents secrets, espèce d'affranchis dont nos proconsuls sont entourés, auxquels il faut donner une partie de ce que l'on possède pour ne pas être dénoncé, et qui vous dénoncent souvent pour avoir le reste. Ce n'est point Pochole que je redoute le plus ici, mais un ex-marquis qu'on appelle Caïus et que tu trouveras partout où il y a quelque mal à faire; un ex-prêtre, nommé Jean Bouet, qui était obligé naguère de rester au lit lorsqu'on blanchissait son unique chemise, et qui possède aujourd'hui plus de deux cent mille livres. C'est ce dernier qui a voulu forcer l'avocat Kerdellant, chargé de la garde des registres de l'état civil, à les jeter au feu afin de *régénérer les familles, en détruisant les preuves de leur origine.* Kerdellant a eu le courage de refuser; Bouet l'a fait emprisonner comme suspect. Du reste, si tu demeures ici quelques jours, tu verras bientôt toi-même jusqu'où le sans-culottisme en est arrivé. — Nous causâmes encore quelque temps, puis on vint chercher Benoist, qui fut forcé de nous quitter. Cependant l'heure du club était venue.

— J'y vais rarement, me dit madame Benoist; mais aujourd'hui mon mari ne pourra s'y rendre, et je crains que son absence ne soit remarquée; voulez-vous m'y conduire?

J'acceptai et nous sortîmes.

[1] Ce n'était point le manuscrit original, mais un exemplaire surchargé de notes et sur lequel devait s'imprimer une seconde édition, revue et corrigée, des *Origines gauloises.*

En traversant la place du Marché, nous aperçûmes un homme attaché à un poteau; c'était un soldat condamné par le tribunal militaire pour vol de poules dans la campagne, et qui portait attaché au cou *le corps même du délit;* la foule l'entourait en riant.

— Vous le voyez, me dit madame Benoist, nos inflexibles ont aussi leurs moments de bonne humeur; et, pour délasser le vengeur public, ils se permettent parfois une plaisanterie judiciaire. On peut bien massacrer les paysans, déshonorer leurs femmes et incendier leurs demeures, mais leur basse-cour est une propriété sacrée à laquelle il est défendu de toucher. Les poules ont plus de prix que les hommes aux yeux de la nation, et cela se conçoit, la nation a faim! — En arrivant au club, nous rencontrâmes sur le seuil un sans-culotte qui parlait avec beaucoup de chaleur au milieu d'un groupe de vagabonds; ma compagne ne put retenir à son aspect un geste de dégoût.

— Vous voyez cet homme, me dit-elle, c'est l'ex-marquis dont mon mari vous a parlé. Ruiné par la débauche, il s'est fait patriote et délateur pour rétablir sa fortune; mais ses vices ont seulement changé de costume; au fond, c'est toujours le grand seigneur d'autrefois, c'est-à-dire un oisif enté sur un escroc. Il courtisait la canaille habillée de soie, maintenant il courtise la canaille en haillons; il bâtonnait ses créanciers, aujourd'hui il les dénonce. Soit ignorance, soit raillerie, il se fait appeler Caïus, et le nom lui convient; tâchons de passer sans qu'il nous arrête.

Mais l'ex-marquis avait aperçu la citoyenne Benoist; il s'avança vers elle avec une affectation de brusquerie populaire.

— Tu arrives bien tard, citoyenne, s'écria-t-il; Pochole vient de partir. Il a *cicéroné* une heure contre les fédéralistes et les modérés; j'aurais voulu que ton mari fût là, ça aurait pu lui être utile. — Madame Benoist pâlit; ses lèvres s'entr'ouvrirent pour répondre, mais elle se contenta de jeter à Caïus un regard méprisant et voulut passer.

— Eh bien! quoi? est-ce que ça te fâche? reprit celui-ci; j'ai voulu rire; on sait bien que Benoist est un chaud patriote.... Voyons, pas de rancune. — Il essaya de lui prendre la main, mais la jeune femme recula avec dégoût en lui disant:

— Laissez-moi!

— Excusez! s'écria Caïus, tu *vouvoyes* tes frères! il paraît que l'égalité te vexe et que tu méprises les vrais sans-culottes. Prends garde, ma petite; il ne faut pas être trop fière de ton bonnet à rubans, de peur que la nation ne confisque la tête qui est dedans. Un long éclat de rire retentit à cette plaisanterie féroce; madame Benoist m'entraîna au club. Au moment où nous entrions, le président achevait une lettre des collégiens de Rennes, qui proposaient de consacrer la valeur de leurs croix à l'équipement des volontaires; on lut aussi une réclamation du sieur Sevestre, demandant que toutes les charges qui seraient imposées aux citoyens fussent doublées pour lui. Un acteur du théâtre de Rennes, nommé Bosquet, monta ensuite à la tribune et se plaignit de la cherté des grains, qu'il attribua à l'égoïsme des accapareurs. Il proposa de faire le recensement de tout le blé qui existait dans le département et d'en fixer le prix proportionnellement au salaire des ouvriers et aux travaux des cultivateurs; cette proposition fut accueillie avec enthousiasme; on décida qu'elle serait communiquée à Pochole, afin qu'il en confiât l'exécution aux corps constitués. La séance semblait terminée, lorsque les rangs s'ouvrirent pour laisser passer un jeune homme qui s'avança, le bonnet rouge sur la tête, jusqu'au bureau.

— Que veux-tu? demanda le président.

— Je suis député par les jeunes gens de la ville de Rennes.

— Dans quel but?

— Pour que toi et tous les bons patriotes vous appuyiez leur demande près de la commission militaire.

— Et que demandent-ils?

— A être eux-mêmes les exécuteurs des condamnations capitales, *afin d'assouvir leur rage contre les vils chouans!*

Une longue rumeur d'étonnement retentit, puis des applaudissements s'élevèrent.

— Oui, oui! s'écrièrent plusieurs voix; qu'on leur livre les brigands!

— Nous ferons en sorte que votre demande soit prise en considération, dit le président.

— L'accolade fraternelle aux députés! reprirent les mêmes voix. Le président se leva pour embrasser le jeune homme, et l'invita aux honneurs de la séance. J'étais à la fois indigné et anéanti.

— Sommes-nous chez des cannibales? demandai-je.

— Silence! dit madame Benoist à voix basse.

— Mais quels sont donc les misérables qui se proposent ainsi pour bourreaux?

— Des fous que la vue du sang a rendus furieux, ou des lâches qui se font féroces pour paraître braves: pourquoi vous étonner? Ne savez-vous pas que les maladies de l'âme se communiquent de même que celles du corps, et que l'imitation n'est point seulement une faculté humaine, mais une loi fatale? Ces malheureux sont devenus cruels comme les visiteurs de Saint-Médard devenaient convulsionnaires, par contagion morale ! L'habitude crée à l'âme des appétits monstrueux, et le goût du sang doit venir à force d'en voir couler. — La séance venait d'être levée; nous attendîmes que la foule se fût retirée pour sortir; Caïus était encore à l'entrée; il se tourna vers moi au moment où je passais.

— Fais-tu aussi partie des braves pétitionnaires qui veulent être les vengeurs du peuple? me demanda-t-il avec un sourire féroce. Je lui jetai un regard de mépris.

— Bourreau!... murmurai-je.

— A ton service, répondit-il en ricanant.

XXXV

LEPERDIT, MAIRE DE RENNES

Toutes les mesures avaient été prises à Rennes par les terroristes pour que rien n'arrêtât l'élan révolutionnaire tel qu'ils le comprenaient; mais heureusement que le hasard avait placé sur leur route un de ces êtres à qui le dévouement tient lieu de puissance, et qui arrêtent tous les fléaux en leur faisant une digue de leur corps. Cet homme était un pauvre tailleur nommé Leperdit. Né à Pontivy, dans le Morbihan, il n'y avait reçu que l'éducation grossière des enfants de sa condition. Le curé, frappé de ses dispositions, proposa de lui ouvrir une bourse dans le séminaire du diocèse; Leperdit refusa; on lui demanda la cause de ce refus :

— Les séminaristes oublient leurs parents, répondit l'enfant; on les habitue à ne plus obéir et à ne plus songer qu'à leur évêque; je ne veux pas devenir prêtre, de peur de moins aimer ma bonne mère. — Il apprit donc l'état de son père, s'établit à Rennes vers l'âge de dix-huit ans, et s'y maria peu après. Pendant plusieurs années, sa vie fut celle d'un ouvrier laborieux et obscur, gagnant chaque jour le repas du lendemain, faisant sa part plus petite quand un malheureux venait lui dire qu'il avait faim, travaillant six jours sans relâche, et trouvant sa joie à sortir le septième avec un enfant à chaque main. Ce fut dans cette existence austère que son âme se prépara silencieusement aux grandes choses. Lorsque la révolution arriva, il la salua avec une joie calme, mais ferme, et comme une justice attendue. Armé l'un des premiers pour la défense des droits populaires, on voulut lui donner un grade :

— Que les plus capables commandent, répondit-il; mon rôle à moi est d'obéir. — Mais les événements marchaient, et ceux qui avaient commencé la révolution étaient dépassés. Rennes avait eu trois maires déjà : le premier s'était retiré à l'approche des mauvais jours, le second se cachait pour éviter l'échafaud, le troisième avait péri près de Vitré, massacré par les chouans, comme Joseph Sauveur. La guerre civile était aux portes, l'émeute au dedans, la disette partout, et Carrier arrivait !... Ce fut alors que l'on vint dire à Leperdit que ses concitoyens l'avaient choisi pour officier municipal.

— Je n'ai pas le droit de refuser, puisqu'il y a du danger, répondit-il; je me crois incapable, mais j'essayerai. Si je recule au moment du péril, punissez-moi. — Puis, voulant donner l'exemple de tous les sacrifices, il transforma son atelier en caserne, et y logea trente soldats, vivant des faibles économies qu'il avait longuement amassées pendant dix années de privations.

— Que laisserez-vous à vos enfants? lui demanda un ami, inquiet de ce dévouement patriotique.

— Mon exemple à imiter, répondit le tailleur. Tel était l'homme en face duquel Carrier se trouva lors de son arrivée à Rennes. Comme nous l'avons déjà dit, les fédéralistes étaient en grand nombre dans le département, et l'envoyé de la Convention avait pour mission spéciale de sévir contre ce parti à peine vaincu; son premier soin fut donc de demander au conseil une liste de proscription. Le conseil, effrayé, la dresse à la hâte et la présente à Leperdit.

— Vous avez oublié un nom, dit-il.

— Lequel?

— Le mien; car la plupart de ceux que vous avez inscrits là sont mes frères d'opinion, et ont combattu comme moi pour la liberté.

Les membres du conseil se regardèrent avec embarras.

— Cette liste est un bon pour le bourreau, reprit Leperdit, je ne la signerai pas.

— Mais Carrier l'a demandée, et la lui refuser, c'est donner sa tête.

— Je le sais, aussi je me charge de ce refus. — Et, déchirant la liste :

— Adieu, ajouta-t-il en tendant la main à ceux qui l'entouraient, *je vous recommande mes enfants !...* — Il se rendit aussitôt chez Carrier.

— M'apportes-tu ma liste? demanda celui-ci dès qu'il l'aperçut.

— Non.

— Pourquoi?

— Parce que je ne veux pas qu'on la fasse. — Le conventionnel se leva comme un lion blessé.

— Qui donc, de toi ou de moi, commande ici? s'écria-t-il.

— Ni l'un, ni l'autre : c'est la justice qui commande, et elle défend de frapper des frères, coupables seulement de s'être trompés. Fais toi-même cette liste, si tu veux; nous ne sommes pas des dénonciateurs.

— Ah! tu prends le parti des anarchistes, des modérés, des calotins... Et si je t'envoyais pourrir en prison?

— J'irais.

— Si je te faisais guillotiner?

— Tu es libre. — Carrier grinçait des dents et frappait du poing sur son bureau : cette résistance calme irritait sa colère, sans lui fournir les moyens de l'exprimer.

— Retourne à la mairie, dit-il enfin, je t'y consigne.

— C'est inutile, répondit le tailleur, je n'ai point d'autre domicile depuis un mois. — Leperdit retourna à la mairie, mais Carrier ne parla plus de sa liste de proscription. Dans une autre occasion, le conventionnel lui reprochait d'avoir favorisé la fuite de plusieurs prêtres qui étaient hors la loi.

— Ils n'étaient pas hors l'humanité, répondit le tailleur. — Lassé de toutes ces résistances, Carrier se décida à partir et à se rendre à Nantes, où il espérait trouver plus de docilité. En quittant Leperdit, il lui dit avec un accent de menace :

— Je reviendrai.

— Tu me trouveras, répliqua le maire d'un ton simple. Carrier ne reparut plus à Rennes. Mais, lui parti, restaient encore les méchants, les fous, les lâches surtout, race toujours prête à se racheter avec le sang des autres. Beaucoup de gens s'étaient compromis dans la lutte des girondins contre la Montagne. Les membres du *Comité de correspondances avec la députation d'Ille-et-Vilaine* avaient écrit, le 7 juin 1793, au citoyen Beaugeard, la lettre suivante :

« CITOYEN,

» L'indignation et la douleur ont éclaté de toutes parts à la nouvelle de l'illégale arrestation de vingt-deux membres de la Convention nationale et de la commission des Douze. Les citoyens d'Ille-et-Vilaine ne laisseront pas impuni l'attentat criminel commis par une *faction dominatrice et sanguinaire*, la violation de tous les droits de l'homme, l'interception de toutes les lettres, de toutes les feuilles périodiques entre Paris et les départements. Vos concitoyens n'ont pas vu sans une surprise extrême l'indifférence avec laquelle vous leur avez annoncé l'arrestation de Lanjuinais, dont ils ont eu, dans tous les temps, l'occasion de reconnaître *l'intégrité, la lumière et le patriotisme soutenu*. La Convention nationale n'est plus libre. »

Or, ce même Lanjuinais, dont on avait fait l'apothéose, était maintenant proscrit et en fuite; la *faction sanguinaire* et *dominatrice* était triomphante! Il fallait lui donner des gages de repentir, apaiser la colère de ces nouveaux Teutatès par quelques sacrifices! Mais prendre des victimes parmi les forts eût été difficile ou dangereux; on les chercha parmi les plus faibles et les plus abandonnés. Grâce à Leperdit, les religieuses attachées à l'Hôtel-Dieu de Rennes continuaient à remplir leur mission de charité. Carrier s'était montré surpris à leur aspect, et les avait TANCÉES *sur l'approbation* SECRÈTE *qu'elles* POUVAIENT *donner aux prêtres réfractaires* : mais la bonne tenue de l'hôpital l'avait fait passer outre. Après son départ, on sut que deux de ces religieuses avaient reçu d'une Vendéenne que l'on conduisait au supplice (et qu'elles avaient précédemment soignée) un anneau d'or, comme souvenir de reconnaissance. C'en fut assez pour les sans-culottes d'élite, qui cherchaient une occasion de prouver leur patriotisme à la Montagne! Ils s'écrièrent qu'il y avait connivence entre les sœurs et les brigands! Cet anneau donné était évidemment le prix de quelque trahison : le salut de la République était compromis; il fallait faire un exemple. Bref, ce fut l'histoire des *animaux malades de la peste;* l'anneau remplaçait l'*herbe d'autrui* mangée par le malheureux Aliboron; et les deux sœurs furent donc arrêtées et conduites en prison. Leperdit l'apprend : voulant éviter des débats qui auraient compromis l'autorité des juges ou la sienne, il se rend directement à la tour Le Bast, où les nonnes étaient retenues.

— Que faites-vous ici? dit-il brusquement; qui vous a autorisées à quitter votre poste? — Les sœurs veulent s'expliquer. — Pas d'excuses! s'écrie Leperdit; les malades ont besoin de vos soins : votre prison, c'est l'hôpital; là, du moins, vous êtes utiles à la patrie. — Puis, se tournant vers le geôlier, il le somme de relâcher ces deux femmes, et les reconduit, en grondant, à l'Hôtel-Dieu, où il les consigne. Les juges comprirent la leçon et ne réclamèrent point leurs captives. Nous avons déjà dit que la disette se faisait sentir à Rennes. Les royalistes, qui n'espéraient s'emparer de la ville qu'en semant la discorde parmi ses défenseurs, firent répandre le bruit que cette disette était entrenue volontairement par les membres de la commune, qui spéculaient sur les grains. La souffrance rend crédule; le peuple, qui mourait de faim, s'assembla et, excité par un misérable nommé Toinel, qui avait été deux fois condamné à la corde pour vols de vases sacrés, il se rendit sur la place de la commune, demandant le maire avec des cris menaçants. Leperdit paraît au balcon et veut parler ; mais on ne lui en laisse pas le temps :

— Du pain! du pain! s'écrie la foule exaspérée.

— Je n'en ai point, répond le maire.

— Ta vie, alors!

— Je vais vous l'apporter.—Il quitte la fenêtre pour descendre ; ses amis essayent de le retenir.

— Non, dit le tailleur, leur fureur va croissant ; il faut que je l'apaise par mes paroles ou par mon sang. — L'officier qui commande dans l'intérieur de l'hôtel de ville déclare alors qu'il défendra le maire au péril de ses jours, et ordonne à ses soldats de charger leurs armes.

— Que fais-tu, citoyen? s'écrie Leperdit; j'ai fait serment de mourir pour le peuple, et non de le faire mourir pour moi. Reste ici, je sortirai seul. On ne tue pas si vite que tu le crois un honnête homme. D'ailleurs, ne vois-tu pas que je suis armé? j'ai mon écharpe! — Il descend alors et se présente à la foule. A son aspect, on recule, et il y a un moment d'hésitation ; mais Toinel et quelques misérables, apostés par lui, recommencent leurs cris. La fureur se rallume, le tumulte augmente et les pierres commencent à voler. Leperdit, atteint au front, chancelle. A la vue du sang qui coule, le peuple s'arrête épouvanté de ce qu'il vient de faire : il y a un instant de silence.

— Mes amis, dit Leperdit en souriant avec douceur, je ne sais point faire des miracles comme le citoyen Jésus, et je ne puis changer ces pierres en pain. Quant à mon sang, que vous voyez couler, plût au ciel qu'il fût possible de vous en nourrir, je vous le donnerais avec joie jusqu'à la dernière goutte.— A ces mots d'une sublime miséricorde, tous les yeux se baissent; il y a dans la foule comme un mouvement d'embarras. Leperdit en profite, et justifie la commune en rappelant tout ce qu'elle a fait, tout ce qu'elle fait encore pour ramener l'abondance. Il parle longtemps, avec calme, d'une voix douce, égale, et ne s'interrompant que pour essuyer le sang qui inondait son visage. La foule comprit qu'on l'avait trompée, et alors vint le regret, puis la honte. Le bruit s'apaisa, les rangs s'éclaircirent, et cette multitude, qui un instant auparavant grondait pareille à une mer orageuse, se fondit comme une nuée. Mais enfin la tourmente révolutionnaire s'apaisa ; les Vendéens, puis les chouans déposèrent les armes; l'abondance reparut, et avec elle la tranquillité publique. Tant que la mairie de Rennes avait été un avant-poste exposé aux premiers coups des brigands ou de l'émeute, tout le monde s'était tenu à l'écart; mais, dès qu'il n'y eut plus qu'honneur et profits à y trouver, chacun s'offrit à remplacer Leperdit. Les gens bien nés s'aperçurent, pour la première fois, que ce n'était qu'un pauvre tailleur qui faisait des fautes d'orthographe. On avait pu l'accepter comme administrateur à une époque où il fallait savoir mourir ; mais maintenant que le danger était passé, ce poste demandait un homme considéré qui pût donner des bals ! L'égalité républicaine n'était déjà plus qu'une fiction reléguée dans la loi. Il y avait quelque part un jeune général à longs cheveux et à teint cuivré qui méditait sourdement d'escamoter la Révolution à son profit. La réaction contre les habitudes démocratiques se faisait sentir partout, et les sans-culottes débraillés de 93 commençaient à se transformer en incroyables. Leperdit comprit que son temps était fini, et, ne cherchant point à retenir un pouvoir qu'il n'avait jamais demandé, il retourna à son établi, comme Cincinnatus à sa charrue, sans soupçonner lui-même la grandeur de son dévouement. Cependant il fit partie, un peu plus tard, de la députation que le conseil municipal de Rennes envoya pour féliciter Napoléon lors de son passage à Nantes. Ses traits frappèrent l'Empereur :

— Votre nom, monsieur? demanda-t-il brusquement à l'ex-maire de Rennes.

— Leperdit, tailleur. — Napoléon fit un geste de surprise et demanda une explication qu'on lui donna.

— Que pense le peuple de moi? dit-il en s'adressant de nouveau à Leperdit.

— Le peuple vous admire.

— Est-ce tout?

— Oui.

— Ainsi, on me reproche quelque chose?

— L'arbitraire, sire. — L'Empereur, qui marchait, s'arrêta devant Leperdit, et le regarda en face.

— Vous tenez à me prouver, monsieur, que le proverbe a raison quand il parle de la franchise des Bretons?... Du reste, j'aime qu'on me dise ce qu'on a dans le cœur... Venez! — Et, faisant un signe au tailleur, il l'attira dans une embrasure de fenêtre, où il l'entretint une heure entière. Leperdit soutint cette conversation sans embarras, repoussant les propositions de l'Empereur, et laissant voir ses opinions républicaines. Lorsqu'il se retira, Napoléon le suivit du regard :

— Tête de fer! murmura-t-il. — Et il rentra brusquement. Le soir même, le maire de Rennes, le marquis de Blossac, qui s'était montré plus docile que son compagnon, reçut le brevet qui le nommait chevalier de la Légion d'honneur. Depuis cette époque jusqu'aux Cents-Jours, Leperdit resta étranger aux affaires politiques. Malgré son âge, il reprit alors sa vieille cocarde, et marcha avec les fédérés au secours de Nantes, que les Vendéens menaçaient. Au retour de Louis XVIII, il fut porté sur la liste des conseillers municipaux; mais il refusa de prêter serment. Le préfet, furieux, le fit mander.

— Prenez garde, dit-il au vieillard, on ne se montre point impunément hostile à Sa Majesté; je pourrai vous l'apprendre.

— Vous êtes bien jeune et moi bien vieux, pour que je reçoive des leçons de vous, répondit le tailleur en souriant.

— Vous prêterez serment, monsieur!

— Jamais!

— Vous levez la tête bien haut!

— C'est que je n'ai rien dans ma vie qui puisse me la faire baisser. — Le préfet confus s'excusa, et reconduisit Leperdit jusqu'à la porte. Mais la liberté, que celui-ci avait adorée comme sa sainte, et à laquelle il avait tout sacrifié, était perdue pour longtemps, sinon pour toujours. Aussi sa vieillesse fut-elle triste, désenchantée. Que de fois je l'ai vu, assis sous les tilleuls de la *place aux Arbres*, les yeux tournés vers ce grand édifice du *Présidial*, où il avait siégé aux plus terribles jours de la Révolution! Ah! sans doute qu'en contemplant le théâtre de tant de nobles angoisses, de généreuses espérances et de sublimes dévouements, d'amères pensées descendaient dans son âme! Sans doute qu'il se demanda plus d'une fois à quoi avaient servi tant d'efforts, et si le travail des nations n'était pas, comme celui des enfants, une bruyante inutilité! Du reste, les désenchantements de Leperdit ne changèrent rien à son caractère. C'était un de ces caractères que l'aspect du mal attriste, mais ne peut endurcir. Sa mort fut digne de sa vie. Réveillé au milieu de la nuit par les cris: *Au feu!* il court à l'incendie, se précipite dans les endroits les plus dangereux, et reçoit une blessure dont il ne s'aperçoit qu'au moment où le danger a cessé. On le rapporte chez lui; pendant deux années sa blessure s'aggrave et devient chaque jour plus inguérissable; il ne fait entendre aucune plainte, ne donne aucun signe d'impatience, et ne songe qu'à ses enfants, qui l'entourent. Tout à coup l'un d'eux cesse de venir..... Leperdit demande la cause de son absence, on lui répond avec embarras qu'il est malade; mais le jour même il apprend que la conspiration de Berton a été découverte, il ne doute pas que son fils ne soit une des victimes. Cependant il garde le silence, il veut éviter à sa femme, à ses enfants, une explication qu'ils redoutent, et refoule sa douleur au fond de son âme! Pendant dix-huit mois, il s'informe chaque matin de la santé de son fils absent, et feint de croire ce qu'on lui répond. Enfin, quand l'heure suprême est venue, sûr de confondre la douleur qu'il va réveiller dans la douleur plus poignante que causera sa perte, il demande une dernière fois son fils.

Tous baissent les yeux et gardent le silence.

— Ainsi, il est mort? murmure le vieillard.... Je le savais... Que Dieu leur pardonne! — Ce furent les dernières paroles de cet homme, dont toute la vie s'était passée dans le combat à parer les coups qui pouvaient frapper les autres, sans jamais en porter lui-même. Les prêtres qu'il avait arrachés à la guillotine refusèrent de suivre son cercueil, et la ville qu'il avait administrée, défendue et sauvée, *ne voulut point lui faire don d'une fosse dans son cimetière!!!* il fallut en appeler à la générosité publique, quêter de quoi acheter six pieds de terre pour un homme auquel les vieilles républiques eussent élevé des statues! Hâtons-nous de le dire pourtant, cette aumône d'une tombe ne fut point refusée par les citoyens de Rennes, et ceux qui visitent aujourd'hui le cimetière de cette ville peuvent voir, près de la grille d'entrée, une colonne de granit sur laquelle se lit cette épitaphe simple :

LEPERDIT, ANCIEN MAIRE DE RENNES

ET

DOYEN DES TAILLEURS

Mais le plaisir de raconter une noble vie nous a fait suspendre le récit de notre séjour à Rennes pendant la Terreur; il est temps d'y revenir.

XXXVI

FUITE AVEC LA FILLE D'UN ÉMIGRÉ

J'avais enfin terminé les affaires qui me retenaient dans la capitale de l'ancienne Bretagne; le jour du départ était arrivé. Après m'être muni d'un passe-port signé par les chefs militaires, et destiné à lever tous les obstacles qui auraient pu entraver mon voyage, je me rendis chez le citoyen Benoist, afin de prendre congé de lui. Il venait de partir pour Nantes, chargé d'une mission spéciale, et sa femme était sortie. J'allais me décider à écrire quelques lignes d'excuses, lorsque madame Benoist rentra. A mon aspect, elle jeta un cri de joie.

— Je craignais que vous n'eussiez déjà quitté Rennes, dit-elle.

— Je venais vous faire mes adieux.

— Vous allez à Brest?

— Oui.

— En traversant les Côtes-du-Nord?

— Sans doute.

— Ne pouvez-vous prendre la route du Morbihan et passer par la Roche-Bernard?

— Le chemin est difficile et dangereux de ce côté; je risquerais de tomber aux mains des royalistes.

— S'il le fallait, pourtant? Ne vous exposeriez-vous pas aux dangers de la route pour sauver quelqu'un?

— C'est selon.

— Il s'agit d'une jeune fille dont vous avez vu autrefois les parents : mademoiselle de la Hunoterie.

— Ce nom m'est en effet connu.

— Vous pouvez lui sauver l'honneur, et peut-être la vie.

— Comment cela?

— En la conduisant à la Roche-Bernard, chez des cousins qui la cacheront.

— Elle est donc en danger?

— Oui.

— Comme fille d'émigré?

— Non; parce qu'elle est belle. Vous savez que Pochole a fait évacuer toutes les maisons religieuses où l'on élevait des jeunes filles. Claire était au couvent de l'Enfant-Jésus; il l'y a vue...

— Je comprends... Et il en est tombé amoureux?...

— Oui, amoureux à sa manière! Après l'avoir interrogée, il l'a conduite chez deux vieilles tantes qu'elle a ici, et où il vient tous les jours lui rendre visite. Mais comme l'enfant résiste, il a déclaré hier qu'il ferait jeter en prison les tantes et la nièce, s'il ne trouvait celle-ci plus docile. Je viens d'être avertie; mon mari est absent, et n'a point d'ailleurs assez d'autorité pour lutter contre l'ami de Carrier; la fuite seule peut sauver Claire. Vous êtes serviable, vous avez du cœur; j'ai pensé que vous ne reculeriez pas devant une bonne action, quoi qu'il puisse en arriver. — Je tendis les mains à la citoyenne Benoist.

— Je vous remercie; j'irai par Vannes, et j'emmènerai la jeune fille. — Nous convînmes de tout ce qui devait rendre notre fuite plus sûre. Il fut décidé que j'attendrais le soir pour partir, et la citoyenne se rendit chez les tantes de Claire, afin de les prévenir et de tout préparer. J'attendis la nuit avec une impatience impossible à exprimer. La perspective d'un danger trouble toujours plus que le danger lui-même; l'imagination, éveillée par l'incertitude du dénoûment, se livre à toutes les suppositions et à toutes les terreurs; c'est un combat à vide, dans lequel on s'épuise faute de résultat, et parce qu'on ne peut porter ni recevoir de coups réels. Je faisais mille efforts pour occuper ma pensée; je m'étudiais à marcher dans ma chambre en côtoyant certaines lignes du parquet; je suivais dans la rue les progrès de l'ombre projetée par les maisons; je comptais toutes les fractions de l'heure; je n'aspirais qu'au moment d'être en voiture, près de ma protégée, et entouré de tous les périls que je devais courir. Enfin le soleil baissa à l'horizon, la brume du soir commença à s'élever; mais madame Benoist ne paraissait point... Mon impatience se changeait déjà en inquiétude, lorsqu'elle arriva.

— Nous avons tardé, me dit-elle, parce qu'il a fallu se procurer un déguisement. — En effet, la jeune fille était vêtue en *artisane* du Morbihan. Nous nous jetâmes tous deux un regard curieux et interrogateur. Notre position était étrange : nous ne nous étions jamais vus ni parlé, et nous allions partir ensemble, au milieu de la nuit, elle charmante, moi jeune encore, et tous deux sans surveillants, sans compagnons, livrés à toutes les séductions qui naissent de la solitude, des hasards de la route et de dangers communs! Madame Benoist nous arracha à notre examen réciproque en nous avertissant que le cabriolet nous attendait à l'entrée du faubourg. On pouvait s'être déjà aperçu de la disparition de Claire; nous n'avions pas un instant à perdre. La jeune fille se jeta en pleurant dans les bras de sa protectrice.

— Du courage, enfant, dit-elle; nous vivons à une époque où il faut être forte, si l'on veut avoir le droit de vivre; gardez les pleurs pour des jours plus tranquilles. — Puis se tournant vers moi : — Je vous la confie comme ma fille, ajouta-t-elle; maintenant, son honneur est le vôtre. — Elle nous embrassa tous deux. Je pris la main de l'enfant, qui tremblait, et nous fîmes un pas sur l'escalier. Trois coups frappés à la porte de la maison nous arrêtèrent.

— Ouvrez! criait-on, au nom de la loi!...

— C'est la voix de Pochole, dit Claire, éperdue. La citoyenne Benoist nous fit signe de rentrer. On venait d'ouvrir en bas; j'eus à peine le temps de pousser la jeune fille derrière la porte entr'ouverte. Des soldats parurent presque immédiatement dans l'escalier.

— Qu'y a-t-il donc? demanda madame Benoist avec un étonnement plein de naturel.

— Il y a, s'écria Pochole, que tu caches chez toi des aristocrates!

— Quelle plaisanterie!

— Tonnerre! je ne plaisante pas! La petite Claire a disparu, et on t'a vue entrer chez ses tantes plusieurs fois aujourd'hui. — Carus montra en ce moment sa tête de renard au milieu des gens armés qui remplissaient l'escalier. — Il faut que tu nous livres cette petite, continua Pochole en frappant la muraille de son sabre nu, que tu nous la livres sur-le-champ, sinon je fais démolir ta maison et je t'envoie étudier à la tour le Bast les lois qui défendent de recéler des émigrés.

— Doucement, doucement! dit en écartant les soldats un homme du peuple, qu'à son écharpe tricolore je reconnus pour un officier de la commune; si celle que tu cherches est ici, on la trouvera.

— Au fait, fouillons, sans tant pérorer, s'écria Pochole. Par un mouvement instinctif, je me jetai devant la porte. L'officier municipal remarqua mon geste et le comprit.

— Voyez d'abord ailleurs, dit-il; ce n'est pas d'habitude dans les chambres ouvertes à tout le monde que l'on cache les proscrits. — Pochole et les soldats traversèrent rapidement la pièce où nous nous trouvions et gagnèrent l'étage supérieur.

— Maintenant, continua l'officier municipal en se tournant de notre côté, vite, par la porte de la cour... Emmenez-la... ils ne la verront point. — Je saisis Claire par la main et nous descendîmes rapidement. Leperdit (car c'était lui) nous suivit des yeux jusqu'à ce qu'il nous eût vus disparaître dans la rue. Nous avions couru d'abord; mais c'était le moyen d'attirer sur nous l'attention. Je laissai aller la main de la jeune fille et lui dis de marcher à mes côtés, sans presser le pas et sans détourner la tête. Ce fut jusqu'au faubourg un supplice horrible! Sentir que chaque minute de retard peut vous perdre, et ne point oser fuir!... Nous arrivâmes enfin à l'endroit où nous devions trouver le cabriolet; mais le loueur de chevaux était absent, rien n'avait été préparé! Il fallut attendre dans d'horribles angoisses. Chaque rumeur de voix, au loin, chaque bruit de pas nous faisait tressaillir. Nous allions monter en voiture, lorsque nous vîmes venir des soldats! Claire jeta un faible cri et me saisit le bras; je crus que nous étions perdus; mais c'était une patrouille qui passa outre. Nous pûmes enfin partir. Nous allions dépasser les dernières maisons du faubourg, et je commençais à respirer plus librement; tout à coup, un cri de *qui vive!* retentit à quelques pas, et la baïonnette d'une sentinelle arrêta notre cheval; nous étions tombés au milieu d'un poste avancé dont j'ignorais l'existence! On nous ordonna de descendre et d'entrer dans une maison à demi ruinée, qui avait été transformée en corps de garde. Je recommandai tout bas à ma compagne de me laisser répondre à toutes les questions. Je reconnus tout de suite qu'il s'agissait d'une vérification de passe-ports. Plusieurs autres voyageurs attendaient comme nous. Lorsque nous entrâmes, une altercation venait de s'élever entre un de ceux-ci et l'officier qui commandait le poste.

— Ce garçon n'est point indiqué sur ta feuille de route, disait l'officier.

— C'est mon fils.

— Peu importe; nous ne laissons passer personne sans sauf-conduit spécial; c'est la consigne.

— Pas même un enfant?

— Il n'y a plus d'enfants : la nation ne reconnaît que des aristocrates et des sans-culottes. Retourne demander un laissez-passer pour ton jeune gars. — Le voyageur, désappointé, sortit; mais ce que je venais d'entendre m'épouvanta. Les mêmes difficultés que l'on venait d'élever à propos du jeune homme allaient se présenter pour ma compagne de voyage, qui n'était point désignée sur mon passe-port. Je compris sur-le-champ qu'il ne me restait d'espoir que dans l'audace, et que la seule chance d'éviter le coup qui nous menaçait était d'aller au-devant.

XXXVII

PIERRE NOUS SAUVE

Je m'avançai donc résolûment vers l'officier.

— Pardieu, citoyen, m'écriai-je, j'espère au moins que ta consigne ne regarde pas les femmes?

— Les femmes comme les hommes.

— Bah! est-ce qu'on a peur qu'elles ne passent à l'ennemi?

— Peut-être.

— Je ne savais pas que ce fût une marchandise prohibée et pour laquelle il fallût un passe-debout.

— Maintenant tu le sais. — Toutes ces réponses avaient été faites d'un ton bref; l'officier semblait enfermé dans son devoir comme dans une cuirasse, et décidé à ne causer ni rire. Il ne me restait plus qu'un espoir : je me tournai vers la jeune fille et lui dis :

— Tu entends cela, mon enfant; tes beaux yeux ne peuvent te servir de passe-port! — Ainsi que je l'avais prévu, l'officier leva la tête pour regarder Claire; il parut frappé de sa beauté.

— Est-ce que la citoyenne n'a point de laissez-passer? demanda-t-il d'une voix moins brève.

— Elle n'y a même pas songé. C'est une pauvre enfant qui est venue voir ses parents à Rennes, et qu'on m'a prié de reconduire, de peur qu'il ne lui arrivât quelque chose en route ; mais, ma foi, elle attendra une autre occasion. — En parlant ainsi, je dépliais mon passe-port ; Claire, surprise, éperdue, était près de pleurer. L'officier balançait évidemment entre sa consigne et le désir de faire quelque chose pour la jolie voyageuse.

— Où vas-tu? lui demanda-t-il doucement. — Elle me regarda.

— Excusez-la, citoyen, répondis-je en riant, elle est timide comme une tourterelle sauvage et ne parle qu'avec la permission de sa mère. Nous allons à la Roche-Bernard ; son père est gravement malade et l'attend demain ; si elle n'arrive pas, Dieu sait ce qu'ils vont penser ! — L'officier parut réfléchir un instant, et s'adressant de nouveau à Claire :

— Tu dois avoir au moins, dit-il, quelque lettre de ta famille, quelque papier prouvant qui tu es?

— Non, citoyen... — Il haussa les épaules d'un air contrarié.

— Quel moyen alors de m'assurer que tu vas réellement à la Roche-Bernard rejoindre ta famille? — Mon embarras devenait extrême. Dans ce moment, un paysan, qui s'était tenu jusqu'alors près du poêle, s'avança vers nous ; je reconnus sur-le-champ Pierre. Je fis un mouvement vers lui ; mais l'ancien domestique de Joseph Sauveur ne parut pas me reconnaître.

— Est-ce que vous ne parlez pas de la Roche-Bernard? dit-il, j'en suis, même que j'y vais porter des dépêches par ordre du *département*... Voyez plutôt, mon officier. — Et il présenta un papier au chef du poste. L'officier le parcourut, puis se tournant vers nous :

— Connais-tu cette jeune fille? lui demanda-t-il brusquement, en désignant Claire. — Le paysan se mit à rire d'un air narquois :

— Je ne sais pas, dit-il ; m'est avis que ça pourrait bien être Rose Murin... Tout de même je la trouve un peu changée depuis quatre mois qu'elle a quitté le pays.

— Que veux-tu dire?

— Oui, autrefois elle reconnaissait les voisins et elle disait bonjour au monde... Faut croire que l'air de Rennes l'a rendue trop grande dame pour ça. — Je compris sur-le-champ l'intention de Pierre, et lui tendant la main :

— Parbleu ! m'écriai-je, tu dis peut-être cela autant pour moi que pour elle, car, si je ne me trompe, nous nous sommes vus aussi.

— Oui, en passant ; tu peux m'avoir oublié ; mais la citoyenne, c'est différent ; elle doit se rappeler que c'est moi qui lui servais de cheval quand elle était petite, même que sa mère me disait toujours de finir, parce que c'était un jeu de garçon et que ça l'habituait à montrer ses jambes. — L'officier ne put s'empêcher de sourire ; il fit quelques nouvelles questions à Pierre, qui répondit avec précision, et il nous déclara enfin que nous pouvions continuer notre route. Je dis adieu au jeune paysan, qui ne manqua pas de faire tout haut une dernière réflexion sur les gens qui ne se rappellent pas leurs anciennes connaissances, et nous sortîmes. Jusqu'alors, l'imminence même du danger m'avait fait conserver mon sang-froid ; mais dès que nous fûmes dehors, je me sentis saisi d'une sorte de terreur panique. La pensée que nous n'avions échappé au péril que pour un instant s'était emparée si vivement de moi, qu'en entendant derrière nous le galop d'un cheval, je ne doutai point que nous ne fussions poursuivis. La fuite était impossible avec notre lourd attelage ; je n'eus point d'ailleurs le temps de l'essayer, car le galop était devenu plus rapproché. Bientôt nous distinguâmes la voix du cavalier, puis la respiration bruyante du cheval. J'avançai la tête hors du cabriolet, et je me trouvai en face de Pierre.

— Comment, dit-il gaiement, vous ne voulez donc pas attendre les amis?...

— Pardon, répondis-je, je suis pressé.

— Je m'en doute ; mais faut pas avoir l'air. Dans ce temps-ci, voyez-vous, on s'informe pourquoi un cheval galope, et pourquoi il va au pas : faut aller ni trop doucement, ni trop fort. — Puis, se tournant du côté de Claire :

— Excusez, ma payse, dit-il en riant, si j'ai pas été poli tout à l'heure ; mais fallait faire croire à l'officier ce que le citoyen lui avait dit. — Je le remerciai vivement d'être ainsi venu à notre secours.

— Est-ce que je pouvais laisser dans l'embarras un ami? dit-il. — Et se penchant vers la selle : — C'est une ci-devant, n'est-ce pas? demanda-t-il à demi voix. — Je fis un signe affirmatif. — On la cherche?

— Oui.

— Et vous allez suivre ainsi la grande route?... Mais, si on envoie à vos trousses, vous serez tout de suite rattrapés et reconnus.

— Comment faire? Le cabriolet ne passerait point par les chemins de traverse, et Claire ne pourrait aller à pied.

— C'est juste, murmura Pierre en se redressant sur sa selle. Et il continua de chevaucher à nos côtés, sifflant entre ses dents d'un air rêveur. La nuit était froide, mais claire : on apercevait au loin la route que nous suivions, côtoyant les collines, blanche et sinueuse comme une rivière éclairée par la lune. Quoique l'heure fût peu avancée, tout était profondément silencieux. Nul bruit de chariot, nul chant du côté des métairies, nul son de cloche à l'horizon, rien qui annonçât la vie! Les eaux et les vents eux-mêmes se taisaient; on eût dit que la création partageait l'effroi qui semblait régner partout. Au milieu de ce sombre silence, le bruit de notre voiture retentissait au loin comme un avertissement pour ceux qui pouvaient nous poursuivre, et ce bruit me causait une impatience, une angoisse impossible à rendre. Puis, la vue de cette route, qui se déroulait toujours à l'horizon comme une bobine sans fin, me jetait dans une sorte de désespoir qu'irritait encore la tranquillité apparente de mes compagnons. Ne sachant sur quoi décharger ma rage silencieuse, je me mis à tourmenter le cheval, que j'accablais des épithètes les plus humiliantes, lorsque deux coups de feu partirent à l'horizon!... J'arrêtai brusquement.

— Qu'est-ce que cela? m'écriai-je. — Au même instant, l'appel bien connu des chouans se fit entendre, et un nouveau coup de feu retentit.

— C'est sur la route, dit Pierre; les brigands attaquent quelqu'un. — Nous demeurâmes immobiles, prêtant l'oreille attentivement; mais tout était rentré dans le silence. Après une longue attente, je me détournai vers le jeune paysan pour lui demander ce qu'il croyait prudent de faire; mais le cri de la chouette se fit entendre de nouveau, un peu à gauche de la route : d'autres cris, plus lointains, lui répondirent.

— Bon, dit Pierre, l'affaire est faite et les brigands s'en vont.

— En es-tu bien sûr?

— N'entendez-vous pas leurs cris d'appel qui s'éloignent. Le gibier est pris, l'embuscade levée, et ils vont souper. Passons notre chemin : si on nous tue, ce ne sera pas dans le même endroit. — En parlant ainsi, le paysan remit son cheval au trot, et je l'imitai. Au bout d'un quart d'heure environ, nous aperçûmes sur la route, à cent pas de nous, quelque chose de noir dont on ne pouvait distinguer la forme; nous approchâmes avec précaution; c'était un cheval baigné dans son sang et qu'agitait le dernier râle : Claire se couvrit les yeux.

— Qu'est devenu le cavalier? demandai-je.

— Je le cherche, répondit Pierre. — Nous descendîmes tous deux pour visiter les douves et les haies qui bordaient le chemin; mais notre recherche fut inutile.

— Ils l'auront emmené pour l'assassiner à leur aise, dit le paysan. Il faut qu'ils soient bien pressés pour tuer comme ça quelqu'un du premier coup, sans avoir le plaisir de le voir mourir... Ne perdons pas notre temps ici... on est peut-être déjà à votre poursuite. — Nous retournâmes au cabriolet. En passant près du cheval mort, Pierre s'arrêta tout court. — Une idée, s'écria-t-il; si l'on passait la selle et la bride de cette charogne à votre cheval, vous pourriez prendre la traverse!...

— Et le cabriolet?

— Vous le laisseriez ici; on croirait que vous avez été attaqué par les brigands, et on ne vous chercherait plus. — L'expédient était trop facile et trop sûr pour n'y point avoir recours. La transformation proposée par Pierre fut exécutée sur-le-champ : en moins de dix minutes je me trouvai à cheval et la jeune fille en croupe. — Maintenant, à gauche, par ce petit chemin, dit notre guide; et bien fin qui nous rattrapera. A peine avions-nous fait six cents pas dans le chemin creux, que nous entendîmes retentir sur la grande route le galop régulier et lourd particulier aux chevaux de cavalerie.

XXXVIII

LE CHEMIN DE TRAVERSE ET LES CHOUANS

Nous marchâmes environ deux heures sans rien rencontrer. Je remarquai que notre guide, d'abord causeur, était insensiblement devenu silencieux. Je l'avais vu se pencher plusieurs fois pour regarder la route, à la lueur des étoiles; je lui en demandai la cause.

— Je croyais qu'il n'y avait à venir par ici, comme autrefois, que les paysans du pays, me répondit-il; mais, depuis que les grands chemins sont devenus dangereux, ceux qui voyagent cherchent les traverses; aussi, vois comme l'herbe de la route a été piétinée par les chevaux.

— Que nous importe?

— Plus que tu ne crois, citoyen; les royalistes cherchent les voyageurs comme les chasseurs le gibier, et depuis qu'on passe ici, ils doivent y venir. — En parlant ainsi, nous arrivions à un carrefour. — Vois plutôt, ajouta Pierre, en nous montrant, sous un chêne, une croix dont on avait relevé les débris et que l'on s'était efforcé de rétablir; voilà de leur ouvrage. — Dans ce moment, ses regards tombèrent sur le chêne lui-même, et il s'interrompit avec une exclamation.

— Qu'y a-t-il? demandai-je.

— Ne vois-tu pas les branches les plus basses de l'arbre qui sont cassées toutes du même côté?

— Eh bien?

— Eh bien! c'est un signal pour les royalistes.

— En es-tu sûr ?

— C'est connu de tout le monde.

— Et que veut dire ce signal?

— Qu'ils viendront ou qu'ils sont venus.

— Que faire alors? — Pierre réfléchit quelques instants.

— En retournant, dit-il enfin, nous pouvons les rencontrer comme en continuant, car nous ne savons pas s'ils sont derrière ou devant.

— Continuons alors.

— Soit, mais attention : nous allons traverser un taillis où il pourrait bien y avoir plus d'aristocrates que de renards; ouvre l'œil, citoyen, et regarde les oreilles de ton cheval. — Nous arrivâmes effectivement à un fourré fort touffu, au milieu duquel le chemin serpentait. Pierre s'était presque couché sur sa monture et avait passé devant nous pour prendre le milieu de la route; je suivais au pas, tenant attentivement mon cheval en bride. Ma compagne effrayée s'était rapprochée de moi, et le bras dont elle m'entourait tremblait sur ma poitrine. Je ne sais si l'inquiétude même m'avait préparé à l'exaltation; mais le silence de la nuit, le danger que nous courions, l'humidité de cette haleine de femme que je sentais frissonner dans mes cheveux, me pénétrèrent d'une étrange émotion. Il est un âge où tous les troubles du cœur se transforment vite en tendres mouvements. J'oubliai presque complétement la situation dans laquelle nous nous trouvions pour ne sentir que cette main charmante qui s'appuyait sur mon cœur et en accélérait les battements. Je la pressai sous la mienne, et me détournant à moitié vers la jeune fille :

— Pourquoi trembler? lui demandai-je. Lors même que les royalistes viendraient, vous n'avez rien à craindre; vos frères ne combattent-ils pas dans leurs rangs?

— Le sauront-ils? dit-elle.

— Votre famille habite ces cantons, et ils doivent connaître votre nom?

— Je l'espère!... Mais vous?

— Moi, j'ai fait mes dispositions testamentaires; je ne crains rien.

— Ah! je ne vous quitterai pas! s'écria-t-elle en se serrant davantage contre moi. — Je fus touché de cet élan naïf et généreux.

— Ne songez qu'à vous, lui dis-je; c'est vous et non pas moi que j'ai promis de sauver.

— Comment reconnaître jamais ce que vous faites, monsieur?

— En vous souvenant quelquefois de cette nuit... — Elle allait répondre sans doute, lorsque Pierre jeta un léger cri et partit au galop. Au même instant deux coups de feu retentirent; mon cheval tomba en poussant un hennissement plaintif; plusieurs hommes franchirent le fossé qui séparait le taillis de la route, et nous nous trouvâmes entourés. Quoique j'eusse une jambe engagée sous mon cheval, je m'étais redressé, pour faire de mon corps une défense à la jeune fille.

— C'est mademoiselle de la Hunoterie! m'écriai-je. — J'avais à peine achevé que je me sentis frappé à la tête; je ne sus plus que vaguement ce qui se passait. Il me sembla qu'on m'emportait dans le bois, et je crus même sentir les ronces me déchirer les mains et le visage; mais ce que j'éprouvais devint de plus en plus confus, et je finis par m'évanouir complétement. Je fus rappelé à moi par une sensation de froid. Ayant étendu machinalement la main, je rencontrai un mur de branches et de feuilles. Je m'efforçai alors de me soulever sur le coude, mais je fus quelque temps avant de pouvoir rassembler mes idées. J'éprouvais une douleur violente à la tête; tout flottait devant mes yeux comme les images d'un rêve. Enfin, pourtant, le sentiment de la réalité me revint et je regardai autour de moi. Je me trouvai couché sur une litière de paille de sarrasin, au fond d'une vaste hutte bâtie en ramées, et au milieu de laquelle étincelait un grand feu. Une dizaine d'hommes causaient à l'entour : tous portaient l'habit breton, le manteau de peau de chèvre et les cheveux longs, sauf un seul, qu'à son mouchoir de Chollet enveloppant le chapeau, à sa veste brune, ornée d'un sacré-cœur et d'un chapelet, il était facile de reconnaître pour un Vendéen fugitif. Ils étaient armés de fusils et de couteaux de chasse. Dans le premier moment, je ne pus rien saisir de leur conversation. Ils parlaient tous à la fois, en français ou en breton, avec beaucoup d'action. Tout à coup un sifflement prolongé retentit au dehors, un second sifflement semblable lui répondit; on entendit un bruit de pas et plusieurs hommes entrèrent.

— Eh bien! Fine-Oreille? demanda le Vendéen.

— M. de la Hunoterie n'était pas chez lui, répondit le jeune homme qui était entré le premier.

— Qu'as-tu fait alors de la demoiselle?

— La vieille Rose l'a reconnue pour la nièce de monsieur; je l'ai laissée au manoir.

— Et on ne t'a pas donné d'ordres pour les autres?

— Puisqu'il n'y avait personne. Seulement, la demoiselle a bien recommandé de ne pas leur faire de mal.

— C'est bon, dit le Vendéen, on ira lui demander son avis... Je m'en charge, moi, des autres.

— Elle a dit qu'elle viendrait elle-même demain matin, les chercher avec son oncle, ajouta Fine-Oreille.

— Pardieu! elle les trouvera; nous ne mangeons

pas de chair humaine... Je les lui garderai même en pièce, pour qu'ils soient plus faciles à emporter. — Les Bretons se regardèrent entre eux avec une sorte d'incertitude.

— Si pourtant le capitaine ne veut pas qu'on les tue, monsieur Storel? dit l'un d'eux en hésitant.

— Le capitaine, pour le quart d'heure, c'est moi, mon gars, répondit rudement le Vendéen, et on fera ce que j'ordonnerai ou l'on dira pourquoi!... Mais, avant, faut savoir ce que chante ce morceau de papier trouvé sur le petit. Tiens, Fine-Oreille, lis-moi ça, toi qui sors du séminaire. — Le jeune Breton prit le papier, et demanda un *lutic* [1] pour le lire. J'avais cru Pierre échappé; ce que je venais d'entendre me prouvait le contraire. Je fouillai du regard tous les recoins, et je l'aperçus enfin de l'autre côté de la hutte, assis à terre, immobile et la tête entre ses genoux. Dans ce moment, le jeune séminariste commençait la lecture de la dépêche dont on avait trouvé notre compagnon porteur: je prêtai l'oreille. C'était une longue lettre par laquelle les représentants ordonnaient aux administrateurs de la *Roche-Sauveur* [2] de recommencer les fouilles dans la campagne, de placer des garnisaires dans toutes les paroisses qui refuseraient de livrer leurs grains ou leurs bestiaux à la République, et de livrer *à la juste fureur des défenseurs de la patrie* celles qui avaient pris les armes. « Faites marcher sur les cantons rebelles les troupes dont vous disposez, disait, en terminant, la dépêche; brûlez tout ce qui brûle, frappez tout ce qui peut être frappé; détruisez le reste, et que l'on puisse écrire sur un poteau, à l'entrée des villages révoltés : Ici il y avait un pays riche et populeux qui méconnut les volontés souveraines de la nation, et la nation en a fait un désert!» La lecture de cette lettre avait été plusieurs fois interrompue par les imprécations des royalistes; mais, lorsqu'elle fut achevée, il n'y eut qu'un cri de rage.

— Qu'ils viennent, les *patauds!* s'écrièrent toutes les voix ensemble, nous avons de la poudre et des balles dans les paroisses; qu'ils viennent, nous les recevrons!

— Soyez donc calmes, mes agneaux, dit le Vendéen en ricanant, ils viendront assez tôt. Maintenant qu'il ne reste plus dans notre pays que des maisons brûlées, des champs en friche et des puits qui puent la mort, il faut bien que les *bleus* arrivent ici; chacun son tour. Vous verrez bientôt les grenadiers de Mayence porter les oreilles de vos femmes en chapelets et les têtes de vos enfants au bout de leurs baïonnettes. Tous ceux que vous ne tuerez pas tueront quelqu'un des vôtres d'abord; parce que, quand un *bleu* et un *blanc* se rencontrent, voyez-vous, c'est comme le loup et le chien; il faut qu'il y en ait un d'étranglé!

— Eh bien! nous les étranglerons! s'écrièrent les Bretons.

— A la bonne heure; vous pouvez même commencer dès aujourd'hui. — Tous les yeux se tournèrent du côté de Pierre.

— Au fait, dit un paysan, c'est lui qui portait l'ordre de nous faire égorger tous.

— Laissez-moi lui mettre une balle dans l'estomac, s'écria un second en soulevant son fusil. — Storel l'arrêta.

— La poudre est rare, garçon, dit-il tranquillement; garde la tienne pour une meilleure occasion.

— Qu'on le tue alors à coups de pierres comme un chien! reprit le paysan.

— C'est une idée, répliqua Storel nonchalamment.

— Il faut le pendre au chêne du carrefour, dit un autre.

— Lui couper la tête.

— Lui crever les yeux.

— L'enterrer vif. — Toutes ces propositions étaient faites presque en même temps; le Vendéen les écoutait avec un sourire capable.

— Vous êtes des enfants, dit-il enfin; c'est moi qui me charge du *bleu*. — Un frisson d'horreur me parcourut; je savais à quelles horribles tortures les *brigands* soumettaient leurs prisonniers, et je voyais dans tous les yeux une férocité sinistre. La colère des royalistes avait crû avec leurs menaces; la cruauté avait passé de leur langage dans leurs intentions, et, en cherchant un genre de supplice, la soif du sang leur était venue. Ils entourèrent le Vendéen, qui chargeait tranquillement sa pipe.

— Qu'allez-vous faire du *pataud*, monsieur Storel? demanda le plus hardi. — Le chef regarda autour de lui.

— Voyons, dit-il, êtes-vous en goût de rire? Si vous voulez, je le ferai danser pieds nus sur des tisons, ou bien je lui emprunterai ses deux oreilles pour les lui faire manger à souper.

— Oui, oui! s'écrièrent quelques-uns avec un rire farouche.

— Mais ça ne le tuera pas, dit celui qui avait voulu lui tirer un coup de fusil.

— De la patience donc! répondit Storel, faut jamais se presser!... Est-ce que tu ne veux pas qu'il se sente mourir, le citoyen? Nous commencerons par en tirer de l'agrément..... Et quand il sera fatigué, nous le clouerons à la porte de la baraque en manière de

[1] Chandelle de résine.

[2] Depuis le meurtre du citoyen Sauveur à la Roche-Bernard, les républicains appelaient cette ville *la Roche-Sauveur*.

chauve-souris, avec la lettre des représentants cousue sur la poitrine... Ça vous va-t-il, mes gars?

— Oui, oui!

— Eh bien, voyons, avez-vous quelques bouts de corde, quelques clous?

— Pas ici, répondit-on, mais à la ferme.

— Où cela?

— Chez Solian, à la lisière du fourré; nous allons en chercher.

— Je vais avec vous, dit Storel; je choisirai moi-même, et je verrai en passant ce que font les gars qui surveillent la route; mais surtout du silence. — Les royalistes prirent leurs fusils et sortirent. Fine-Oreille resta seul près du feu avec six ou huit paysans qui ne parlaient que breton et avaient pris peu de part à tout ce qui venait d'avoir lieu.

XXXIX

RECONNAISSANCE — LA TRAGÉDIE BRETONNE

Je me soulevai alors pour apercevoir Pierre, qui m'avait été caché pendant toute cette scène. Il était à la même place et dans la même posture. Cependant, quand le bruit des pas de Storel et de ses compagnons eut cessé, il releva lentement la tête. Son visage était pâle, ses yeux ouverts, mais une suprême expression de courage y luttait avec l'effroi. Il regarda quelques instants autour de lui, comme s'il eût cherché à recueillir ses esprits et à s'assurer qu'il n'y avait aucune chance de salut; puis sa vue s'arrêta sur le groupe de royalistes qui se trouvaient près du foyer. Insensiblement, il me sembla que ses regards s'animaient, il se redressa sur son séant, et donnant à sa voix une expression de calme qui me saisit :

— Bonjour à Guillaume Salaün, dit-il. — Tous se détournèrent brusquement avec une exclamation de surprise.

— Ce fils de prêtre sait ton nom? dit à Fine-Oreille un des paysans.

— Et le tien aussi, Claude Menez, reprit Pierre; et le vôtre, Jean Guïader, Pierre Leguern, Louis Ledu. — Ils se levèrent tous.

— Il nous connaît, s'écrièrent-ils; qui es-tu donc?

— Un homme de votre paroisse. — Ils s'étaient approchés.

— Au fait, j'ai idée d'un chrétien qui avait cette figure-là, dit Fine-Oreille.

— C'est-il pas le petit Pierre Guesno, demanda Louis Ledu en hésitant.

— Juste, s'écrièrent les autres, c'est le petit Pierre; celui qui jouait la tragédie avec nous à Vannes. — Il y eut un moment de surprise et d'embarras pour tous; il était évident que leur hostilité actuelle arrêtait un épanchement et gênait d'heureux souvenirs.

— Et pourquoi t'es-tu mis avec les *bleus* contre nous? demanda brusquement Fine-Oreille.

— Un pauvre gars comme moi ne choisit pas sa place, répondit Pierre; il est où Dieu le met.

— Si tu étais arrivé à la Roche-Bernard, nous aurions tous été massacrés dans les villages.

— Ce n'est pas moi qui aurais donné l'ordre.

— Non, mais tu le portais.

— Mon cheval nous portait tous deux, et vous ne vous êtes pas mis en colère contre lui. — Les paysans ne répondirent rien; il y eut une pause pendant laquelle Fine-Oreille se rapprocha du feu.

— Tu as eu du malheur de ne pas prendre un autre chemin, reprit-il enfin, en affectant un ton d'indifférence; M. Storel a le cœur enragé contre les *bleus*, et il ne leur fera pas grâce.

— Je ne savais pas que c'étaient les gens du *haut pays* qui étaient les maîtres ici maintenant, dit Pierre.

— Le Vendéen n'est pas notre maître, répliqua vivement Fine-Oreille.

— Il n'attend pourtant les ordres de personne. — Les Bretons se regardèrent de nouveau et se grattèrent la tête en signe d'indécision. Pierre venait de toucher à deux sentiments qui dormaient au cœur de tous, la haine nationale pour les hommes d'outre-Loire et la jalousie contre tout chef étranger. Ce n'était point, en effet, sans impatience qu'ils avaient vu Storel occuper, dès son arrivée, la seconde place dans la bande du chevalier de la Hunoterie; et les comparaisons ironiques que faisait perpétuellement le Vendéen, entre les brillants combats du *Bocage* et la guerre de broussailles des royalistes bretons, n'avait point contribué à lui ramener les esprits. Je pus en juger par l'entretien qui s'établit à voix basse, tout près de moi, entre Jean Guïader, Jacques Leguern et Fine-Oreille. Pierre ne pouvait l'entendre, mais il le devina sans doute, car après un assez court silence il interpella de nouveau Salaün.

— Que veux-tu? demanda celui-ci brusquement.

— Je veux te faire une recommandation d'agonisant, dit le jeune homme. — Fine-Oreille s'approcha.

— Puisque c'est l'homme du haut pays qui commande, ajouta Pierre, je sais qu'il n'y a pas de pitié à attendre, il sera trop content de voir quelle couleur a le sang d'un Breton; mais toi, Guillaume, qui as fait ta première communion avec moi, tu ne peux pas refuser la demande d'un chrétien.

— Parle, dit Salaün.

— J'ai ma tante à Locminé; c'est une vieille femme à qui j'ai été donné par le curé sur le tombeau de ma mère[1], et avec laquelle je ne me suis jamais rappelé que j'étais un pauvre *mineur*... Tu la connais, Guillaume, car, aux vacances, elle nous laissait manger ensemble les *blosses* de son courtil.

— Je la connais, répéta Fine-Oreille.

— Eh bien, elle est misérable, à présent que les *bleus* ont ravagé son héritage et vidé ses huches. Je partageais mon pain avec elle et avec un prêtre qu'elle cache. Quand ils ne me verront plus venir, ils pourront croire que je les abandonne, et ce serait un grand crève-cœur pour moi; promets-moi d'aller les trouver, de leur dire le malheur qui m'est arrivé.

— J'irai, répondit Fine-Oreille ému.

— Que Dieu te récompense pour ce service! Surtout ne dis pas à la pauvre créature que l'on s'est amusé avec les souffrances de mon corps, car elle est vieille, et elle m'aime... Fais-lui croire que je suis mort doucement, qu'on m'a mis en terre bénite comme un chrétien... et si, quand tu la verras, Guillaume, elle avait faim... rappelle-toi que tu as autrefois mangé son pain. — La voix de Pierre s'était attendrie à mesure qu'il parlait. Ces souvenirs, qu'il n'avait rappelés peut-être que pour toucher Salaün, l'avaient remué lui-même. Exalté par la grandeur douloureuse de sa situation, il s'était pris au pathétique de ses propres paroles : aussi la préoccupation de son salut avait-elle fait place insensiblement à une sorte de résignation enthousiaste; son accent s'était ému et en même temps élevé; son regard avait pris une expression d'extase. Il était à genoux, les mains étendues vers Guillaume; mais sa prière n'avait rien de pressant, ni de bas; il parlait avec cette autorité touchante de l'homme qui va mourir. Les paysans s'étaient tous approchés, involontairement saisis par l'accent de Pierre.

— Ne veux-tu rien autre chose? demanda Salaün, qui cachait à peine son trouble.

— Plus rien que tes prières, Guillaume, et les vôtres à tous, mes compagnons d'étude; priez pour moi quand vous m'aurez vu tuer. Et, se redressant sur ses genoux, le regard brillant d'une résolution suprême, il joignit les mains avec un transport pieux, et répéta tout haut, sur le ton cadencé de la déclamation bretonne : « Maintenant bénédiction entière à la Trinité! Maintenant je suis pur, je l'espère du moins; mon courage est affermi. Que le fils de Dieu me garde! je vais faire mon oraison avec un cœur sincère et aimant[1]. » L'effet de ces vers fut magique; il y eut parmi les Bretons comme un frémissement d'émotion; tous les regards se rencontrèrent et toutes les voix répétèrent à la fois :

— C'est la prière de la tragédie.

— D'où la sait-il? demanda Guïader.

— C'était lui qui faisait sainte Nona, répliqua Salaün.

— Et moi Dieu le père, dit Menez.

— Moi le Prêtre, dit Ledu.

— Moi la Mort, dit Leguern — Les souvenirs arrivèrent alors tous en même temps...

— C'est dans l'aire d'Olier Moreau que nous avons joué la première fois.

— Et il y avait une haie de sureau derrière le théâtre.

— Et un grand arbre d'aubépine qui jetait ses fleurs sur nous.

— Te souviens-tu comme on applaudissait?

— Et comme il y avait de jolies filles à nous voir? — Et ces souvenirs amenant à flots les réminiscences poétiques, chacun se mit à répéter son rôle. Mais bientôt la voix de Pierre s'éleva de nouveau et domina toutes les autres : « Seigneur Dieu, qui as créé les étoiles, mon heure est arrivée, je crois. O vierge Marie, je t'en conjure, délivre-moi de langueurs et de tourments! » Menez répondit : « Moi, Dieu le père, j'ordonne à toi, Mort froide, de descendre sur la terre sans retard; amène-moi Nona, qui a gardé ma loi, pour qu'elle soit délivrée de toute douleur, ainsi qu'elle le mérite. » Et Pierre reprit : « Hélas! ô mon Dieu! il faut souffrir et puis mourir! Il est temps de laisser la terre, et ses tromperies, et ses douleurs, et ses agitations. Le temps est fini pour moi; prenons soin de l'avenir! Je vous prie de me donner l'extrême-onction, prêtres blancs; car je pense que je vais partir d'ici. Je donne donc mon âme à Dieu, vrai roi du monde; je prie que l'on mette mon corps dans la terre consacrée, que les pauvres soient soulagés, que la paix soit partout; plus de combats, je le demande à chacun! » Alors Leguern continua : « C'est moi, la Mort; dans cette vallée, je tue sans pitié tout ce qui est né. Vous, religieuse courtoise, votre temps est venu; je vous frappe d'abord sur le

[1] Les curés donnent ainsi les orphelins à des femmes de leur choix, qui deviennent dès lors leur mère d'adoption. (Voyez *les Derniers Bretons*.)

[1] La tragédie dont ce passage a été tiré a été imprimée en 1837, sous ce titre : *Buhez Santez Nonn*, avec une introduction de l'abbé Sionnet et une traduction de le Gonidec. Ce mystère a été composé en langue bretonne, antérieurement au douzième siècle.

front; recevez aussi ce coup assuré dans le cœur. » Et tous, excepté Pierre, répétèrent ensemble : « Entre ces deux grandes pierres cherchons un lieu charmant et doux aux regards. Il est situé dans la terre de Rivelen ; c'est ainsi que les anciens ont nommé cet endroit. Enterrons ici le corps pur de la religieuse, près de la mer Armorique, à la vue de tout le monde. C'est en ce lieu désert qu'elle a été partagée en deux parties : son âme chaste est allée se réunir à Dieu, et son corps a été enseveli sous l'herbe, entre la *terre d'Ernée* et celle *des Deux Meurtres*. » On eût dit que ces vers agissaient sur les Bretons comme une formule magique. Ils les avaient répétés avec une action toujours croissante, et, à mesure qu'ils les déclamaient, une sorte d'enthousiasme poétique s'était emparé d'eux. La victime et les bourreaux semblaient avoir oublié leurs opinions différentes et leurs positions hostiles, pour se confondre dans une même émotion ! Quant à moi, je ne puis dire ce que cet étrange spectacle m'avait fait éprouver. L'inattendu d'une telle *répétition* au milieu des dangers qui nous menaçaient, l'espèce d'allusion que le rôle des acteurs semblait faire à la position réelle de chacun, la pompe cadencée de la déclamation, et cette sauvage harmonie du vers celtique, qui évoquait chez moi-même mille réminiscences de mes premières années, tout s'était réuni pour m'émouvoir. Je m'étais levé, et j'écoutais avec une sorte de transport, lorsque retentit le cri général qui marque la fin de *la tragédie*. Au même instant, il me sembla entendre un bruit de pas au dehors. Par un mouvement spontané, je m'élançai vers Pierre, qui était encore à genoux. — Voici le Vendéen ! m'écriai-je. — Les Bretons se turent subitement et prêtèrent l'oreille. Je pris la main du jeune paysan.

— Si vous êtes des chrétiens, montrez-le, continuai-je vivement en me tournant vers eux ; aurez-vous le cœur de laisser tuer sous vos yeux un enfant de votre paroisse, qui a été petit avec vous et qui n'a fait de mal à personne ? — Ils se regardèrent.

— C'est un *bleu*, dit Salaün avec hésitation.

— C'est un Breton, répliquai-je, et qui a sauvé plusieurs des vôtres. Sans lui, je n'aurais jamais pu faire sortir de Rennes mademoiselle de la Hunoterie ; il n'y a jamais eu de trahison dans son cœur, ni de sang dans ses mains ; faites pour lui comme il a fait pour les autres.

— C'est M. le chevalier qui commande, et nous ne sommes point les maîtres de sauver les prisonniers sans son ordre.

— Pourquoi alors le Vendéen est-il maître de les tuer ? dit Pierre.

— En effet, repris-je, si M. de la Hunoterie est le seul qui ait le droit de sauver, il est aussi le seul qui ait droit de punir. Vous avez entendu sa nièce elle-même recommander qu'on ne nous fît aucun mal ; en nous laissant assassiner, vous vous exposez à ses reproches. Vous devez au moins exiger qu'on attende ses ordres. — Les Bretons parurent ébranlés.

— M. Storel ne voudra pas, dit Leguern.

— Je pourrais voir si M. le chevalier est revenu au manoir, reprit Fine-Oreille ; mais les autres vont arriver, et tout serait fini avant mon retour !... Comment faire ?

— Emmène-nous avec toi, dit Pierre.

— C'est juste, s'écrièrent les paysans. M. le chevalier fera comme ça son désir. Mais vite alors, car le Vendéen va revenir !...—Ils prirent leurs fusils et nous firent marcher au milieu d'eux. Nous entrâmes dans le fourré, et la hutte disparut bientôt derrière nous.

— Maintenant, nous sommes sauvés, dis-je tout bas à Pierre.

— Pas encore, répondit-il. — Il s'était arrêté en écoutant.

— Marche donc, dit Menez.

— Silence ! murmura le jeune paysan. — Nous prêtâmes l'oreille, et un bruit de pas se fit entendre distinctement.

— Ce sont les autres qui viennent de la ferme, dit Salaün ; ils ont pris le sentier vert, nous sommes sûrs d'être vus.

— Ils passent donc près de nous ?

— De l'autre côté du buisson. — En effet, nous pûmes bientôt distinguer les paroles. Nos guides s'étaient arrêtés, mais le plus léger mouvement pouvait nous trahir ; mon cœur battait avec violence. Les pas et les voix approchaient toujours ; enfin nous aperçûmes distinctement Storel et ses compagnons à travers les buissons dépouillés, nous sentîmes l'agitation des branches froissées par leurs mouvements !... Ils passèrent sans nous apercevoir... Nous reprîmes notre route d'un pas rapide, traversant le fourré dans sa largeur, et nous arrivâmes au manoir. M. de la Hunoterie venait par bonheur d'y arriver. Au premier mot d'explication, il nous rassura ; ma jeune compagne de voyage entra presque au même instant, et acheva de tout raconter au chevalier, qui, après m'avoir fait des excuses sur ce qu'il appelait un *malentendu*, et m'avoir remercié assez légèrement du service rendu à sa nièce, m'engagea à accepter son hospitalité jusqu'au matin. Le reste de la nuit se passa sans nouvelle aventure, et je repartis le lendemain avec Pierre pour la *Roche-Sauveur*, où nous arrivâmes enfin sains et saufs.

XL

ARRIVÉE A NANTES — CARRIER

Il était écrit que mon voyage de Brest, déjà contrarié par tant d'obstacles, n'aurait point lieu. Retenu à la *Roche-Sauveur* par la maladie, je reçus des lettres qui changèrent mes projets et me forcèrent de partir pour Nantes. Nous étions alors au 20 nivôse 1793, c'est-à-dire au plus fort de la terreur organisée dans cette ville par Carrier. J'avais entendu parler assez légèrement, à Rennes, des mesures énergiques prises par ce représentant; on était loin d'en connaître toute la gravité, et l'on s'en inquiétait peu. Le premier effet du danger est de rapprocher les hommes et de les associer; mais, s'il est poussé trop loin, il les sépare immanquablement, en excitant outre mesure chez chacun le sentiment de la conservation et de la défense personnelle. Or, la crise était alors si terrible partout, que l'on s'occupait uniquement des malheurs qu'on avait à ses portes. Chaque ville, assiégée par la faim, la guerre et la proscription, ressemblait à un malade luttant contre l'agonie et peu soucieux de ce qui se passe ailleurs. Telle était, d'ailleurs, l'imminence de la mort pour tous, qu'on s'y était accoutumé et qu'on l'attendait sans cesse pour les autres comme pour soi. Au milieu des convulsions politiques qui ébranlaient la France, c'était un événement vulgaire, journalier et prévu; on en parlait comme aujourd'hui d'un mariage ou d'une naissance; on ne s'étonnait point de ceux qui tombaient, mais de ceux qui restaient debout. La mort était, pour ainsi dire, la règle; la vie, l'exception. Il fallait donc, pour que la victime émût, l'aspect de ses souffrances, la vue du sang, quelque circonstance pathétique et particulière, autre chose enfin que la pensée de la destruction, car celle-ci était devenue si familière, qu'elle n'émouvait plus. Or, pour ceux qui étaient loin, les exécutions de Nantes ressemblaient à toutes les autres; leur nombre s'expliquait par la multitude de prisonniers vendéens; et telle était la haine excitée par les ravages et les cruautés des *brigands*, que leurs supplices ne paraissaient en général que de justes représailles. Trop d'indignations, de douleurs et de désirs de vengeance s'étaient amassés dans les cœurs pour que l'on fût miséricordieux. Il n'était point, dans toute la Bretagne, une seule famille patriote qui n'eût à pleurer un des siens tué dans cette guerre impie, de sorte que chaque tête vendéenne qui tombait était un holocauste offert à la mémoire d'un être qu'on avait aimé, ou une promesse de sécurité pour ceux que l'on aimait encore. De nos jours, où les haines ont la même tiédeur que les amours, on peut accuser de pareils sentiments de férocité. L'impartialité est facile à qui ne souffre point; quant à moi, j'avoue que je partageais la colère de tous les miens, et que la punition des excès commis par les royalistes me touchait faiblement. Je partis donc pour Nantes sans répugnance comme sans crainte; j'étais loin de prévoir le spectacle qui m'y attendait. On a souvent parlé des malheurs de cette ville pendant la Terreur, et, grâce à eux, l'un des membres les plus obscurs de la Convention a laissé un souvenir à l'histoire. Les noms de Leperdit, de Champenois, d'Audaudine, de Gambart, de Thomas, de Bancelin, ont été oubliés, tandis que celui de Carrier est resté vivant et debout! C'est que ce nom avait été écrit au cœur même de la génération, comme la loi écrit le sien sur l'épaule du condamné; c'est qu'après tout, les républicains que nous avons nommés plus haut ne furent que des hommes de courage, de loyauté et de dévouement, dans un temps où le courage, la loyauté et le dévouement se trouvaient partout, tandis que Carrier fut un scélérat d'élite, qui résuma en lui tous les excès de l'époque.

Dussé-je vivre mille ans, je n'oublierais jamais mon arvée à Nantes. C'était vers le soir, je venais d'apercevoir la ville à demi noyée dans les brouillards de la Loire; je pressais le pas de mon cheval, lorsqu'une fusillade vive et nourrie se fit entendre et fut suivie presque aussitôt des éclats sourds du canon. Je m'arrêtai étonné : il y eut une assez longue pause; puis la fusillade retentit de nouveau, et le canon continua seul. Le bruit venait évidemment de la ville; ce ne pouvait être qu'une attaque imprévue de Vendéens ou une insurrection; je délibérais déjà sur ce que je devais faire, lorsqu'un volontaire passa.

— On se bat donc? lui criai-je. — Il me regarda d'un air étonné.

— Pourquoi cela?

— N'entends-tu point la fusillade?

Il haussa les épaules en souriant :

— Ça, dit-il, ce sont les *brigands* à qui on récite les prières du soir...

— Mais le canon?

— Ah! c'est une idée du représentant, pour aller plus vite.

— On en exécute donc beaucoup?

— Tant qu'on peut. Tout ce qui se tue est bon à Carrier... Du reste, tu n'as qu'à continuer, tu pourras compter les charognes royalistes sur ton chemin! — A ces mots, le volontaire passa outre, et je repris ma route tout rêveur. Je trouvai les faubourgs tels qu'ils avaient été laissés par les Vendéens après le siége; on eût dit que l'ennemi venait de se retirer. La plupart des maisons, sans portes et sans fenêtres, étaient sillonnées par les traces des boulets ou mouchetées d'éclats de balles et de mitraille. Quelques-unes, plus écartées du chemin, montraient de loin leurs toits à moitié consumés et leurs murs noircis; d'autres ne présentaient plus qu'un amas de décombres, sur lesquels les ronces avaient déjà poussé. On apercevait à peine, de loin en loin, sur les seuils, quelques femmes portant dans leurs bras des nourrissons chétifs, et quelques hommes débraillés qui vous regardaient d'un œil hagard. En arrivant près de l'Èdre, je rencontrai une troupe d'enfants chargés de vêtements ensanglantés qu'ils se disputaient. La nuit était venue; je voulus abréger en évitant les quais et en prenant par la place du Département. J'avais le cœur serré d'une indicible tristesse, et j'avançais, pensif, sans regarder autour de moi, lorsque tout à coup mon cheval se jeta de côté avec un hennissement d'effroi; il avait marché sur un cadavre! Je le fis passer vite, mais il en heurta un second, puis un troisième, puis un autre encore. Je voulus lui faire rebrousser chemin; il refusa d'avancer. Il fallut descendre; mon pied, en se posant, rencontra quelque chose qui céda: c'était le corps d'un enfant! Je regardai autour de moi avec épouvante: la place entière était couverte de morts et le sang coulait par rigoles, comme l'eau après un orage! Il y avait dans l'air une odeur sans nom; je me sentis froid jusque dans les cheveux. Mon cheval refusait toujours de marcher; je ne savais à quoi me décider, lorsque de longs aboiements se firent entendre au loin; ils grossirent, s'approchèrent rapidement, éclatèrent à mes oreilles. Je me détournai; une meute haletante se précipitait sur la place; je la vis passer près de moi, se disperser parmi les cadavres et disparaître! Alors les aboiements s'éteignirent peu à peu; on n'entendit plus que de sourds grondements, mêlés de je ne sais quel horrible bruit de chairs fouillées et d'ossements rongés. On voyait ces corps, immobiles un instant auparavant, remuer dans l'ombre et se séparer par lambeaux. Saisi d'une horreur qui touchait à l'égarement, je remontai sur mon cheval et je lui enfonçai mes éperons dans le flanc. Il partit au galop, mais ses pieds glissaient à chaque instant dans le sang; il s'abattit trois fois! Dérangés de leur curée, les chiens s'écartaient sur notre passage et levaient vers nous, en grondant, leurs yeux sauvages et leurs museaux ensanglantés. Pendant quelques minutes je fus en proie à une espèce d'hallucination horrible; enfin, pourtant, je pus échapper à cet affreux charnier, gagner la place de la Cathédrale, et de là l'auberge où j'avais coutume de descendre. Je me trouvai, en entrant, face à face avec la citoyenne Benoist; nous jetâmes en même temps un cri de surprise.

— Vous ici! — Je lui racontai en peu de mots ce qui m'était arrivé et comment j'avais changé mon itinéraire. Quand j'eus fini:

— Moi, je suis venue pour mon mari, dit-elle.

— Il est malade?

— Il est en prison.

— Le citoyen Benoist! m'écriai-je stupéfait. Elle m'emmena à l'écart.

— Vous ne savez point où vous êtes venu, malheureux! Nantes est une caverne de tigres!

— En effet, répondis-je, tout à l'heure j'ai traversé la place du Département...

— Et vous l'avez trouvée semée de cadavres?... Ceux-là sont des Vendéens venus sur la foi des proclamations qui promettaient le pardon! Hier on en a exécuté d'autres, pris, disait-on, les armes à la main; c'étaient des jeunes filles et des enfants!... Carrier a menacé le président de la commission militaire, Gouchon, de le faire fusiller s'il ne condamnait pas plus vite et plus *légèrement*. Le pauvre vieillard en est devenu fou; il est mort, il y a quelques jours, dans le délire. Aussi, maintenant ne juge-t-on plus. Les prisons sont un entrepôt de chair humaine; on y puise à même, comme à la rivière. On guillotine, on mitraille, on noie tout ce qui tombe sous la main. Il y a trois jours qu'une marée, grossie par un vent d'ouest, nous a rapporté une partie des victimes de Carrier; on eût dit une débâcle de cadavres. L'eau qu'on puise à la Loire est mêlée de lambeaux de chair corrompue; une ordonnance de police a fait défense d'en boire, et voilà près d'un mois que trois cents hommes sont occupés à creuser des fosses. Le typhus ravage les prisons; il commence à atteindre les gardiens eux-mêmes: un poste de grenadiers a succombé tout entier dans une seule nuit! Quant à la disette, vous trouverez, le soir, les rues pleines de malheureuses qui se prostituent pour un *morceau de pain*. Cependant Carrier vit dans l'abondance, au milieu de femmes perdues, menaçant de mort quiconque ose lui parler des misères publiques. Voilà ce que mon mari a vu en arrivant ici; il n'a pu cacher son indignation, et on l'a fait arrêter comme suspect. Je suis ici pour partager son sort, quel qu'il soit.

— Et avez-vous quelque espérance?

— Je ne sais; la terreur retient les lâches, et la fatigue a énervé les courageux. On a dépensé trop de vie depuis quelques mois; on est engourdi. Chacun renonce à combattre et attend tranquillement la mort, non par bravoure, mais par torpeur; on se laisse égorger sans se retourner même contre le couteau. Cependant, j'ai vu déjà Philippe Tronjolly et plusieurs autres; tant que je serai libre, je ne désespérerai point. Un tel état de choses, d'ailleurs, ne peut durer; il y a des douleurs qui forcent les mourants eux-mêmes à se lever. Il faudra bien que la Convention fasse justice, quand les cris d'exécration s'élèveront de toutes parts; plus on aura été loin, plus le retour sera rapide et complet.

— Et cela m'épouvante encore, répondis-je avec tristesse. Tout excès amène une réaction presque aussi funeste. Qui sait ce qu'emportera le flot d'indignation et de colère qui va déborder? Quel thème fécond pour nos ennemis! Comme il sera facile d'attribuer aux principes les crimes des personnes!

— Croyez-vous les hommes si aveugles? dit madame Benoist; est-ce d'aujourd'hui que les pirates prennent de nobles drapeaux? et ne sait-on pas que les mauvaises passions portent toujours la cocarde qui donne la force? Ces misérables, qui maintenant noient des royalistes et des prêtres, sont ceux qui massacraient les protestants sous les Médicis; c'est toujours la même famille de voleurs et d'assassins. Ce sont des hommes qui suivent toutes les grandes évolutions sociales, comme les loups-cerviers suivent les armées, et auxquels les champs de bataille appartiennent quelques heures.

— Oui; mais tout ce que Carrier fait ici, il le fait au nom de la liberté; on feindra de prendre ses vices pour des doctrines.

— Des doctrines! s'écria madame Benoist; qui pourra accuser cet Auvergnat stupide d'en avoir eu, bon Dieu! Mais savez-vous bien ce que c'est que Carrier? Un chaudronnier ivre qui sort du bagne! Il s'est trouvé qu'il était trop ignorant et trop scélérat même pour être procureur: il n'a jamais pu apprendre à sucer la moelle des clients sans les faire crier! Je me demande à chaque instant ce qu'il faut le plus admirer de son ineptie, de son cynisme ou de sa férocité!... Il a entendu les idéologues de la Convention répéter que la France devait avoir seulement sept cents habitants par lieue carrée; que, pour établir solidement la République, il fallait prélever sur la génération actuelle deux millions de têtes; il a appris par cœur ces calculs de quelques fous féroces, et il les répète, ainsi que les médecins de Molière répétaient leurs formules de purgations et de saignées. Ce n'est point, comme Robespierre et Saint-Just, un métaphysicien implacable; ce n'est même point, comme Marat, un enragé qui mord par maladie; c'est tout simplement un bandit qui profite de sa position. Ce qui lui plaît dans la République, ce ne sont point les principes qui la constituent, mais les avantages qu'elle lui donne. Il l'aime comme on aime ses vices; il la défend comme le brigand défend l'antre où il garde son butin. Il vous parle de sa haine pour les aristocrates; mais les aristocrates, pour lui, ce sont *les riches, les muscadins, les gens d'esprit*[1]. Voilà ceux qu'il désigne à la *compagnie de Marat*. Et cette compagnie, expression complète de la pensée, savez-vous de quoi elle se compose? de faussaires, de meurtriers[2]. Lorsque Goullin et Lamberty l'ont formée, ils ne demandaient pas, à chaque nom proposé: « Y a-t-il un plus chaud patriote à Nantes? » mais: « N'y a-t-il pas quelqu'un de plus scélérat?... » De leur propre aveu, ils n'ont d'autre but que de *fouiller les gros négociants*. Ils ont décidé qu'ils incarcéreraient successivement tous les citoyens, et qu'ils les forceraient à se racheter. On traite tout haut, au comité, des échéances et des époques de payement pour ces rançons. Voilà les faits[3]. Dévorée par la guerre civile et la famine, Nantes ressemble, dans ce moment, à une de ces villes italiennes du moyen âge, où la peste brisait tous les liens, suspendait toutes les lois, et où quelques bandits régnaient sans obstacle, pillant les palais et assassinant ceux que le mal avait épargnés. L'avenir saura tout cela, et il restera bien constant que ce sont les circonstances, non les principes de la Révolution, qui ont amené tant de désastres. — Je secouai la tête; mais les préoccupations personnelles de la citoyenne Benoist étaient trop poignantes pour qu'elle pût continuer longtemps une discussion générale. Elle revint à parler des moyens de sauver son mari; je lui proposai mon entremise; elle refusa.

— Ce serait vous compromettre sans utilité, me répondit-elle; laissez-moi agir seule d'abord, afin que je vous trouve si j'échoue. Nous vivons dans un temps où l'on doit ménager les têtes de ses amis, ne fût-ce que par égoïsme. J'ai ici des parents qui me sont dévoués; je n'ai pas voulu les voir de peur de les désigner à la persécution, et je n'aurai recours à eux qu'à la dernière

[1] Vous, mes bons sans-culottes, qui êtes dans l'indigence tandis que d'autres sont dans l'abondance, ne savez-vous pas que ce que possèdent les gros négociants vous appartient? Il est temps que vous jouissiez à votre tour. Faites-moi des dénonciations; le témoignage de deux bons sans-culottes me suffira pour faire rouler leurs têtes. (*Discours à la réunion Vincent la Montagne.*)

Incarcération de tous les *gens riches* et de tous les *gens d'esprit*. (Arrêté du 15 brumaire.)

[2] Chaux, connu par plusieurs banqueroutes, a fait incarcérer une partie de ses créanciers; Bachelier, notaire décrié; Goullin, connu, avant 1789, par ses talons rouges, s'est couvert de tous les crimes, dont le moins criant, peut-être, est d'avoir fait mourir en prison un bienfaiteur à qui il devait des sommes considérables; Grandmaison, assassin dans l'ancien régime, avait obtenu des lettres de grâce par le crédit de quelques nobles. (*Mémoires de Philippe Tronjolly.*)

[3] *Mémoires de Philippe Tronjolly.*

extrémité. Mais pardon, voici l'heure où Philippe m'attend; nous nous reverrons ce soir.

XLI

PINARD — LA COMPAGNIE DE MARAT

J'avais moi-même des affaires, et ce que je venais d'apprendre m'inspira le désir de les terminer le plus promptement possible. Je me rendis en conséquence chez le citoyen Dufour; je ne le trouvai point, mais on me désigna une taverne, le *Café du vrai Sans-Culotte*, où je devais le rencontrer : je m'y rendis. C'était une salle basse et enfumée, sur les volets de laquelle le pinceau du barbouilleur avait grossièrement dessiné une guillotine coiffée du bonnet phrygien, avec ces mots qui semblaient faire épigramme au-dessous : LIBERTÉ, FRATERNITÉ. Un vasistas entr'ouvert laissait entendre un bruit de verres, de rires et de jurements, qui sortait par bouffées, avec je ne sais quelle odeur âcre et brûlante. Je m'approchai du vitrage; mais je ne pus distinguer, à travers la vapeur dont il était couvert, que des formes confuses qui s'agitaient en tous sens; il fallut se décider à entrer. Je venais de refermer la porte, et je cherchais des yeux le citoyen Dufour, lorsque mon nom retentit tout à coup derrière moi. Je me détournai, et j'aperçus un homme en carmagnole qui me tendait les deux mains; je m'avançai, étonné : c'était Pinard! Je ne l'avais point vu depuis son voyage à Guingamp, et la manière dont nous nous étions quittés s'accordait peu avec ces avances amicales; mais que ce fût l'effet de l'ivresse ou du temps, il paraissait avoir tout oublié. Je répondis pourtant à ses empressements avec quelque froideur; il s'en aperçut.

— Eh bien! est-ce que nous sommes encore fâchés? s'écria-t-il; la paix, mille dieux! la paix! et viens ici avec les amis.

Je voulus me défendre; mais il me prit de force, et, s'adressant à une douzaine de compagnons qui buvaient avec lui :

— Holà! vous autres; une place pour un vrai républicain.

On se rangea, et je me vis forcé de m'asseoir. Pinard me fit donner un verre.

— Allons, cria-t-il; Cincinnatus, déride-toi, et une rasade à la mort des calottins. — Il fallut boire. J'éprouvais un véritable malaise, ne sachant avec quelles gens je me trouvais, et craignant de le deviner d'après la connaissance que j'avais de Pinard. Il ne me tint pas, du reste, longtemps dans l'incertitude.

— Tu es donc venu voir comme nous faisons ici nos affaires? reprit-il en se versant du punch[1]. Je lui expliquai rapidement ce qui m'avait amené à Nantes; mais il ne m'écoutait pas, et buvait à petites gorgées en regardant le fond de son verre.

— Les circonstances sont difficiles, Cincinnatus, continua-t-il avec la gravité d'un homme ivre. Les vrais patriotes comme nous sont soumis à de cruelles fatigues : on a beau travailler jour et nuit, il y a tant de brigands dans les prisons, qu'on ne peut leur faire justice... Le temps manque.

— Je crois bien, dit un homme à barbe rousse qui buvait devant nous d'un air morose; le temps de les déshabiller, le temps de les fusiller, le temps de les assommer!... C'est trop de temps!... — Pinard se pencha vers moi.

— C'est Ducou, me murmura-t-il à l'oreille en désignant le buveur avec une complaisance caressante.

— Si ce n'était encore que le temps, reprit un autre, on tâcherait de travailler vite; mais ce président de malheur, Tronjolly, ne veut-il pas écouter ceux qu'il juge? comme s'il fallait des preuves pour faire passer des aristocrates au rasoir national!... On leur fait mettre la tête à la fenêtre sur l'étiquette du sac.

— Celui-là est Goullin, me dit Pinard à demi-voix; c'est *le meilleur* de nous tous.

— Sais-tu si on envoie encore ce soir des brigands au château d'Aux? demanda Ducou.

— Au château d'Aux[2]! répétai-je... Mais j'en viens, et je n'y ai point vu de prisonniers. — Un éclat de rire général s'éleva.

— Fameux! s'écria Pinard; il n'a pas saisi le calembour!... Le château d'Aux, nigaud, c'est la Loire; *château d'eau*, comprends-tu?... — Je fis un geste d'horreur qu'il prit pour un mouvement d'impatience.

— Allons, dit-il avec bonté, ne te fâche pas, Cincinnatus; c'est une farce qu'on dit aux prisonniers quand on les fait sortir pour les passer à la baignoire nationale. Faut-il pas s'amuser? Dans les commencements, lorsqu'on les embarquait, ils croyaient que c'était pour les conduire en Angleterre ou en Espagne; aussi Carrier appelle nos baignades des *déportations verticales!*

[1] Toute cette conversation est rigoureusement historique, comme le reste du récit; on n'invente pas de telles choses. Nous ne faisons dire à chaque personnage que *ce qu'il a réellement dit*, et les pièces justificatives pourraient être apportées à l'appui de chaque fait; nous les avons toutes en main.

[2] Château situé près de Nantes, et dont le nom donna occasion à cet horrible calembour, que l'on répétait sans cesse aux prisonniers.

Du reste, je te conduirai un jour à l'entrepôt; tu verras comme nous nous y prenons pour les faire boire à la tasse des calottins. En attendant, ton verre. Eh bien! Lamberty, que fais-tu là, avec tes paperasses, au lieu de boire?...

— Je regarde qui j'ai à pincer ce soir.

— Tu as une liste de suspects?

— Pardieu! le comité ne vient-il pas de porter un arrêt contre ceux qui ont cherché à interrompre le cours de la justice révolutionnaire, en sollicitant pour leurs parents[1]?

— Y en a-t-il beaucoup?

— Une bande de noms que je ne connais pas... Jeanne Papin, Pierre Fourant, la citoyenne Benoist de Rennes... — Je m'étais levé pour partir; ce nom m'arrêta court.

— C'est un gibier qui peut s'échapper, continua Lamberty en repliant sa liste; faut que j'y aille sur-le-champ.

— Au diable! s'écria Pinard; si tu ne retrouves plus ceux-là, tu en prendras d'autres. Repose-toi, mille tonnerres!... Je veux que tu fasses la connaissance de Cincinnatus...

— Le citoyen a l'air lui-même de se disposer à partir, dit Lamberty.

— Je reste, répondis-je en me rasseyant.

— Tu vois; si tu nous quittes, tu n'es pas un vrai sans-culotte. — Lamberty résista encore quelques instants, et finit par se laisser persuader. J'avais compris sur-le-champ que le seul moyen de sauver la citoyenne Benoist était de l'avertir pendant que je retiendrais à table les gens chargés de l'arrêter; j'exprimai, en conséquence, la résolution de demeurer, objectant seulement un rendez-vous d'affaires donné à mon hôtellerie. Pinard me proposa lui-même d'envoyer un mot pour qu'on n'eût point à m'attendre; j'adoptai l'expédient, et j'écrivis au crayon, sur le coin même de la table, le billet suivant : « Cachez-vous en lieu sûr, sans perdre de temps; on vous cherche pour vous arrêter. Nos amis veilleront au sort de votre mari; mais songez que votre arrestation leur rendrait sa délivrance plus difficile. Ils auraient deux têtes à préserver au lieu d'une! » Je ne signai point; la citoyenne Benoist connaissait mon écriture. Le billet cacheté, je cherchai quelqu'un pour le porter; je ne pus trouver qu'une petite mendiante qui se tenait à la porte du café. L'enfant partit et je revins m'asseoir près de Pinard.

— Depuis quand es-tu ici, citoyen? me demanda Goullin.

[1] Ordre du 2 nivôse, signé Grandmaison.

— Depuis quelques heures seulement.

— Alors tu n'as pu savoir encore ce qui se passe... Les vrais montagnards sont les maîtres partout, et nous marchons ici sur les cadavres et sur les jolies femmes[1].

— Il faut faire au citoyen les honneurs du pays, dit le petit homme à barbe rouge... Lamberty, tu l'amèneras à l'entrepôt, pour qu'il choisisse une *brigande* à son goût.

— A moins, observa Goullin, que le citoyen ne soit comme Pinard, qui s'intitule *l'ennemi des femmes*, et ne les trouve bonnes qu'à tuer. — Pinard allait répondre, lorsque la porte s'ouvrit; six nouveaux sans-culottes entrèrent.

— Tiens, c'est Chaux et les autres, dit Lamberty.

— Enfin, s'écria Ducou, c'est pas malheureux; je vous croyais en mission extraordinaire.

— C'est ce gueux de comité qui nous a retenus, répondit Chaux; j'enrageais en pensant que vous étiez ici. Aussi, j'aurais donné la tête de mon père pour en finir.

— Sans compter, reprit une espèce de géant qui se trouvait parmi les nouveaux venus, qu'on leur avait confié huit prisonniers à reconduire à l'entrepôt...

— Eh bien?

— Eh bien! ma foi! c'était trop loin. Je leur ai conseillé de sabrer cette canaille pour en avoir fini plus tôt; je les ai même aidés... Ce sera de la besogne de moins pour vous, mes Romains.

— Diable d'Héron! s'écria Lamberty en frappant la table du poing; il a toujours de ces expédients.

— Ça m'a, du reste, valu un ornement militaire, ajouta le géant en se décoiffant. Regarde.

— Qu'est-ce que c'est que ça?

— Ça, mon cher, c'est la vraie cocarde d'un patriote... une oreille de brigand que j'ai clouée à mon chapeau.

— Vous verrez, s'écria Chaux, qu'en sa qualité d'inspecteur des vivres, il finira par nous faire manger du Vendéen en guise de bœuf salé.

— Pourquoi pas?... Un chirurgien de mes amis a bien proposé à la Convention de tanner les peaux des ennemis pour en faire des culottes à nos grenadiers... Mais voyons, n'y a-t-il point là une place et un verre pour moi? — On se rangea, et les nouveaux venus s'attablèrent près de nous. Jusqu'alors j'avais tout écouté dans une sorte de stupeur et d'épouvante. J'aurais voulu me lever et fuir, et je ne sais quel instinct de curiosité mêlée d'horreur me retenait. J'étais là comme dans un antre de bêtes fauves qui rugissaient autour de moi. Il

[1] Mot de Goullin.

me semblait, par instants, que j'étais le jouet d'un rêve insensé. Le retour de l'enfant que j'avais envoyé à l'hôtellerie m'arracha à cette torpeur. Elle avait remis mon billet à madame Benoist elle-même. Cette nouvelle me rassura, et, profitant du tumulte produit par l'arrivée de nouveaux compagnons, et de l'ivresse toujours croissante de Pinard, je m'échappai sans être aperçu.

XLII

LES PRISONS DE NANTES

Je n'essayerai point de dire ce que j'éprouvai en me retrouvant seul. Tout ce que je venais d'entendre bourdonnait encore à mes oreilles; je ne me sentais ni marcher ni vivre; j'étais comme un homme qui vient de fuir une caverne d'assassins, et qui n'a plus conscience du monde ni de lui-même. La nuit entière se passa dans la fièvre; enfin, vers le matin, mon imagination s'apaisa, et je m'endormis. Je fus réveillé par l'hôtesse, qui m'apportait une lettre. Madame Benoist me remerciait de mon avertissement, en m'annonçant qu'elle était en sûreté. Elle me conjurait de tout faire pour sauver son mari, m'indiquant les personnes qu'elle avait déjà vues et sur l'appui desquelles elle comptait. Cette lettre me ranima en me donnant un devoir à remplir. Je résolus de mériter la confiance qui m'était accordée, quelque danger qu'il fallût courir. Cependant, comme j'ignorais quels moyens pouvaient réussir, je me rendis chez Dufour, que je trouvai cette fois. J'avais en lui toute confiance; je lui racontai ce qui s'était passé et lui demandai conseil.

— Comment donner un conseil, me répondit-il, à une époque où toutes les prévisions de la prudence et de la raison vous trompent, où vous êtes sauvé par ce qui devrait vous perdre, perdu par ce qui devrait vous sauver!... Le citoyen Benoist lui-même n'a-t-il aucun moyen de détourner le coup qui le menace? Il faudrait le voir, l'interroger.

— Mais comment?

— Je connais le geôlier Lagueze; il nous laisserait peut-être communiquer avec le prisonnier.

— Allons tout de suite, alors.

— Allons. — Nous nous dirigeâmes ensemble vers le Bouffai. En arrivant, j'aperçus la place couverte d'une foule de gens assis qui mangeaient, travaillaient ou causaient tranquillement. Il y avait, comme dans nos églises, des bancs sur lesquels étaient écrits des noms, d'autres qu'on louait à l'heure. L'échafaud se dressait au milieu, sur une immense cuve recouverte d'un *prélat*[1] rougeâtre. Mon compagnon m'apprit que c'était un perfectionnement dû au réclamations des habitants dont les boutiques étaient auparavant inondées de sang.

— Tu le vois, me dit-il, c'est ici le lieu de réunion et de causerie; on fait cercle autour de la guillotine; on y vient en famille... Les femmes y apportent leur ouvrage comme pour une visite de voisinage, les bonnes y conduisent les enfants qu'elles doivent promener. Ce n'est pas la vengeance qu'on vient chercher ici, mais l'émotion; c'est le cirque où le peuple souverain regarde les chrétiens mourir. Tu entendras applaudir ceux qui marchent fièrement vers l'échelle, et siffler ceux qui tremblent. A part un petit nombre, il n'y a dans cette foule ni haines, ni colères violentes; ce sont moins des ennemis que des connaisseurs qui viennent juger, ou des curieux qui s'amusent. — Nous étions arrivés à la prison; on consentit sans trop de peine à nous conduire au cachot du citoyen Benoist. Nous suivîmes le geôlier à travers un long corridor obscur. On entendait, des deux côtés, un murmure de voix et des gémissements confus; enfin Lagueze nous ouvrit une porte en nous disant : — C'est là. — Je voulus entrer, mais une bouffée de vapeurs fétides m'enveloppa tout à coup, et, me sentant défaillir, je m'appuyai au mur. Dufour me prit par le bras en me proposant de redescendre; je refusai, et je m'avançai en chancelant. Tout flottait devant mes yeux comme dans un rêve; j'aperçus vaguement, étendus à terre et sur une couche de paille, des hommes, des femmes, des enfants; ils me semblèrent immobiles... Cependant, en arrivant au bout de la salle, j'en vis quelques-uns qui remuaient. Un air plus pur pénétrait par une fenêtre à demi murée. Je me sentis ranimer. Dans ce moment même je reconnus Benoist et je courus à lui.

— Est-ce pour moi que vous venez? nous demanda-t-il. Je lui répondis affirmativement; il s'informa de sa femme; je lui racontai ce qui s'était passé. En apprenant qu'elle avait failli être arrêtée, il poussa un cri.

— Fais-la partir, me dit-il; au nom du ciel, qu'elle quitte Nantes. On pourrait la découvrir, et tu ne sais point ce que sont les cachots de Carrier... Regarde, ajouta-t-il en montrant la longue rangée de corps immobiles que j'avais déjà remarquée, il n'y a plus ici que quatre vivants! Là, sur la litière de paille, toutes les places sont prises par des morts!... Eh bien! ceux

[1] On appelle ainsi, en marine, un grand carré de toile goudronnée.

qui arriveront ce soir ou demain coucheront sur ces morts, et serviront eux-mêmes, dans quelques jours, de lit à de nouveaux venus. On superpose ainsi de la pourriture humaine jusqu'à ce que les geôliers ne puissent plus ouvrir les cachots sans mourir. Ceux qui enlevaient autrefois les cadavres s'y refusent maintenant, sachant qu'on ne peut y toucher sans gagner le mal qui les a tués. Il y a quelque temps, quarante prisonniers acceptèrent pourtant cette périlleuse tâche en échange de leur liberté; trente ont péri, et, une fois les prisons purgées, on a guillotiné le reste[1]. Vous n'ignorez pas ce qu'on a dit de notre insolence au comité. A en croire la *compagnie Marat*, nous nageons dans les richesses, nous foulons aux pieds les aliments qui nous sont fournis, tandis que les vrais patriotes meurent de faim! Or, savez-vous quelle est notre nourriture : une demi-livre de pain mêlé de paille et une demi-livre de riz que l'on refuse de nous cuire; encore a-t-on oublié pendant deux jours de nous les distribuer. On nous vend l'eau dont nous avons besoin; des enfants sont morts de soif et de faim sous mes yeux.

— Et il n'existe aucun moyen de délivrance? demandai-je.

— Aucun. Les femmes qui sont belles croient échapper à la mort en se livrant à Carrier; mais sa couche, comme celle de Cléopâtre, ne confie ses secrets que pour une nuit, et la Loire engloutit tout le lendemain. Reste donc la prostitution, qui n'est guère plus sûre... Les prisons de Nantes sont devenues des espèces de bazars où quelques vieilles femmes ont acheté le droit de venir recruter pour leur hideuse industrie. Le succès leur est facile, car la peur est encore plus corruptrice que l'or. Elles tentent l'honneur des jeunes filles en leur proposant la vie, mais le plus souvent elles ne les délivrent que pour peu de temps, et, une fois qu'elles ont flétri la fleur de leur beauté, elles les rendent aux bourreaux qui les tuent!... Du reste, à quoi bon vous révéler tous ces crimes? ajouta Benoist en voyant l'horreur dont nous étions saisis; quand les hommes s'abandonnent eux-mêmes, ils méritent d'être livrés aux assassins; chacun doit subir la peine de la lâcheté de tous. Quant à moi, j'attends tranquillement le coup qui me frappera.

— J'espère que nous t'y déroberons, répondis-je. Le hasard m'a fait retrouver ici un homme qui vit dans la familiarité des bourreaux et dont l'entremise pourra nous être utile. — Je lui racontai alors la rencontre de Pinard et les offres de services qu'il m'avait faites : il secoua la tête, et Dufour approuva son doute par un geste.

[1] Déposition de Thomas dans le procès de Carrier.

— Solliciter la délivrance de ton ami, c'est le rappeler aux bourreaux, me dit-il.

— Mais, si je ne la sollicite pas, son nom se trouvera peut-être sur la prochaine liste; aujourd'hui ou demain il peut être appelé...

— Qu'il ne réponde pas. — Je regardai Dufour avec étonnement.

— Savent-ils seulement ce qu'ils tuent? continua-t-il en haussant les épaules; nos prisons sont des parcs de bétail où l'on prend au hasard. Si un prisonnier ne se trouve point au moment de l'appel, les noyeurs passent plus loin (car l'heure de la marée les presse), et le lendemain ils l'ont oublié! Un tel moyen de salut te paraît extraordinaire, impossible peut-être; mais, de nos jours, il n'y a que l'extraordinaire de vraisemblable et que le vraisemblable d'impossible. Ce qu'il faut maintenant pour sauver un homme, ce n'est ni le bon droit, ni le dévouement, ni le courage; mais le hasard d'un nom mal écrit ou d'une liste emportée par le vent : notre vie et notre mort à tous ne relèvent point de causes plus hautes. — Benoist confirma la vérité de ces observations en nous citant un compagnon d'infortune qui avait échappé ainsi; je l'engageai alors à tout essayer pour se soustraire aux recherches, si son nom était appelé, tandis que, de mon côté, j'emploierais tous les moyens d'obtenir son élargissement. Lagueze vint nous avertir qu'il était temps de nous retirer; j'embrassai Benoist, et nous sortîmes.

XLIII

UN SOUPER CHEZ CARRIER

Je venais de quitter le citoyen Dufour, lorsque je rencontrai Pinard et Goullin qui m'accostèrent; ils allaient dîner chez le représentant et me proposèrent de m'y mener. Je refusai d'abord, mais ils me pressèrent; je réfléchis que le hasard pourrait me fournir, dans cette visite, l'occasion d'être utile à Benoist, et j'hésitai.

— Viens, me dit Goullin; présenté par nous, tu seras bien reçu, et tu verras la citoyenne Caron.

— La maîtresse de Carrier?

— Oui, une sirène qui vous ferait marcher sur la tête. — J'acceptai. Carrier demeurait alors à l'extrémité de Richebourg. Sa maison était gardée avec soin, et il fallut nous faire reconnaître pour que la sentinelle nous permit d'entrer. Nous trouvâmes le représentant sur le palier avec une jeune fille en larmes qui le suppliait.

— Tu aimes les aristocrates, disait-il; moi, j'aime les jolies femmes : je t'ai dit à quelle condition ton frère sortirait de prison : complaisance pour complaisance ! — En parlant ainsi, il voulut lui prendre les mains; la jeune fille recula.

— Je veux pas d'un malheur en faire deux, dit-elle avec un noble désespoir.

— Alors, va au diable, s'écria brutalement Carrier; aussi bien, je n'aime pas les blondes. — Nous arrivions dans ce moment.

— Tiens ! s'écria Goullin, c'est la petite Brevet; vient-elle encore demander la permission de porter du pain à son frère?

— Hélas ! accordez-moi cette grâce, dit-elle en se retournant, les mains jointes, vers Carrier.

— Au fait, continua Goullin, donne-lui cette permission; il est juste que son frère mange aujourd'hui; hier, il a assez bu...

La jeune fille releva la tête avec un cri; Goullin et Pinard éclatèrent de rire.

— Est-ce vrai? balbutia-t-elle éperdue... Michel !... vous l'avez noyé?...

— Puisque je t'offrais sa grâce, imbécile ! dit Carrier en haussant les épaules. — Elle poussa un cri et tendit les bras pour chercher un appui. Je voulus la soutenir, mais Carrier me retint.

— Qu'on jette dehors cette bégueule, dit-il, et que la sentinelle passe sa baïonnette au travers du ventre de tous ceux qui auront quelque chose à me demander; je ferme la boutique pour aujourd'hui. — A ces mots, il nous fit entrer au salon, où je trouvai la plupart de ceux que j'avais déjà vus au *Café du vrai Sans-Culotte*. Je fus alors présenté à Carrier.

— Est-ce un patriote? demanda-t-il en arrêtant sur moi ses yeux hagards; tu sais qu'il ne nous faut ici, comme dit Goullin, que des républicains capables de boire un verre de sang. — Pinard se porta fort de mes principes.

— Alors qu'il soit des nôtres, répondit Carrier. — Et, prenant à part mes deux interlocuteurs, il se mit à causer confidentiellement avec eux. Je profitai de cet instant pour le regarder avec attention. C'était un homme d'environ trente-cinq ans, d'une taille élevée, mais gauche. Sa chevelure noire, collée aux tempes, tranchait durement sur un visage olivâtre; son front était bas; ses yeux étaient ronds et inquiets; son nez recourbé, ses lèvres invisibles. Quoiqu'il eût l'apparence de la force, il y avait dans tout son être je ne sais quoi de précautionneux et de lâche que la brutalité des manières cachait mal. De quelque côté qu'on le regardât, il semblait se montrer de profil ; l'ancien homme de loi se devinait encore dans le bourreau. On vint nous avertir que le dîner était servi, et nous passâmes dans la pièce voisine; plusieurs femmes s'y trouvaient déjà. Pinard me désigna les deux favorites du représentant, madame Le Normand et Angélique Caron. Cette dernière me frappa : j'avais vu peu de femmes aussi belles, aucune ne m'avait paru aussi séduisante. Il y avait dans son regard une volupté avide, mais ingénieuse; dans ses mouvements, une sorte de souplesse harmonieuse et pour ainsi dire cadencée. En oubliant ses devoirs, elle avait du moins respecté ses grâces; on sentait qu'elle aimait encore sa beauté, cette dernière religion des femmes. Il y avait entre elle et les êtres qui l'entouraient tout l'intervalle de l'ange tombé à Caliban. A la voir, au milieu de ces brutes à face d'hommes, avec sa distinction naturelle, que le vice lui-même n'avait pu faire grimacer, on eût dit une marquise de la Régence soupant, par caprice, avec des valets de potence. Je ne sais si elle remarqua l'espèce d'admiration étonnée que sa présence me causait, ou si elle devina en moi une nature moins grossière, mais je me trouvai assis près d'elle à table, et ses prévenances établirent bientôt une sorte de familiarité entre nous. La conversation d'Angélique Caron était vive, originale et mobile. C'était un de ces esprits pour ainsi dire fluides, qui pénètrent partout comme l'eau, mais qui manquent aussi comme elle de forme et de solidité; natures d'autant plus dangereuses qu'elles se plongent dans la corruption sans crises, et qu'on les condamne sans pouvoir les haïr. Notre entretien, suivi à demi-voix au milieu des déclamations furieuses, des cris et des blasphèmes des convives, ne pouvait manquer de prendre insensiblement un caractère d'intimité. L'étrangeté de notre position, la rareté d'une causerie paisible à cette époque, des habitudes élégantes, suspendues mais non oubliées, donnaient d'ailleurs à cet entretien un charme qui nous entraîna tous deux. La vie infâme que menait Angélique Caron ne lui avait pas tout enlevé, et elle savait encore comprendre ce qu'elle n'était plus capable de faire. Il est rare, du reste, qu'il n'en soit pas ainsi pour les femmes perdues. Il y a presque toujours plus d'emportement ou de hasard dans leur corruption que dans la nôtre; chez elles, le mal arrive droit au cœur sans avoir filtré par l'esprit. Par cela même que leur chute est plus profonde, elles ne la calculent pas; elles la font d'un saut et en fermant les yeux. Les hommes, au contraire, savent se donner les raisons du mal, et descendre dans le vice par une pente philosophique. Sans doute, arrivés au fond, le retour est également impossible pour tous deux; mais l'un est descendu dans la plaine graduellement, et ne songe même plus à la montagne qu'il a quittée, tandis que, précipitée subitement, la femme lève encore les yeux quelquefois vers la hauteur d'où elle est tombée. Ce n'est point un remords, mais un souvenir; elle ne veut pas être meilleure, mais elle se plaît à penser qu'elle l'a été, comme nous aimons à nous rappeler, malgré notre incrédulité de l'âge mûr, les naïves dévotions de notre enfance. Quelque chose de semblable se passait sans doute dans le cœur d'Angélique Caron, car elle me parla avec une sensibilité sincère de son enfance, de ses goûts, de ses rêves d'alors. Elle prononça ainsi, par hasard, le nom du couvent où elle avait passé ses premières années; c'était celui où avait été élevée madame Benoist! Je lui parlai de Rose Boivin; elle se la rappelait. J'allais profiter de cette découverte inattendue, lorsqu'on se leva de table. Heureusement qu'échauffés par le repas, les amis de Carrier continuaient à discuter sans prendre garde à nous; je les laissai passer dans le salon, et je m'approchai de la fenêtre. Angélique m'y rejoignit.

— Ces débats vous fatiguent? me dit-elle, en cessant tout à coup de me tutoyer.

— Je ne les évite pas toujours, répondis-je; mais ici il y a prudence.

— Nous vivons dans une fournaise, me répondit Angélique; l'énergie devient du délire, l'indignation de la rage. Au fond de votre Bretagne, vous ne savez pas jusqu'à quel point les ennemis de la République se sont montrés lâches et cruels; vous ne pouvez pas les haïr comme nous.

— Je hais ceux qui ont été cruels et lâches; mais tant d'innocents sont aujourd'hui confondus avec les coupables!

— Les devoirs de ceux qui tiennent le pouvoir sont terribles!

— Leur rigueur ne peut-elle jamais fléchir?

— Elle est nécessaire.

— Il est pourtant ici une voix qui obtient toujours merci, à ce qu'on assure, et qui aime sans doute à l'obtenir. — Angélique me regarda et me dit :

— Qui voulez-vous sauver?

— Un patriote sincère.

— Nos amis le sont tous, dit-elle en souriant.

— Le mari d'une de vos compagnes, ajoutai-je, de celle que vous nommiez tout à l'heure.

— De Rose Boivin?

— D'elle-même.

— Vous l'appelez?...

— Le citoyen Benoist.

— Demain j'en parlerai à Carrier, dit-elle vivement.

— Demain, peut-être, il sera trop tard. — Elle réfléchit.

— Que puis-je faire? reprit-elle après un silence; maintenant ils sont tous là; ma demande serait sûrement repoussée... Même en choisissant l'instant elle le sera peut-être... — J'allais insister, lorsqu'on vint l'appeler de la part de Carrier.

— J'y penserai, dit-elle en me quittant. Je craignais que mon absence n'eût été remarquée, et je rejoignis les invités. Leur nombre s'était singulièrement accru. Il y avait plusieurs généraux en épaulettes de laine, selon l'usage du temps, des membres du département en sabots, des juges du tribunal révolutionnaire sans gilet et sans cravate. La plupart fumaient, jouaient ou buvaient; quelques-uns poursuivaient des femmes à demi nues, qui leur échappaient en riant. On n'entendait que jurements, cliquetis de verres, chants obscènes et bruits de baisers; on eût dit un *musico* d'Amsterdam. Au milieu de ce tumulte, une femme laide et revêche tricotait seule dans un coin. Je demandai son nom.

— C'est l'épouse du représentant, me répondit Pinard; un véritable hérisson. Si j'étais Carrier, il y a longtemps que je m'en serais débarrassé; mais elle lui fait, à ce qu'il dit, l'effet d'un dindon qui tricote; il la garde en mue sans s'en apercevoir. A propos, où est-il donc, Carrier? avec la citoyenne Caron, je parie!... Qu'est-ce que je disais! les voilà tous deux... — Le représentant venait, en effet, d'entrer en tenant par la taille Angélique, qui, vêtue d'une simple tunique et à demi renversée dans ses bras, semblait appeler ses baisers. J'éprouvai, à cette vue, un sentiment de surprise et de dégoût invincibles. Était-ce donc bien vrai?... Cette femme que j'avais trouvée tout à l'heure si belle, si distinguée, et qui m'avait fait douter un instant des accusations portées contre elle, était moins qu'une courtisane; c'était la femelle de ce tigre laid et poltron qui n'avait jamais déchiré que des hommes désarmés! Sa beauté elle-même me parut flétrie. Voyant qu'elle venait de mon côté, je me rangeai pour ne point me trouver sur son passage; mais elle m'aperçut, rougit légèrement, et, quittant le bras de son amant, qui parlait à Lamberty, elle passa près de moi sans me regarder, s'arrêta, en ayant l'air d'attendre Carrier, et me glissa dans la main un papier. Je fis un mouvement.

— Prenez, murmura-t-elle... mais qu'il quitte Nantes sur-le-champ... C'est une signature surprise... — Et, sans attendre de réponse, elle disparut dans la foule.

XLIV

LES NOYADES

Lorsque j'arrivai à mon auberge, on me dit que quelqu'un m'attendait dans ma chambre; j'y montai; c'était madame Benoist.

— Quelle imprudence ! m'écriai-je.

— Mon mari est perdu ! dit-elle.

— Il est sauvé !

— Comment cela ?

— J'ai sa grâce signée de Carrier.

— Est-ce possible ?

— La voilà.

— Mais son nom est sur la liste des prisonniers qui doivent périr ce soir.

— Qui vous l'a dit ?

— Philippe Tronjolly.

— Courons à la prison.

— Je vous suis.

— Y pensez-vous ? si l'on vous reconnaît...

— Je le veux ! je le veux ! s'écria-t-elle ; venez ! — Nous trouvâmes, au bas de l'escalier du Bouffai, des gens armés qui nous empêchèrent de passer.

— Qu'y a-t-il ? demandai-je.

— Des prisonniers qu'on mène baigner, répondit un sergent. Madame Benoist jeta un cri.

— Ne craignez rien, lui dis-je d'une voix mal assurée, il est averti et se sera caché. — Mais elle ne m'écoutait point.

— Ils ne peuvent le faire périr, puisque j'ai sa grâce ! criait-elle ; laissez-moi passer !

— Arrière ! dit le sergent.

— Je veux leur parler.

— Au diable !

— Je vous en conjure !

— On ne passe pas.

— Je veux passer, moi ! s'écria-t-elle. Et elle essaya de percer les rangs des soldats. Je la retins.

— Attendez, lui dis-je ; avant de leur parler, il faut au moins nous assurer qu'il fait partie des victimes ; tout débat maintenant serait dangereux et peut-être inutile. — En ce moment, les prisonniers commençaient à descendre le grand escalier entre deux haies de soldats. Les premiers commencèrent à défiler devant nous. Je tenais la main de madame Benoist, qui regardait, béante et éperdue. Tout à coup, elle fit un mouvement ; je me penchai.

— Ce n'est pas lui, me dit-elle. — Les prisonniers passaient toujours. Il y avait des femmes qui levaient leurs nourrissons dans leurs bras en criant : « Une mère, une mère pour mon pauvre enfant !... » Quelquefois, alors, deux mains s'avançaient entre les baïonnettes, la mère jetait son fils, et continuait sans savoir même à qui elle l'avait légué. Je ne sais combien de temps il en passa ainsi... Lorsque le dernier eut disparu, madame Benoist poussa un cri de joie.

— Il n'y est point, me dit-elle ; venez.

— Laissons d'abord passer ces gens. — En effet, Robin[1] et ses compagnons descendaient du Bouffai, portant des mannequins chargés d'objets précieux enlevés aux malheureux qui allaient périr. Nous nous retirâmes dans l'ombre pour qu'ils ne pussent nous voir. Les hommes armés s'étaient dirigés vers la Loire, et l'on voyait briller les torches au milieu du fleuve. Bientôt des coups de hache retentirent... Un cri terrible s'éleva et mourut presque aussitôt... Les torches avaient disparu !... L'escalier était libre, nous montâmes en courant à la prison. Je présentai le papier au geôlier.

— Le citoyen Benoist, dit-il ; il est mort, sans doute, car on l'a appelé tout à l'heure sans pouvoir le trouver. — Madame Benoist et moi nous échangeâmes un regard.

— Conduisez-moi à son cachot, dit-elle, je veux le chercher. — Je la laissai monter avec Lagueze ; elle reparut bientôt, accompagnée de Benoist. Nous nous jetâmes dans les bras l'un de l'autre. Une heure après ils avaient tous deux quitté Nantes et je faisais moi-même mes préparatifs de départ.

XLV

DÉPART DE NANTES — ARRIVÉE A GUINGAMP — BREST EN 1794

Je me mis en route le lendemain, et j'arrivai sans accident à Guingamp. Mais après une semaine de repos il fallut partir de nouveau pour Brest. Cinq années s'étaient écoulées depuis mon premier voyage dans cette ville ; cinq années qui avaient suffi pour retourner la société comme un champ défriché. Je m'y rendais avec un serrement de cœur et le pressentiment du lugubre changement que j'allais y trouver. Mon cheval se blessa en arrivant à Morlaix ; ne voulant point éprouver de retard, je fus obligé de prendre une espèce de char-

[1] Un des chefs des noyeurs.

à-bancs couvert qui faisait le service entre Brest et cette ville. A cette époque, les voyageurs étaient peu nombreux; chacun restait chez soi, évitant de faire de la poussière et du bruit, car il ne fallait pas qu'on vous entendît vivre si vous vouliez vivre en sûreté. Je me trouvai seul au moment du départ. Le commencement du voyage fut silencieux. Le postillon, qu'à sa carmagnole et à son bonnet rouge il était facile de reconnaître pour un excellent citoyen, avait entonné *la Marseillaise* et fouettait ses deux rosses, *Pitt* et *Cobourg*, en jurant contre les ornières et traitant d'aristocrates les chemins, qui, défoncés par l'artillerie, étaient réellement détestables; mais au bout d'une heure il parut las de chanter et de jurer, et se tournant sur son siége, il se pencha vers moi pour lier conversation.

— Y a-t-il longtemps que tu n'es allé à Brest, citoyen? me dit-il.

— Cinq ans.

— Cinq ans! oh! bien, alors, c'était du temps du *régime*. Tu trouveras que la poêle à frire a un peu fait tourner l'omelette depuis. Ah! les ci-devants ne sont pas fiers, là! il y en a huit cents au château.

— Et les exécutions, sont-elles nombreuses?

— Mais non, ça ne donne pas absolument. Prieur-la-Marne est un bon sans-culotte, mais un peu cagne; ça n'a pas faim d'aristocrates. Parlez-moi de Laignelot! c'est celui-là un lapin! « Du pain et du fer, qu'il dit, voilà tout ce qu'il faut à de vrais républicains! » J'étais au club quand il est arrivé pour la première fois. Il vous a dégaîné son sabre, l'a mis sur la table, devant lui, en guise de plume, et a dit : « Citoyens, j'arrive de Rochefort, où j'ai mis au pas les aristocrates, les accapareurs et les modérés. J'amène avec moi le barbier de la République, et j'espère qu'il aura le plaisir de faire jouer un peu ici le rasoir national. » Alors il a présenté au club le vengeur public.

— Le bourreau!

— Qui donc! tout le monde a donné l'accolade fraternelle au citoyen, et, pour prouver qu'on avait des principes solides, on l'a nommé tout de suite président du club, comme pour dire aux aristocrates qu'il était temps de tirer leur cravate.

— Et les exécutions ont commencé alors?

— Un peu; mais ça n'a pas duré, parce que Laignelot est parti, et que Jean-Bon-Saint-André s'en est allé avec l'escadre. Il faut espérer qu'ils recommenceront à leur retour. Nous avons bien besoin de ça, ma foi, car les affaires ne vont guère. Il n'y a plus de voyageurs, et il ne faut pas moins que les chevaux et les enfants aient leur avoine.

— Tu as des enfants? demandai-je au voiturier, désirant détourner la conversation.

— Parbleu! il n'y a que les aristocrates qui n'ont point d'enfants; j'en ai six, moi; l'aîné n'a que douze ans, mais c'est déjà un patriote fini. Il a été reçu membre de la Société régénérée.

— Est-ce que les enfants font partie de votre club? dis-je avec étonnement. Le voiturier cligna des yeux et se mit à sourire d'un air de mystérieux orgueil.

— Pas ordinairement; mais voilà la chose : le garçon est fort sur l'écriture; son maître lui a fait faire *un exemple* ousqu'il y avait : *Le monde ne sera heureux que lorsqu'on aura étranglé le dernier des rois avec les boyaux du dernier des prêtres;* et puis il l'a envoyé, avec les dix premiers de sa classe, porter son cahier à Laignelot, qui a été si content de la bonne éducation qu'on donnait à ces garçons, qu'il les a fait recevoir membres du club. Si bien que ces onze mousses-là ont un banc à part, ousqu'ils viennent chanter *la Marseillaise* et arranger le gouvernement avec leurs anciens. — En ce moment, nous passions devant l'auberge d'un village; le postillon s'interrompit tout à coup et arrêta ses chevaux.

— Attention! dit-il, j'ai un voyageur à prendre ici. — Il descendit et entra dans l'auberge. J'éprouvai une véritable contrariété en apprenant que j'allais avoir un compagnon de route. L'étranger que le voiturier était allé chercher se présenta sur le marche-pied, et je me reculai pour lui faire place.

— Pardon de vous déranger, citoyen, me dit-il en saluant. Je me sentis soulagé. La politesse de cet homme venait de me dire son opinion. En ne me tutoyant pas, il avait fait une profession de foi et un acte de courage. Je me tins moins sur mes gardes, et l'entretien s'engagea. Nous apprîmes bientôt réciproquement que nous avions des amis communs; c'était déjà se connaître. La conversation devint alors facile et familière. Mon compagnon de route connaissait Brest, qu'il avait visité peu auparavant, et il m'en parla longuement. Cependant nous avancions toujours, et le pays que nous traversions offrait un aspect de plus en plus désolé. En approchant de Brest, les champs devinrent encore plus incultes; tout était silencieux et comme terrifié.

— Ne croirait-on pas, dis-je à mon compagnon, qui, comme moi, regardait depuis longtemps, d'un air attristé, le tableau désolé que nous avions sous les yeux; ne croirait-on pas que la guerre, la peste ou la famine ont passé sur ce pays?

— C'est bien pis, me répondit-il; c'est une idée et un mot! Ce sont eux qui ont brûlé ces manoirs, ruiné ces campagnes, fermé les églises, chassé les habitants de leurs demeures. Et pourtant quelle idée plus belle et plus sainte? quel mot plus séduisant et plus sonore?

souveraineté du peuple! république! — Comme il achevait de parler, nous aperçûmes des charrettes chargées de marins blessés qui venaient de Brest. Les malades, étendus sur un peu de paille sanglante, brûlés par la fièvre et par un soleil dévorant, manquaient de tout. Quelques-uns, qui avaient déjà succombé, étaient couchés en travers dans les charrettes, la tête et les pieds pendants, et servaient d'oreillers à leurs camarades; d'autres, étendus sans mouvement, faisaient entendre les sifflements horribles de ce râle qui accompagne toujours les agonies difficiles et combattues. Quant à ceux qui avaient conservé quelque force, aucune plainte ne trahissait leurs souffrances; leurs fronts pâles gardaient encore un air d'audace indifférente, et ils murmuraient à demi-voix ces chants magiques avec lesquels on mourait alors. En passant près d'eux, nous nous découvrîmes et leur souhaitâmes un voyage heureux. Pour toute réponse, ils lancèrent au ciel un cri de *vive la République!* Ce cri sembla faire sur les mourants l'effet d'une commotion galvanique; ils s'agitèrent dans leur fumier sanglant et levèrent encore leurs mains glacées, comme pour s'associer à l'élan de leurs compagnons. Nous nous arrêtâmes, saisis de respect, muets et le front découvert, devant cet admirable spectacle. Quand la dernière charrette eut passé, l'étranger qui se trouvait près de moi dit :

— Ces malheureux ont encore plusieurs lieues à faire avant d'atteindre les hôpitaux de Lesneven ou de Pol-Léon, et peut-être n'y trouveront-ils rien de ce qui leur est nécessaire; mais toutes ces souffrances ne peuvent diminuer l'ardeur des matelots; non que ce soient des républicains fort convaincus, mais c'est une race fidèle et forte, qui, une fois le pavillon national à son mât, meurt sous ce pavillon, quelle que soit sa couleur. Puis, ces marins bretons sont infatigables; rien ne les abat, rien ne les tue. Il n'y a que le cœur qui soit de chair dans ces hommes; le reste est de fer. Si nous avions des officiers pour conduire de pareils matelots, la Convention pourrait décréter que l'Océan fait partie des possessions de la République; mais les officiers manquent. Tous étaient nobles, et tous ont abandonné nos ports pour passer à l'étranger. Il y a un an qu'un tiers de la ville de Brest était à vendre, par suite de l'émigration du grand corps. L'ambition a bien retenu à leurs postes quelques chefs dont la République pourrait tirer parti; mais on suspecte leur patriotisme, et leur nombre est d'ailleurs fort restreint. Quant aux *officiers bleus*, malgré leur habileté et leur courage, il y a peu de chose à en attendre. Rapetissés trop longtemps dans les rôles secondaires, ils sont demeurés étrangers aux allures du commandement. Ce sont tout au plus de vaillants corsaires, bons pour ces duels maritimes qui se vident entre deux navires au milieu de l'Océan; mais ils n'entendent rien à la tactique navale ni aux grandes évolutions d'une escadre.

Puis, tous ces matelots d'hier, qui ont trouvé en s'éveillant un habit de capitaine sur leur hamac, sont mal à l'aise sous leurs broderies; ils ont honte d'eux-mêmes, ils se sentent gauches, ils n'osent faire un pas, de peur d'être ridicules, et leur ignorance paralyse leur audace. Les équipages comprennent cette inaptitude des chefs; aussi leur refusent-ils leur confiance. Ils les raillent, les bravent, et la discipline se relâche. Plusieurs révoltes ont eu lieu dans l'escadre de Villaret, avant son départ, et spécialement à bord du *Neptune*. Le discours prononcé à cette occasion par le capitaine à ses matelots mutinés vous donnera la mesure de l'ignorance de nos nouveaux officiers. Je l'ai copié sur mon *agenda;* le voici, c'est une pièce historique. Il fut prononcé en rade de Brest devant le représentant du peuple Jean-Bon-Saint-André.

« Citoyens,

» Il est un préalable sans lequel les choses resteraient dans la plus grande morosité.

» Depuis fort longtemps vous agissez difformément à ma volonté. Je sais que vous avez des droits terrogatifs; mais je sais aussi qu'on ne peut subjuguer un autre à ma place sans en prodiguer les raisons australes. C'est pourquoi j'évacue le tillac, à cette fin de laisser la parole à Jean-Bon-Saint-André, qui vient exprès pour vous dire le reste.

» Vive la République! une, indivisible et impérissable! »

— Et cette copie est authentique? demandai-je en prenant l'*agenda* des mains de mon compagnon de route, pour lire encore cet incroyable discours.

— Elle a été prise au pied du grand mât, me répondit-il, sur le discours même du capitaine, qui y avait été cloué par son ordre. Vous comprenez ce qu'une pareille ignorance de la part des officiers doit exciter de dédain et de raillerie chez les inférieurs. Un chef ridicule est toujours un mauvais chef. Quant aux représentants du peuple, ils ne font aucun effort pour changer l'état des choses; ils se contentent de prêcher contre le fanatisme dans les clubs; ils célèbrent de temps en temps une fête en l'honneur de l'Être suprême, font déporter des prêtres, guillotinent des femmes, des vieillards; et quand on se plaint trop haut, ils vous envoient, comme fédéralistes, dans les prisons du château, d'où l'on ne sort plus que pour monter sur la charrette du bourreau.

— A quoi nous aura donc servi la révolution, si nous lui devons l'appauvrissement de nos forces, le gaspillage de nos ressources, la destruction de notre liberté et de notre repos?

— N'accusez pas la révolution, répliqua vivement mon compagnon ; elle n'a fait que recueillir ce qu'on a semé. Tous les malheurs qui nous frappent sont la suite nécessaire du régime qui vient de finir ; c'est l'arrière-goût de la monarchie qui a disparu. Notre pauvreté est la conséquence des prodigalités précédentes ; l'ignorance de nos officiers de marine est le résultat de l'organisation aristocratique si longtemps maintenue, qui ne permettait d'avancement qu'aux nobles et qui ôtait aux autres tout moyen d'instruction, tout espoir de commandement. Il n'y a pas jusqu'aux gaspillages actuellement existants dans notre grand port qui ne soient un reste de traditions de l'ancien régime. Les hommes de maintenant ne sont pas les fils de la République, ce sont les élèves de la monarchie ; leur immoralité est née de ses leçons et de ses exemples. Vous allez voir Brest ; Brest vous fera horreur et dégoût, car il est affreux dans ce moment ; mais ne vous en tenez pas à la première impression. Le Brest d'autrefois était bien réglé ; le privilége, l'injustice, l'insolence, s'y trouvaient à l'état de bourgeoisie, et la tyrannie du grand corps avait quelque chose de régulier qui la rendait, en quelque sorte, moins saillante ; dans le Brest d'aujourd'hui, au contraire, la réaction populaire se fait sentir avec toute sa nouveauté capricieuse. Elle est sans règle, sans but, brute, ignorante, et elle se dépêche, parce qu'elle a à prendre sa revanche de plusieurs siècles. Ce n'est plus le mal organisé comme autrefois ; c'est le mal en désordre ; ce n'est plus un système inique, c'est une émeute féroce. Cependant, à tout prendre, l'état actuel est moins dangereux que celui qu'il a remplacé, parce qu'il est transitoire. Nous faisons une maladie aiguë dont nous pourrons guérir, tandis qu'autrefois le mal était dans notre constitution même. Songez à cela quand vous allez entrer dans la ville, et tenez-vous un peu sur la pointe du pied pour voir l'avenir par-dessus la tête du présent. Au surplus, ajouta-t-il, vous allez bientôt juger par vous-même de ce que je vous dis, car nous voilà arrivés.

XLVI

ARRIVÉE A BREST — UNE EXÉCUTION

Brest était, en effet, devant nous. Le dôme de vapeur qui couvre toujours les villes paraissait l'envelopper jusqu'à sa base. De loin en loin pourtant, quelques pâles traînées de soleil, perçant au travers du brouillard, glissaient sur les édifices les plus élevés et jetaient sur Brest tout entier une lumière incertaine. Un coup de canon fut tiré, et son retentissement courut, pendant plusieurs minutes, le long des dunes rocheuses qui forment la baie. Je fus saisi de je ne sais quel pressentiment poignant. J'aurais voulu retourner sur mes pas et ne pas entrer à Brest. Je fis part à mon compagnon de cette espèce de répulsion que j'éprouvais ; il sourit tristement.

— Qui sait, me dit-il, peut-être est-ce l'instinct de conservation donné par la nature à tous les êtres qui vient de s'éveiller en vous ; vous avez senti l'odeur de la guillotine. — Comme il achevait de parler, nous passâmes les portes. Je fus frappé tout d'abord de la solitude des rues. On n'apercevait personne sur le seuil ni aux fenêtres des maisons : on eût dit une ville abandonnée. Cependant, en avançant davantage, nous crûmes entendre comme une lointaine et sourde rumeur ; ce bruit grossit bientôt, et ce fut un murmure lugubre, puis un mugissement entrecoupé, immense, puis enfin une clameur sauvage qui éclata tout à coup. Nous tournions alors une rue, le char-à-bancs s'arrêta ; nous nous trouvions en face d'une foule pressée qui couvrait la place. Au milieu, la guillotine était debout et attendait. Je me rejetai au fond de la voiture en jetant un cri.

— Mon Dieu ! qui va-t-on tuer? demandai-je, pâle d'horreur. Mon compagnon de route avait aussi tout vu ; il haussa les épaules en soupirant.

— Je ne sais, me répondit-il ; avez-vous des parents ou des amis à Brest, monsieur?

— Plusieurs.

— Alors ne regardez pas, me dit-il en fermant lui-même les yeux, comme s'il eût voulu échapper à quelque image affreuse. Il y a un mois, je suis arrivé ainsi au moment où le bourreau montrait une tête au peuple, et c'était celle de mon meilleur ami ; ne regardez pas, monsieur, je vous en prie, ne regardez pas... — Mais je n'entendais plus rien. J'étais saisi de cette fièvre folle que donnent l'épouvante et la douleur ; je m'étais levé, et, debout sur le brancard du char-à-bancs, je plongeais avidement mes regards dans la foule. Bientôt j'aperçus une ondulation précipitée : les rangs s'écartèrent, et la charrette funèbre parut. Je ne pouvais encore distinguer les traits des condamnés; je voyais seulement qu'il y en avait trois, deux hommes et une femme : ils approchaient; je me penchai vers eux, éperdu; ils se tournèrent de mon côté!... Je fus près de jeter un cri de joie; je n'en connaissais aucun. Cependant le tombereau était arrivé presque vis-à-vis de nous. Un embarras suspendit sa marche : il s'arrêta. Je pus alors examiner en détail les condamnés. Le premier était un vieillard dont les cheveux blancs étaient séparés avec soin sur le front, et dont la toilette annonçait une élégance presque coquette. Ses traits n'avaient rien que de vulgaire; mais, en ce moment, cette vulgarité même leur donnait quelque chose de sublime. Rien n'était changé dans la figure de cet homme; c'était la même expression de bienveillance et de tranquillité bourgeoise; on n'y trouvait pas même la gravité paisible que l'approche de l'heure suprême imprime sur le front des forts. Il allait à la mort sans l'appareil du courage et sans la beauté de la résignation, comme il serait allé à une occupation habituelle et indifférente. Au moment où la charrette s'arrêta, un enfant de cinq ou six ans, qu'une femme portait dans ses bras, approcha sa figure naïve des bords du tombereau, toucha avec sa petite main la tête du vieillard, et lui demanda d'une voix curieuse et douce :

— Est-ce que c'est vous qu'on va guillotiner, citoyen?

Le vieillard se retourna en souriant.

— Oui, mon fils, dit-il en passant une main caressante sur les cheveux lissés et noirs du petit garçon. Puis se penchant vers la femme qui le portait :

— A qui est cet enfant? demanda-t-il. — La femme répondit un nom que je n'entendis pas.

— Ah! ah! ce sont des compatriotes et d'anciennes connaissances, répliqua le vieillard. Puis embrassant l'enfant :

— Eh bien! petit, quand tu retourneras chez toi, tu diras à ta mère que tu as vu guillotiner le père d'un de ses danseurs d'autrefois : le père du général Moreau. — Pendant cette scène impossible à rendre, j'étais resté sans mouvement et sans pensée. Cependant des cris et un tumulte dans la foule me forcèrent à détourner les yeux; c'était le second condamné qui avait passé les pieds hors de la charrette et voulait s'échapper. Il était à genoux, les mains jointes, les yeux égarés, criant grâce au peuple d'une voix suppliante. Fou de peur, il baisait les bords du tombereau; il se frappait la poitrine, il criait : *Vive la République! vive Robespierre! vive la guillotine!* Parfois il se levait, tendait les bras vers la multitude, appelait ses amis par leurs noms, répétait qu'il ne voulait pas mourir; puis, retombant à genoux, murmurait des prières latines qu'interrompaient ses sanglots et ses convulsions. La voiture fatale, débarrassée des obstacles qui l'avaient arrêtée, avança lentement de quelques pas, et je pus voir la troisième victime, qui jusqu'alors avait été cachée. C'était une religieuse encore jeune et d'une rare beauté. Elle était accroupie au fond de la charrette, gracieusement repliée sur elle-même, comme un enfant, dans une position plutôt nonchalante qu'affaissée. Ses yeux limpides se promenaient sur le peuple avec une placidité mélancolique. On y remarquait seulement une légère fixité, qui, jointe aux mouvements convulsifs de ses lèvres, donnait à ses traits une expression doucement égarée. Le bruit de la foule ne paraissait point parvenir jusqu'à son âme; elle semblait suivre quelque pensée lointaine et converser toute seule avec un rêve. Déjà elle avait ôté sa coiffe de nonne, et ses beaux cheveux blonds ruisselaient à flots sur ses épaules : bientôt elle défit sa guimpe, s'en dépouilla, et l'on aperçut son cou d'une blancheur éblouissante; puis elle dégrafa son corsage, sa robe s'entr'ouvrit, et des épaules veloutées, un sein virginal s'échappèrent du vêtement de bure de la jeune fille. Une rumeur de surprise, un long frémissement, intraduisible mélange de pitié, d'admiration et de cynique désir, s'élevèrent dans la foule.

— Regardez la nonne! la nonne! criait-on de toutes parts; la nonne se déshabille, la nonne est toute nue!

Mais l'enfant n'entendait rien. Elle venait de se déchausser, et elle tenait dans ses mains ses deux petits pieds nus et gracieux, qu'elle semblait admirer avec une joie enfantine. Puis, tout à coup, comme si elle se fût rappelé que l'heure du sommeil était venue, elle s'agenouilla, croisa ses mains sur sa poitrine, appuya son front sur les bords du tombereau, comme sur les bords de sa couche, et se mit à prier. Je me sentis pris d'une si profonde douleur devant cette pauvre insensée, que les larmes me gagnèrent.

— Mais elle est folle! m'écriai-je; on ne peut pas guillotiner une folle, il ne faut pas le souffrir! — Mon compagnon me saisit vivement la main.

— Taisez-vous, me dit-il; vos cris n'empêcheraient rien, et ils vous perdraient.

— Mais qu'a-t-elle fait? qu'a pu faire cette enfant qui ait mérité la mort?

— Quelque bonne action, peut-être.

— Mon Dieu, regardez comme elle est belle!

— Oui, je voudrais savoir lequel de nos juges aura, ce soir, pour maîtresse ce corps sans tête.

— Que dites-vous? m'écriai-je avec horreur.

— Rien que de probable; demandez à B... comment on viole un cadavre! — Je me rejetai, épouvanté, dans le fond de la voiture. Quelques minutes plus tard, nous nous arrêtâmes devant la maison où l'on m'attendait; je descendis et demandai ma valise. Pendant que le conducteur la cherchait, mon compagnon de route se pencha vers moi.

— J'ai été heureux de vous rencontrer, me dit-il; au temps où nous vivons c'est beaucoup de pouvoir passer la moitié d'un jour avec un homme qui ne fait ni peur ni dégoût. Votre nom, monsieur, s'il vous plaît? — Je le lui dis; il me tendit la main.

— Nous ne nous reverrons peut-être jamais, ajouta-t-il; bonheur et santé! Si vous visitez les montagnes et que vous passiez par la vieille ville d'Aétius, demandez le citoyen Correc de la Tour-d'Auvergne, ancien grenadier; c'est moi. — Il me fit encore un signe de la main, et la voiture partit.

XLVII

UNE FÊTE EN 1794 — FIN DE LA TERREUR

Au moment où j'arrivai à Brest (le 3 messidor 1794), le tribunal révolutionnaire était en pleine activité. Le premier soin du représentant Bréard, en s'établissant, avait été d'appeler près de lui, de Rochefort, Ance le bourreau; et les juges, comprenant ce que signifiait cet appel, n'avaient rien négligé pour occuper le nouveau venu. La condamnation des vingt-six administrateurs du Finistère, coupables de fédéralisme, commença leur longue série de meurtres juridiques. Le président Ragmey ferma la bouche aux défenseurs, en déclarant *que s'ils prétendaient justifier les accusés, ils auraient eux-mêmes à rendre compte de leurs opinions.* Tous furent condamnés; tous, jusqu'au secrétaire Aimé, qui était demeuré étranger aux délibérations, et n'avait fait que tenir la plume. Leur exécution fut une fête! On les promena dans les carrefours de la ville, exposés aux railleries, aux injures et aux huées? Près d'arriver à l'échafaud, ils trouvèrent un banquet préparé par leurs assassins; un *repas libre* comme celui que donnaient les Romains aux premiers martyrs! Là il leur fallut prendre place à côté des juges, écouter leurs toasts, attendre qu'ils fussent assez rassasiés pour venir les voir mourir! Pendant ce temps, Ance préparait aussi, lui, son festin! il disposait autour de la guillotine la table sur laquelle devaient être rangées les vingt-six têtes coupées; il faisait remuer la terre au-dessous, afin qu'elle bût les flots de sang qui allaient couler; il plaçait avec symétrie, aux pieds de l'échelle, les tombereaux du fossoyeur, et essayait la bascule qui devait leur livrer les cadavres décapités! Et ne croyez pas que ces horribles apprêts lui coûtent; loin de là! Ance y trouve sa joie et la prolonge avec amour. S'il est boucher d'hommes, c'est de son choix, afin de pouvoir flairer le sang et tuer sans péril! Non qu'il ait été poussé à ce féroce délire par le dépit d'une nature déshéritée, l'ignorance ou la misère; son visage est beau, son esprit cultivé, sa place faite dans le monde : il a eu les caresses d'une mère; une femme l'a aimé! Vous ne trouverez à sa cruauté ni l'excuse de la haine ni celle de la douleur; il déchire par instinct! Ce n'est pas même un méchant, car le méchant a encore quelque chose de l'homme, celui-ci n'est qu'une bête fauve. Aussi ne croyez pas qu'il se hâte ou qu'il s'effraye comme le bourreau de Nantes, que les cris de ses victimes ont rendu fou; non, Ance cherche les longues agonies et sait les ménager. Tuer est pour lui *un art* dont il a étudié tous les raffinements. Il aime à observer philosophiquement la nature humaine dans les suprêmes angoisses du dernier moment; à essayer les courages, à les mesurer sous le couteau! Un soir, trois condamnés lui furent envoyés au moment où il allait se retirer; c'étaient Toullec, Rideau et le Bronsort : il faisait déjà nuit. Toullec prend la torche qui éclairait l'échafaud, embrasse ses amis et les regarde mourir sans donner aucun signe de faiblesse.

— Les aimes-tu donc si peu? demanda Ance irrité de cette fermeté.

— Ne sais-je pas que je vais les suivre, répond Toullec.

— Et tu n'as rien senti en voyant leurs têtes dans le panier?

— J'ai pensé que la guillotine était bonne.

Ance sourit, le fait monter et le place lui-même sous le tranchant; mais celui-ci s'abat sans le tuer. Toullec, horriblement mutilé, ne fait entendre aucune plainte. Le couteau retombe et le blesse une seconde fois. Alors Ance s'approche :

— Crois-tu encore la guillotine bonne? demanda-t-il à demi-voix.

— Toujours, répond Toullec, mais le bourreau est mauvais. — Ance s'éloigna brusquement, et cette fois la tête du patient tomba.

Dès mon arrivée à Brest, j'avais appris qu'une grande

fête, celle de l'Être suprême, était annoncée; Prieur de la Marne s'était chargé de tous les préparatifs.

— Vous verrez des merveilles, me dit mon hôte : Prieur est un homme de ressources et amoureux d'*effets*. Je l'ai déjà vu inaugurer à Lorient le temple de la Raison : il avait fait dresser dans la salle des ventes un autel dédié à la patrie, sur lequel s'élevait la *statue de la Liberté terrassant le fédéralisme*. On apercevait derrière la représentation *d'un marais couvert de roseaux dans lequel s'embourbaient les suppôts de la royauté*. Je ne sais s'il nous prépare ici quelque allégorie politique du même genre; mais, comme l'annoncent les affiches qui, depuis hier, couvrent toutes les murailles, *la montagne a été rafraîchie*[1] et à son sommet flotte un étendard sur lequel se lit une inscription en l'honneur de l'Etre suprême. Ce sont deux vers de Racine, *républicanisés* par le représentant :

Celui qui met un frein à la fureur des flots,
Sait aussi des *tyrans* arrêter les complots.

Nos plus fraîches jeunes filles et nos dames les plus belles ont été requises pour la cérémonie, où elles paraîtront en tunique grecque. Elles apprennent, depuis hier, l'*hymne à la Liberté* et étudient le programme, de peur de commettre quelque erreur qui ferait douter de leur patriotisme. Du reste, vous pouvez en prendre connaissance comme elles et juger si Prieur mérite le nom de *Romancier de la Révolution* qu'il se donne à lui-même. Mon hôte me présenta à ces mots une feuille imprimée sur laquelle je lus ce qui suit : « Le représentant du peuple, ayant à ses côtés la Liberté et l'Égalité, se placera au sommet de la montagne; il prononcera un discours analogue à la circonstance. Ensuite deux vieillards, chargés de cassolettes, poseront une main sur l'épaule d'un des enfants porteurs de l'encens. Ils fixeront leurs yeux vers le ciel, et les enfants allumeront l'encens dont la fumée s'élèvera dans les nues. Aussitôt les accords d'une musique harmonieuse se feront entendre; un chœur de pères avec leurs fils se groupera sur la partie de la montagne qui lui sera désignée; un chœur de mères avec leurs filles se rangera de l'autre côté. — Les hommes chanteront une première strophe, ils jureront ensemble de ne déposer les armes qu'après avoir anéanti les ennemis de la République; les filles avec leurs mères chanteront une seconde strophe; elles promettront de n'épouser jamais que des hommes qui auront servi la patrie. Une troisième strophe sera chantée par les chœurs réunis qui, les yeux fixés vers la voûte céleste, adresseront à l'Eternel les hommages d'un peuple libre, et le remercieront de ses bienfaits. Enfin, la foule entière des citoyens, hommes, femmes, enfants, vieillards, chanteront ensemble le couplet de l'hymne à la liberté commençant par ces mots : *Amour sacré de la patrie.* A peine a-t-on fini, au même instant tout s'émeut, tout s'agite sur la montagne; les mères soulèvent dans leurs bras les plus jeunes de leurs enfants, et les présentent en hommage à l'Auteur de la nature; les jeunes filles jettent vers le ciel les fleurs qu'elles ont apportées; les épées s'agitent dans les airs!... Aussitôt une décharge d'artillerie, interprète de la vengeance nationale, se fait entendre; un cri général de *Vive la République*; s'adresse à la Divinité et termine la fête[1]. »

— Vous le voyez, reprit mon hôte lorsque j'eus achevé, tout est prévu par le représentant : les vieillards *poseront la main sur l'épaule des enfants*; les chœurs chanteront, les *yeux* FIXÉS VERS *la voûte céleste*; les mères présenteront leurs fils *en hommage à l'Auteur de la nature!* Ce n'est pas sans raison que Jean-Bon-Saint-André a nommé son collègue le metteur en scène de la République. Malheureusement, derrière toutes les splendeurs de cette fête, sont la misère et la douleur! Parmi ces enfants qui vont traverser la place du *Triomphe-du-Peuple* en jetant des fleurs, se trouvent les filles du malheureux Malmanche, égorgé il y a quelques jours! La fête entière passera à l'ombre de la guillotine, et tous ces pieds chaussés de satin reviendront humides du sang des amis ou des proches. Mais ce sont là, pour notre époque, des contrastes vulgaires. On vit à la hâte; il n'y a plus de mesure pour les actes, plus de logique pour les sentiments! La nation entière, trempée dans la terreur comme Achille dans le Styx, est devenue invulnérable aux émotions! le besoin d'étourdissement fait chercher partout un motif de plaisir. En apprenant la mort de la reine, nos dames ont demandé un bal public! Le ménétrier et le bourreau marchent désormais en se donnant le bras! Nos représentants le savent; ils multiplient des fêtes qui nous arrachent, du moins pour quelques heures, à nos foyers dévastés; chacun de nous se jette dans l'exaltation, faute de force réelle; dans l'orgie, faute de pain! — Les canons des batteries qui annonçaient la fête me réveillèrent le lendemain. Je me levai à la hâte et trouvai mon hôte déjà prêt. Son *modérantisme*, mainte fois signalé aux clubs, l'obligeait à plus d'empressement

[1] Des *montagnes* en planches et en toiles peintes avaient été construites dans toutes nos villes par les clubs jacobins, et c'était sur ces symboliques théâtres que se montraient les autorités lors des cérémonies publiques.

[1] Voyez le curieux ouvrage de M. Duchatellier, l'*Histoire de la Révolution dans les départements de l'ancienne Bretagne*, auquel nous avons emprunté ce programme, ainsi que beaucoup d'autres détails.

qu'aucun autre. Nous nous rendîmes au cours d'Ayot, d'où le cortége devait partir.

Nous fûmes saisis, en arrivant, de la magnificence du spectacle qui s'offrit à nous.

D'abord parurent les drapeaux, accompagnés d'éclatantes fanfares et gardés par des enfants. Des laboureurs marchaient ensuite, conduisant l'araire antique ombragé par un jeune chêne, et suivis de fiancés les bras enlacés, de mères allaitant leurs fils, de vieillards entourés d'orphelins! Au milieu de ces groupes s'avançait un char traîné par des taureaux ornés comme pour le sacrifice! Deux femmes s'y tenaient debout, les mains unies et promenant sur la foule leurs doux et puissants regards: c'étaient la Liberté et l'Égalité! Enfin venait un chœur de jeunes gens et de jeunes filles, dans le poétique costume de la Grèce, mêlant leurs voix aux sons des instruments et jonchant le chemin de fleurs effeuillées! Le cortége arriva ainsi à la place indiquée, et se groupa des deux côtés de la montagne qui y avait été dressée. A son sommet parut le représentant, tenant d'une main un vieillard sans famille et de l'autre un noir récemment sorti d'esclavage. Il adressa à la foule une de ces orageuses harangues dont les grands mots de patrie, d'humanité et d'indépendance, traversaient le chaos comme de lumineux éclairs. Il montra ce vieillard que la République adoptait, ce nègre longtemps esclave qu'elle venait d'élever à la dignité d'homme, et, les attirant à lui, il les tint quelque temps embrassés! De longs cris, mêlés d'applaudissements, s'élevèrent. Nous nous regardâmes, mon compagnon et moi: nous étions émus. Ce spectacle, que nous avions prévu misérable dans les étroits compartiments d'un programme, s'était fait sublime sous le ciel, au milieu de l'odeur de la poudre et du bruit de la multitude. Une sorte d'enthousiasme attendri me gagnait; mon cœur devenait plus léger; mon œil voyait plus loin; je ne me sentais plus respirer ni agir!...

La cérémonie se termina par un mariage et par la présentation de deux nouveaux-nés, qui furent inscrits sur les registres de la commune; l'un reçut le nom de *Théophile Marat*, l'autre d'*Unité Cornélie!* La foule se porta ensuite aux repas préparés sous les arbres, et qui furent suivis de danses prolongées jusqu'au lendemain. J'allais me retirer, vers minuit, lorsque le canon se fit tout à coup entendre sur les remparts! Les vaisseaux de la rade, puis les forts lointains répondirent. A ce bruit, la danse cessa, les orchestres firent silence et un frémissement de surprise agita la foule. Dans ce moment, des torches étincelèrent au sommet de la montagne et le représentant y parut de nouveau. Il venait annoncer l'occupation de Port-Vendres, de Saint-Elme, de Collioure et le désarmement de sept mille Espagnols faits prisonniers par l'armée des Pyrénées-Orientales!... La Convention n'avait point encore, à cette époque, *décrété la victoire*, et, pour nos armées, qui avaient éprouvé tant de glorieux revers, le succès était une nouveauté inattendue. Aussi l'annonce des avantages obtenus sur les Espagnols produisit-elle une impression impossible à rendre! Il y eut un moment où tous les bonnets phrygiens furent lancés dans l'air avec les cris de *Vive la République!* Les opinions furent oubliées, chacun ne vit plus autour de lui que des frères! Toutes les mains se serraient, toutes les bouches répétaient en souriant: *Victoire!*

Malheureusement, le lendemain, chaque chose reprit son cours! Cette foule avait cuvé son enthousiasme; elle était revenue à ses misérables passions, et ceux qui, la veille, se serraient la main dans un transport patriotique, recommencèrent à se pousser l'un l'autre vers l'échafaud!

Mais la France était lasse du régime auquel on la tenait soumise depuis si longtemps. La Convention elle-même avait épuisé sa première effervescence; elle avait perdu successivement, et ce souffle puissant de Danton qui la soulevait comme une tempête, et cet inflexible génie de Robespierre qui la manœuvrait par sa nature même, comme un gouvernail. Nos armes devenaient heureuses; les modérés, qui avaient gardé jusqu'alors un silence terrifié, commencèrent à parler.

Une fois cette réaction annoncée, son exécution devenait une nécessité d'existence; la modération un drapeau. Les thermidoriens organisèrent donc la clémence à leur profit, comme les jacobins avaient organisé la terreur; mais ce fut là un calcul qui suivit leur victoire, et non le motif de celle-ci. Le premier acte qui fit comprendre aux départements ce changement de direction fut le décret du 30 thermidor, par lequel la Convention rappelait les représentants en mission. C'était annoncer, en effet, que la confiance du gouvernement était retirée à ceux qui avaient établi les tribunaux révolutionnaires et dressé les échafauds sur tous les points de la France. Jean-Bon Saint-André, Prieur, Bréard, Laignelot quittèrent Brest, où arrivèrent en fructidor Faure et Tréhouart. Les représentants Bollet et Boursault se rendirent également à Rennes, puis à Nantes. Les prisons commencèrent à se vider; on retira leurs emplois aux terroristes les plus compromis; enfin Carrier, poursuivi des exécrations de la Bretagne entière et dénoncé au tribunal révolutionnaire de Paris par Philippe Tronjoly, périt sur l'échafaud. On put espérer que les jours d'épreuve étaient passés.

Mais cette révolution, qui devait commencer pour le reste de la France une ère de sécurité, annonçait aux républicains bretons une oppression plus intolérable et plus sanglante que celle qu'ils venaient de subir. Poursuivis avec moins d'acharnement, les royalistes se préparaient à en profiter pour organiser leur insurrection, et, à peine échappés à la guillotine des jacobins, les patriotes allaient tomber de toutes parts sous les balles des chouans.

XLVIII

CHOUANNERIE — LE CAPITAINE RIGAUD — UNE ESCORTE RÉPUBLICAINE

Placé entre le Morbihan, l'Ille-et-Vilaine et la Cornouaille, notre département était pour ainsi dire le point d'intersection des trois chouanneries bretonnes; les royalistes y avaient d'ailleurs pour chef un des hommes les plus actifs et les plus entreprenants qu'ait jamais produits aucune guerre civile. Ce chef était un gentilhomme obscur nommé Boishardy, qui avait vécu jusqu'alors uniquement occupé de chasser le loup et de courtiser les jeunes fermières. Les paysans, qui le craignaient à cause de sa force et de son audace, l'aimaient pour sa franchise familière, sa gaieté et ses élans d'une brusque bonté. Il ne s'était jamais donné la peine d'être meilleur ni plus mauvais que le hasard ne l'avait fait. C'était un de ces hommes d'instinct, destinés à devenir populaires, parce qu'ils ont le bonheur d'avoir, à côté de chaque vertu, un défaut qui la rend visible aux yeux grossiers de la foule. Capables de mauvaises actions quand la passion les pousse, mais non d'une méchanceté, parce que la méchanceté suppose la corruption et le parti pris; natures cahoteuses qui plaisent comme les paysages accidentés et les arbres rugueux, par le seul charme de la vie et de la variété. Avant que la Révolution n'eût fait de Boishardy un chef de partisans, ses aventures amoureuses l'avaient déjà rendu célèbre dans les paroisses. C'était une sorte de Lovelace en sabots que l'on était sûr de trouver le dimanche aux danses et aux *pardons;* les autres jours, aux moulins, aux fours, aux fontaines, partout enfin où venaient les jeunes filles et où un pareil oiseleur pouvait tendre ses filets. Les mères le redoutaient, les maris pâlissaient en le voyant passer devant leurs seuils, et le curé de Brehand avait un jour prêché contre lui. On comprend combien une aussi mauvaise réputation devait lui attirer d'admiration ou d'envie (ce qui, après tout, n'en est que l'*envers*); il n'était paysan qui ne connût M. de Boishardy ou ne voulût le connaître. La canonisation l'eût à peine rendu aussi célèbre. Cette popularité lui fut d'un grand secours lorsqu'il chercha à soulever les campagnes, et il ne tarda point à devenir le chef le plus redoutable de toute la Bretagne. Les embarras de la guerre civile n'avaient pu le faire renoncer à ses galanteries, mais en avaient forcément borné le cours; le temps d'être inconstant lui manquait. Une nouvelle maîtresse exerçait d'ailleurs sur lui, depuis quelque temps, un empire absolu. Elle se faisait appeler madame Catherine; mais sa fière beauté et son caractère altier l'avaient fait surnommer, parmi les chouans, *la Royale!* On la disait issue d'une noble famille d'Ille-et-Vilaine. Elle avait commencé, comme Boishardy, par déroger en amour, et ses aventures avec un jeune meunier de Redon avaient fait assez de bruit pour l'obliger à se réfugier près de Loudéac, où elle connut le chef royaliste. Elle le suivait parfois dans ses expéditions, exerçant sur toutes ses actions une surveillance jalouse à laquelle Boishardy se soumettait plus patiemment qu'on ne l'eût supposé. On devine combien l'accroissement de la chouannerie avait rendu notre commerce difficile. Toutes les relations étaient interrompues et les voyages presque impossibles. Il fallut nous borner à exploiter les villes les plus voisines, encore n'était-ce point sans danger. Une affaire m'ayant appelé à Lamballe vers la fin du mois de thermidor 1794, je rencontrai, en sortant de l'auberge, notre ancien médecin, le citoyen Launay, que je n'avais point revu depuis ma visite à la Hunaudaie. Le temps n'avait rien changé à son caractère frondeur. Arrêté comme *feuillantiste* pendant le règne de Robespierre, il s'était fait jacobin depuis sa chute, et je le trouvai regrettant amèrement la *sainte guillotine*, dont il s'était si miraculeusement sauvé lui-même par le 9 thermidor. Le besoin de contredire était plus fort, chez cet homme, que le sentiment de sa propre conservation. Sa logique n'avait jamais aucune part au choix de ses opinions; il se ralliait aux minorités par malveillance, comme d'autres se rallient aux majorités par lâcheté. Peu lui importaient les subites conversions, pourvu qu'elles l'empêchassent de penser comme tout le monde. Pour lui, la raison, le devoir, la dignité, c'était l'opposition! Il se faisait gloire de cette mauvaise nature, et appelait ce mécontentement perpétuel son *indépendance!* Il me parla longuement des excès commis par les chouans dans le pays, traita l'indulgence du nouveau gouvernement de trahison, et m'avertit que je ne pourrais me rendre sans les plus grands dangers à Lachèze, où j'allais.

— Grâce aux muscadins qui nous gouvernent, ajouta-t-il, nos campagnes ressemblent au grand désert, et l'on ne peut plus s'y risquer qu'en caravane. Du reste, voici le capitaine Rigaud; peut-être pourra-t-il te tirer d'embarras. — Un homme d'une quarantaine d'années venait en effet de tourner la rue et s'avançait vers nous. Il portait une redingote militaire, blanchie par un long service, des sabots sans talons et un vieux feutre décoré d'un plumet tricolore. — Avez-vous un convoi pour Lachèze, capitaine? lui cria de loin le docteur.

— Je me rends moi-même demain à Loudéac avec un fort détachement, répondit l'officier. — Launay me prit par la main.

— Alors, vous m'emmènerez ce garçon?

— Volontiers, reprit Rigaud en me saluant; mais nous partons avant le jour.

— Baptiste se tiendra pour averti; seulement, rappelez-vous que vous m'en répondez, et n'allez pas me dire, à votre retour, comme ce feuillantiste de Caïn, que *je ne vous l'avais point donné à garder*.

— Ce que nous gardons le mieux n'est pas toujours à l'abri, répliqua le capitaine; personne ne peut répondre de personne, par le temps qui court : *Carpe diem quam minimùm credula postero.* — Launay se tourna vers moi.

— Je t'avertis, dit-il, que Rigaud a fait ses classes, qu'il déjeune de Cicéron, dîne de Virgile, soupe d'Horace, et qu'il parle latin comme un professeur de seconde, ce qui ne laisse pas de lui être singulièrement utile pour une guerre contre des Bas-Bretons.

— Plus utile que vous ne croyez, dit le capitaine, car je trouve dans mes études un calme qui vous manque. Vous ne soupçonnez pas tout ce qu'une manie a de précieux, docteur! Elle occupe comme une passion, et n'a aucun de ses tourments. Croyez-moi, puisque la vie n'est, après tout, qu'une voiture mal suspendue qui nous conduit à la mort, les sages sont ceux qui baissent les stores, sans songer au but ni aux cahots.

— Ni à se procurer des souliers, continua Launay en jetant un regard oblique sur la chaussure du capitaine. Celui-ci souritsans répondre, et, nous saluant de la main :

— A demain, donc, citoyen, sur la place d'Armes, dit-il. Je m'inclinai, en promettant d'être exact, et il partit. Launay le regarda s'en aller, les bras croisés; puis, haussant les épaules :

— Encore un pauvre diable né pour servir quarante ans son pays et pour mourir dans un coin avec des culottes percées! murmura-t-il. Vois-tu, Baptiste, les gens simples et dévoués sont les bêtes de somme de la société : tant qu'ils marchent, on les charge; quand ils tombent, on les écorche. Il n'y a que deux moyens sûrs pour faire son chemin ici-bas : être inutile ou être méchant. Les heureux sont ceux qui savent être l'un et l'autre. — Le rappel me réveilla le lendemain, et je me hâtai de me rendre à la place d'Armes, mon fusil de chasse en bandoulière. J'y trouvai le capitaine à la tête de sa compagnie et dans le même costume que la veille. Les cent cinquante grenadiers de l'Hérault qu'il commandait n'avaient conservé, comme lui, que quelques parties dépareillées de leur uniforme. La plupart étaient coiffés de chapeaux de paille, relevés à la grenadière, vêtus de redingotes de toile à parements bleus, et chaussés de lambeaux de feutre ou de semelles ficelées, jouant le cothurne antique. A les voir ainsi, armés d'une carabine noircie, de sabres inégaux et de pistolets passés à une ceinture de corde, on eût dit une troupe de bandits, sans la fermeté régulière de leur marche, l'ensemble de leurs mouvements et je ne sais quelle visible habitude d'obéissance qui faisait encore reconnaître en eux le soldat; non pas celui que nous voyons aujourd'hui, rose, coquet, les mains gantées; mais le soldat d'alors, tanné par le soleil ou la brise, la barbe hérissée, toujours affamé, noir de poudre, et combattant avec l'acharnement des dieux d'Homère, pour un mot magique qu'il ne comprenait pas. A la suite des grenadiers marchait une troupe de volontaires, armés de fléaux et de faucilles; c'était la compagnie des moissonneurs, formée d'après un décret de la Convention, *pour couper et battre le blé des pays conquis.* J'avais pris, avec le capitaine, la gauche du détachement, et nous marchâmes quelque temps en silence à côté l'un de l'autre. Cependant le jour venait de paraître; la brise était tombée, et les oiseaux chantaient en secouant leurs ailes le long des haies vives. Mon compagnon me montra l'horizon, illuminé de toutes les splendeurs du soleil levant :

— Une aurore d'Italie, citoyen, dit-il en souriant : *Tithoni croceum linquens aurora cubile.*

— Je vois que Virgile vous est aussi familier qu'Horace, observai-je en souriant.

— Voilà vingt ans que je les repasse dans la création, répondit-il; il n'est point d'image qui ne me rappelle un de leurs vers.

— Depuis votre arrivée ici vous devez vous rappeler aussi parfois ceux de Lucain?

— Hélas! oui, votre Bretagne est comme la robe sanglante du citoyen Jésus; chacun en veut un morceau.

— Et vous n'entrevoyez point de terme à cette lutte impie?

— Le moyen d'en espérer un, tant que les représentants et les généraux auront des plans contraires avec des pouvoirs égaux? Chacun agit isolément et sans responsabilité. En cas de succès, tout le monde s'en glorifie; en cas de revers, on ne peut accuser personne. L'armée républicaine est d'ailleurs trop peu nombreuse. J'ai vu, près de Vitré, une compagnie de grenadiers qui ne pouvait quitter ses baraques faute de vêtements; à Fougère, les soldats affamés ont mis en délibération s'ils mangeraient les cadavres. Tout cela ne serait rien, s'il s'agissait de décider la question dans une bataille; nous mènerions nos grenadiers au feu comme une bande de loups affamés; tant qu'ils mâchent des cartouches, ils ne sentent ni le froid ni la faim; mais nous faisons ici une guerre des *Mille et Une Nuits*, et ce sont les arbres qui nous tirent des coups de fusil. Avons-nous le dessus, nous ne trouvons que des paysans qui labourent, des femmes qui filent, des enfants qui nous tirent leurs bonnets; mais sommes-nous forcés de céder, chaque fossé produit un combattant, chaque touffe de genêt se change en ennemi; il n'est point d'enfant, de femme ou de paysan qui n'ait pour nous une pierre ou une balle. Quiconque peut frapper donne son coup. Puis cette race de l'Ouest est patiente dans sa haine; il n'y a à espérer ni dans sa lassitude ni dans son découragement; elle a faim de *bleus*. — *Impastus stabula alta leo, ceu sæpe peragrans.* Tant qu'il restera ici de la poudre et des mousquets, la République ne pourra se dire victorieuse; aussi combattre ces hommes est-il inutile; les tuer, barbare; il faut les traiter à la manière des animaux indomptables, dont on rogne les ongles et lime les dents. Le capitaine finissait de parler, lorsqu'on vint l'avertir que les éclaireurs avaient découvert un champ de blé à quelques centaines de pas de la route. Il fit faire halte, prit cinquante grenadiers avec la compagnie des moissonneurs, et se dirigea vers l'endroit indiqué. Nous trouvâmes un champ de froment dont les maigres épis présentaient, de loin en loin, des touffes plus hautes et plus pressées, comme il arrive d'ordinaire dans les terres appauvries ou mal cultivées. Mon compagnon jeta sur la moisson un regard scrutateur.

— *Timeo Danaos et dona ferentes!* dit-il en se tournant vers moi; ces champs de blé sont, comme les champs de canne à sucre, des nids de serpents. Avant que les moissonneurs n'y mettent la faucille, fouillez-moi partout avec la baïonnette, mes braves. Une douzaine de grenadiers armèrent leurs fusils et se répandirent dans les blés par quatre côtés différents, en se dirigeant vers un point commun. Au bout de quelques instants nous les vîmes reparaître, traînant un paysan qu'ils avaient trouvé caché au milieu des épis. Le capitaine lui demanda son nom.

— Claude Perrot, répondit brièvement le paysan.

— Où demeures-tu?

— A Quesnoy.

— Que faisais-tu dans ce champ de blé?

— Je dormais. — Rigaud me regarda.

— Le drôle voudrait se faire passer pour un Catulle, dit-il : *Mollis in inculta sit mihi somnus humo.* Mais tes pareils, ajouta-t-il en se retournant vers Claude Perrot, ne font point d'habitude leur lit dans un sillon; pourquoi ne dormais-tu pas chez toi?

— Parce que chez moi les chouans m'auraient tué, comme ils ont fait de ma femme et de mon fils.

— Que dis-tu?

— Oui, reprit le paysan dont le visage pâle s'anima d'une expression de douloureuse terreur; M. Laroche[1] est venu il y a huit jours, j'étais au lit, malade du mauvais air; ils ont d'abord dit à la femme et à l'enfant qu'ils avaient faim; on leur a apporté tout ce qu'il y avait, ils ont mangé et bu; puis ils ont demandé où j'étais. « A Moncontour, » a répondu Marianne, qui avait peur pour moi. — Il sera encore allé vendre son grain aux *bleus*, s'est écrié un chouan. La femme a voulu nier. Laroche s'est levé rouge de colère : « Le compte de ton mari est fait, a-t-il dit; mais montre-nous d'abord où il cache ses écus. » La femme résistait, ils lui ont ôté ses sabots pour mettre ses pieds au feu; l'enfant a eu peur et a commencé à jeter des cris; alors elle les a menés à l'étable où était ramassé l'argent du loyer, et elle leur a tout donné. Ils ont encore bu un peu de temps, en parlant bas; enfin Laroche a fait signe d'emmener Marianne avec le petit, et ils s'en sont allés. J'ai alors voulu me lever pour les suivre, mais ils avaient fermé la porte; et, comme je cherchais à l'ouvrir, j'ai entendu tout à coup le chant du *Veni Creator* et une décharge; c'étaient Marianne et mon pauvre enfant qu'ils venaient de tuer! — A ces mots le paysan s'arrêta; un frémissement douloureux agitait tous les muscles de son visage et des larmes coulèrent sur ses joues bronzées. Je n'avais pu retenir un cri d'horreur.

— Et les municipaux de Quesnoy n'ont point porté plainte au district? demanda le capitaine.

— Nos municipaux sont tous égorgés ou en fuite, répondit Claude.

— Ainsi il n'y a plus chez vous personne pour défendre les faibles et rendre justice?

— Personne!

[1] Ce Laroche, ancien douanier, commandait une bande qui avait pris le nom de *Royal-Carnage*.

— Que ne cherchez-vous alors un refuge dans les villes?

— Comment nous y nourrir? nous ne pouvons labourer les rues, nos bœufs ne peuvent brouter le pavé; le paysan a besoin de la campagne pour vivre comme le poisson de la mer.

— Et vous êtes forcés de quitter vos maisons tous les soirs?

— Oui : ceux des côtes montent sur des barques et vont passer la nuit à la cape; mais nous autres nous n'avons pour retraite que les taillis ou les blés.

— Ainsi, c'est dans ce champ que tu te cachais?

— Depuis près d'un mois.

— Tâche alors de trouver un nouvel abri, car nous sommes forcés de faucher ta chambre à coucher.

— Que voulez-vous dire?

— Regarde.—La main de Rigaud montrait les moissonneurs qui avaient entouré le champ et commençaient à faire tomber les épis sous leurs faucilles; Claude jeta un cri de surprise et de saisissement.

— Jésus! Que font-ils là? s'écria-t-il.

— Ils moissonnent pour le compte de la République.

— Mais ce blé m'appartient!

— A toi?

— Et c'est le seul qui me reste, car les dragons de Moncontour ont fauché le reste en herbe pour les chevaux. Au nom de Dieu! capitaine, dites qu'ils s'arrêtent. Je suis un patriote comme vous, puisque les chouans ont massacré les miens : bas les faucilles, citoyens! bas les faucilles!

— Nous devons exécuter l'ordre du comité de salut public, observa Rigaud.

— C'est impossible! s'écria le paysan, dont le désespoir semblait s'accroitre à mesure que son champ se dégarnissait, nul ne peut donner un pareil ordre; chacun a son droit et son bien.

— Vos paroisses sont assimilées aux pays conquis; tout y est frappé de réquisition pour le service de l'armée; il faut que le soldat vive.

— Et moi? demanda Claude avec énergie.

— Toi, répondit le capitaine embarrassé, tu réclameras près de la République.

— Qui chargera du payement le geôlier ou le bourreau? Non, cela ne peut être; laissez à un chrétien ce que Dieu lui a laissé. Arrière! vous autres; cette moisson est à moi et nul ne peut y toucher! arrière! si vous n'êtes des lâches et des voleurs! — Il s'était précipité au milieu des moissonneurs en les repoussant et défendant son champ de ses deux bras ouverts, comme il eût défendu un ami. Vingt faucilles se levèrent aussitôt sur sa tête; je courus à lui et je l'arrachai avec peine du milieu des soldats.

— C'est un chouan déguisé, criaient quelques voix.

— Il nous a appelés voleurs et lâches.

— Trois hommes de bonne volonté pour lui casser la tête.

— Il faut le pendre au premier arbre du chemin.

— Va-t'en, si tu tiens à la vie, dit Rigaud, qui connaissait ses grenadiers et comptait peu sur leur subordination.

— Des épis nés de ma sueur, reprit Claude en joignant les mains avec cette espèce d'amour religieux du paysan breton pour le blé qu'il a semé.

— Va-t'en, répéta le capitaine en le poussant vers l'entrée du champ. — Claude promena autour de lui des yeux désolés, et ramassant avec une douleur mêlée de rage son chapeau qu'il avait laissé tomber à terre :

— C'est bien, dit-il d'un accent profond, les royalistes m'ont tué ceux que j'aimais, et les *bleus* m'arrachent mon dernier morceau de pain. Puisqu'il n'y a de justice d'aucun côté, maintenant je saurai que c'est à chacun de se la faire. — Et étendant les mains vers les moissonneurs :

— Coupez, coupez le blé du pauvre! continua-t-il; mais, aussi vrai que je suis chrétien, je redemanderai à d'autres ce qu'on m'enlève aujourd'hui. — Les soldats répondirent par des menaces et des huées; mais Claude ne parut point y faire attention, il promena un dernier regard sur la moisson déjà à demi fauchée, se croisa les bras sous son manteau de peau de chèvre et se retira lentement. Nous le suivîmes des yeux jusqu'à ce qu'il eût disparu derrière les haies touffues.

— Encore un soldat de plus pour ces bandes ennemies de tout ce qui vit et de tout ce qui possède, murmura le capitaine. Nous ne pouvons subsister ici qu'en violant tous les droits, et chaque droit violé nous crée un implacable ennemi. Cette guerre tourne dans un cercle vicieux, citoyen; c'est un syllogisme sans issue, dont la conclusion rejette sans cesse la majeure. — Cependant le blé avait été coupé, lié en gerbes, puis chargé sur les chariots; le détachement reprit sa marche et nous arrivâmes à Moncontour. Le capitaine y laissa quelques-uns de ses moissonneurs pour battre le grain, et, après une heure de repos, on se remit en marche. A mesure que nous avancions, la campagne prenait un aspect plus désolé : les haies bordant le chemin avaient été récemment abattues, afin d'ôter aux chouans toute facilité pour leurs embuscades; les champs en friche étaient couverts de hauts chardons brûlés par le soleil; à peine si l'on apercevait, de loin en loin, quelques sillons dont le chaume verdâtre annonçait une moisson faite avant le temps, par besoin ou par crainte de rapine. Nulle trace de roues sur les chemins, nul chant de pâtres sur les collines, nul bruit de cloches à l'horizon. Les villages eux-mêmes semblaient abandonnés. Chaque maison était soigneusement close, chaque puits dégarni de sa corde et de ses seaux, chaque étable muette. Cependant la litière des *pourpris* était récemment foulée; quelques cheminées fumaient encore, tout annonçait que la population était là il y avait à peine quelques instants, et qu'elle avait disparu tout entière d'un seul coup et comme par enchantement.

— Notre approche a été annoncée, me dit le capitaine, je ne saurais deviner comment, mais cette solitude le prouve. Il faut que ces rustres aient à leurs ordres les génies des airs ou qu'ils nous sentent comme le gibier sent les chiens. — Après nous être arrêtés de nouveau pour faucher un champ d'orge et quelques sillons de méteil, nous arrivâmes à Pleuguenas, où la troupe fit halte un instant. Le capitaine et moi en profitâmes pour parcourir le village, qui était désert comme tous les autres. Nous trouvâmes l'arbre de la liberté abattu, le drapeau tricolore déchiré et les affiches portant les armes de la République lacérées sur tous les murs. En passant près de l'église, nous aperçûmes pourtant une affiche qui était demeurée intacte; c'était le décret du comité de salut public, annonçant la formation de compagnies de guides destinées à abattre les ajoncs, bois et genêts qui bordaient les routes : au-dessous se trouvait l'avis suivant, écrit à la main en gros caractères :

« Nous promettons à quiconque abattra une haie ou un arbre pour les *bleus*, d'aller le fusiller dans les vingt-quatre heures jusque chez lui.

» Fait au camp des honnêtes gens.

» *Signé* : LAJOIE.

» TRANCHEMONTAGNE, *dit* DENIS. »

Rigaud et moi nous nous regardâmes.

— Comprenez-vous maintenant pourquoi aucun habitant ne s'est présenté pour la formation de ces compagnies? me dit-il en secouant la tête. Vous le voyez, les chouans opposent décret à décret, et c'est à eux qu'on obéit, parce que le danger de la désobéissance est plus prochain. Ainsi tout nous est ennemi par force ou inclination; nous sommes ici la représentation du démon! Quand on dit à l'enfant qui pleure : *voilà les bleus!* il se tait et se cache; les chiens nous connaissent et aboient à notre approche; tout nous trompe, nous fuit, ou nous repousse. Le moyen que nos soldats ne s'endurcissent pas contre de tels ennemis et ne rendent pas en cruauté ce qu'on leur donne en haine? La souffrance les a d'ailleurs aigris : *infelix nescit amare.* — Nous arrachâmes l'avis signé par les deux chefs des *honnêtes gens*, Lajoie et Tranchemontagne, et nous continuâmes notre route vers Uzel, où nous arrivâmes à la nuit tombante. Les officiers municipaux étaient avertis et nous attendaient. Je laissai le capitaine prendre avec eux toutes les dispositions nécessaires pour le logement de la troupe, et je me rendis seul à l'auberge du *Cheval-Blanc*, dont je connaissais le propriétaire.

XLIX

MAÎTRE FLOCH — LE MAQUIGNON — ATTAQUE DE CHOUANS

Maître Floch était un Normand qui réhabilitait à lui seul tous les descendants de Rollon, et dont les marchands de fil, les maquignons, les rouliers et les colporteurs ne parlaient jamais qu'avec une tendresse presque filiale. C'est qu'aussi nul ne savait, comme lui, les entretenir de leurs affaires, partager leurs espérances, consoler leurs désappointements. Sa mémoire était surtout merveilleuse; il connaissait tous ses voyageurs par leurs noms, prénoms, surnoms, savait le nombre de leurs enfants, les qualités de leurs montures, se rappelait s'ils se faisaient eux-mêmes la barbe, et lequel ils préféreraient, du lard en purée ou du mouton rôti. Le bonnet de coton sur l'oreille, le nez en l'air et le ventre en avant, papa Floch allait de l'un à l'autre, roulant, riant, raillant et trouvant moyen de plaire aux plus maussades. Aussi telle était l'affection dont il était entouré que pendant les plus mauvais jours de la Terreur, il ne s'était point trouvé une voix qui osât l'accuser; son républicanisme pouvait être douteux, mais son cidre était le meilleur du canton, son vin le moins cher, ses contes les plus réjouissants. Les patriotes d'Uzel avaient besoin de maître Floch comme les Parisiens de Talma ou de Dugazon. Couper cette tête, c'était décapiter la gaieté même; comment eût-on ri sans maître Floch; sans maître Floch qui eût donné à chacun un bon avis sur la conserve des fruits à l'eau-de-vie, ou le moyen de guérir les engelures; à qui maître Floch guillotiné profiterait-il autant que maître Floch vivant? L'aubergiste du *Cheval-Blanc* avait donc traversé la Terreur sans que l'on songeât à dénoncer sa bonne humeur : partout il était resté en dehors de la querelle; son hôtellerie était une sorte de terrain neutre où les différentes opinions venaient chercher le même amusement en buvant le même vin. Au milieu de cette sombre époque, la gaieté lui avait créé une sorte d'inviolabilité. Lorsque j'entrai, maître Floch remontait à grand bruit un tournebroche incrusté au coin de l'immense cheminée; il se détourna et poussa à ma vue une exclamation de joyeux étonnement.

— Eh! c'est M. Baptiste! s'écria-t-il, en portant la main à son bonnet; je savais bien, moi, qu'il n'était pas mort.

— Ni vous, maître, à ce que je vois.

— Ni moi, mon joli négociant. Il m'ont laissé la tête sur les épaules de peur de s'ennuyer après ma mort; mais vous n'êtes point venu à pied?

— Pardonnez-moi.

— Seul?

— Avec le détachement de Lamballe, dont le capitaine va me rejoindre.

— Ici?

— Ici. — Maître Floch fit un mouvement.

— Cela vous contrarie? demandai-je.

— Nullement, reprit-il avec embarras; mais tout manque dans le pays, et depuis quelques jours nous mangeons du pain noir.

— Depuis quelques jours nous n'en mangeons plus, observai-je.

— Mon cidre vient de finir.

— On s'en passera.

— Et je n'ai qu'un lit...

— Nous le partagerons... Le Normand se gratta l'oreille.

— Certainement, balbutia-t-il... si cela convient aux citoyens... mais j'ai peur qu'ils ne soient bien mal...

— Et le moyen d'être mieux! demandai-je. — Il releva le coin de son tablier, tourna son bonnet et parut hésiter un instant.

— La nouvelle auberge, au coin de la place, est bien fournie, hasarda-t-il enfin. — Je le regardai avec étonnement.

— C'est-à-dire que vous désirez vous débarrasser de nous, maître Floch! m'écriai-je. — Il voulut protester.

— Laissez, dis-je en riant; je devine vos raisons; vous craignez que le capitaine Rigaud ne ressemble à tant de ses confrères qui, après avoir mis la cave et l'office au pillage, partent en oubliant de régler; mais je vous réponds de celui-ci comme de moi-même. Dans ce moment, le capitaine entra.

— *Vale hospiti*, s'écria-t-il en saluant militairement maître Floch; voilà ma meute au chenil, le piqueur peut se reposer maintenant. — Il entr'ouvrit sa redingote poudreuse, s'essuya le front et chercha une chaise; l'aubergiste nous demanda si nous désirions quelque chose.

— Tout ce que tu auras, citoyen, répondit le capitaine; j'ai une faim de Suisse et une soif de trompette; deux verres, d'abord, et une bouteille de ce que tu voudras. — Maître Floch alla chercher ce qu'on lui demandait.

— *Vile potabis Sabinum cantharis*, continua le capitaine en se tournant vers moi; mais les vrais républicains sont plus habitués à la piquette qu'au vin de Falerne; trop heureux si nous trouvons ici une omelette au lard et le pain à discrétion. — Dans ce moment ses regards tombèrent sur le foyer, devant lequel tournait une oie dorée, dont la rosée succulente inondait, à chaque tour, de larges grillades placées au-dessous, dans un saucier de cuivre.

— Qu'est-ce que cela, citoyen aubergiste? s'écria-t-il en se levant; attends-tu donc ce soir un représentant du peuple ou quelque fournisseur?

— Je n'attendais personne, répliqua maître Floch, qui venait de rentrer.

— Personne, répéta le capitaine; alors, vive la République une et indivisible! Débroche et sers, mon brave; nous allons faire un repas digne de Lucullus.

— Pardon, balbutia le Normand; mais la volaille appartient à un voyageur qui l'attend pour son souper.

— Je m'y oppose! s'écria Rigaud; l'occasion est trop bonne pour la laisser échapper. Où est-il ce mangeur de volaille? que je lui fasse entendre raison. — Maître Floch allait répondre, lorsqu'une porte s'ouvrit au fond; un homme de petite taille, mais dont la large carrure annonçait une vigueur peu commune, parut tout à coup; à son aspect, l'aubergiste tressaillit.

— Qu'y a-t-il? demanda le petit homme d'un ton où l'insouciance se mêlait à je ne sais quelle ironie hautaine; ne demande-t-on pas à partager mon souper?

— En effet, balbutia maître Floch.

— Je n'ai jamais repoussé des hôtes, reprit l'inconnu en se tournant de notre côté; les citoyens n'ont qu'à prendre la peine d'entrer, on ajoutera deux couverts. — Nous le suivîmes dans une petite chambre où la table était dressée, et il nous invita à nous asseoir. Il y eut pour le capitaine et pour moi un moment de léger embarras. La manière dont l'étranger avait prévenu notre demande nous rendait en quelque sorte ses obligés; nous n'étions plus dans une auberge, mais chez lui. Le capitaine crut devoir se justifier en citant un vers de Phèdre sur l'audace que donnait la faim.

— Tu m'excuseras, citoyen, dit l'inconnu; mais le

latin est une langue dont les maquignons font peu d'usage; j'en sais tout juste ce que m'en a appris le cordonnier de Vire, qui s'est chargé de trouver des noms romains pour ceux de notre section.

— Tu fais le commerce de chevaux? demanda le capitaine avec étonnement.

— De père en fils. Jean-Boromée Flaville, actuellement dit Caligula, et bourgeois de Vire, comme on s'exprimait autrefois.—Rigaud jeta sur lui un regard scrutateur. Il portait en effet le costume des maquignons normands : veste de velours, grandes guêtres de cuir, cheveux tressés à la postillonne et légèrement poudrés : mais il n'avait ni les traits fins, ni l'œil transparent, ni cet accent d'une doucereuse lenteur, qui distinguent entre tous les *hommes du Nord;* c'était, au contraire, le visage brun, la tête carrée et la voix fermement accentuée du vieux Cambrien. Cependant maître Floch avait apporté le souper, et nous nous mîmes à table. En m'asseyant près du citoyen Flaville, mon coude heurta la crosse d'un pistolet, que sa poche entr'ouverte avait laissé sortir; il s'en aperçut, prit l'arme en souriant et la posa devant lui.

— Tu vois que je ne voyage pas sans précautions, citoyen, me dit-il; ceci est un passe-port dont personne ne conteste la signature.

— Mais qui ne te servira guère contre les balles des chouans, observa le capitaine.

— Barrère vient d'annoncer officiellement à la Convention qu'il n'y avait plus de chouans, dit le maquignon en se versant à boire.

— Ce qui n'empêche pas que nos convois ne soient attaqués chaque jour, ajouta Rigaud.

— C'est votre faute, reprit le Normand avec un flegme goguenard; on vous a offert cent moyens de pacification pour les départements de l'Ouest; que n'avez-vous adopté, par exemple, celui du général Guillaume?

— Quel est ce moyen?

— Vous ne connaissez pas le plan du général Guillaume ! eh! vive Dieu ! je pensais que l'armée républicaine l'aurait mis à l'ordre du jour. Le plan du général Guillaume, citoyens, consiste à former une armée de quatre-vingt mille hommes, dont chaque soldat aurait un certificat de civisme et une paire de souliers de rechange. On la diviserait en douze colonnes, qui marcheraient pendant huit jours par douze routes différentes, ayant en tête un général et un représentant en habits neufs. Chaque colonne laisserait en route ceux de ses hommes qui auraient des entorses ou des cors aux pieds, de manière à arriver, réduite de moitié, *aux Quatre-Chemins*, près de Saint-Fulgens. Là, on élèverait une pyramide, sur laquelle seraient gravés *les Droits de l'homme et les noms des amis de l'humanité*, le tout surmonté d'un grand bonnet phrygien; puis, autour de cette pyramide on bâtirait une ville ayant foires, marchés, des casernes pour six mille hommes, et qui recevrait le nom de *commune de l'Union*. Enfin, tous les chouans du pays seraient avertis qu'ils peuvent se présenter pour faire leur soumission; on leur distribuerait des cartes de sûreté , et le pays serait pacifié[1]. Nous ne pûmes nous empêcher de rire de cet étrange projet de pacification.

— Il y a, en outre, ajouta le maquignon, le plan du citoyen Ricard, qui consiste à semer les fourrés de trappelles et de piéges à loups; ou celui de la Société populaire d'Erné, qui conseille la formation d'un bataillon de chiens patriotes, dressés à la chasse des chouans. La seule chose qui m'étonne, c'est que l'on n'ait pas encore proposé de les prendre à la ligne ou au gluau. — La conversation continua sur ce ton. Le citoyen Flaville était libre et railleur dans ses paroles, mais, du reste, joyeux compagnon. Il parla en connaisseur des paroisses qui produisaient le meilleur cidre, les plus jolies filles et les plus beaux chevaux, interrogea le capitaine sur la force de son détachement, la route qu'il voulait suivre, l'heure à laquelle il devait partir, et lui donna quelques bons conseils sur les précautions à prendre. Comme nous allions nous lever de table, maître Floch entra en annonçant qu'un municipal, le citoyen Durmel, demandait à parler au capitaine. Il me sembla que le maquignon tressaillait à ce nom.

— Qu'il entre, dit Rigaud. Et se tournant vers nous : — Vous allez voir un homme curieux, continua-t-il; un cœur de lièvre sous le plumage d'un paon. Écoutez, c'est lui qui fait tout ce bruit !... Il a toujours l'air de battre la charge pour annoncer sa venue. — Nous en tendions, en effet, de grands éclats de voix, des jurements et le cliquetis d'un sabre de cavalerie traînant sur les dalles. Tout à coup la porte, qui était demeurée entr'ouverte, fut poussée brusquement, et un homme grand et maigre, tout bariolé de cocardes et d'écharpes tricolores, parut sur le seuil... Mais, à peine ses yeux eurent-ils rencontré ceux du marchand de chevaux, qu'il fit un bond en arrière. Celui-ci s'avança vers lui en souriant :

— Eh bien, compère, dit-il, tu ne t'attendais pas à me trouver ici... C'est un coup du sort. Je comptais te faire une visite après souper.

— A moi ! s'écria le municipal, qui devint pâle.

— Ne sommes-nous pas de vieilles connaissances ?...

[1] Ce plan avait été sérieusement proposé.

car j'espère que tu ne me gardes pas rancune de notre brouillerie? Tu veux que nous restions amis?

— Certainement! certainement! balbutia le municipal.

— A la bonne heure! Dis alors aux citoyens ce que tu as à leur dire, puis j'irai te reconduire chez toi. — En parlant ainsi, le maquignon prit le pistolet qu'il avait laissé sur la table, et l'arma avec une sorte d'insouciance nonchalante, comme s'il eût seulement voulu en essayer la batterie. Le capitaine, qui avait tout suivi de loin, attira à l'écart l'officier municipal :

— Connais-tu réellement cet homme? lui demanda-t-il à demi-voix.

— Je le connais, répondit Durmel.

— Il fait le commerce de chevaux?

— Oui... de chevaux.

— Et tu es sûr qu'il n'est point dangereux?

— Sûr.

Le municipal avait fait toutes ces réponses les yeux fixés sur le Normand.

— Dépêchons, Durmel, dit celui-ci, qui continuait à jouer avec son pistolet. Le grand homme maigre chercha vivement dans sa poche un papier qu'il remit à Rigaud; c'était le reçu des blés que celui-ci avait amenés à Uzel et devait y laisser. Le maquignon s'approcha alors de nous, et, s'adressant au capitaine :

— Au revoir, citoyen, dit-il; nous parcourons trop le pays tous deux pour ne pas avoir l'occasion de nous revoir.

— La chose vous sera facile, répondit Rigaud sèchement, je marche toujours au soleil.

— Moi, je cherche l'ombre lorsqu'il fait chaud, répondit ironiquement maître Flaville; mais on peut se reconnaître de loin. Bon voyage et bonne chance.

Puis, se tournant vers le citoyen Durmel, il passa familièrement un bras sous le sien et l'entraîna hors de la chambre. — Le capitaine le regarda sortir.

— J'ai idée que ce maquignon-là fait plus souvent usage de ses pistolets que de sa cravache, dit-il d'un air pensif.

— Le citoyen Durmel a pourtant l'air de le connaître, observai-je. — Il secoua la tête.

— Possible, dit-il, mais j'y ai été pris tant de fois, que je ne me fie plus à rien dans votre pays de Satan. *Tranquillas etiam naufragus horret aquas*. Le lendemain matin nous quittâmes Uzel avant le jour, nous dirigeant vers Saint-Caradec. Les éclaireurs, lancés des deux côtés de la route, ne nous précédaient que de quelques pas et côtoyaient le chemin sans les précautions attentives qui leur étaient ordinaires. Nous venions de dépasser le carrefour où la route de Saint-Caradec se sépare de celle de Langast, lorsqu'un coup de feu partit derrière nous. Presque au même instant, comme à un signal donné, la fusillade retentit des deux côtés du chemin; plusieurs hommes tombèrent et il y eut un moment de confusion. Cependant, sur l'ordre du capitaine, les grenadiers se séparèrent par pelotons et ripostèrent en cherchant à regagner le carrefour, où l'ennemi ne pouvait nous attaquer sans se montrer; mais le feu des chouans s'étendait déjà sur toute la ligne; les balles pleuvaient des deux côtés du chemin dans nos rangs, qui commençaient à s'éclaircir. Rigaud nous cria de nous *égayer* : nous nous débandâmes aussitôt, essayant de franchir les fossés derrière lesquels se cachaient les chouans; mais, repoussés par la fusillade, nous courûmes au carrefour, où le capitaine nous fit reformer nos rangs. Jusqu'alors l'ennemi avait gardé le silence; pas un bruissement dans les feuilles, pas un cri d'appel ou de commandement!... la fusillade elle-même cessa subitement. Nous nous regardâmes avec surprise, ne pouvant comprendre ce qui se préparait. Il y eut une pose terrible. Tout à coup, la cornemuse retentit à droite, à gauche, en arrière, en avant!... à ce signal, les chouans se levèrent de tous côtés avec de grands cris; nous étions entourés. A cette vue, une rumeur de saisissement se fit entendre dans notre troupe; mais elle s'éteignit presque aussitôt: nous venions tous de comprendre que notre perte était imminente et certaine. Chacun chercha ses cartouches, serra son arme et se prépara à bien mourir. Profitant du large espace qu'offrait le carrefour, le capitaine nous avait fait former en carré derrière les chariots. Il nous recommanda de ménager notre poudre, de ne tirer qu'au commandement, et de nous conduire de manière à ce qu'on ne nous prît pas pour une compagnie du bataillon de l'*Unité*[1]. Il vint ensuite prendre sa place près de moi, et nous attendîmes, la main sur le bassinet. Cependant, les royalistes avaient quitté leur embuscade et marchaient sur nous dans toutes les directions. On voyait, aux premières lueurs du crépuscule, ce cercle noir et mouvant se resserrer de plus en plus autour de notre faible troupe. L'ennemi avançait sans tirer, comme s'il eût voulu nous égorger à bout portant et d'un seul coup. Le capitaine se tourna vers moi :

— *Moriturus te salutat*, dit-il avec un calme sourire. — Les chouans n'étaient plus qu'à quelques pas; tous les fusils, comme par un instinct commun, se soulevèrent. Dans ce moment, des cris lointains retentirent, l'ennemi s'arrêta avec une hésitation troublée;

[1] Bataillon dont la lâcheté était proverbiale en Vendée.

un bruit de chevaux et de coups de feu venait de se faire entendre sur la route de Langast.

— Les *bleus!* les *bleus!* répétèrent les chouans. — Ils n'avaient point achevé, que le cercle qui nous entourait se rompit, et un détachement de dragons parut, sabrant l'ennemi. En nous apercevant, les cavaliers républicains poussèrent un hourra de joie et galopèrent à nous.

— Il était temps, Populus! s'écria le capitaine, qui reconnut l'officier commandant les dragons.

— Comment, c'est toi, latiniste, dit Populus en faisant un geste de la main.

— A charge de revanche, mon Romain.

— *Amen*, répondit l'officier; et il repartit avec ses dragons à la poursuite des chouans. — Mais ils avaient déjà regagné les champs. Les plus hardis tiraillèrent encore environ un quart d'heure derrière les haies, puis tout se tut; le jour était venu. Populus nous rejoignit avec sa troupe et nous aida à faire l'inspection du champ de bataille. Nous trouvâmes une dizaine de morts et le double de blessés. Les plus maltraités furent placés dans les chariots, les autres montèrent en croupe des dragons, qui prirent avec nous le chemin de Loudéac. Le jour venait de se lever, et les six ou huit cents hommes qui nous entouraient un quart d'heure auparavant, avaient disparu comme s'ils fussent tous rentrés sous terre. De loin en loin, seulement, un paysan traversait la bruyère, sa faucille sur l'épaule, ou recouvrait de gazon la clôture d'un champ en friche.

— Vous voyez ces drôles qui nous regardent passer la bouche ouverte, dit Rigaud; interrogez-les, ils n'auront même pas entendu les coups de fusil que l'on vient de tirer; c'est tout au plus s'ils savent qu'il y a des chouans dans le pays : mais fouillez bien les haies, et vous y découvrirez leurs carabines anglaises; prenez leurs mains, et vous les trouverez noires de poudre. Leur réapparition n'est qu'une ruse, leur sécurité de l'audace! La guerre ici est un vrai drame à travestissements. Quand vous croyez mettre la main sur un chouan, vous trouvez un laboureur paisible, et, à peine avez-vous tourné le dos que le laboureur est redevenu chouan. C'est pour avoir regardé comme anéantis des ennemis dispersés que nos généraux ont annoncé tant de fois la destruction des armées royalistes. — Nous arrivâmes de bonne heure à Loudéac, où le détachement s'arrêtait. Je pris congé du capitaine et je continuai seul jusqu'au village de Lachèze. Les affaires qui m'y appelaient me retinrent assez tard pour que je me visse forcé d'y passer la nuit. Malheureusement l'unique auberge du village était un cabaret dont le maître me regarda d'un air étonné quand je lui demandai à souper; mais ce fut bien autre chose lorsque je parlai de coucher. La maison entière n'avait qu'une pièce où se trouvait un seul lit clos pour le cabaretier; je le décidai cependant à me le céder moyennant un assignat de dix livres, et je me couchai.

L

RÉUNION DE CHEFS DE BANDES — MARCHE DES CHOUANS DANS LA CAMPAGNE

Je ne puis dire depuis combien de temps j'étais endormi, lorsqu'un bruit de voix me réveilla en sursaut; je me rapprochai du mur, en ramenant les couvertures sur mes oreilles, espérant me rendormir; mais les voix s'élevaient de plus en plus, mêlées à un cliquetis de verres et à des rires bruyants! La porte du lit, que j'avais fermée, m'empêchait d'apercevoir les visiteurs importuns qui venaient ainsi troubler mon sommeil; je me soulevai sur le coude avec un grondement de mauvaise humeur et j'approchai l'œil de l'une des ouvertures en trèfle percées à mon chevet; mais à peine eus-je jeté, vers le foyer, un regard à moitié endormi, que je me redressai épouvanté. Quatre chouans, portant la cocarde noire, étaient assis devant la table, leurs fusils entre les genoux. L'un d'eux tenait à la main des papiers qu'il parcourait. Au bruit que fit l'aubergiste en apportant un nouveau *pichet* de cidre, il leva la tête, et je reconnus maître Claude Flaville, le maquignon d'Uzel!

— Avez-vous les listes de Meslin et de Bréban, commandant? demanda un des chouans, reconnaissable à son chapeau de feutre, surmonté d'un panache vert.

— Je les tiens, répondit-il.

— Et combien de nouveaux enrôlements?

— Voici. — Et il lut à demi-voix. — Enrôlés depuis le 8, au prix de deux livres par jour, avec promesse de trois livres dès l'entrée en campagne. *Chasse-Bleus, la Bécasse, la Volonté, Fleur-de-Chêne, Marche-à-Terre, Commode, l'Amoureux.*

— Trop peu, observa d'un ton bref et saccadé un troisième chouan au visage bourgeonné et à l'œil couvert; il faut que toutes les paroisses se lèvent comme en Vendée. Tuez les bœufs des retardataires, et allumez une botte de foin sous leurs toits; tous marcheront.

— Oui, dit Flaville; mais aussi, à la première épreuve,

tous jetteront là leurs fusils pour prendre en main leurs sabots.

— Vous n'avez aucune nouvelle d'*Obéissant*[1]? demanda le quatrième interlocuteur, qu'à sa voix frêle et son parler nonchalant il était facile de reconnaître pour un gentilhomme étranger au pays, et plus accoutumé aux causeries de salon qu'aux commandements en plein air.

— *Serviteur* et *Coco*[2] en ont reçu, répondit le maquignon.

— Eh bien?

— Pitt promet des fusils, de la poudre et des vestes rouges pour nos paysans. Avec des vestes rouges et des plumets, nous les mènerons au feu comme à la danse; ceux qui tomberont seront heureux d'arriver avec un habit neuf en paradis. — Le petit chouan à la voix grêle secoua la tête.

— Tant qu'on ne vous débarquera point ici une armée d'émigrés, il n'y a rien à espérer, dit-il; vos Bretons sont des sauvages dont on ne peut se faire entendre. Ce qui vous manque avant tout, messieurs, ce n'est ni la poudre ni l'argent, ce sont des hommes bien nés pour vous commander.

— Ne craignez donc rien, s'écria Flaville ironiquement, ils viendront dès qu'il n'y aura plus de coups à recevoir.

— Reste à savoir si nous en voudrons alors, dit brusquement l'homme à la face bourgeonnée. — Le jeune gentilhomme le regarda avec hauteur.

— Vous oubliez que la noblesse a ses droits, observa-t-il; le roi saura récompenser les services de tout le monde; mais la première condition, pour le retour au bon ordre, est de l'établir parmi vous, en donnant à chacun la place à laquelle son rang l'appelle. Il y a ici une confusion que l'émigration ne peut tolérer plus longtemps. L'armée royaliste est aussi républicaine que celle des *bleus*. Les gardes-chasses s'y sont faits les égaux de leurs maîtres, et vous avez des colonels nés pour être sergents recruteurs.

— Comme moi, par exemple, monsieur le vicomte? demanda le chouan en ricanant.

— Comme vous, mon cher, répondit le gentilhomme avec un sang-froid impertinent.

— Que les émigrés viennent donc nous arracher nos commandements! s'écria le gros homme qui se leva les poings fermés; venez-y, vous tout le premier, si vous l'osez.

— Monsieur... dit le noble avec hauteur.

— Allons, la paix! s'écria Flaville. Le vicomte n'a point, que je sache, mission du roi pour distribuer les grades dans l'armée; et toi, Benedict, mon brave, sois bon enfant et laisse dire. Il est temps que tu partes; d'ailleurs, on t'attend. — Le chef de bande voulut répliquer; mais, sur un geste du maquignon, sa voix s'éteignit comme le grondement d'un chien irrité auquel son maître impose silence. Il vida son verre, se leva lentement, examina l'amorce de son fusil, puis se tournant vers le chouan au panache vert :

— Viens-tu, Bail? demanda-t-il brusquement.

— Où cela?

— A la forêt de Lorges. — Bail se leva; tous deux jetèrent leurs fusils sur l'épaule, souhaitèrent le bonsoir à Claude et sortirent. Lorsqu'ils furent partis, celui-ci se tourna vers le vicomte, qui jouait avec son verre d'un air boudeur.

— Vous avez eu tort, monsieur, dit-il sérieusement; vous venez de blesser ces hommes qui sont nos meilleurs chefs de bande et dont nous avons besoin.

— En vérité, répondit l'émigré, j'ignorais que MM. Bail et Benedict fussent tellement indispensables au salut de la monarchie... J'ai le malheur de ne point savoir m'encanailler. — Flaville regarda le jeune homme.

— M. le vicomte y met de la modestie, dit-il, car, si je ne me trompe, il fréquentait, à Coblentz, la plupart des mousquetaires émigrés.

— Les mousquetaires sont gentilshommes, monsieur, répliqua le jeune noble sèchement.

— Ce qui les dispense d'être autre chose!

— Ils ne se dispensent pas au moins de soutenir leurs droits. — Flaville haussa les épaules; il y eut un court silence.

— Mais, reprit tout à coup le vicomte, j'ignorais que vous fussiez aussi bien instruit de ce qui se passe à Coblentz... Je ne me rappelle point avoir eu l'honneur de vous y voir. — Claude rougit légèrement.

— En effet, dit-il; je n'ai point passé le Rhin.

— Et vous avez agi prudemment, reprit le vicomte d'un ton d'indifférence; l'air est malsain en Allemagne; j'ai moi-même un cousin qui a refusé d'émigrer, et auquel nous avons envoyé une quenouille de Gand. — Flaville tressaillit.

— Ne m'en auriez-vous point aussi, par hasard, apporté une, monsieur le vicomte? demanda-t-il.

— Ma foi non, répondit le jeune homme avec un rire impertinent. — Claude le regarda fixement.

— Il fallait le faire, monsieur, dit-il d'un accent contenu; car ici les quenouilles se changent en épées; ici, nous avons mieux aimé défendre la monarchie que de l'abandonner. — Et comme le vicomte voulut l'interrompre :

[1] Nom de guerre de Cormatin.
[2] Noms de guerre de Chantereau et de de Labourdonnaie.

— Oh ! je sais ce que vous allez me dire, s'écria-t-il impétueusement, je sais ce que l'émigration pense de nous et quels sont ses projets ! Quand nous aurons réussi, nous autres pauvres gentilshommes de campagne, à refaire un coussin de trône avec notre peau, les fidèles arriveront pour réclamer leurs droits. Puisaye m'en a averti ; les grands seigneurs de Gand nous considèrent comme des laquais qui gardent leurs places au spectacle ; les plus pressés nous arrivent déjà, avec des brevets de colonels et des pistolets de poche, pour conquérir la France ; mais quelles que soient leurs prétentions, ils feront sagement de se rappeler qu'ils ne peuvent rien être ici qu'avec notre permission et par notre volonté.

— C'est-à-dire, dit le gentilhomme en se levant, que moi, qui suis un de ces colonels, je dois attendre qu'il vous plaise de reconnaître le titre accordé par Sa Majesté?

— Et que vous ayez prouvé que vous en êtes digne. — Le vicomte se leva.

— Je ne permets à personne un tel doute, dit-il avec hauteur.

— Aussi n'ai-je point attendu que vous me le permettiez.

— C'est alors une insulte dont j'ai droit de vous demander raison.

Flaville haussa les épaules.

— Aucun de nous n'a besoin d'accepter un duel pour prouver son courage, monsieur le vicomte, dit-il avec un sourire de dédain. L'émigré fit un geste d'emportement qu'il réprima aussitôt.

— Pardon, dit-il ironiquement ; je crois toujours parler à des gentilshommes, et j'oublie que les lois de l'honneur ne sont pas ici plus en usage que celles de la loyauté. Quoi qu'il en soit, monsieur, j'en appellerai aux royalistes, et ils verront jusqu'à quel point ils doivent continuer d'obéir à un chef qui n'obéit plus lui-même aux ordres du roi.

— Faites, répondit Claude ; mais priez le ciel surtout qu'aucun ne vous écoute, car si vous détournez un seul homme de l'obéissance qu'il me doit, aussi vrai qu'il y a un Dieu, je vous fais fusiller, votre brevet de colonel sur la poitrine.

— Vous? s'écria le vicomte, je vous en défie !

— Essayez...

— Eh bien, soit ! dit le jeune homme en remettant son chapeau ; aussi bien, les paroles sont inutiles. Nous nous reverrons, monsieur de Boishardy.

— Dieu vous en garde, monsieur le vicomte ! — L'émigré lui jeta un regard dédaigneux, saisit son fusil et sortit. J'avais suivi toute cette scène avec une curiosité mêlée de terreur ; et, bien avant que le vicomte n'eût nommé le prétendu maquignon, je l'avais reconnu à son langage. Mais, quoi que j'eusse entendu dire de la générosité de Boishardy, j'étais peu rassuré sur les suites de cette aventure. Je venais, en effet, d'assister à des débats qu'il avait tout intérêt à tenir secrets, et si j'étais aperçu je pouvais craindre qu'il ne trouvât prudent de me condamner pour toujours au silence. Le plus sûr était de ne point se montrer. Je demeurai donc immobile, retenant mon haleine et espérant qu'il se déciderait enfin à quitter le cabaret. Mais que l'on juge de mon épouvante, lorsque je le vis s'approcher du lit et ôter sa veste de velours. L'aubergiste, qui venait de rentrer, ne parut pas moins saisi.

— Est-ce que mon maître veut se coucher? demanda-t-il d'une voix troublée.

— Pourquoi non? répondit Boishardy en délaçant ses brodequins.

— Ne craint-il pas les rondes des bleus?...

— Le village est bien gardé, et tu feras sentinelle. — Le cabaretier se tut ; il y eut une pause.

— Mon maître dormirait mieux chez Clérot, reprit-il enfin d'une voix hésitante. — Boishardy leva la tête, regarda le lit fermé, puis le paysan, qui baissa les yeux.

— Il y a quelqu'un couché là, dit-il en saisissant vivement son fusil. L'aubergiste recula. — Qui est-ce? réponds, malheureux !

— Un voyageur, balbutia le paysan.

— Son nom?

— Il ne me l'a point dit. — Le chouan arma son fusil et fit un pas vers le lit ; je l'ouvris brusquement.

— C'est une vieille connaissance, maître Flaville, dis-je en avançant la tête. Le prétendu maquignon me regarda un instant, puis partit d'un éclat de rire.

— Dieu me damne ! c'est mon convive d'Uzel, s'écria-t-il.

— Lui-même.

— Et qu'avez-vous fait de votre capitaine?

— Il est resté à Loudéac.

— Le ciel le conserve ; je le retrouverai.

— Vous avez déjà eu, à ce qu'il me semble, une chaude entrevue au Carrefour? — Boishardy sourit.

— Je vous y ai vu, dit-il.

— En effet.

— Avec un fusil de chasse dont vous vous serviez fort bien... Qu'en avez-vous fait?

— Le voici.

— Précaution prudente, dit le chouan en plongeant un regard perçant dans l'obscurité du lit clos ; mais si vous le permettez, citoyen, Pierre le gardera et je prendrai sa place près de vous. Voilà trois nuits que je n'ai dormi; vous êtes trop bien élevé pour refuser une part de votre *ballin* à qui vous a donné une part de son souper. — La moindre hésitation eût eu mauvaise grâce; je passai mon fusil au cabaretier et déclarai que j'allais céder la place; mais Boishardy refusa, et comme j'insistais :

— Votre politesse n'est-elle point de la défiance, citoyen? demanda-t-il avec quelque vivacité.

— Si vous le croyez, je reste, répondis-je.

— Et vous faites bien, dit-il avec une grâce sérieuse que je ne lui avais point encore vue, car mon frère ne serait pas plus en sûreté à mes côtés. Vous pouvez dormir aussi tranquillement que je vais dormir moi-même, monsieur; vous êtes sous la garde de mon honneur.— Il était monté près de moi; nous partageâmes fraternellement l'espace et la couverture; il me souhaita le bonsoir, et sa respiration bruyante m'avertit bientôt qu'il était endormi. Ma position était trop singulière pour ne point me causer une sorte d'inquiétude fiévreuse et involontaire. Je demeurai longtemps éveillé, sans oser faire un mouvement ni pousser un soupir. Enfin, pourtant, la fatigue l'emporta, mes yeux se fermèrent et je m'endormis à mon tour. Je fus réveillé par la voix de mon camarade de lit; je me redressai en sursaut; il était déjà levé.

— Eh bien! demanda-t-il, comment avez-vous passé la nuit?

— Mal, répondis-je. — Il éclata de rire.

— Décidément, la république et la monarchie ne peuvent être à l'aise sous la même couverture, dit-il; mais debout, citoyen, le déjeuner vous attend. — L'aubergiste venait, en effet, d'apporter du pain noir, du cidre et un morceau de lard rance. Je me hâtai de m'habiller et de m'approcher de la table. Boishardy me montra un escabeau vis-à-vis de lui.

— Asseyez-vous là, dit-il, et causons en déjeunant. Je suis fâché que le capitaine ne soit pas des nôtres; il nous parlerait latin, et je lui indiquerais quelque nouveau moyen de faire cesser la chouannerie.

— Elle cessera le jour où vous désirerez la paix, observai-je.

— La paix, répéta Boishardy en haussant les épaules, qui vous dit que les royalistes ne la désirent point? Croyez-vous donc que nous fassions la guerre par passe-temps? Si nous vivons comme des bêtes fauves, creusant notre tanière dans les bois, pillant les convois qui passent et tuant les bleus, c'est qu'on a brûlé nos demeures, fauché nos blés, égorgé nos familles. La cocarde noire que nous portons est moins un signe de parti que de douleur; nous sommes en deuil de toutes nos joies perdues, et il ne faudrait point nous appeler une armée de royalistes, mais une armée de désespérés. Vous nous parlez de paix maintenant, parce que vous avez commencé à sentir nos morsures; mais quelles réparations nous accorderez-vous pour le passé? quelles garanties pour l'avenir? Est-il une transaction possible entre ceux qui ont tout perdu et ceux qui ont tout pris?

— Qu'en savez-vous, tant que vous ne l'aurez pas essayé? répliquai-je. Voulez-vous véritablement la paix? dites-le, et les patriotes, qui la veulent comme vous, viendront en discuter les conditions. Songez, d'ailleurs, aux résultats de la lutte que vous avez entreprise : vaincus, vous supporterez seuls tout le poids de votre défaite; vainqueurs, c'est à d'autres que profitera le succès. Vous le savez, car vous l'avez dit hier à ce vicomte dont l'orgueil vous a indigné. Il vous a accusé d'être presque aussi républicain que nous-mêmes, et il avait raison; à votre insu vous avez tous nos instincts. Si le parti que vous défendez aujourd'hui recouvrait la puissance, vous seriez le premier à vous révolter contre ses iniquités et ses privilèges. Chouans et bleus combattent pour deux mots différents, mais, au fond, pour une même chose : l'*indépendance!* Ce que vous avez droit de vouloir, ce que vous désirez véritablement, c'est la sûreté pour vos biens et vos personnes; le respect pour vos croyances, et tout cela on peut vous le donner; tout cela, nous le désirons comme vous. — Mon compagnon écoutait avec attention; je crus avoir trouvé le joint de cette âme mobile et fière. — Nous ne sommes point aussi ennemis que vous le croyez, repris-je. Renvoyez vos paysans à leurs charrues, nos soldats rentreront dans leurs cantonnements, et vous verrez cette grande fureur tomber des deux côtés! C'est le combat journalier qui donne goût à la guerre. Voyez plutôt : hier, vous m'auriez tué au premier coin de route; aujourd'hui, nos choquons nos verres et nous causons presque comme des amis : c'est qu'hier vous n'auriez vu que ma cocarde, tandis qu'aujourd'hui vous avez entendu ma voix et échangé la parole avec moi! Croyez-le bien, monsieur, il y a quelque chose de plus puissant que les préjugés des partis, c'est l'entraînement de tous les fils d'Adam l'un vers l'autre. Les haines politiques sont des erreurs d'optique de l'esprit : de loin on voit seulement l'idée, et l'on déteste l'homme qui la défend; mais, en approchant, l'homme reparaît et l'idée devient un habit qu'on lui pardonne. Ce sont les natures et non les opinions qui font les irréconciliables ennemis. — Boishardy fut un instant sans répondre; on eût dit que mes paroles l'avaient ébranlé.

— Il y a du vrai dans tout cela, reprit-il d'un ton pensif; mais sais-je même si les chefs républicains consentiraient à la trêve indispensable pour s'entendre?

— N'en doutez pas; tout le monde est fatigué d'une guerre odieuse, et les colères sont usées. Je connais le général Humbert; faites-lui des propositions, je les porterai moi-même.

— Il faudrait consulter les autres chefs.

— Qui vous en empêche?

— Écoutez, reprit-il après avoir réfléchi, plusieurs d'eux se réunissent aujourd'hui même au *placis;* si je vous y conduisais, jurez-vous de n'en point abuser?

— Sur l'honneur.

— Alors, c'est dit! s'écria-t-il en se levant; partons. — Il alla prendre son fusil, me remit le mien, et nous sortîmes. J'éprouvai quelque surprise de la facilité avec laquelle mes avances avaient été accueillies; mais j'attribuai cet empressement à la lassitude d'une lutte sans issue, peut-être au dépit. J'appris plus tard que ma proposition avait prévenu les désirs de Boishardy, qui cherchait les moyens de traiter d'une suspension d'armes, nécessaire au parti royaliste pour se fortifier. Nous trouvâmes dans le cimetière, au milieu du village, une vingtaine de chouans qui nous attendaient. A notre approche, ils portèrant la main à leurs chapeaux, entourés, pour la plupart, de médailles, de chapelets bénits et d'images de saints. Mon compagnon appela l'un d'eux par le nom de *Fleur-d'Épine*, et l'entretint quelque temps à l'écart; il fit ensuite un signe. Tous les paysans prirent leurs fusils, dont ils avaient enveloppé la batterie dans un mouchoir, pour les garantir de la rosée de la nuit, et nous nous dirigeâmes à travers champs vers la Prenessaye. Boishardy marchait en tête avec moi, et les chouans suivirent sans ordre, à quelques pas l'un de l'autre, le fusil sous l'aisselle et dans un profond silence. Trois d'entre eux étaient partis en avant, sans armes et la faux sur l'épaule, comme des gens qui se rendent au travail. Nous allions atteindre la route conduisant de Saint-Meen à Loudéac, lorsqu'un sifflement aigu et prolongé se fit entendre. La troupe s'arrêta brusquement et prêta l'oreille; le même sifflement retentit de nouveau, mais avec des modulations différentes.

—C'est un convoi, dit Boishardy rapidement; à vos postes, mes gars! — L'ordre, donné à demi-voix, circula de proche en proche; les chouans se glissèrent silencieusement le long des haies qui bordaient la route et disparurent comme par enchantement. J'étais resté seul, assez embarrassé de ma position et fort inquiet de ce qui allait se passer; je courus vers une ouverture de la haie. De l'autre côté du chemin se trouvait celui des éclaireurs dont le sifflet nous avait avertis; il paraissait fort sérieusement occupé à réparer une brèche faite au fossé. Du côté de Saint-Meen s'avançait, au milieu de tourbillons de poussière, le convoi annoncé : c'était un troupeau de bœufs, conduit par quelques soldats du bataillon de la Côte-d'Or, récemment arrivé en Bretagne. Ils marchaient sans défiance, le fusil sur l'épaule, riant, causant haut et chantant. La tête du convoi allait passer devant le champ occupé par la troupe de Boishardy, lorsque je sentis la main de ce dernier se poser sur mon épaule. Je me détournai vivement :

— Au nom du ciel! n'attaquez point, m'écriai-je; songez au motif qui nous conduit à la Prenessaye, et ne rendez pas un rapprochement plus difficile par de nouveaux meurtres.

— Mes gars ont ordre de ne point tirer, répondit-il; mais, attention! les voici qui mettent leurs museaux hors du terrier. — Les chouans venaient en effet de s'élancer brusquement sur la route; et, avant que les soldats eussent pu se mettre en défense, ils furent entourés, saisis et désarmés. On conduisit à Boishardy le sous-officier qui commandait l'escorte.

— La République te doit des remercîments pour ta manière de surveiller les convois, dit le chouan en riant; tu marches en pays ennemi comme si tu allais au cabaret.

— C'est vrai, dit le soldat d'un ton de mauvaise humeur; mais j'arrive du Rhin et je n'entends rien à votre guerre de brigands.

— On t'a pourtant averti, je pense, que nous ne faisions point de prisonniers?

— Oui.

— Alors, tu sais...

— Je sais que vous êtes des sauvages qui mangez du patriote à vos quatre repas, et qu'aujourd'hui vous allez vous régaler...

— Nous épargnons ceux qui passent dans nos rangs, observa Boishardy. — Le sergent le regarda de côté, haussa les épaules et se mit à siffler.

— Sais-tu que nos soldats reçoivent trois livres par jour, continua le chouan, et que, lorsqu'ils auront rétabli la monarchie...

— On leur donnera le petit verre à volonté, le pain de munition à la fleur d'orange et des négresses blanches pour ôter leurs guêtres, interrompit le sergent. Connue, l'histoire du racoleur! Tu perds ton temps, l'ancien; assez de conversation : fais-nous fusiller, et que ça finisse. — Boishardy se mordit les lèvres et appela *Fleur-d'Épine*. Je voulus m'interposer; mais il me fit signe de ne rien craindre. Le paysan s'avança, des ciseaux à la main, ordonna au sergent de se décoiffer, et rasa, en quelques coups, la longue chevelure qui lui tombait sur les épaules.

— Est-ce que l'armée royaliste tient une fabrique de faux-toupets? demanda le républicain avec un étonnement ironique.

— L'armée royaliste veut connaître ceux à qui elle fait grâce, répliqua Boishardy, car elle ne pardonne qu'une fois; et si tu retombes jamais entre ses mains...

— Compris, dit le sergent avec un geste énergique.

— Ta feuille de route, maintenant? — Il la présenta, et le chouan écrivit quelques mots au crayon.

— Nos bandes t'arrêteront peut-être, dit-il en la lui rendant; mais en montrant ceci, elles te laisseront passer.

— Ainsi, je puis continuer mon chemin? demanda le soldat.

— Tu le peux.

— Avec le convoi? — Boishardy sourit.

— Soit! dit-il; la République est pauvre, et Dieu a dit de donner à ceux qui ont faim. Emmène tes bœufs, vieux rogneur de portions, et bon voyage. — Le sergent porta militairement à son chapeau :

— Votre nom, citoyen chouan? demanda-il avec une sorte de respect.

— Boishardy.

— Eh bien, aussi vrai que je m'appelle Marceau, dit-il en regardant le gentilhomme, je n'oublierai point votre politesse. — Et, retournant à ses soldats, qui étaient demeurés sous la garde des chouans, il continua avec eux sa route vers Rosternen. Lorsqu'il fut parti, Boishardy se tourna de mon côté :

— Tu vois que je fais le premier pas, et que je donne l'exemple.

— Il sera imité, répondis-je; car le bien a, comme le mal, sa contagion. Chez les méchants même, l'orgueil tient lieu de vertu, et ils ne veulent pas plus être surpassés en clémence qu'en cruauté. — Nous traversâmes le chemin et continuâmes à nous diriger à travers les fourrés. Depuis notre sortie du village, j'avais eu plusieurs fois l'oreille frappée du son de ces trompes, qui servent à nos bergers pour leurs appels. Dès que nous parûmes sur la lisière de la forêt, les mêmes sons se firent entendre plus distinctement et dans toutes les directions. On eût dit que des échos cachés les répétaient de proche en proche. Boishardy s'aperçut de mon étonnement.

— Ce sont les *sonneurs de corne* qui annoncent notre arrivée, me dit-il.

— Mais où donc sont-ils?

— Au-dessus de nos têtes, dans le feuillage des chênes. Ils aperçoivent de là tout ce qui se passe dans le pays à plusieurs lieues à la ronde, et nous avertissent aussitôt. On sait, à leur manière de *corner*, si c'est un détachement de bleus ou de royalistes qui s'approche, quelle est sa force et de quel côté il vient. Toutes les forêts où nous avons des *placis* sont ainsi liées par une ligne télégraphique, et il suffit de quelques minutes pour que nos mouvements ou ceux de l'ennemi soient connus d'une frontière à l'autre de l'Évêché. — Cependant nous avancions toujours en suivant des sentiers tortueux à travers le fourré; tout à coup nous nous trouvâmes en face d'une sorte de rempart formé d'arbres abattus, et devant une petite porte gardée par deux chouans en uniforme vert. Nous étions arrivés au *placis de la Prenessaye*. A notre vue, les sentinelles poussèrent une exclamation de joie; Boishardy les salua par leurs noms, et nous entrâmes.

LI

LE PLACIS DE LA PRENESSAYE — LA ROYALE — JEANNE — MORT DE BOISHARDY

Le *placis* ou campement de *la Prenessaye* formait, au milieu de la forêt, une clairière de plusieurs arpents entourés d'abatis. Environ cent cabanes de gazon et de feuillage avaient été bâties dans cette enceinte. Au milieu s'élevait un chêne immense au sommet duquel brillait une croix d'argent. Un autel de gazon paré de fleurs des bois avait été dressé à ses pieds.

Au moment où nous entrâmes, tout était en mouvement dans cet étrange village. On voyait les femmes moudre le grain aux portes, les vieillards fondre des balles près du foyer, les jeunes gens apprendre l'exercice près du grand chêne. Les enfants eux-mêmes étaient occupés à fabriquer des cocardes blanches ou à tresser des chapeaux d'une paille grossière. Nous venions d'entrer, lorsqu'un jeune homme courut à nous.

—Les autres commandants sont-ils arrivés? demanda mon compagnon.

— Aucun ne peut venir, répondit le paysan.

— Pourquoi?

— Ils surveillent un débarquement à la côte.

— Qui te l'a dit.

— Madame Catherine.

— Catherine! s'écria le chouan; elle est ici?

— Quand vous êtes arrivé, elle allait partir pour la ferme du Gouray. — Boishardy fit un mouvement.

— Que dis-tu? répéta-t-il en regardant le jeune paysan.

— Quelqu'un lui a parlé de Jeanne, répliqua celui-ci en baissant la voix. — Boishardy le prit par la main, l'entraîna à l'écart, et je ne pus entendre la suite. Ils causèrent un instant ensemble très-vivement, puis tous deux se dirigèrent vers les cabanes les plus éloignées. Resté seul, je me mis à me promener en plongeant dans les cabanes ouvertes un regard curieux ; toutes se ressemblaient, et c'était pour toutes le même ameublement : des escabeaux autour d'une table grossière, un lit de paille ou de mousse avec un bénitier de faïence au chevet ; quelques vases de lait, du pain noir, un berceau d'enfant suspendu au toit, et quelquefois, dans le coin le plus sombre, une chèvre broutant des feuilles sèches. De loin en loin, j'apercevais un vieillard fourbissant des armes, un blessé les mains jointes sur son chapelet, une jeune femme allaitant son enfant. Boishardy avait raison, c'était une ville de guerre, et non un campement ; la famille avait été transportée là avec toutes ses habitudes ; le mouvement du ménage s'y mêlait au mouvement militaire ; le bruit du travail au bruit des armes ; mais ce bruit et ce mouvement avaient quelque chose de morne ; chacun était tout entier à son œuvre, la faisant vite et silencieusement. Point de chant de femme, nul cri d'appel, aucun rire de voisins. Les enfants assis au milieu du *placis* verdoyant ne jouaient pas ; les chiens, endormis au soleil, levaient la tête à notre approche sans oser aboyer ; une sorte de contrainte planait sur tout, et les oiseaux seuls chantaient autour de cette triste ville de la forêt. J'étais tout occupé de l'étrange spectacle que j'avais sous les yeux, lorsque la voix de Boishardy me fit détourner la tête ; il s'avançait vers nous accompagné d'une jeune femme que je reconnus de suite pour celle de ses maîtresses que ses soldats avaient surnommée *la Royale ;* sa beauté m'éblouit. Elle portait un costume d'amazone, en drap bleu, garni de brandebourgs, un chapeau à forme basse orné d'une plume blanche, et des bottines à franges d'or. Ses cheveux noirs tombaient en longues boucles sur son cou, d'une blancheur rosée ; elle tenait dans sa main droite une carabine incrustée de nacre et précieusement ciselée, tandis que son autre main, dégantée, était passée au bras du jeune chef. A la voir s'avancer ainsi, belle, forte, et si fièrement noble dans son amour, on eût dit une Diane chasseresse. Je me découvris à son approche avec une sorte d'admiration ; elle salua légèrement.

— Nous ne pourrons voir les autres chefs royalistes, me dit Boishardy ; mais je ne veux point que votre course ait été inutile : voici pour le général Humbert une lettre dans laquelle je propose de suspendre les hostilités tout le temps qu'il faudra pour s'entendre.

— Il la recevra aujourd'hui même, répondis-je en faisant un mouvement pour prendre congé. La compagne de Boishardy me retint.

— Vous venez de faire une longue route, monsieur, dit-elle, et vous ne pouvez nous quitter ainsi ; veuillez entrer dans notre hutte, vous y trouverez l'hospitalité du charbonnier. — Je m'inclinai en remerciant, et je les suivis. La hutte de Boishardy était plus grande que les autres, mais non plus ornée. J'y trouvai la table servie avec un mélange de luxe et de rusticité qui me frappa. Deux ou trois couverts de vermeil, des porcelaines de Saxe et quelques cristaux émaillés y étaient confondus avec les fourchettes de fer, les jattes de hêtre et les poteries vertes du canton. Le chef royaliste m'engagea à prendre place, et pria madame Catherine de faire les honneurs pendant qu'il donnerait audience. Son arrivée venait d'être annoncée, et une vingtaine de chouans étaient déjà réunis devant le seuil ; tous portaient les insignes de quelques grades, sauf un seul dont le costume rappelait à la fois le cloarec et le maître d'école : c'était le percepteur de l'armée. Il entra le premier, tenant sous le bras un portefeuille de cuir noir, et à la main une sacoche de toile bise qu'il déposa devant le chef royaliste.

— Combien as-tu là ? demanda celui-ci.

— Deux cents livres seulement, monsieur le marquis.

— Que dis-tu ? Étienne Lebon, en devait, seul, huit cents.

— Comme tous les fermiers de biens nationaux auxquels je demande le prix de leurs fermages, il m'a répondu qu'il avait déjà payé à son nouveau maître. — Boishardy frappa la table du poing.

— Nous seul avons droit de lui donner quittance comme représentant de son légitime propriétaire ! s'écria-t-il ; ce qu'il a payé à un usurpateur ne le libère point, il faut qu'il le sache. Écris. — Le receveur tira de sa poche une longue écritoire de basane, mit un genou en terre, posa sur l'autre son portefeuille de cuir, et leva la tête, comme pour avertir qu'il était prêt. Boishardy dicta :

« De par la loi de Jésus-Christ crucifié pour toi comme pour moi ; nous, chef des armées catholiques, nous demandons à Étienne Lebon, de la commune de Pleneuf, pour les fermages des terres et de la métairie appartenant à M. de Rollo, la somme de huit cents livres pour l'année 1794, faute de quoi nous entrerons en jouissance immédiatement de tout ce qui lui appartient, et le traiterons comme rebelle. » Boishardy prit le papier, signa, et, le remettant au receveur :

— Tu porteras ceci à Étienne, dit-il, et si dans deux jours les huit cents livres ne sont pas soldées, moitié en espèces, j'enverrai *Fleur-d'Epine* avec ses gens. Le receveur sortit et d'autrés chouans entrèrent. Tous venaient rendre compte de quelque mission récemment exécutée. Les uns avaient descendu toutes les rivières et tous les ruisseaux, depuis leur source jusqu'à la mer, défendant aux meuniers, sous peine de mort, de travailler pour les villes; d'autres avaient parcouru les fermes, enlevant les roues des chariots ou brûlant les essieux; plusieurs apportaient la liste des patriotes répandus dans les campagnes et les villages. Devant chaque nom, on lisait une des lettres S, R, T, ce qui voulait dire : *surveillé*, *rançonné*, ou *tué*. Boishardy avait attentivement écouté tous ces rapports; il demanda quelques nouvelles explications, donna ses ordres avec clarté, puis congédia tout le monde. Madame Catherine sortit alors, et il vint prendre sa place vis-à-vis de moi.

— Eh bien! que pensez-vous de notre manière de faire la guerre? me demanda-t-il en souriant. Les républicains ne savent pas que nous les parquerons dans la famine. Vos villes seront bientôt pour vous comme le cachot d'Ugolin, et vous vous y mangerez l'un l'autre. Avertissez-en vos généraux, peut-être se montreront-ils moins difficiles sur les conditions de la pacification. — Ces derniers mots m'expliquèrent l'apparente confiance du chef royaliste; en me rendant témoin de son audience, il avait espéré m'effrayer.

— Je dirai ce que j'ai vu, répondis-je, mais veuillez rappeler, de votre côté, monsieur, aux chefs de l'armée royaliste, que hors de la Bretagne, de la Normandie et de la Vendée, il y a la France républicaine qui nous enveloppe tous, et que si vous nous parquez dans la famine, elle pourra, elle, vous parquer dans la mort. Les malheurs mêmes des patriotes ne vous profiteront point; vous pouvez espérer la victoire, jamais le succès, car, dans les guerres civiles, ce sont toujours les minorités qui succombent. Vos paysans se lasseront d'ailleurs de cette vie de bêtes fauves; quelque jour, en passant devant leurs villages abandonnés, ils se sentiront repris de l'amour du foyer, et ils jetteront là leurs carabines pour arracher l'herbe de leurs seuils.

— Détrompez-vous, me dit Boishardy; vous ignorez quel charme a cette vie toujours militante et vagabonde, que de joies secrètes offre cette perpétuelle partie jouée contre la mort. On se sent vivre, on éprouve sa force, on a conscience de ce que l'on peut et de ce que l'on vaut. Cette race, d'ailleurs, est avant tout esclave de l'habitude; sous peu vous la verrez aller à la bataille aussi tranquillement qu'elle conduirait sa charrue, et une fois devenus soldats, nos Bretons ne voudront plus habiter que le camp. — Cependant le jour avançait, et j'allais me lever pour prendre congé de Boishardy, lorsque le jeune chouan qui avait déjà annoncé au chef royaliste l'arrivée de madame Catherine parut à la portière, suivi d'une jeune paysanne dont l'aspect me frappa. Elle avait les pieds nus, les cheveux à demi épars, et, pour tout vêtement, une jupe courte frangée par les épines. Sa chemise de toile rousse, qu'une épinglette à grains coloriés ne fermait qu'à moitié, laissait voir une partie de ses épaules dorées par le soleil. Elle était haletante, couverte de poussière et de sueur, mais éblouissante de je ne sais quelle beauté forte et sauvage. En l'apercevant, Boishardy se leva d'un bond.

— Jeanne! s'écria-t-il. Et regardant autour de lui avec inquiétude : — Pourquoi as-tu quitté le Gouray? continua-t-il rapidement et tout bas; je te l'avais défendu. Que veux-tu? que viens-tu faire ici?

— Vous sauver, maître, répondit la jeune fille.

— Moi!

— Les bleus ont été avertis que vous étiez au placis avec un petit nombre de gars...

— Eh bien?

— Ceux de Collinée, de Loudéac et de Moncontour se sont donné rendez-vous ce soir pour entourer la forêt et y mettre le feu.

— Le feu!

— Je l'ai entendu dire à l'un des chefs. Tous les chemins et tous les ponts sont déjà gardés, de peur que vous ne soyez avertis. Pour venir, il m'a fallu gagner le Moulin-Blanc et traverser le Lié sous le feu des postes.

— Ils ont tiré sur toi! s'écria Boishardy.

— Vingt coups au moins, mais les touffes d'aulnes et de bouleaux m'ont préservée. J'entendais les balles grésiller dans les feuilles comme la giboulée de mars. Voyez plutôt, maître : c'est une balle qui a coupé ceci au-dessus de ma tête. — A ces mots, la jeune paysanne éleva en riant une branche de saule qu'elle tenait à la main.

— Et tu n'as pas eu peur? demanda Boishardy.

— Je n'en ai pas eu le temps; je pensais à vous, et j'étais pressée d'arriver.

— Merci, Jeanne, merci, ma louve! dit le chouan en posant affectueusement la main sur l'épaule de la jeune paysanne. — Tout son corps s'assouplit et frissonna à ce toucher, et elle leva sur le chef royaliste le regard amoureux du chien qui sent la caresse du maître.

— Il y a si longtemps que vous n'aviez passé par la ferme, dit-elle, et vous m'aviez défendu de paraître au *placis;* mais j'avais une raison cette fois... et maintenant... si mon maître voulait... il a besoin de quelqu'un pour le servir, et nul ne trouverait à redire que ce fût moi. — Ces mots étaient prononcés avec une sorte de timidité amoureuse. Boishardy secoua la tête, et regardant autour de lui d'un air inquiet :

— C'est impossible, Jeanne, répliqua-t-il à demi-voix, c'est impossible... Il faut que tu repartes tout de suite.

— Si je repars, dit la jeune fille, les bleus savent que je suis venue ici, et ils me tueront.

— Que dis-tu? s'écria Boishardy.

— Laissez-moi vous suivre, oh! laissez-moi vous suivre! reprit Jeanne avec passion et en saisissant la main du jeune chef. Une exclamation qui retentit à quelques pas empêcha Boishardy de répondre. Il se retourna vivement : *la Royale* venait d'entrer. Il y eut pour tous un moment de silence. Les deux femmes se regardaient avec une sorte de surprise soupçonneuse et menaçante.

— Quelle est cette fille? demanda enfin madame Catherine en montrant du doigt la paysanne.

— La sœur d'un de mes fermiers, répondit Boishardy embarrassé.

— Et que vient-elle faire ici?

— M'avertir que les bleus doivent mettre le feu à la forêt cette nuit. — *La Royale* jeta sur Jeanne un coup d'œil oblique.

— Ah! fort bien, dit-elle; elle espionne pour vous.

— Elle a voulu nous sauver.

— Et vous avez sans doute bien payé sa nouvelle, car quand je suis entrée elle semblait vous remercier fort vivement.

— Quand vous êtes entrée, elle m'avertissait qu'elle avait tout à craindre en retournant à la ferme, et me priait de la garder au placis.

— Mais rien de plus facile, reprit madame Catherine avec une ironie hautaine; elle est forte, cette fille, je puis la prendre à mon service.

— Non, dit vivement Boishardy, elle serait mal ici.

— Mal! répéta la jeune femme; la croyez-vous trop délicate pour vivre comme nous? Eh! monsieur, voyez donc, chacune de ses deux grosses mains cacherait les deux miennes, et je ne vous souhaiterais qu'un attelage de femmes pareilles pour vos canons. — Jusqu'alors Jeanne avait tout écouté avec une sorte de stupeur douloureuse. Elle se sentait vaguement blessée sans savoir où frappaient les coups; mais, à ces derniers mots, tout son orgueil de femme s'éveilla. Raillée dans sa beauté devant celui qu'elle aimait, elle tressaillit.

— Je veux m'en aller, dit-elle d'une voix émue.

— Vous avez tort, dit *la Royale* ironiquement; de belle venue comme vous êtes, vous pouviez devenir ici la préférée du tailleur ou de quelque porteur de bagages. A moins, pourtant, comme on le dit, que la *pennerès* du Gouray ne reçoive que des gentilshommes derrière son pignon [1].

— Les grandes dames y reçoivent bien des meuniers! répliqua Jeanne sèchement. *La Royale* devint pâle, et fit un brusque mouvement vers la jeune paysanne.

— Sortez! s'écria-t-elle l'œil étincelant. Jeanne demeura immobile.

— Sortez! répéta madame Catherine d'une voix forte.

— Je suis chez mon maître, répondit la jeune fille avec un calme dédaigneux. *La Royale*, tremblante de colère, étendit vivement la main vers la carabine qu'elle avait posée contre la table, puis s'arrêtant :

— Chassez-la, monsieur, chassez-la! dit-elle à Boishardy d'une voix haletante.

— Laissez-nous, Jeanne, balbutia celui-ci. Jeanne leva la tête avec un douloureux étonnement.

— Ainsi mon maître veut que je m'en aille? demanda-t-elle.

— Retournez à la ferme, Jeanne. — Elle jeta au chouan un regard désespéré; il détourna les yeux.

— J'y retournerai, murmura-t-elle. Et elle fit un pas vers la porte; mais s'arrêtant tout à coup :

— Adieu, mon maître, balbutia-t-elle d'un accent entrecoupé.

— Adieu, dit Boishardy. — Elle demeura un instant frémissante et comme indécise. On eût dit qu'elle attendait un mot, qu'elle espérait un signe. Enfin, elle leva la tête, regarda Boishardy une dernière fois, joignit les mains et sortit. Nous la vîmes traverser vivement le placis, sa branche de saule à la main, prendre le sentier qui conduisait au Gouray, puis disparaître sous la voûte ombreuse de la forêt. Je sus le lendemain, en remettant au général Humbert la lettre de Boishardy, que la ferme du Gouray avait été brûlée par les bleus, mais sans pouvoir apprendre ce que Jeanne était devenue. Je n'en entendis plus parler jusqu'en prairial, an III. A cette époque, les hostilités, un instant suspendues par les traités de la Jaunais et de la Mabilais, avaient recommencé; mais l'armée royaliste, divisée, mal conduite, essayait vainement de prendre l'offensive. Partout battue et partout poursuivie par les républicains, qui avaient appris à la longue cette guerre de fossés et de broussailles, elle n'avait pu se former nulle part. Boishardy, secondé par madame Catherine, continuait pourtant à parcourir les paroisses, excitant l'ardeur des bandes et s'efforçant de rattacher

[1] C'est derrière le pignon que les jeunes filles bretonnes reçoivent leurs amants, parce qu'aucune fenêtre n'étant percée de ce côté, elles ne peuvent être aperçues.

entre eux les anneaux isolés de l'insurrection. Tous deux s'étaient partagé cette œuvre périlleuse, ne se quittant plus que quelques heures par jour, et se retrouvant pour suspendre leur hamac aux arbres de la forêt ou dormir dans la douve sur le même manteau. *La Royale* était donc regardée comme presque aussi redoutable à la République que Boishardy lui-même, et des récompenses avaient été promises plus d'une fois à ceux qui pourraient s'en emparer. Une femme se présenta enfin au général Lemoine, promettant de la livrer. Le capitaine Audillas reçut ordre de la suivre, et ce fut lui-même qui me raconta, peu après, tous les détails de cette expédition. Ils partirent de Moncontour après minuit, se dirigeant, par un long détour, vers un champ de la ville Henée, en Brehand. L'air était si calme, que l'on entendait tourner sur les collines les ailes des moulins et bruire les déversoirs au fond de la vallée. Les grenadiers avaient enveloppé leurs chaussures de foin et portaient leurs armes baissées, de peur que le bruit de leurs pas ou l'éclat des baïonnettes ne les trahît. La jeune paysanne était à leur tête, pâle et les yeux hagards. Ils arrivèrent ainsi à un champ de blé planté d'arbres, où elle s'arrêta.

— Est-ce ici? demanda le capitaine.

— Regardez de ce côté, dit-elle. On apercevait en effet vaguement un hamac suspendu sous les pommiers.

— Et tu es sûre que son amant n'est point avec elle?

— Sûre, sûre, répondit la jeune fille ; il est parti avec *Fleur-d'Épine*... Mais tirez, car elle se défendra peut-être... Tuez-la, citoyens... tuez-la tout de suite, c'est le plus sûr. — Le champ fut entouré, et les grenadiers y entrèrent avec la paysanne, qui marchait en avant comme une louve affamée. Mais à peine avaient-ils fait quelques pas, qu'un homme se dressa au milieu des blés en poussant un cri d'avertissement.

— *Fleur-d'Épine !* dit la jeune fille qui recula épouvantée.

— Alors, Boishardy est revenu, s'écria le capitaine ; en avant les braves ! — Il n'avait pas achevé que six coups de feu partirent. Les soldats, surpris, crurent qu'ils étaient tombés dans une embuscade et se dispersèrent. Au même instant le chef royaliste, suivi de cinq de ses hommes, s'élança d'un sillon et se trouva en face de la paysanne.

— Jeanne ! s'écria-t-il, stupéfait.

— Par les genêts ! par les genêts, maître ! dit-elle en entraînant Boishardy vers le côté du champ qu'elle savait ne point être gardé.— Ils venaient de franchir le fossé, lorsqu'un coup de feu partit ; le chouan s'arrêta.

— Ah ! *la Royale* est morte ! dit Jeanne avec un éclat de joie féroce.

— Malheureuse ! s'écria Boishardy. Et, revenant sur ses pas, il voulut regagner le verger ; mais à peine eut-il passé la haie que deux coups de feu l'atteignirent. Il tomba sans pousser un soupir ; les deux balles lui avaient traversé les poumons et le cœur. Telle fut la fin de cet homme qui eût dû naître au temps du Cid et succomber dans quelque noble guerre contre l'étranger. Sa mort fut, comme sa vie, quelque chose de romanesque et d'imprévu, mais d'heureux après tout; car il périt sans agonie, sous les pommiers en fleurs, et les lèvres encore tièdes de baisers. Sa tête fut coupée par quelques misérables qui la promenèrent en triomphe dans les paroisses. Lorsque Hoche l'apprit, il pleura de honte, et écrivit à l'adjudant général Crublier de faire arrêter tous ceux qui avaient pris part à *ce crime contre l'honneur*... — Langage étrange et nouveau sans doute après les massacres de la Vendée, mais qui annonçait à tous que le règne des folies sanglantes était passé, et que si la révolution était encore une tempête, ce n'était plus du moins *une tempête dans un égout.*

CONCLUSION

Le débarquement des émigrés suivit de près la mort de Boishardy, et la défaite de Quiberon porta le dernier coup au parti royaliste. Rassurés par l'indulgence des administrateurs patriotes, la plupart des paysans regagnèrent leurs paroisses, où le désarmement s'accomplit moitié de force, moitié de bon gré. Les églises avaient déjà été rouvertes; les prêtres assermentés purent reparaître, à la condition de se montrer prudents ; les municipaux reprirent l'administration des communes, et insensiblement l'ordre remplaça partout la révolte. L'étrange rencontre que j'avais faite à Lachèze fut ma dernière aventure. Un mariage, qui m'obligea à rompre avec mes associés, en me donnant la direction d'une maison nouvelle, changea mes habitudes. Je ne quittai plus Guingamp, et demeurai complétement étranger aux dernières phases de la lutte révolutionnaire. Elles avaient d'ailleurs perdu pour moi l'intérêt de l'incertitude ; le passé était décidément vaincu ; en le voyant descendre à l'horizon comme un soleil qui s'éteint, les plus ardents travailleurs comprirent que la tâche était achevée et songèrent au repos. L'œuvre, en effet, avait été longue et laborieuse : quinze années s'étaient écoulées dans la fièvre, sans une heure de trêve ! Pendant quinze années, la mine avait été mise sous la société entière, tout avait été creusé, renversé, pétri dans la sueur et dans le sang; nous abordions au présent comme des naufragés à une île qui a brisé leur vaisseau. Mais pendant ce long orage, les passions s'étaient attiédies, les impatiences calmées; les événements eux-mêmes semblaient lassés comme les hommes, et tout avait l'air de faire halte pour reprendre haleine. Puis, nous avions fait notre temps dans cette grande armée qui combattait pour la cause de l'humanité et de l'avenir; c'était à de plus jeunes désormais à défendre nos conquêtes, à nous de retourner aux joies du foyer. J'avais été fort longtemps sans recevoir des nouvelles de Joseph; je savais seulement qu'exporté en Espagne, après une courte captivité à Saint-Brieuc, il s'y était fait ordonner prêtre, et y vivait dans l'obscurité, du prix de ses messes et de quelques leçons. Je reçus enfin une lettre dans laquelle il me priait de solliciter pour lui la permission de revenir en France; je l'obtins sans peine et m'empressai de la lui faire passer. Il ne me répondit point; mais un soir que j'étais assis au jardin avec ma jeune femme, je le vis paraître au détour des charmilles. Nous courûmes l'un à l'autre avec un cri de joie; ma femme lui tendit la main, qu'il osa à peine toucher, mais il couvrit de baisers l'enfant qu'elle portait. L'exil ne l'avait ni aigri, ni changé; il revenait comme il était parti, les bras ouverts, et prêt à serrer tous les hommes sur son cœur. Après m'être informé de ses aventures et de ses souffrances, je lui demandai ce qu'il allait faire.

— Retourner dans ma paroisse, répondit-il. Maintenant que l'orage s'apaise, votre tâche est finie, mais la nôtre commence : nous avons à guérir les blessés et à prier pour les morts ! La nation a fait comme les marins dans la tempête, monsieur Baptiste; elle ne s'est occupée que de sauver le vaisseau et elle a jeté à la mer tout ce qui eût pu retarder sa marche, la pitié, la religion, la clémence !... C'est à nous maintenant d'arracher à l'abîme ces précieux débris. Chouans et bleus ont besoin des mêmes consolations; je tendrai à chacun une main, et je les réunirai sur mon cœur.

—Allez donc, Joseph, repris-je avec attendrissement; allez à votre moisson de paix, et tâchez que le signe de réconciliation se lève sur notre déluge. Hélas ! quand nous lisions Plutarque sous les *saulaies* de Coëtmieu, nous étions loin de prévoir que chacun de nous serait un obscur Thésée obligé de combattre des monstres ou d'essayer des miracles. Nous sommes nés dans des jours d'épreuves, Joseph, et nous ressemblons aux Juifs qui, cherchant la délivrance, errèrent pendant quarante années dans le désert. Dieu veuille que nous n'ayons pas fait fausse route; et, si nous ne devons jamais voir la Terre promise, puisse-t-elle au moins se montrer à nos enfants! — Joseph secoua la tête.

— La Terre promise que vous cherchez n'est ni en avant ni en arrière, dit-il doucement; chacun de nous la porte en lui-même, et Dieu nous a donné, à tous, deux yeux pour l'apercevoir.

— Et quels sont-ils, Joseph ?

— La foi et l'amour, monsieur Baptiste.

FIN.

POISSY. — TYPOGRAPHIE ARBIEU.

www.ingramcontent.com/pod-product-compliance
Ingram Content Group UK Ltd.
Pitfield, Milton Keynes, MK11 3LW, UK
UKHW031909260826
14628UKWH00003B/1089

9 782012 938335